Nora Roberts
Sternenregen

Nora Roberts

Sternenregen

Roman

Deutsch von Uta Hege

blanvalet

Die Originalausgabe erschien 2015
unter dem Titel »Stars of Fortune« bei Berkley, an imprint
of Penguin Random House LLC, New York.

Der Verlag weist ausdrücklich darauf hin, dass im Text
enthaltene externe Links vom Verlag nur bis zum Zeitpunkt
der Buchveröffentlichung eingesehen werden konnten.
Auf spätere Veränderungen hat der Verlag keinerlei Einfluss.
Eine Haftung des Verlags ist daher ausgeschlossen.

Verlagsgruppe Random House FSC® N001967

1. Auflage
Copyright © der Originalausgabe 2015 by Nora Roberts
Published by arrangement with Eleanor Wilder
Dieses Werk wurde vermittelt durch die
Literarische Agentur Thomas Schlück GmbH, 30827 Garbsen
Copyright © der deutschsprachigen Ausgabe 2016
by Blanvalet Verlag in der Verlagsgruppe Random House GmbH,
Neumarkter Str. 28, 81673 München
Umschlaggestaltung und -motiv: © Johannes Wiebel | punchdesign,
unter Verwendung eines Motivs von Shutterstock.com
Redaktion: Angela Kuepper
LH · Herstellung: kw
Satz: Uhl + Massopust, Aalen
Druck und Bindung: GGP Media GmbH, Pößneck
Printed in Germany
ISBN: 978-3-7341-0311-7

www.blanvalet.de

Für Sarah, Tochter meines Herzens

Was Fliegen sind den müß'gen Knaben,
das sind wir den Göttern.
Sie töten uns zum Spaß.

William Shakespeare, König Lear

Ich weiß nicht, ob es Einbildung
oder ein Tagtraum war.
Verflüchtigt hat sich die Musik –
schlaf' ich oder bin ich wach?

John Keats, Ode an eine Nachtigall

Prolog

Vor langer, langer Zeit, in einer anderen Welt, feierten drei Göttinnen die Krönung einer neuen Königin.

Doch im Gegensatz zu vielen anderen, die mit Gold, Geschmeide, kostbaren Seidenstoffen oder reinsten Kristallen über Land und durch die Luft, durch Zeit und Raum gekommen waren, sannen sie auf ein Geschenk, das einzigartig war.

Sie dachten an ein Ross wie Pegasus, doch es war bereits ein anderer Reisender auf einem geflügelten Pferd angereist und hatte es der neuen Königin geschenkt.

Auch besondere Schönheit, Anmut oder Weisheit schieden aus, denn darüber verfügte sie bereits.

Unsterblichkeit konnten sie ihr nicht verleihen, doch sie wussten von denen, die unsterblich waren, dass dies gleichermaßen Fluch wie Segen war.

Wie aber wäre es mit einer Gabe, die unsterblich war?

»Ein Geschenk, das ewig für sie scheint.« Celene stand auf dem weiß schimmernden Sand am Rand der tintenblauen See und blickte in den dunklen Nachthimmel hinauf.

»Der Mond ist der unsere«, rief Luna ihrer Schwester in Erinnerung. »Wir können nicht verschenken, was wir selbst ehren sollen.«

»Sterne.« Arianrhod streckte eine Hand aus, die Handfläche nach oben gerichtet, schloss die Augen, ballte kurz die Faust, öffnete sie wieder – und die Schwestern sahen ein schimmerndes Juwel aus Eis. »Ein Stern für Aegle, die Strahlende.«

Auch Celene streckte den Arm aus, schloss die Faust, öffnete sie und hielt ein Juwel aus Feuer in der Hand. »Ein Stern für Aegle, die noch heller als ihr Name scheinen wird.«

Luna tat es den beiden gleich und stellte ein Juwel aus Wasser her. »Ein Stern für Aegle, die Brillante.«

»Aber das soll noch nicht alles sein.« Celene drehte den Stern in ihrer Hand.

»Ein Wunsch.« Luna machte einen Schritt nach vorn, weil sie ihre Füße gern vom kühlen Wasser küssen ließ. »Jede von uns sollte ihren Stern mit einem Wunsch für unsere Königin versehen. Ich wünsche ihr ein starkes, hoffnungsvolles Herz.«

»Ich einen starken, alles hinterfragenden Verstand.« Celene hielt ihren Feuerstern hoch über den Kopf.

»Und ich einen starken, kühnen Geist.« Auch Arianrhod reckte beide Hände in die Luft. In der einen hielt sie ihren Stern und mit der anderen wies sie auf den Mond. »Diese Sterne sollen leuchten, solange sich die Welten drehen.«

»Sie sollen ihr Licht im Namen unserer Königin ausstrahlen, damit es jeder sehen kann.« Der Feuerstern flog Richtung Himmel, und die beiden anderen Sterne folgten ihm.

Angezogen von der kühlen weißen Macht des Mondes, drehten sie sich während ihres Fluges immer wieder um sich selbst und tauchten Land und Meer in gleißend helles Licht.

Doch plötzlich schlängelte sich etwas Dunkles darunter hindurch.

Nerezza glitt über den Strand in Richtung Wasser, und ihr Schatten trübte die zuvor so strahlende Helligkeit.

»Warum habt ihr mich nicht zu diesem Treffen eingeladen, Schwestern?«, zischte sie.

»Du bist keine von uns.« Flankiert von Luna und Celene, wandte Arianrhod sich ihr zu. »Wir sind das Licht, und du bist die Finsternis.«

»Ohne Dunkelheit gibt es kein Licht.« Nerezza lächelte, aber in ihren Augen blitzten heißer Zorn und die Knospe eines noch nicht erblühten Wahns. »Wenn der Mond abnimmt, frisst ihn die Dunkelheit. Beißt jede Nacht ein Stückchen davon ab.«

»Doch am Ende siegt das Licht.« Luna zeigte auf die farbenreichen Schweife der drei Sterne, die zum Himmel aufgestiegen waren. »Und jetzt gibt es davon sogar noch mehr.«

»Ihr bringt der Königin Geschenke, als wäret ihr Bittsteller. Dabei sollten wir die Welt beherrschen, nachdem sie nur ein schwaches, dummes Mädchen ist. Wir sollten die Welt regieren und nicht sie.«

»Wir sind Wächterinnen«, rief Celene ihr in Erinnerung. »Unsere Aufgabe ist nicht zu herrschen, sondern zu bewahren.«

»Wir sind *Göttinnen!* Diese Welt und andere gehören uns. Stellt euch vor, was wir alles erreichen könnten, würden wir unsere Kräfte bündeln. Alle würden sich vor uns verbeugen, und wir wären ewig jung und schön.«

»Wir wollten keine Macht über die Un-, die Halb- oder die Sterblichen. Dergleichen führt nur zu Blutvergießen, Krieg und Tod«, tat Arianrhod ihren Vorschlag ab. »Sich nach dieser Macht zu sehnen heißt, dass man die Schönheit und das Wunder des ewigen Kreislaufs nicht zu schätzen weiß.« Sie blickte wieder zu den Sternen auf, die ihr helles Licht verströmten.

»Der Tod wird sie ereilen. Wir werden diese neue Königin genauso wie die letzte leben und dann sterben sehen.«

»Ich habe gesehen, dass sie siebenmal hundert Jahre leben wird. Und dass während ihres Lebens Frieden herrschen wird«, gab Celene zurück.

»Frieden«, stieß Nerezza zischend aus. »Frieden ist doch nur die langweilige Zwischenzeit zwischen Phasen der Finsternis.«

»Los, Nerezza, kehr zurück zu deinen Schatten.« Luna scheuchte sie davon. »Dies ist eine Nacht der Freude und des Lichts, in der wir feiern wollen – dein Ehrgeiz und deine Machtgelüste sind hier fehl am Platz.«

»Die Nacht ist mir.« Nerezza ließ eine Hand nach vorne schnellen, und ein Blitz, der schwarz wie ihre Augen war, schnitt durch den weißen Sand, die dunkle See, schoss den Sternen hinterher, und einen Augenblick, bevor sie ihre Heimat unterhalb des sanften Mondenrundes fanden, schnitt er die Lichtströme durch.

Die Sterne und die Welt, die sie beschienen, bebten kurz.

»Was hast du getan?«, fuhr Celene Nerezza an.

»Ich habe einfach meinen Beitrag zu eurem Geschenk geleistet, *Schwestern*. Eines Tages werden Feuer-, Eis- und

Wasserstern mit all ihren Wünschen und all ihrer Kraft vom Himmel fallen, und dann werden Licht und Dunkelheit vereint.«

Lachend streckte sie die Arme aus, als wollte sie die Sterne selbst vom Himmel holen. »Und wenn sie mir in die Hände fallen, erlischt der Mond für alle Zeit, und dann gewinnt die Finsternis.«

»Sie gehören dir nicht.« Arianrhod trat entschlossen auf sie zu, aber Nerezza schnitt mit einem schwarzen Blitz einen Abgrund zwischen ihnen in den Sand, aus dem schwefeliger Rauch aufstieg.

»Wenn ich sie habe, wird die Welt und werdet ihr zusammen mit dem Mond verenden. Und indem ich mich an euren Kräften labe, stoße ich dadurch die Tür zu anderen, seit langer Zeit verborgenen Kräften auf. Und statt von dem von euch geliebten fahlen Frieden werden all die Welten unter meinem Einfluss dann von Folter, Schmerz, Angst und Tod beherrscht werden.«

Glühend vor Verlangen, reckte sie die Hände in den Rauch. »Durch eure eigenen Sterne werden eure Schicksale besiegelt und mir selbst das größte Glück beschert.«

»Du bist verbannt«, herrschte Arianrhod sie mit lauter Stimme an, während sich ein leuchtend blauer Blitz wie eine Peitsche um Nerezzas Knöchel schlang.

Ihr Schrei zerriss die Luft, ließ die Erde beben, und bevor Arianrhod ihre dunkle Schwester in den von ihr selbst geschaffenen Abgrund zerren konnte, breitete Nerezza ein Paar schmaler schwarzer Flügel aus, zerriss das Band aus Licht und flog davon.

Das Blut aus ihrem Knöchel tropfte rauchend auf den weißen Sand.

»Ich bestimme selbst über mein Schicksal«, kreischte sie. »Ich werde zurückkommen und mir die Sterne und die Welten, die ich haben möchte, einfach nehmen. Und für euch wird es dann nur noch Schmerzen, Tod und die Zerstörung aller Dinge geben, die ihr liebt.«

Sie hüllte sich in ihre Schwingen ein und ward nicht mehr zu sehen.

Luna schaute ihre Schwestern an. »Sie kann uns und den Unseren nichts tun.«

»Du solltest ihre Macht und ihren Ehrgeiz ja nicht unterschätzen.« Als Celene in den dunklen Abgrund starrte, wogte ein Gefühl der Trauer in ihr auf. »Hier wird es Tod und Blut und Schmerz und Elend geben. Sie hat diesem Ort durch ihr Erscheinen ihr dunkles Brandmal aufgedrückt.«

»Sie darf die Sterne nie bekommen. Lasst sie uns zurückholen und zerstören«, schlug Arianrhod vor.

»Das wäre zu gefährlich«, erwiderte Celene. »Denn der Gestank ihrer Macht hängt noch immer in der Luft.«

»Dann sollen wir also einfach abwarten und dadurch alles aufs Spiel setzen? Dann sollen wir ihr also einfach erlauben, ein lichtvolles Geschenk in etwas Tödliches und Dunkles zu verwandeln?«

»Das können und das werden wir auf keinen Fall. Die Sterne werden fallen?«, wandte sich Luna an Celene.

»Ich kann sehen, dass sie fallen werden, doch ich weiß nicht, wo und wann.«

»Dann werden wir das Wo und Wann bestimmen.« Luna nahm die Hände ihrer Schwestern. Mit einem zustimmenden Nicken blickte Arianrhod zu den Sternen auf, deren wunderschönes Licht das Land erhellte, dessen Hüterinnen sie und ihre Schwestern waren.

»An einem anderen Ort zu einer anderen Zeit, doch nicht zusammen.«

»Wenn auch nur einer dieser Sterne ihr oder ihresgleichen in die Hände fällt ...« Celene klappte die Augen zu, weil sie auf diese Art am besten sah.

»Viele werden auf die Suche gehen nach den Sternen, nach Macht und Glück, weil diese drei dasselbe sind. Genau wie nach dem Schicksal, weil es die Vereinigung all dieser Elemente ist. Und wir, das reflektierte Licht, müssen dafür sorgen, dass auch unseresgleichen auf die Suche geht.«

»Unseresgleichen?«, fragte Luna überrascht. »Dann holen wir sie also nicht selbst zurück?«

»Nein, denn das steht uns nicht zu. Wir müssen hierbleiben, und es wird so geschehen, wie es geschehen soll.«

»Aber wir wählen Ort und Zeit. In aller Stille«, meinte Arianrhod. »Denn wann und wo die Sterne fallen werden, darf sie nicht erfahren.«

Während sie sich weiter an den Händen hielten, gingen sie in Gedanken eine innige Verbindung ein, und jede folgte ihrem Stern, um ihn mit der eigenen Schutzmacht zu versehen, ehe er vom Himmel fiele.

Und schweigend, doch gedanklich weiter eng verbunden, sahen sie auf die drei Himmelskörper, deren zukünftiges Schicksal in den Händen und den Herzen anderer lag.

»Jetzt müssen wir einfach glauben.« Als Arianrhod weiter schwieg, drückte Luna ihr die Hand. »Wir müssen glauben. Denn wie sollen die, die nach uns kommen, glauben können, wenn wir selbst dazu nicht in der Lage sind?«

»Ich glaube, wir haben getan, was wir tun mussten. Das muss reichen.«

»Schließlich müssen sich selbst Gottheiten dem Schicksal beugen« pflichtete Celene ihr seufzend bei.

»Oder das, was sie zerstören will, bekämpfen.«

»Du wirst kämpfen«, wandte sich Celene mit einem Lächeln Arianrhod zu. »Luna wird vertrauen. Und ich werde mich bemühen, weiter möglichst viel zu sehen. Aber erst mal warten wir am besten einfach ab.«

Gemeinsam blickten sie zum Mond, der am Himmel und in ihren Seelen lebte, und zu den drei leuchtend hellen Sternen auf.

1

Träume plagten sie, gleich, ob sie wach war oder schlief. Sie kannte sich aus mit Träumen, mit Visionen und dem *Wissen,* das aus ihnen erwuchs. Weil sie Teile ihres Lebens waren, auch wenn sie gelernt hatte, sie zu verdrängen oder auszusperren.

Doch egal, wie sehr sie sich gegen die Träume stemmte, wurde sie von ihnen immer wieder heimgesucht. Sie träumte von Kampf und Blutvergießen und von einem fremden, mondbeschienenen Land. Sah in die Gesichter und hörte die Stimmen unbekannter Menschen, denen sie aus welchem Grund auch immer eng verbunden war. Zwei Frauen – eine, deren Augen wild und glühend wie die einer Wölfin waren, und eine, die dem Meer entstieg – und drei Männer – einen, der ein Silberschwert, einen weiteren, der einen goldenen Kompass, und einen, der leuchtende Blitze in den Händen hielt.

Wer waren diese fünf? Hatte sie sie schon einmal gesehen, oder würde sie sie irgendwann in Zukunft treffen? Und vor allem, warum war es derart wichtig, dass es irgendwann zu einem Treffen mit all diesen Menschen kam?

Sie wusste, dass mit diesen Menschen Tod und Schmerz, aber auch die Chance auf echtes Glück, Selbsterkenntnis und vor allem wahre Liebe eng verbunden waren.

Sie glaubte an die wahre Liebe – nur nicht für sich selbst. Hatte nie danach gestrebt, weil Liebe allzu viel von ihr verlangte, hoffnungsloses Chaos in ihr Leben brachte und vor allem mit viel zu viel *Gefühl* verbunden war.

Sie lebte ganz allein in einem kleinen Häuschen in den Bergen von North Carolina, denn sie hatte immer schon ein ruhiges, möglichst gleichförmiges Leben führen wollen.

Hier genoss sie die Abgeschiedenheit, die ihr so wichtig war. Konnte malen oder stundenlang in ihrem Garten werkeln, ohne dass es irgendeine Unterbrechung oder gar Störung gab. Zum Leben brauchte sie nicht viel, und das, was sie mit ihrer Malerei verdiente, reichte völlig aus.

Doch jetzt suchten fünf Menschen sie in ihren Träumen heim. Sie riefen sie bei ihrem Namen, doch sie hatte keine Ahnung, wer sie waren.

Also fing sie an, die Träume zu skizzieren, und im Verlauf des langen Winters hängte sie zahlreiche Bilder von Gesichtern, Hügeln, Ruinen und der See, von Höhlen und Gärten, Unwettern und Sonnenuntergängen an den Wänden ihres Häuschens auf.

Sie zeichnete den Mann, der Blitze in den Händen hielt, und brachte Tage damit zu, die winzigsten Details wie die genaue Form der dunklen, schwerlidrigen Augen und die dünne, scharfkantige weiße Narbe über seiner linken Braue zu perfektionieren.

Er stand auf einer Klippe hoch über dem wild tosenden Meer, und seine dunklen Haare flatterten im Wind. Fast kam es ihr so vor, als könnte sie den heißen Atem, der dem Mann entgegenschlug, am eigenen Körper spüren.

Er war völlig furchtlos angesichts des Sturms, der ihm den Tod entgegentrug.

Und sie stand neben ihm und hatte ebenfalls nicht die geringste Angst.

Sie konnte nicht zu Bett gehen, während sie mit seinem Bild beschäftigt war, und weinte stumm, als es dann endlich fertig war. Hatte sie womöglich den Verstand verloren, und Visionen waren das Einzige, was ihr geblieben war? Tagelang ließ sie das Bild auf ihrer Staffelei mitten im Zimmer stehen, und er sah ihr bei der Arbeit, beim Aufräumen und Schlafen zu.

Da er selbst ihre Träume überwachte, sollte sie das Bild vielleicht verkaufen, und so tauchte sie erneut den Pinsel in die Farbe und versah das Werk mit ihrer Signatur.

Sasha Riggs.

Jetzt prangte ihr Name unterhalb der sturmumtosten See.

Am Schluss jedoch verpackte sie statt dieses Bildes andere und schickte die Arbeit eines langen Winters zum Verkauf an ihre Galerie. Rollte sich erschöpft auf ihrer Couch zusammen und ließ sich von ihren Träumen abermals in eine fremde Welt entführen …

Der Wind peitschte ihr ins Gesicht, unter ihr toste das Meer, und durch eine dichte Wand aus Regen schossen grelle Blitze wie brennende Pfeile auf sie zu.

Doch er stand da, verfolgte reglos das Geschehen und streckte seine Hand in ihre Richtung aus.

»Ich warte auf dich.«

»Ich verstehe das alles nicht.«

»Doch, das tust du, und zwar besser als die meisten anderen.« Als er ihre Hand an seine Lippen hob, stieg ein Gefühl von grenzenloser Liebe in ihr auf.

»Aber kaum jemand versteckt sich so gut vor sich selbst wie du, Sasha.«

»Ich will nur meinen Frieden. Ich will einfach meine Ruhe haben. Ich will keine Stürme, keine Schlachten. Und ich will auch niemanden wie dich.«

»Du lügst.« Wieder hob er ihre Hand an seine Lippen und sah sie mit einem leisen Lächeln an.

»Und zwar belügst du nicht nur mich, sondern auch oder vor allem dich selbst. Wie lange willst du dich noch weigern, das Leben zu führen, welches das Schicksal für dich auserkoren hat? Und zu lieben, wie du lieben sollst?«

Als er ihr Gesicht mit seinen Händen rahmte, fing die Erde unter ihren Füßen an zu beben, doch sie schüttelte den Kopf.

»Dazu fehlt mir der Mut.«

»Du musst dich diesen Dingen stellen.«

»Ich will sie gar nicht wissen.«

»Aber wir können ohne dich nicht anfangen. Und erst, wenn wir angefangen haben, können wir diese Geschichte auch zu Ende führen. Finde mich, Sasha. Komm her und finde mich.«

Damit zog er sie an seine Brust, presste seine Lippen fest auf ihren Mund, und der Sturm heulte noch lauter als zuvor.

Doch diesmal wich sie nicht zurück ...

Noch immer müde, richtete sie sich auf ihrem Sofa auf und presste die Finger auf die Augenlider.

»»Finde mich««, murmelte sie. *»Aber wo?* Selbst wenn

ich dich finden wollte, wüsste ich noch nicht mal, wo ich mit der Suche anfangen sollte.« Ihre Finger glitten über ihr Gesicht zu ihrem Mund, und sie hätte schwören können, dass der Druck von seinen Lippen immer noch zu spüren war.

»Es reicht. Genug von diesem ganzen Zeug.«

Eilig stand sie auf, riss die Bilder von den Wänden und ließ sie zu Boden fallen. Sie würde sie nach draußen bringen und verbrennen. Aus den Augen, aus dem Sinn.

Oder vielleicht sollte sie am besten einfach mal wieder fortfahren. Sie hatte schon seit Jahren keinen Urlaub mehr gemacht. Vielleicht sollte sie an einen Ort fahren, wo es warm war, dachte sie und riss weiter die Bilder ihrer Träume von der Wand. An irgendeinen Strand.

Sie konnte ihr eigenes Keuchen hören und das Zittern ihrer eigenen Hände sehen. Kurz bevor sie zusammenbrach, ließ sie sich inmitten ihrer Skizzen auf den Boden sinken – eine junge Frau, die unter dem Gewicht ihrer Träume an Gewicht verloren hatte, die ihr blondes Haar wie meist in einem wirren Knoten trug und unter deren leuchtend blauen Augen sich dunkle Schatten abzeichneten.

Sie sah auf ihre Hände. Sie war eine talentierte Malerin, das war sie immer schon gewesen, und für diese Gabe würde sie bis an ihr Lebensende dankbar sein. Anders als für andere Gaben, die für sie kein Segen, sondern eher eine Belastung waren.

In ihrem letzten Traum hatte der schwarzhaarige Mann von ihr verlangt zu sehen.

Bisher hatte sie den Großteil ihres Lebens damit zugebracht, ihre seherischen Fähigkeiten zu verdrängen.

Und sich dadurch vor sich selbst versteckt.

Wenn sie sich der Gabe öffnen und sie akzeptieren würde, ginge das mit Schmerz und Leid und dem Wissen um zukünftige Geschehnisse einher.

Sie kniff die Augen zu.

Sie würde erst mal aufräumen, denn das gäbe ihr ein wenig Zeit. Würde ihre Skizzen wieder aufheben und ordentlich verstauen. Natürlich würde sie sie nicht verbrennen. Sie war nur aus Angst auf die Idee gekommen.

Sie würde sie verstauen und dann auf Reisen gehen. Für ein oder zwei Wochen, um in Ruhe nachzudenken und dann zu entscheiden, wie in dieser Sache weiter vorzugehen war.

Auf Händen und Knien sammelte sie ihre Skizzen wieder ein und fing an, sie zu sortieren. Die Frau mit den Augen einer Wölfin, den Mann mit dem Schwert und all die Zeichnungen, auf denen die von ihr geträumten Leute paarweise oder als Gruppe abgebildet waren.

Das Meer, Landschaften, ein strahlender Palast auf einem Hügel, ein Steinkreis.

Sie legte eine Skizze des von ihr geträumten Mannes auf dem Stapel mit den Dutzenden von anderen Bildern ab, die sein Antlitz zeigte, nahm die nächste Skizze in die Hand …

… und mit einem Mal erkannte sie den Ort wieder.

Sie hatte die Insel aus verschiedenen Perspektiven zu Papier gebracht. Ihre Form war die einer Sichel, und auf dem Blatt in ihrer Hand trieb sie in hellem Sonnenlicht im Meer: hohe Klippen, baumbestandene, sanft wogende Hügel, in der Ferne hohe Berge und im Vordergrund ein Wirrwarr von Gebäuden, das eine kleine Stadt darstellte.

Plötzlich fing die Bleistiftskizze an, sich zu bewegen, und sie konnte Tausende verschiedener Grüntöne sehen – von Rauchiggrün bis hin zu schimmerndem Smaragd –, dazu das dunkle Blau der See und das helle Blau des Himmels, Boote, die sanft auf den Wellen schaukelten, und eine Reihe von Menschen, die von irgendwelchen Ufermauern kopfüber ins Wasser sprangen und dort fröhlich planschten.

Außerdem sah sie die sturmumtoste Landspitze, auf der er sie an der Hand gehalten hatte.

»Also gut, ich fahre hin.« Sie hatte keine Ahnung, ob sie sich dadurch geschlagen gab oder endlich Stellung nahm. Wie auch immer, sie würde diesen Ort besuchen, um ihn mit eigenen Augen anzusehen.

Das wäre entweder das Ende ihrer Träume oder brächte sie zum Leben, wie die Skizze, die sie in den Händen hielt.

Sie trat vor ihren kleinen Schreibtisch, klappte den Laptop auf und buchte einen Flug auf die griechische Insel Korfu.

Damit sie es sich nicht noch einmal anders überlegen könnte, gab sie sich zum Packen und für die gesamte Vorbereitung ihrer Reise nur zwei Tage Zeit.

Obwohl die Träume sie während des Flugs verschonten, war sie trotz der kurzen Ruhepause auf der Taxifahrt vom Flughafen in Richtung Altstadt immer noch völlig erschöpft und desorientiert. Beim Betreten des Hotels musste sie sich zu einem Lächeln zwingen, und der Small Talk am Empfang und mit dem gut gelaunten Pagen, der den engen Lift bediente, fiel ihr nicht nur wegen des Akzents, mit dem hier alle sprachen, ungewöhnlich schwer.

Sie hatte kein bestimmtes Zimmer reserviert. Es hatte ihr genügt, den ersten Schritt zu tun und abzuwarten, was dann geschah. Trotzdem war sie alles andere als überrascht, als sie den Raum betrat und durch das Fenster auf das blaue Meer und den vertrauten Strand hinuntersah.

Als der Page fragte, ob er ihr noch etwas bringen könnte, winkte sie mit einem müden Lächeln ab. Erst mal wollte sie einfach alleine sein. Denn die Erinnerung an all die Menschen auf den Flughäfen und auch im Flugzeug engte sich noch immer ein.

Höflich nickend, zog der Page sich zurück. Sie öffnete das Fenster, ließ die kühle Frühlingsluft und den Geruch von Meer und Blumen ein und betrachtete die Szenerie. Sie glich in all ihren Einzelheiten jener Skizze, die sie bereits Wochen vorher angefertigt hatte und die neben anderen Bildern in der Mappe neben ihrem Koffer lag.

Im Augenblick spürte sie nichts außer dem Nebel, der aufgrund des Jetlags ihr Gehirn umwogte … eine durch den langen Flug hervorgerufene Erschöpfung und das Erstaunen, weil sie einfach aus einem Impuls heraus in dieses fremde Land gekommen war.

Sie wandte sich vom Fenster ab und packte, da sie ein Gefühl von Ordnung brauchte, erst mal ihre Sachen aus. Legte sich danach aufs Bett und schlief auf der Stelle ein.

Blitz und Donner, gleißend helles Sonnenlicht, das Rauschen des Meeres und drei Sterne, deren heller Glanz ihr in den Augen brannte, ehe sie mit einem Mal in hellen Lichtströmen vom Himmel fielen, bevor ihr Aufprall die gesamte Welt erbeben ließ.

Kampf und Blutvergießen, Furcht und Flucht. Ein Aufstieg in ungeahnte Höhen und ein tiefer Fall.

Ihr geträumter Liebhaber presste ihr abermals die Lippen auf den Mund, erforschte ihren Leib und rief schmerzliches Verlangen in ihr wach. Es war zu viel und trotzdem nicht genug. Sie erkannte kaum ihr eigenes, glückseliges Lachen, bevor ein Gefühl der Trauer in ihr aufstieg, das ihr heiße Tränen in die Augen trieb.

Und in der Dunkelheit brannte ein Licht.

In der Dunkelheit hielt sie ein Feuer in der Hand.

Als sie es über ihren Kopf hob, damit alle Welt es sähe, fing die Erde wieder an zu beben, dicke Felsbrocken stürzten herab, und ein zorniges Flügelwesen ging mit Klauen und Zähnen auf sie los.

Um Gottes willen, Sasha, wach auf! Komm endlich in die Hufe.

»Was?« Sie fuhr erschrocken aus dem Schlaf, doch die Stimme hallte noch durch ihren Kopf, und ihr Herz schlug bis zum Hals.

Es war nur ein Traum gewesen, machte sie sich selbst Mut. Am besten fügte sie ihn einfach ihrer Sammlung zu.

Das inzwischen weiche Licht lag wie ein Tuch aus Seide auf dem Meer. Sie wusste nicht, wie lange sie geschlafen hatte, doch die Stimme aus dem Traum hatte sie sicherlich nicht ohne Grund geweckt.

Sie duschte, um den Schmutz der Reise abzuwaschen, zog frische Kleider an, band ihre Haare aber nicht zusammen, weil sie das nur bei der Arbeit tat. Dann zwang sie sich, das Zimmer zu verlassen, um auf der Terrasse Platz zu nehmen und sich erst einmal was zu trinken zu bestellen. Sie war tatsächlich hergekommen, hatte die gewohnte Einsamkeit und Ruhe hinter sich gelassen und den Ort aus ihren Träumen aufgesucht.

Wo sie auch auf die fünf Menschen aus den Träumen treffen müsste, damit die Geschichte weiterging.

Sie fand den Weg nach draußen, schlenderte gemächlich unter einer von einer Glyzinie umrankten Pergola hindurch und lief, gefolgt vom Duft der Blüten, an den weißen Liegestühlen, die am Pool standen, vorbei auf eine steinerne Terrasse zu. Das abendliche Sonnenlicht ließ die roten und dunkelvioletten Blumen in den Steinguttöpfen glühen, und da es völlig windstill war, hingen die Wedel der haushohen Palmen, die das Grundstück säumten, schlaff herab.

Nur ein paar der Tische, die im Schatten leuchtend weißer Sonnenschirme standen, waren besetzt. Sasha atmete erleichtert auf. Auch wenn sie hier vielleicht nicht ganz für sich war, wäre es zumindest ruhig. Sie wollte sich ein wenig abseits von den anderen setzen, als ihr Blick auf eine Frau fiel, die ebenfalls allein in einer Ecke saß.

Sie hatte kurzes braunes Haar mit sonnenhellen Strähnchen und einem langen Pony, der bis auf die bernsteinfarbenen Gläser ihrer Sonnenbrille fiel. Sie lehnte sich auf ihrem Stuhl zurück, stellte ihre Füße in den grell orangefarbenen Chucks auf den Nachbarstuhl und hob eine Champagnerflöte, die ein perlendes Getränk enthielt, an ihren Mund.

Die Luft fing an zu flimmern. Mit wild klopfendem Herzen starrte Sasha die Frau aus großen Augen an. Und verstand den Grund für ihre Reaktion, als diese sich ihre Sonnenbrille auf die Nasenspitze schob, um sie mit den glühenden Augen einer Wölfin anzusehen.

Sasha unterdrückte das Verlangen, einfach umzudrehen und in ihr Hotelzimmer zurückzukehren, wo sie sich sicher fühlte. Stattdessen zwang sie sich, unter dem durchdringenden Blick aus diesen goldenen Augen weiter auf die Fremde zuzugehen.

»Verzeihung«, fing sie an.

»Wofür?«

»Ich … kennen Sie mich?«

Die Frau zog ihre Brauen unter dem dichten Pony hoch. »Sollte ich das denn?«

Ich kenne dein Gesicht. Ich habe es seit Monaten fast jede Nacht im Traum gesehen.

»Dürfte ich mich vielleicht setzen?«

Die Frau legte den Kopf schief und sah sie weiter reglos an, zog aber gleichzeitig die Füße von dem zweiten Stuhl. »Sicher, aber falls Sie vorhaben, mich anzubaggern, muss ich Sie enttäuschen. Denn seit einem leicht missglückten One-Night-Stand mit meiner Mitbewohnerin am College fange ich nur noch was mit Männern an.«

»Nein, das ist es nicht.« Sasha setzte sich und atmete tief durch. Doch bevor sie weitersprechen konnte, trat ein Ober in weißem Jackett an ihren Tisch.

»*Kalispera*. Kann ich Ihnen etwas bringen, Miss?«

»Gerne. Ah, was trinken Sie?«

Die Fremde griff nach ihrem Glas und prostete ihr zu. »Pfirsich Bellini.«

»Das klingt gut. Möchten Sie vielleicht noch einen? Die Runde geht auf mich.«

Wieder zog die Frau die Brauen hoch. »Na klar.«

»Dann bitte zwei Bellini. Ich bin Sasha«, stellte sie sich vor, nachdem der Mann verschwunden war. »Sasha Riggs.«

»Riley Gwin.«

»Riley«, wiederholte sie. Der Name passte zum Gesicht. »Ich weiß, wie das wahrscheinlich klingen wird … aber ich habe von Ihnen geträumt.«

Riley nahm den nächsten Schluck aus ihrem Glas und lächelte. »Klingt, als wollten Sie mich doch anmachen. Aber auch wenn Sie echt hübsch sind, Sasha, haben Sie …«

»Nein, ich meine, ich habe tatsächlich von Ihnen geträumt. Als ich Sie hier sitzen sah, habe ich Sie gleich erkannt, denn Sie kommen schon seit Monaten in meinen Träumen vor.«

»Meinetwegen. Und was habe ich gemacht?«

»Ich kann nicht erwarten, dass Sie mir diese Geschichte einfach glauben. Aber meine Träume sind der Grund dafür, dass ich auf Korfu bin. Auch wenn ich … warten Sie.« Die Skizzen, dachte sie und stand entschlossen auf.

Denn ein Bild sagte schließlich mehr als tausend Worte aus.

»Ich möchte Ihnen etwas zeigen. Warten Sie, bis ich zurück bin?«

Achselzuckend griff die Frau nach ihrem Glas. »Ich bekomme gleich noch einen Drink, also bin ich sicherlich noch eine Weile hier.«

»Fünf Minuten«, sagte Sasha zu und eilte los.

Riley nippte nachdenklich an ihrem Drink. Sie kannte sich mit Träumen aus und war nicht geneigt, die Träume dieser Fremden einfach abzutun. Sie hatte in ihrem Leben bereits viel zu viel gesehen und erlebt, um irgendetwas abzutun.

Und diese Sasha kam ihr, wenn auch ziemlich aufgeregt und angespannt, doch auf alle Fälle ehrlich vor.

Allerdings hatte sie ihre eigenen Gründe dafür, dass sie auf der Insel war, und die hatten mit einer Rolle in den Träumen einer Fremden nichts zu tun.

Der Ober kam zurück und stellte ihre Drinks, ein Tellerchen mit saftigen Oliven und ein Schälchen Nüsse auf den Tisch.

»Und die andere Lady?«, fragte er.

»Sie hat etwas vergessen, aber sie ist sofort wieder da.« Riley reichte ihm ihr leeres Glas. »*Efcharisto.*«

Sie schob sich eine Mandel in den Mund, lenkte den Blick zurück aufs Meer und drehte sich erst wieder um, als jemand mit schnellen Schritten über die Terrasse lief.

Eine Ledermappe in der Hand, nahm Sasha wieder Platz. »Ich bin Künstlerin«, setzte sie an.

»Gratuliere.«

»Ich hatte während des gesamten Winters diese Träume. Sie haben kurz nach Neujahr angefangen, und ich hatte sie seither fast jede Nacht.« Sie hatte diese Träume auch im Wachzustand gehabt, doch das behielt sie vielleicht besser erst einmal für sich. »Ich habe die Personen und die Orte, die in diesen Träumen regelmäßig vorkamen, skizziert.«

Sie schlug die Mappe auf und zog das Bild heraus, das der Grund dafür war, dass sie zu Riley an den Tisch getreten war. »Diese Skizze habe ich vor Wochen angefertigt.«

Riley nahm das Blatt und spitzte nachdenklich die Lippen, als sie das Motiv der Skizze sah. »Sie sind wirklich gut, und ja, das hier ist Korfu.«

»Und die Frau auf diesem Bild sind Sie.«

Sasha schob ihr eine andere Skizze hin, auf der Riley

in Cargohose, Wanderstiefeln, einer abgewetzten Leder-
jacke und mit einem breitkrempigen Hut zu sehen war.
Ihre Hand lag auf dem Griff des Messers, das in einer
Scheide an ihrem Gürtel steckte.

Während Riley nach der Zeichnung griff, schob Sasha
ihr bereits die nächste hin. »Und das hier auch.« Diesmal
war es eine Kopf-und Schulter-Studie, auf der Riley sich
mit gebleckten Zähnen lächeln sah.

»Was hat das zu bedeuten?«, murmelte sie leise vor sich
hin.

»Keine Ahnung. Um das herauszufinden, bin ich hier.
Ich dachte schon, ich würde langsam, aber sicher den
Verstand verlieren. Aber Sie sind real, und Sie sind hier.
Genau wie ich. Von den anderen weiß ich bisher nichts.«

»Von welchen anderen?«

»Insgesamt sind wir zu sechst.« Sasha wühlte abermals
in ihrer Mappe. »Sechs Personen, die zusammen arbeiten
und auf Reisen gehen.«

»Ich arbeite immer allein.«

»Ich auch.« Sasha war richtiggehend schwindlig vor
Erleichterung. Sie fühlte sich bestätigt, auch wenn die
Geschichte völlig irre war.

»Ich weiß nicht, wer diese Menschen sind.« Sie hielt
der anderen Frau die nächste Skizze hin. »Ich habe indi-
viduelle Skizzen von all diesen Leuten, ein paar Zeichnungen, auf denen nur ein Teil der Gruppe abgebildet
ist, und noch ein paar andere Bilder von uns allen, so wie
dieses hier. Aber wie gesagt, ich habe keine Ahnung, wer
die anderen sind.«

Die Skizze zeigte Riley in derselben Aufmachung
wie auf dem anderen Bild und Sasha, die statt in Sanda-

len und einem weich fließenden Kleid wie jetzt in Stiefeln, Shorts und Sonnenhut an ihrer Seite stand. Daneben waren noch eine andere Frau mit offenem, hüftlangem Haar und drei Männer zu sehen. Wirklich heiße Männer, dachte Riley, die zusammen mit den Frauen irgendwo auf einem Weg in einer baumbestandenen Hügellandschaft abgebildet waren.

»Sie – Sasha, richtig?«

»Ja, genau.«

»Nun, Sasha, von den Männern können Sie auf jeden Fall träumen. Die drei sehen echt fantastisch aus.«

»Außerhalb von meinen Träumen habe ich bisher noch keinen dieser Männer je gesehen. Aber ich habe das Gefühl, ich kenne sie ... ich kenne diese drei. Und dieser hier ...«

Unwillkürlich legte Sasha einen Finger auf den Mann, der, den Daumen in der Vordertasche seiner abgetragenen Jeans, lässig an ihrer Seite stand. Er hatte ein scharf geschnittenes Gesicht und braunes Haar, das ihm in wilden Locken auf die Schulter fiel. Sein Lächeln wirkte selbstbewusst, charmant – und irgendwie geheimnisvoll.

»Was ist mit ihm?«, hakte die Wolfsfrau nach.

»Seine Hände senden Blitze aus. Ich weiß nicht, ob das ein Symbol ist oder was es sonst zu bedeuten hat. Und ich träume, dass wir – dass wir ...«

»Träumen Sie davon, mit ihm ins Bett zu gehen?« Grinsend schaute Riley sich den Mann genauer an. »Da hätten Sie es deutlich schlimmer treffen können.«

»Trotzdem würde ich mit einem Mann, bevor ich mit ihm schlafe, wenigstens was trinken oder essen gehen wollen.«

Riley lachte brüllend auf. »Also bitte, essen kann ein Mädchen ja wohl jederzeit. Sind Sie eine Traumwandlerin, Sasha?«

»Eine was?«

»In einigen Kulturen heißt das so, wenn jemand in den Träumen in die Zukunft schauen kann. Warum sind Sie plötzlich so zurückhaltend?«, erkundigte sie sich, als Sasha keine Antwort gab. »Immerhin haben Sie mir, noch bevor Sie auch nur einen Tropfen Alkohol getrunken haben, freimütig von Ihrem Sex mit einem fremden Mann erzählt.«

»Das war ein Traum. Aber okay, ich träume nicht nur, wenn ich schlafe, sondern manchmal auch im Wachzustand.« Wahrscheinlich hatte Riley recht. Am besten sprach sie die Dinge einfach aus. »Und ja, normalerweise kann ich, wenn ich träume, in die Zukunft sehen. Als ich zwölf war, träumte ich, dass uns mein Dad verlassen würde, und knapp eine Woche später hat er es getan. Er kam mit meiner ganz besonderen Gabe einfach nicht zurecht. Und auch ich selbst kann sie nicht wirklich kontrollieren und kann nicht verlangen, irgendetwas zu sehen oder nicht zu sehen.«

Sie griff nach ihrem Glas, trank einen möglichst großen Schluck und machte sich auf Argwohn und verächtliche Bemerkungen gefasst.

»Haben Sie je mit irgendwem zusammengearbeitet?«

»Was meinen Sie?«

»Haben Sie sich je mit anderen Traumwandlern getroffen und versucht herauszufinden, wie man die Visionen entweder blockieren oder öffnen kann?«

»Nein.«

»Ich hätte Sie klüger eingeschätzt«, stellte Riley schulterzuckend fest. »Haben Sie nur Visionen, oder können Sie auch Gedanken lesen?«

Das klang so, als wollte sie von Sasha wissen, ob ihr Ölgemälde oder Aquarelle lieber waren.

Sasha hatte einen Kloß im Hals und stieß mit rauer Stimme aus: »Sie glauben mir.«

»Warum denn nicht? Der Beweis liegt schließlich vor mir auf dem Tisch. Also, können Sie Gedanken lesen und das an- und abstellen, wie Sie wollen?«

»Ich lese weniger Gedanken als Gefühle, denn die sprechen mindestens genauso laut. Aber solange die Gefühle nicht so stark sind, dass sie alle Schranken überwinden, kann ich mich dagegen sperren.«

»Was fühle ich im Augenblick? Na los.« Riley breitete die Arme aus, als Sasha zögerte, und fügte gut gelaunt hinzu: »Ich bin ein offenes Buch, also lesen Sie mir vor, worum es darin geht.«

Sasha konzentrierte sich. »Sie finden mich sympathisch und sind neugierig auf mich. Obwohl Sie entspannt sind, sind Sie gleichzeitig auch auf der Hut. Weil Sie das immer sind. Sie sehnen sich nach etwas, was bisher stets unerreichbar für Sie war. Da Sie gern gewinnen, ist das sehr frustrierend für Sie. Und auch sexuell sind Sie im Augenblick etwas frustriert, weil Sie sich seit Längerem nicht mehr die Zeit dafür genommen haben ... weil Sie dachten, dass dieses Bedürfnis später noch befriedigt werden könnte. Ihre Arbeit füllt Sie aus. Sie lieben die Risiken, das Abenteuer und die Anforderungen, die sie an Sie stellt. Sie haben sich Ihre Autonomie aus eigener Kraft erarbeitet und haben kaum jemals vor irgendwas Angst.

Falls Sie doch einmal Angst verspüren, dann weniger um Ihre körperliche Unversehrtheit als um Ihr emotionales Gleichgewicht.« Sie hielt inne.

»Sie haben ein Geheimnis«, fuhr sie leise fort. »Von dem niemand etwas wissen darf.«

Riley fuhr zurück, und Sasha runzelte die Stirn. »Sie haben mich gebeten hinzusehen. Also dürfen Sie nicht sauer auf mich sein.«

»Das stimmt natürlich, aber trotzdem reicht es jetzt erst mal.«

»Ich glaube an die Privatsphäre der Menschen.« Nie zuvor in ihrem Leben hatte sie absichtlich derart ungeniert in jemandem gelesen, und etwas verlegen fügte sie hinzu: »Ich wühle nicht in den Geheimnissen von anderen Leuten.«

Wieder prostete ihr Riley zu. »Ich glaube ebenfalls an die Privatsphäre der Menschen. Aber trotzdem wühle ich begeistert darin rum.«

»Ihre Arbeit ist befriedigend für Sie und macht Sie stolz. Was machen Sie beruflich?«

»Kommt drauf an. Hauptberuflich bin ich Archäologin. Denn ich suche gern nach Dingen, die sonst niemand finden kann.«

»Und wenn Sie sie entdecken? Was machen Sie dann?«

»Das kommt ebenfalls drauf an.«

»Sie finden also Dinge.« Sasha nickte zustimmend, und ihre Anspannung verflog. »Das muss einer der Gründe sein.«

»Wofür?«

»Dass wir zusammen hier auf Korfu sind.«

»Ich bin auf jeden Fall nicht grundlos hier.«

»Zu dieser Zeit an diesem Ort?« Wieder zeigte Sasha auf die Skizzen zwischen ihnen auf dem Tisch. »Ich weiß, dass wir hier etwas suchen und vor allem finden müssen.«

»Wenn Sie mich in diese Suche einbeziehen wollen, spucken Sie am besten endlich aus, worum es geht.«

Wortlos schob ihr Sasha eine andere Zeichnung hin, auf der ein mondbeschienener Strand, das ruhige Meer, ein Palast auf einem Hügel ... und drei hell leuchtende Sterne zu sehen waren.

»Ich weiß nicht, wo das ist, aber ich weiß, dass es diese drei Sterne unterhalb des Monds nicht gibt. Ich bin keine Astronomin, aber trotzdem weiß ich, dass sie dort nicht sind. Ich weiß nur, dass sie dort mal waren und dann eines Tages heruntergefallen sind. Sehen Sie das hier?« Sie hielt Riley eine andere Skizze hin.

»Sie fallen alle gleichzeitig vom Himmel, ziehen diese kometenartigen Schweife hinter sich her, und ich weiß, dass wir sie finden sollen.«

Sie blickte wieder auf und registrierte Rileys plötzlich kalten, durchdringenden Blick.

»Was wissen Sie über die Sterne?«, fragte Riley sie.

»Nicht mehr als das, was ich bereits gesagt habe.«

Mit einer blitzschnellen Bewegung packte Riley sie am Arm. »Wer zum Teufel sind Sie? Was haben Sie mit den Glückssternen zu tun?«

Obwohl ihr Magen sich vor lauter Furcht zusammenzog, zwang Sasha sich, ihr weiter ins Gesicht zu sehen.

»Ich habe mich schon vorgestellt und Ihnen alles erzählt, was ich weiß. Sie wissen offenbar genau, was das für Sterne sind, und sind ihretwegen hier. Sie suchen sie bereits. Aber vor allem tun Sie mir weh.«

»Falls Sie vorhaben, mich hinters Licht zu führen, wird Ihnen bald noch deutlich mehr als nur Ihr Arm wehtun.« Riley zog ihre Hand zurück.

»Sie sollten mir nicht drohen«, fauchte Sasha sie zu ihrer eigenen Überraschung zornig an. »Mir reicht's. Ich habe nicht darum gebeten, dass man mich in diese Sache reinzieht, denn ich habe keinerlei Interesse an dem ganzen Kram. Ich wollte nur in Frieden leben und in Ruhe malen. Aber plötzlich haben Sie und diese anderen mich in meinen Träumen heimgesucht, Sie und diese blöden Sterne, die ich nicht verstehe. Ich weiß nur, dass einer dieser Sterne hier ist, dass wir nach ihm suchen müssen und dass diese Suche ausnehmend gefährlich werden wird. Ich habe keine Ahnung, wie man kämpft, aber trotzdem werde ich es müssen. Weil es in den Träumen stets um Blutvergießen, wilde Schlachten und um Schmerzen ging.«

»Langsam wird die Sache interessant.«

»Das alles macht mir eine Heidenangst, und am liebsten hätte ich mit alldem nichts zu tun. Aber irgendwie bin ich schon mittendrin. Denn ich hatte einen dieser Sterne in der Hand.«

Riley beugte sich über den Tisch. »Sie hatten einen von den Sternen in der Hand?«

»In einem Traum.« Sasha sah in ihre offene Hand. »Ich hielt das Feuer in der Hand. Und es war so schön, dass es mich regelrecht geblendet hat. Bis plötzlich ...«

»Was?«

»Bis plötzlich das Dunkle, Hungrige, Brutale kam.«

Plötzlich war ihr schwindlig, und ihr wurde schlecht. Obwohl sie sich dagegen wehrte, siegte das, was plötzlich in ihr aufgestiegen war, und sie begann zu reden.

»Sie, die Dunkle, begehrt ebenfalls den Stern. Ihr Verlangen danach frisst sie auf. Sie will die Liebe, die Loyalität und die Hoffnung der drei Monde korrumpieren. Sie hat ihre Gaben und die hellen Seiten ihrer Macht verbrannt und besteht nur noch aus Wahn. Sie wird töten, um Feuer, Eis und Wasser zu besitzen. Und mit ihrer Hilfe Welten zu zerstören, damit sie selbst leben kann.« Sie griff sich an die Schläfen. »Au.«

»Kommt so was öfter vor?«

»Nicht, wenn ich es verhindern kann.«

»Wahrscheinlich haben Sie deshalb diese Kopfschmerzen. Denn glauben Sie mir, gegen Ihre eigene Natur kommen Sie nie und nimmer an. Sie müssen lernen, sie zu kontrollieren, und sich damit arrangieren, was Sie sind.« Riley fing den Blick des Obers auf und ließ den Zeigefinger kreisen. »Ich bestelle uns noch eine Runde, ja?«

»Ich glaube nicht, dass ich …«

»Hier, essen Sie einfach ein paar Nüsse«, meinte Riley und schob ihr die Schale hin. »Das haben Sie ganz sicher nicht gespielt – denn so gut ist kein Mensch. Und ich habe ein Gespür für Menschen – vielleicht kann ich nicht in ihnen lesen, aber auf meine Gefühle ist durchaus Verlass. Also werden wir noch etwas trinken, dabei ein bisschen über diese Sache reden und uns überlegen, wie wir weitermachen sollen.«

»Sie werden mir helfen«, stellte Sasha fest.

»Wie es aussieht, werden wir uns gegenseitig helfen. Meine Nachforschungen deuten darauf hin, dass der Feuerstern entweder hier auf Korfu oder in der Nähe ist – was Ihre Träume bestätigt haben. Ihr Erscheinen könnte durchaus praktisch sein. Und jetzt …«

Sie schob sich den Pony aus der Stirn und sah auf eine Stelle über Sashas Kopf. »Aber hallo, es wird immer interessanter.«

»Was?«

»Sieht ganz so aus, als wäre jetzt auch noch Ihr Traummann aufgetaucht.« Riley setzte ein verführerisches Lächeln auf und winkte ihn heran.

Sasha fuhr herum und riss die Augen auf.

Der Mann, der Blitze in den Händen hielt.

Der Mann, mit dem sie während ihres letzten Traums intim gewesen war.

Seine dunklen Augen blickten erst auf Riley, dann auf sie und zogen sie in seinen Bann, als er über die Terrasse direkt auf sie zugelaufen kam.

»Meine Damen. Wunderbare Aussicht, finden Sie nicht auch?«

Er sprach mit einem melodiösen irischen Akzent, und Sasha hatte das Gefühl, als hätte sich ein Käfig aus glänzendem Silber über sie gesenkt.

Und noch mehr als seine Stimme rief sein Lächeln schmerzliches Verlangen in ihr wach.

»Hallo, Ire, woher kommen Sie?«, fragte Riley grinsend.

»Aus einem kleinen Dorf in Sligo, dessen Name Ihnen ganz bestimmt nichts sagt.«

»Vielleicht wären Sie überrascht.«

»Also gut, aus Cloonacool.«

»Das kenne ich. Es liegt am Fuß der Ochsenberge.«

»Allerdings. Nun denn.« Er schüttelte die Hand und hielt Riley ein Kleeblatt-Sträußchen hin. »Ein kleines Souvenir aus meiner Heimat.«

»Das ist nett.«

»Und Sie beide kommen aus den Staaten?«, wandte er sich Sasha zu.

»So sieht's aus.« Riley merkte, dass der Blick des Mannes auf die Skizzen fiel. Schweigend sah sie zu, wie er eins der Bilder von der ganzen Gruppe in die Hand nahm, um es sich genauer anzusehen.

Er wirkte weniger schockiert als fasziniert, erkannte sie.

»Aber hallo.« Wieder sah er Sasha an. »Sind Sie die Künstlerin? Sie haben eine gute Hand und einen guten Blick. Beides habe ich angeblich auch. Macht es Ihnen etwas aus, wenn ich mich zu Ihnen geselle?«

Ohne eine Antwort abzuwarten, zog er einen Stuhl vom Nachbartisch heran und setzte sich.

»Anscheinend haben wir jede Menge zu bereden. Mein Name ist Bran. Bran Killian. Warum lasse ich nicht eine Runde springen, und dann tauschen wir uns über einem Drink über den Mond und vor allem die Sterne aus?«

2

Er lehnte sich bequem auf seinem Stuhl zurück und bestellte ein Glas einheimischen Rotwein, während die arme Sasha mühsam um ihr Gleichgewicht rang.

Er war aus ihren Träumen aufgetaucht, als hätte sie ihn sich herbeigewünscht. Sie kannte sein Gesicht, seinen Körper, seine Stimme, seinen Duft. Weil sie ihm bereits so nah gewesen war.

Doch er kannte sie nicht. Er hatte keine Ahnung, dass ihr wilder Herzschlag ihr die Brust zu sprengen drohte und dass sie die Hände fest unter der Tischplatte verschränkte, wo das Zittern ihrer Finger nicht zu sehen war.

Sie brauchte einen Augenblick für sich, sammelte rasch die Skizzen ein, um damit auf ihr Zimmer zu verschwinden, doch er blickte sie aus seinen dunklen Augen an und nahm eine Studie von Riley in die Hand.

»Sie hat Sie sehr gut getroffen.«

»So sieht's aus.«

»Kennen Sie beide sich schon lange?«

»Ungefähr seit einer halben Stunde.«

»Faszinierend.« Er zog die Braue mit der Narbe hoch, nahm dann nacheinander alle Skizzen in die Hand und ordnete sie neu. »Und die anderen drei Personen?«

»Kennt sie nicht. Was Sie nicht allzu sehr zu überraschen scheint.«

»Die Welt ist voller Geheimnisse, nicht wahr?«

»Was machen Sie auf Korfu?«, fragte Riley ihn.

Er lehnte sich erneut auf seinem Stuhl zurück, trank einen Schluck von seinem Wein und lächelte sie an. »Urlaub.«

»Also bitte, Bran.« Riley wies mit ihrem eigenen Glas in seine Richtung. »Nach allem, was wir miteinander durchgemacht haben, können Sie ruhig ehrlich sein.«

»Ich hatte das Gefühl, dass ich an diesem Ort sein muss«, erklärte er ihr schlicht und nahm ein Bild vom Mond und den drei Sternen in die Hand. »Wobei mich mein Gefühl anscheinend nicht getrogen hat.«

»Sie wissen, was das ist.«

Bran warf einen Blick auf Sasha. »Oh, sie spricht. Ja, ich weiß, was das für Sterne sind. Aber *wo* sie sich befinden, weiß ich nicht. Ich habe eins Ihrer Gemälde.«

»Was?«

»Das mit dem Titel *Stille*. Einen sommerlichen Wald im sanften Morgenlicht. Ein schmaler Pfad windet sich zwischen den zum Teil mit warm schimmerndem Moos bedeckten Bäumen in Richtung eines hellen Lichts, das einen heranzuwinken scheint. Wenn man es betrachtet, fragt man sich unweigerlich, was am Ende dieses Pfades liegt.«

Er nahm die nächste Skizze in die Hand, auf der er selbst zu sehen war: Er stemmte die Füße in den Boden, hatte den Kopf zurückgeworfen, und aus seinen ausgestreckten Fingern zuckten leuchtend blaue Blitze. »Das ist alles furchtbar interessant, nicht wahr?«

»Ich habe keine Ahnung, was das alles zu bedeuten hat. Ich verstehe nichts davon.«

»Aber trotzdem sind Sie hergekommen. Aus Amerika?«

»Ja.«

»Und Sie, Riley, sind ebenfalls von dort?«

»Ursprünglich, ja. Obwohl ich in der Zwischenzeit schon ziemlich weit herumgekommen bin. Und Sie kommen aus Irland.«

»Ich bin dort geboren. Aber hierher bin ich aus New York gekommen. Ich lebe inzwischen meistens dort.«

»Und was machen Sie beruflich?«, wollte Sasha wissen.

Falls er ihren scharfen Ton bemerkte, zeigte er es nicht. »Magie«, erklärte er und zauberte eine Passionsblume für sie hervor.

»Die Hand ist schneller als das Auge«, stellte er lächelnd fest und drückte ihr die leuchtend violette Blüte in die Hand. »Vor allem, da das Auge sich gern täuschen lässt.«

»Sie sind also ein Zauberer.«

»Genau. Ich zaubere auf der Bühne und gelegentlich auch auf der Straße, wenn mir danach ist.«

Ein Zauberer, dachte Sasha. Offenbar waren die Blitze ein Symbol für seine Tätigkeit. Wobei ihr alles andere noch immer unerklärlich war.

Sie blickte auf die Blume, hob den Kopf und sah ihm forschend ins Gesicht.

Hinter ihm versank die Sonne wie ein leuchtend roter, gold gerahmter Feuerball im Meer.

»Aber das ist noch nicht alles«, sagte sie und dachte: In dir steckt viel mehr als das.

»Steckt nicht in jedem von uns mehr, als der erste Blick vermuten lässt?«, gab er zurück und legte ihre Zeichnung von den Sternen auf dem Stapel mit den anderen Bildern ab. »Ich glaube, dass wir drei uns mal in aller Ruhe unterhalten sollten. Vielleicht bei einer Mahlzeit?«, schlug er vor.

»Ich könnte durchaus was vertragen«, stimmte Riley zu. »Vor allem, wenn ich dazu eingeladen bin.«

»Für das Privileg, mit zwei so schönen Frauen ins Restaurant zu gehen, zahle ich natürlich gern. Wir könnten ja einen Spaziergang unternehmen, bis wir etwas finden, was für unseren Zweck geeignet ist.«

»Ich bin dabei.«

Als Sasha schwieg, nahm Bran ihr kurzerhand die Blume ab und steckte sie ihr hinters Ohr. »Sie sind kein Feigling, Sasha Riggs. Denn wenn Sie einer wären, wären Sie nicht hier.«

Sie nickte stumm, schob ihre Bilder in die Mappe und stand auf. »Wenn Sie beide mir sagen, was Sie wissen, werde ich Ihnen erzählen, was ich selbst über die Sache weiß.«

»Okay.«

Die engen Kopfsteinpflastergassen in der Altstadt wurden von Verkaufsständen, Geschäften und Cafés gesäumt. Sasha speicherte den warmen Fliederton des Abendhimmels für eins ihrer nächsten Bilder ab. Genau wie die alten, von der Sonne ausgetrockneten Fassaden der Gebäude, die steinernen Töpfe voller wild blühender Blumen und die leuchtend rote Tischdecke, die mit anderen Wäschestücken an der Leine über ihren Köpfen hing.

Solange sie an Perspektiven, Töne und Texturen dachte, konnte sie verdrängen, dass sie in Gesellschaft zweier völlig fremder Menschen auf dem Weg durch eine Stadt war, in der niemand ihre Sprache sprach.

Sie bewunderte Riley und Bran für den mühelosen Small Talk, den sie miteinander führten, und für ihre Fähigkeit, sich ganz auf den Moment zu konzentrieren. Sie schienen einfach einen schönen Abend in einer uralten Stadt und den Duft von gegrilltem Lamm und zahlreichen exotischen Gewürzen zu genießen, der ihnen entgegenschlug.

»Wollen wir lieber drinnen oder draußen sitzen?«, fragte Bran.

»Warum sollte man einen so schönen Abend drin vergeuden?«, gab Riley zurück.

»Das sehe ich genauso.«

Wie durch Magie fand er ein Restaurant am Rand des Parks, wo man unter Bäumen voller bunter Lichterketten saß, während in der Nähe eine fröhliche Musik erklang.

»Der hiesige Rotwein ist echt gut. Der Petrokorintho«, meinte Bran. »Wollen wir uns eine Flasche teilen?«

»Bei Alkohol sage ich niemals Nein.«

Bran bestellte eine Flasche, doch Sasha dachte an die Cocktails, die sie schon getrunken hatte, während sie auf die Speisekarte sah. Um nicht unhöflich zu wirken, würde sie ein Schlückchen trinken, sich danach aber an Wasser halten. Vor allem aber musste sie etwas essen.

Sie war immer noch entsetzlich zittrig, hatte ein flaues Gefühl im Magen und fühlte sich an diesem Ort und in Gesellschaft dieser beiden Fremden völlig fehl am Platz.

Sie würde Fisch bestellen, weil sie schließlich auf einer Insel waren, und während sie noch überlegte, welchen Fisch sie nehmen sollte, ließ sich Riley über die diversen Vorspeisen aus, die auf der Karte standen.

Als sie Sashas überraschten Blick bemerkte, stellte sie

mit einem gleichmütigen Achselzucken fest: »Ich bin vielleicht zum ersten Mal auf Korfu, war aber schon öfter in Griechenland. Und in Bezug auf Essen hat mein Magen ein untrügliches Gedächtnis.«

»Also such was für uns aus«, bat Bran. Inzwischen waren sie zum Du übergegangen, und er fragte Sasha: »Bist du ebenfalls bereit, ein Wagnis einzugehen?«

»Ich wollte eigentlich den Fisch probieren.«

»Der ist dabei. Wie steht's mit dir?«, fragte Riley Bran.

»Ich hätte lieber Fleisch.«

»Okay.«

Nachdem der Wein gekostet und serviert war, zählte Riley eine Reihe griechischer Gerichte für den Ober auf, und Sasha fragte sich besorgt, ob ihr Magen all die fremden Speisen wohl vertragen würde.

»Bist du schon viel gereist?«, wandte sich Bran erneut an sie.

»Nein, nicht wirklich. Ich war bisher nur einmal für ein paar Tage in Florenz und in Paris.«

»Das ist vielleicht nicht viel, aber auf alle Fälle gut gewählt. Ich dachte, dass du vielleicht mal in Irland warst.«

»Nein. Warum?«

»Wegen des Gemäldes, das in meiner Wohnung hängt. Ich kenne einen Ort, der ganz genauso aussieht und der in der Nähe meines Hauses liegt. Und welchen Wald hast du gemalt?«

Sie hatte ihn wie die Motive vieler ihrer Bilder irgendwann geträumt. »Das ist kein echter Wald. Ich habe ihn mir einfach vorgestellt.«

»So wie mich und Riley und die anderen, denen wir bisher noch nicht begegnet sind?«

»Nun spuck's schon aus, Sasha«, drängte Riley. »Ein irischer Zauberer ergreift sicher nicht so schnell die Flucht, nur weil eine Geschichte vielleicht etwas seltsam ist.«

»Ich habe ihn geträumt«, brach es aus ihr heraus. »All das hier und euch fünf. Ich habe von Korfu geträumt – das heißt, ich kam irgendwann dahinter, dass es Korfu war, deshalb habe ich den Flug hierher gebucht. Und als ich auf die Hotelterrasse kam, sah ich dort erst Riley und dann dich.«

»Du hast also davon geträumt.« Er trank einen Schluck von seinem Wein und sah sie unter seinen schweren Lidern hervor an. »Du bist eine Seherin. Hast du nur Visionen, wenn du schläfst?«

»Nein.« Ihr fiel auf, dass er und vor ihm auch schon Riley völlig anders als die meisten anderen auf ihr Geständnis reagierten. Sie waren nicht skeptisch, feixten nicht und waren auch nicht versessen darauf, dass sie für sie in die Zukunft sah. »Sie kommen, wann sie wollen.«

»Verdammt unpraktisch.«

Sie lachte auf. »Auf jeden Fall. Das ist sogar superunpraktisch. Sie werden auch herkommen, die drei anderen. Das ist mir jetzt klar. Vielleicht sind sie auch schon hier. Entweder wir finden sie, oder sie finden uns. Und ich glaube nicht, dass es noch ein Zurück gibt, wenn es so weit ist.«

»Was für ein Zurück sollte es deiner Meinung nach denn geben?«, fragte Bran.

»Ein Zurück in unsere alten Leben, wie sie bisher waren.«

»Falls du deswegen so ängstlich bist, lass mich dir sagen, dass es immer besser ist, nach vorn zu schauen.«

Der Ober kam und brachte die Vorspeisen. Sie antwortete erst, nachdem er wieder verschwunden war. »Ihr zwei habt sicher eure Gründe dafür, dass ihr diese Sterne finden wollt, aber alles, was ich weiß, ist, dass wir sie finden sollen. Sonst wären wir nicht hier. Wobei uns irgendetwas daran hindern will. Etwas Dunkles und Gefährliches und Mächtiges. Vielleicht geht es also nicht darum, vor oder zurück zu gehen, sondern um unser aller Existenz.«

»Niemand lebt ewig«, stellte Riley fest und machte sich über ein Stück gegrillte Aubergine her.

Bran berührte flüchtig Sashas Hand. »Niemand kann dich zwingen, etwas zu tun, was du nicht willst. Du entscheidest ganz allein, *fáidh,* ob du vorwärts oder rückwärts gehen willst.«

»Was willst du damit sagen – und wie hast du mich gerade genannt?«

»Ich habe dich als das bezeichnet, was du bist. Eine Prophetin oder Seherin.«

»Eine Prophetin sollte meiner Meinung nach die Dinge etwas klarer sehen.«

»Ich wette, andere mit deiner Gabe haben das ebenfalls bereits gedacht.«

»Wenn ich jetzt kneife, werde ich bestimmt nie wieder Frieden finden.« Doch es gab noch einen anderen wichtigeren Grund, nach vorn zu schauen. Sie könnte sich nicht einfach so wieder von ihm trennen, wusste sie.

»Also sieht's so aus, als müsste ich mich diesen Dingen stellen. Ich habe noch nie mit zwei Leuten gegessen, die problemlos akzeptieren, was ich bin. Das ist schon mal nicht schlecht.«

Sie probierte das Zaziki und stellte fest, dass der cremige Joghurt, der würzige Knoblauch und die kühle Gurke einfach köstlich waren.

»Genau wie das hier.«

Durch das Essen nahm ihre Nervosität ein wenig ab. Vielleicht lag es auch am Rotwein, an dem milden Sommerabend oder daran, dass sie die Entscheidung herzukommen und sich der Vision zu stellen, endlich akzeptierte, aber plötzlich war sie wieder vollkommen im Gleichgewicht.

Als Bran ein Stückchen Fleisch auf ihren Teller legte, starrte sie es reglos an.

»Du solltest es auf jeden Fall probieren«, riet er ihr.

Um nicht unhöflich zu wirken, schob sie sich den Bissen in den Mund – und hatte das seltsame Gefühl, dass es eine intime Geste zwischen ihnen beiden war. Um sich von der Hitze abzulenken, die ganz sicher nicht aufgrund des gegrillten Lamms in ihrem Innern aufgestiegen war, hob sie ihr Weinglas an den Mund und sah Bran fragend an.

»Woher weißt du von den Sternen? Du, das heißt wir alle, sind nur ihretwegen hier. Woher weißt du, dass es diese Sterne gibt? Was weißt du über diese Angelegenheit?«

»Der Legende nach wurden die Sterne von drei Göttinnen geschaffen – Göttinnen des Mondes, die vor vielen hundert Jahren lebten und aus meiner Sicht noch immer existieren. Sie haben diese Sterne als Geschenk für eine neue Königin kreiert. Die nach einigen Legenden damals noch ein Säugling und nach anderen ...«

»Ein junges Mädchen war«, fuhr Riley fort. »So wie in der Artus-Sage wurde am Ende der Regentschaft einer

Herrscherin die nächste Königin durch irgendeine Prüfung bestimmt.«

»Genau. Die drei Göttinnen, die Schwestern waren, wollten für die Königin, von der sie wussten, dass sie zum Besten aller regieren und sanft, aber bestimmt den Frieden wahren würde, ein besonderes und immerwährendes Geschenk. Also haben sie jeweils einen hellen Stern geschaffen – wahlweise aus Feuer, Wasser und aus Eis – und ihn mit Stärke, mit Magie und Hoffnung angefüllt, drei Dinge, die gelegentlich identisch sind.«

»An einem weißen Sandstrand«, führte Sasha aus.

Bran schob sich den nächsten Bissen in den Mund und bedachte sie mit einem durchdringenden Blick. »In einigen Legenden wird das so erzählt.«

»Es gibt dort einen silbern glänzenden Palast auf einem hohen Hügel, von dem aus man auf das von einem strahlend weißen Vollmond beschienene Meer hinuntersehen kann.«

»Das hast du gesehen?«

»Das habe ich geträumt.«

»Was ebenfalls des Öfteren dasselbe ist.«

»Sie waren nicht allein dort an dem Strand.«

»Nein, sie waren nicht allein. Eine andere Göttin, die sich von den dreien unterschied wie Schwarz von Weiß, wollte das, was sie geschaffen hatten, und das, was die Königin besaß – und zwar grenzenlose Macht. Die drei wussten, was sie war. Deshalb haben sie die Sterne umgehend zum Mond hinaufgeschickt, während die andere mit ihrer Finsternis danach griff. Denn sie wussten, dass sie ihre Sterne schützen mussten, um alles Lebendige vor dem Verderben zu bewahren.«

»Sie wussten, dass die Sterne fallen würden«, fuhr er fort. »Dafür hatte die andere gesorgt, und sie würde warten, bis es so weit wäre. Deshalb nutzten die drei die ihnen eigene Macht, um dafür zu sorgen, dass die Sterne an verschiedenen Orten niedergehen würden, weil sie ihre volle Macht nur dann entfalten können, wenn sie dicht beieinander sind. Sie haben dafür gesorgt, dass sie an geheimen Orten landen würden, wo sie sicher wären, bis die Zeit gekommen wäre, um sie zusammenzuführen und der nächsten neuen Königin zu überbringen.«

»Das ist eine reizende Geschichte, aber ...«

»Ganz und gar nicht.« Riley wandte sich an Bran. »Los, erzähl ihr den Rest.«

»Falls die andere die Sterne in ihren Besitz bringt, gehen alle Türen aller Welten auf. Dann brechen die Dunklen, die Verdammten, die Zerstörer aus, um alles zu verschlingen, was ihnen vor die Mäuler kommt. Menschliche Welten und auch andere, die ebenso verletzlich sind, würden diesen Angriff niemals überstehen.«

»Welten.«

Lächelnd schenkte er ihr aus der Rotweinflasche nach. »Hat dich die Arroganz der Menschen, die sich einbilden, sie wären die Einzigen im Universum, niemals überrascht?«

»Die meisten Eingeborenenkulturen und ursprünglichen Religionen wissen, dass es nicht so ist«, warf Riley ein.

»Aber du bist Wissenschaftlerin.«

»Ich bin eine Gräberin«, gab Riley ungerührt zurück. »Und ich habe schon genügend Sachen ausgebuddelt, um zu wissen, dass wir nie alleine waren. Aber Bran hat die Legende noch nicht zu Ende erzählt.«

»Ein bisschen fehlt noch«, stimmte er ihr zu.

»Wer nach den Sternen sucht, riskiert sein Leben, aber wenn er oder sie erfolgreich ist, werden die Welten gerettet, was sehr wichtig ist. Und vor allem finden diese Menschen mit den Sternen auch ihr eigenes Glück.«

»Woran ihr beide glaubt.«

»Ich glaube es auf jeden Fall. Und habe mich in den vergangenen sieben Jahren immer wieder einmal nach den Sternen umgesehen.«

»Und ich während der letzten zwölf Jahre«, erklärte Bran. »Wenn auch mit Unterbrechungen.«

»Bisher war es für mich eher so etwas wie ein Hobby. Aber jetzt?« Riley trank den Rest von ihrem Wein. »Jetzt bin ich auf einer verdammten Mission.« Entschlossen stellte sie ihr leeres Weinglas auf den Tisch und beugte sich zu Sasha vor. »Also, suchen wir zu dritt?«

»Zu sechst. Es fehlen noch die anderen drei. Ich glaube nicht, dass wir weit kommen, bis sie Teil der Truppe sind.«

»Meinetwegen, aber trotzdem können wir doch schon mal anfangen zu suchen.«

»Weißt du denn, wo?«

»In den Bergen Richtung Norden gibt es jede Menge Höhlen. Vielleicht wäre das ein guter Ort.«

»Und wie kommen wir dorthin?«

»Ich habe einen Jeep. Mit dem kommt man selbst in den Bergen gut voran. Hast du Wanderschuhe mitgebracht?«

»Ja. Ich wandere auch zu Hause oft.«

»Und wie steht es mit dir?«, wandte Riley sich an Bran.

»Mach dir über mich keine Gedanken.«

»Gut. Dann treffen wir uns also morgen früh. Sagen wir, um acht?«

Bran zuckte zusammen. »Du bist offenbar eine Frühaufsteherin.«

»Ich bin, was ich sein muss.«

Wie in Trance lief Sasha mit den beiden anderen zum Hotel zurück. Sie hatte eine weite Reise hinter sich, erheblich zu viel Wein getrunken und war furchtbar aufgedreht. Am besten würde sie sich einfach schlafen legen und dann morgen weitersehen.

»Welcher Stock?«, erkundigte sich Bran, als sie neben ihm in den Lift stieg.

»Dritter.«

»Da wohne ich auch.«

»Ich ebenfalls«, erklärte Riley gut gelaunt.

»Hätte ich mir denken sollen.« Seufzend lehnte Sasha sich gegen die Wand, und als sie aus dem Fahrstuhl stiegen und alle dieselbe Richtung nahmen, kam es ihr so vor, als kneife ihr das Schicksal ins Genick.

Sie blieb als Erste stehen. »Ich wohne hier.«

»Und ich bin direkt gegenüber«, stellte Bran mit einem Lächeln fest.

»Was sonst.«

»Und ich gleich nebenan.« Riley öffnete die Tür des Raums, der neben Sashas lag.

»Wo sonst?«, murmelte die und schob den Schlüssel in ihr Schloss.

»Nacht, Kinder!«, rief Riley ihnen fröhlich zu.

»Gute Nacht. Und danke für das Essen«, sagte Sasha zu Bran und schob die Tür hinter sich zu.

Bran ging in sein eigenes Zimmer, machte Licht und sagte sich, dass dieser Abend unerwartet amüsant gewesen war. Er hatte eigentlich nur etwas trinken und einen Spaziergang machen wollen, um die Gegend zu erkunden, von der er sich aus irgendwelchen Gründen magisch angezogen fühlte.

Das Zusammentreffen mit den beiden Frauen hatte er nicht eingeplant.

Die Zeichnung von ihm selbst in einer Gruppe von sechs Leuten hatte ihn erschüttert. Doch auf eine durchaus interessante Art. Genau wie die Erkenntnis, dass die Künstlerin dieselbe war wie die, deren Gemälde in seiner New Yorker Wohnung hing.

Sasha Riggs hatte behauptet, dass der Wald auf dem Gemälde ihrer Fantasie entsprungen wäre, und vielleicht war das tatsächlich so. Doch er kannte diesen Wald, und zwar sehr gut. Und er wusste, was im hellen Licht am Ende des gewundenen Pfades lag.

Er nahm eine Flasche Wasser aus der Minibar, griff nach seinem Tablet, setzte sich aufs Bett und gab die Namen der beiden Frauen ein, die das Schicksal in genau dem Augenblick auf der Hotelterrasse hatte sitzen lassen, als er selbst dort etwas hatte trinken wollen.

Natürlich gäbe es auch andere Möglichkeiten, sich zu informieren, aber dieser Weg erschien ihm anständig und fair. Und er legte großen Wert auf Fairness. Wenigstens, solange sich ein Ziel auf diese Art erreichen ließ.

Sicher hatten ihm die beiden Frauen – die Abenteurerin und die Prophetin – noch nicht alles über sich erzählt. Aber da auch er einiges für sich behalten hatte, war das ebenfalls nur fair.

Da die Seherin ihn magisch anzog, googelte er erst einmal die Abenteurerin.

Doktor Doktor Riley Gwin, mit Abschlüssen in Archäologie sowie Mythen und Folklore. Die Tatsache, dass sie schon mit 30 Jahren zwei Doktortitel hatte, zeigte, dass sie alles andere als dumm war, und als Tochter von Dr. Carter Gwin und Dr. Iris MacFee – die als Archäologe und Anthropologin permanent auf Reisen waren – hatte sie wahrscheinlich schon in jungen Jahren sehr viel von der Welt gesehen.

Sie hatte zwei Bücher sowie eine Sammlung von Artikeln und Essays veröffentlicht, denn schließlich hieß es nicht umsonst: Wer schreibt, der bleibt. Den Großteil ihrer Zeit jedoch brachte sie offenbar mit Ausgrabungen und der Suche nach verlorenen Schätzen oder Mythen zu.

Weshalb ihr die Suche nach den Sternen durchaus zuzutrauen war.

Dann rief er Sashas Namen auf.

Sie war 28 Jahre alt, einziges Kind von Matthew und Georgina Riggs, geborene Corrigan, wobei die Eltern schon seit Jahren geschieden waren. Sie hatte Kunst an der Columbia University studiert, und die wenigen Artikel, die er über sie und ihre Werke fand, verrieten ihm, dass sie nicht gern im Rampenlicht zu stehen schien. Vertreten aber wurde sie von einer angesehenen New Yorker Künstleragentur und hatte ihrer offiziellen Biografie nach ihre erste große Ausstellung bereits als Zweiundzwanzigjährige in der New Yorker Windward Galerie gehabt. Sie lebte zurückgezogen in den Bergen von North Carolina und war unverheiratet.

Was durchaus praktisch war.

Doch hinter Sasha Riggs steckte erheblich mehr, als ihm das Internet verriet.

Also müsste er zu anderen Mitteln greifen, um herauszufinden, was das war.

Aber nicht an diesem Abend. Erst mal würde er die Dinge ruhen lassen und am nächsten Morgen sehen, wie es weiterging.

Entschlossen legte er das Tablet fort und zog sich aus. Auch wenn die Nacht ihm lieber als der Morgen war, müsste er beizeiten aufstehen, deshalb ginge er am besten möglichst gleich zu Bett.

Er ließ die Vorhänge und Fenster offen, horchte auf die nächtlichen Geräusche, dachte an die Sterne, an das Glück, an Frauen mit Geheimnissen und döste ein.

Bevor ein lautes Klopfen ihn aus der Behaglichkeit des Halbschlafs riss.

Verärgert rollte er sich aus dem Bett, hob seine Jeans vom Boden auf und zog sie eilig an.

Es überraschte ihn nicht sonderlich, dass Sasha vor der Tür stand, aber dass sie nur in einem dünnen weißen Nachthemd, das nicht einmal bis zur Mitte ihrer wohlgeformten Schenkel reichte, zu ihm kommen würde, hätte er beim besten Willen nicht gedacht.

»Aber hallo, jetzt wird's interessant.«

»Sie ist am Fenster.«

»Wer?« Er hatte gerade lächeln wollen, aber als er den Blick von ihren Schenkeln über ihre Brust und ihren Hals in Richtung ihrer Augen zwang, verflog sein fröhlicher Gesichtsausdruck.

Weil sie zu schlafwandeln schien. Weil ihre Augen glasig waren.

»Wo bist du, Sasha?«

»Hier bei dir. Sie ist am Fenster, und sie hat gesagt, wenn ich sie reinlasse, wird sie mir meinen Herzenswunsch erfüllen. Aber sie besteht aus lauter Lügen. Deshalb sollten wir sie dazu zwingen, dass sie wieder geht.«

»Lass uns gucken, wo sie ist.«

Er nahm sie bei der Hand, führte sie zurück in ihren eigenen Raum und schob die Tür hinter sich zu.

In dem Zimmer war es finster wie in einer Höhle, merkte er und machte Licht.

Sie zeigte auf die zugezogenen Vorhänge und stieß mit rauer Stimme aus: »Ich habe ihr gesagt, dass sie verschwinden soll, aber sie ist noch immer da.«

»Bleib hier.« Er trat ans Fenster, riss die Vorhänge zur Seite und sah einen Schatten oder eher ein Flackern, während er zugleich ein leises Rascheln hörte, wie das Flattern der trockenen Flügel einer Fledermaus. Genauso plötzlich war es wieder still, und er sah nur noch das Meer, das im Licht eines Dreiviertelmondes lag.

»So, jetzt ist sie weg.« Sasha lächelte ihn an. »Ich wusste, dass du sie vertreiben kannst. Denn du machst ihr Angst.«

»Ach ja?«

»Ich kann ein paar der Dinge fühlen, die sie fühlt. Nicht alles. Was ich allerdings auch gar nicht will.« Zitternd schlang sie sich die Arme um den Bauch. »Seit sie hier war, ist es entsetzlich kalt. Eigentlich steht sie mit dem Feuer in Verbindung, aber trotzdem ist es, seit sie hier war, furchtbar kalt.«

»Leg dich wieder unter deine warme Decke.«

Er trat vor sie, zog sie in die Arme und trug sie zum Bett.

»Du riechst nach dem Wald, den ich gemalt habe.«

»Tja, nun, das liegt wahrscheinlich daran, dass ich sehr häufig dort bin.« Er deckte sie sorgfältig zu. »Und, ist es jetzt wärmer?«

»Sie wird wiederkommen.«

»Aber nicht mehr heute Nacht.«

»Bist du sicher?«

»Völlig. Schlaf jetzt.«

»Gut.« Mit einem verblüffenden Vertrauen klappte sie die Augenlider zu.

Bran sah in ihr Gesicht und dachte über seine Möglichkeiten nach. Er könnte wieder in sein eigenes Zimmer gehen und darauf hoffen, dass sie noch mal zu ihm käme, wenn sie Hilfe brauchte. Könnte eine unbequeme Nacht auf ihrem Fußboden verbringen. Oder ...

Vorsichtig schob er sich neben sie und blickte in die Dunkelheit hinaus. Ihre Haut roch nach Orangenblüten, merkte er, sog ihren Duft in seine Lunge ein und schloss ebenfalls die Augen.

3

Angenehm gewärmt und rundherum zufrieden, tauchte Sasha aus den Tiefen ihres Schlafs wie aus einem Pool mit warmem Wasser auf. Um das herrliche Gefühl von Sicherheit und Glück noch etwas länger zu genießen, blieb sie mit geschlossenen Augen liegen.

Bis sie seufzend mit der Hand über das Laken glitt.

Und innehielt.

Weil sie kein kühles, weiches Laken spürte, sondern warme, feste Haut. Unter der ein fremdes Herz in einem ruhigen, gleichmäßigen Rhythmus schlug.

Sie riss die Augen auf.

Direkt neben ihr schlief Bran.

Und ihr Kopf ruhte auf seiner Schulter, als gehöre er dorthin.

Er hielt sie fest im Arm, sie hatte ihre Hand auf seine Brust gelegt, und sie schmiegten sich so wohlig aneinander wie ein Liebespaar nach einer erfüllten Nacht.

Und dieses Mal war es kein Traum.

Mit einem unterdrückten Schrei rückte sie von ihm ab und wäre fast vom Bett gefallen, bevor sie mit den Füßen auf dem Boden stand.

Mit wild zerzaustem Haar, unrasierten Wangen und mit nacktem, muskulösem Oberkörper fuhr er aus dem Schlaf.

»Was?« Seine dunklen Augen waren sofort hellwach. »Was ist passiert?«

»Was passiert ist?«, fauchte sie ihn an und pikste ihm mit ihrem Zeigefinger in die Brust.

»Was passiert ist?« Wütend wies sie abermals auf ihn, auf sich und auf ihr Bett. »*Das* hier ist passiert.«

»Himmel.« Er fuhr sich mit beiden Händen durchs Gesicht. »Ist es nicht schon schlimm genug, geweckt zu werden, ehe es noch richtig hell ist? Musst du auch noch derart kreischen?«

»Ich kreische nicht.« Ihre leuchtend blauen Augen sprühten Funken. »Willst du mich mal kreischen hören? Das wirst du nämlich, wenn du mir nicht sofort sagst, was zum Teufel du hier machst.«

»Entspann dich, *fáidh,* wir haben beide nur geschlafen.« Was aus seiner Sicht ein Jammer war, denn selbst mit ihrem wütenden Gesicht sah sie einfach fantastisch aus.

»Ich soll mich entspannen? Warum liegst du nicht in deinem eigenen Bett?«

»Nun, das werde ich dir sagen, wenn du endlich aufhörst, derart rumzuschreien. Bei allen Göttern, gibt's hier keinen Kaffee oder Tee?«

»Wenn du mir nicht sofort eine Antwort gibst, rufe ich die Hotelsecurity.« Sie sah sich hektisch um, schnappte sich eine ihrer Sandalen und fuchtelte damit vor ihm herum. »Also, was machst du hier?«

Er neigte seinen Kopf, sichtlich unbeeindruckt, und zog die vernarbte Braue hoch. »Wenn du damit nach mir wirfst, werde ich wirklich sauer, das verspreche ich dir.«

Er stand auf, entdeckte ihre Minibar, nahm sich eine

Cola, und als er die Schultern kreisen ließ, zuckte der tätowierte Blitz auf seinem linken Schulterblatt.

»Man muss eben nehmen, was man kriegen kann.« Er öffnete die Flasche und genehmigte sich einen großen Schluck. »Das ist auf jeden Fall besser als nichts.«

»Raus hier.«

Groß, schlank, muskulös, in nichts als seiner Jeans, die er in seiner Eile nicht einmal geschlossen hatte, drehte er sich wieder zu ihr um. Und neben ihrem Zorn stieg plötzlich glühendes Verlangen in ihr auf.

»Soll ich gehen oder dir erklären, wie ich hierhergekommen bin?«

»Erklär es mir und dann hau ab. Also, wie bist du hier hereingekommen?«

»Durch die Tür, mit dir zusammen.«

Sie zog ihre Hand mit der Sandale ein Stück zurück, als bereite sie einen Wurf in Richtung seines Schädels vor. »Nie im Leben.«

»Manchmal tänzele ich vielleicht etwas um die Wahrheit herum, aber darauf herumgetrampelt habe ich bisher noch nie. Du hast geschlafwandelt und an meine Tür geklopft.«

»Ich … ich laufe nicht herum, wenn ich schlafe«, erklärte sie, klang aber selbst in ihren eigenen Ohren wenig überzeugt.

»Schlafwandeln ist etwas anderes, als wenn man richtig schläft.« Er setzte sich aufs Bett, trank den nächsten Schluck von seiner Cola und hielt ihr die Flasche hin. »Möchtest du?«

»Nein. Ja. Aber ich werde mir meine eigene Flasche holen.« Auf halbem Weg zur Minibar bemerkte sie, dass sie noch immer nur ihr dünnes Nachthemd trug. Sie machte einen kurzen Umweg an der Tür vorbei und schnappte sich den Bademantel des Hotels, der dort an einem Haken hing.

»Dafür ist es jetzt ein bisschen spät, meinst du nicht auch? Denn schließlich habe ich den Anblick bereits hinlänglich bewundert.« Als sie ihn mit einem bösen Blick bedachte, fuhr er lachend fort: »Und wenn ich mich dir hätte ungebührlich nähern wollen, hätte ich während der letzten Stunden ausreichend Gelegenheit dazu gehabt.« Zum Zeichen seiner Unschuld hob er die freie Hand. »Aber ich schwöre dir, ich habe dich nicht angerührt.«

Trotzdem hüllte sie sich eilig in den Bademantel ein. »Ich kann mich nicht daran erinnern, was geschehen ist.«

»Das sehe ich dir an, und an deiner Stelle fände ich das ebenfalls beunruhigend. Wir haben uns vor deiner Zimmertür Gute Nacht gesagt, und vielleicht eine Stunde später hast du bei mir angeklopft. Du warst weder richtig wach, noch hast du geschlafen – sicher weißt du, was ich damit sagen will. Du hast gesagt, dass sie am Fenster wäre.«

»Wer?«

»Das habe ich dich auch gefragt. Sie wollte reingelassen werden, doch du wusstest, dass das eine Falle war. Sie hat dir die Erfüllung deines Herzenswunsches zugesagt, aber du wusstest, dass das eine Lüge war. Deshalb bist du zu mir gekommen.«

Mit spitzen Krallen bahnte sich die Angst einen Weg von ihren Lendenwirbeln bis hinauf in ihr Genick. »Hast du … hast du irgendwas gesehen?«

»Nicht mehr als einen Schatten, und dazu habe ich

Flügel rascheln hören. Aber ich bezweifle nicht, dass da tatsächlich etwas war.« Er sah sie reglos an. »Ich zweifle nicht an dir.«

Seine letzten Worte trieben ihr die Tränen in die Augen, deshalb wandte sie sich eilig ab, trat vor die Minibar und nahm sich einen Orangensaft.

»Und danach bist du hiergeblieben.«

»Du hattest Angst, dass sie noch mal zurückkommt, und vor allem war dir furchtbar kalt. Sie hatte diese Kälte in dir ausgelöst. Deshalb habe ich dich ins Bett gesteckt, wie ich es bei einer… Schwester machen würde, und da ich nicht auf dem harten Boden schlafen wollte, habe ich mich kurzerhand dazugelegt. Deshalb bin ich hier.«

»Es tut mir leid. Ich hätte wissen sollen, dass du aus gutem Grund hier bist. Ich habe einfach nicht nachgedacht, sonst hätte ich es gleich gewusst.«

»Es ist doch ganz normal, dass du erst mal erschrocken bist.«

»Vielleicht.« Jetzt setzte sie sich ebenfalls aufs Bett, und er nahm ihr die Flasche aus der Hand, schraubte sie auf und gab sie ihr zurück. Doch statt sie an den Mund zu heben, starrte sie sie einfach an. »Danke, dass du hiergeblieben bist.«

»Gern geschehen.« Trotzdem nahm er ihr zur Vorsicht die Sandale aus der Hand.

Und wünschte sich, dass ihre Augen weiter Funken sprühen würden, als er merkte, wie erschöpft sie plötzlich war.

»Das ist erst der Anfang, stimmt's? Die Schatten am Fenster. Sie sind erst der Anfang.«

»Es hat schon vor vielen hundert Jahren angefangen.

Dies ist nur der nächste Schritt. Aber du wirst dich tapfer schlagen.«

»Glaubst du?«

»Unbedingt, denn schließlich hättest du mir eben fast mit einem Schuh den Schädel eingeschlagen, oder etwa nicht? Und vor allem bist du nicht allein.« Er tätschelte ihr freundschaftlich das Bein und stand entschlossen auf. »Frühstück in einer Stunde?«

»Ja, okay.«

Er legte eine Hand unter ihr Kinn und zwang sie sanft, ihn anzusehen. »Vergiss nicht. Du hast sie nicht hereingelassen.«

Als sie nickte, ging er Richtung Tür, verließ den Raum ...

... und prallte gegen Riley, die in diesem Augenblick den Flur hinunterlief.

Sie hob die Brauen, nahm die Stöpsel ihres iPods aus den Ohren und stellte mit einem leicht schiefen Grinsen fest: »Na, das ging aber schnell.«

»Es ist nicht so, wie's aussieht. Und warum bist du so früh schon unterwegs?«

»Ich war im Fitnessraum.«

»Wenn du dich mit Duschen und Umziehen beeilst, können wir in einer halben Stunde frühstücken, und dann erzähle ich dir, was geschehen ist. Sasha kommt in einer Stunde, und auf diese Weise bliebe ihr erspart, das alles noch einmal durchzugehen.«

»Jetzt hast du mich neugierig gemacht. In zwanzig Minuten bin ich da.« Riley joggte bis zu ihrer Zimmertür und drehte sich noch einmal zu ihm um. »Ist sie okay?«

»Ja. Denn sie ist zäher, als ich dachte, und vor allem

zäher, als sie selbst denkt. Zwanzig Minuten«, wiederholte er. »Wenn du länger brauchst, komm einfach direkt runter, denn ich brauche dringend einen Kaffee, wenn ich nicht vor lauter Müdigkeit und Frust jemandem an die Gurgel gehen soll.«

»Ich werde fertig sein.«

Natürlich hielt sie Wort und klopfte schon nach einer Viertelstunde bei ihm an. Gemeinsam gingen sie nach unten in den Frühstücksraum, holten sich einen Kaffee und setzten sich mit ihren Bechern an den Pool. Bran berichtete Riley, was in der Nacht vorgefallen war.

»Nur um eine Sache klarzustellen – alle Achtung, dass du nicht gleich in den Pool gesprungen bist, und damit meine ich nicht diesen hier.«

Er schüttelte den Kopf. »Ein Mann, der eine Schlafwandlerin ausnutzt, respektiert weder sich selbst noch die betroffene Frau. Außerdem brauchen wir ein gewisses Level an Vertrauen zueinander, wenn wir diese Angelegenheit gemeinsam durchziehen wollen.«

»Da hast du recht. Wobei ich ziemlich sicher bin, dass wir noch längst nicht alles wissen, was es über dich zu wissen gibt.«

»Das ist richtig, Dr. Gwin.«

Lachend prostete sie ihm mit ihrem Kaffeebecher zu. »Hast du mich gegoogelt?«

»Allerdings.«

»Das ist okay. Denn das habe ich andersherum auch gemacht. Diese Clubs, die du besitzt, sehen ziemlich schnieke aus.«

»Das will ich doch wohl hoffen.«

»Wenn ich nächstes Mal in Dublin oder in New York bin, muss ich mir die Läden unbedingt mal ansehen. Aber jetzt sollten wir vielleicht langsam wieder reingehen und uns einen Tisch besorgen. Weil ich völlig ausgehungert bin und weil Sasha mir wie eine Frau vorkommt, die immer überpünktlich ist.«

Sie standen auf und schlenderten in Richtung des von wehenden weißen Vorhängen umgebenen Open-Air-Büfett. »Hast du eine Idee, wer letzte Nacht an ihrem Fenster war?«

»Ich kann es mir denken.«

»Ich mir auch.«

Der Ober führte sie an einen Tisch für drei Personen, und nachdem sie Kaffee nachgeschenkt bekommen hatte, holte Riley ein Notizbuch aus einer der Taschen ihrer Cargohose, riss ein Blatt heraus und reichte es Bran.

»Schreib einfach den Namen auf. Ich schreibe meinen Namen ebenfalls auf einen Zettel, und danach vergleichen wir.«

»Ich habe keinen Stift dabei.«

»Du kannst gleich meinen haben.« Eilig schrieb sie einen Namen auf ihr Blatt und warf ihm den Bleistift zu.

»Willst du auf diese Weise sicherstellen, dass ich dich nicht bescheiße?«

»Sagen wir einfach, dass wir auf diese Weise beide sichergehen, dass keiner von uns beiden gestern irgendwelchen Scheiß behauptet hat.«

Sie tauschten ihre Zettel aus.

»Nerezza«, murmelte er leise.

Riley legte seinen Zettel neben sich und nickte Sasha

zu, die gerade an den Tisch getreten war. »Nerezza«, murmelte auch sie.

»Die Mutter der Finsternis.« Sasha starrte auf die wehenden weißen Vorhänge. »Sie besteht aus lauter Lügen.«

Bran stand auf, nahm ihren Arm und spürte, dass sie zitterte. »Sasha.«

»Ja?«

»Setzt dich am besten erst mal hin. Möchtest du einen Kaffee?«

Sie glitt auf den Stuhl und nickte. »Ja.«

Dann sah sie sich die beiden Zettel an. »Ich kenne diesen Namen. Ich habe ihn in meinem Kopf gehört. Die Frau mit diesem Namen war vor meinem Fenster. Dabei wohne ich im dritten Stock. Es war kein Traum, es war kein echter Traum. Wie kann das sein? Wer ist sie?«

»Frag uns lieber, *was* sie ist.« Bran sah Riley fragend an. »Hast du es schon mal mit einer Gottheit aufgenommen?«

»Nein. Aber das wird sicher lustig.« Sie stand auf. »Und jetzt gehe ich erst erst mal zum Büfett.«

Sasha sah ihr hinterher, als sie zu einem der beladenen Tische ging, die Haube von einer dampfenden Schüssel nahm und sich einen Berg an Köstlichkeiten auf den Teller tat.

»Ich gäbe meinen letzten Cent dafür, so selbstbewusst zu sein wie sie.«

»Du hast deine eigene Art von Selbstbewusstsein«, meinte Bran. »Auch wenn du das manchmal ziemlich gut versteckst. Wir sollten uns am besten langsam auch etwas zu essen holen, bevor Riley alles ganz allein verputzt.«

Rileys offener Jeep, ein altes, rostiges Gefährt, wies jede Menge Schrammen und Beulen auf.

Nach eingehender Betrachtung fragte Bran: »Wo hast du diese Kiste her?«, und nahm freiwillig auf der Rückbank Platz.

»Ich dachte, dass ich sicher ein Transportmittel hier brauche, und jemand, den ich auf der Insel kenne, hat mir diesen Jeep für wenig Geld besorgt.« Sie schwang sich hinter das Lenkrad und warf Sasha eine Karte hin. »Du übernimmst die Führung, ja?«

»Meinetwegen, doch es wäre hilfreich, wenn ich wüsste, wohin die Fahrt überhaupt gehen soll.«

»Erst mal fahren wir an der Küste lang nach Norden. Es ist eine große Insel, aber meine Nachforschungen weisen darauf hin, dass unser Ziel irgendwo dort an der Küste liegt.«

»Warum?«

Doch Riley trat bereits das Gaspedal bis auf den Boden durch. Und auch wenn der Jeep dem Aussehen nach kurz vor der Verschrottung stand, hatte er noch jede Menge Saft.

»Warum?«, schrie Riley über den Motorenlärm hinweg zurück, während sie auf einer schmalen Straße Richtung Küste schoss. »Was zeichnet eine Insel aus?«

Sasha fragte sich, ob ein Frontalzusammenstoß wohl weniger wehtat, wenn sie die Augen schloss. »Dass sie im Wasser liegt.«

»Weshalb also sollte jemand eine Insel als Versteck für einen Schatz auswählen, wenn er ihn im Landesinneren verbergen will? Entlang der Küste gibt es jede Menge Buchten, Meeresarme, Höhlen. In den meisten Übersetzungen unserer Legende heißt es, dass der Feuerstern in einer Landwiege unter dem Meer verborgen darauf wartet, dass er abermals sein Licht verströmen kann. Manche Mythologen denken, dass es dabei um Atlantis geht.«

»Was für mich durchaus plausibel klingt, weil Atlantis schließlich auch ein Mythos ist.«

Riley blickte Sasha von der Seite her an. »Du suchst einen gefallenen Stern, den eine Mondgöttin geschaffen hat, und glaubst nicht, dass es Atlantis gibt?«

»Vor allem hoffe ich, dass ich nicht bei einem Autounfall sterbe.«

»Dafür sind die Überrollbügel da. Ich habe einen Kollegen, der schon seit fast zwanzig Jahren auf der Suche nach Atlantis ist. Deshalb kümmere ich mich nicht weiter darum.«

Alle Autofahrer auf der Insel schienen fest entschlossen, ihre ganz private Ziellinie vor allen anderen zu überqueren, und auch Riley fuhr wie eine Irre und verringerte ihr Tempo nicht mal, als sie an den Häusern eines Dorfs vorbeischoss.

»Kontokali«, sagte sie. »Hier gibt's eine der ältesten Kirchen der Insel und vor allem eine Burgruine, die ich mir mal ansehen will. Wie geht es dir da hinten, Ire?«

Bran hatte sich mit dem Rücken an die Seitenwand gelehnt und seine Füße auf den zweiten Sitz gestellt. »Du fährst wie der Teufel, Riley.«

»Ich komme immer an. Da wir jetzt zu dritt sind, hätte ich eine Idee. Wir können natürlich weiter jeder sein Hotelzimmer bezahlen, aber wir könnten unsere Kohle auch zusammenwerfen und was mieten. Dadurch würde jeder von uns etwas sparen.«

»Und vor allem wären wir ungestörter«, fügte Bran hinzu, als hätte er diese Idee selbst schon gehabt. »Auf Dauer ist es sicher etwas schwierig, im Hotel oder im Restaurant über die Suche nach gefallenen Sternen und den Kampf gegen finstere Gottheiten zu diskutieren. Was meinst du, Sasha?«

Sie starrte auf das Meer und den Wasserskifahrer, den ein weißes Boot über die blaue Fläche zog. »Wahrscheinlich wäre eine eigene Bleibe praktischer.«

»Dann ist es also abgemacht. Am besten rufe ich gleich ein paar Leute an.«

»Weil du hier schließlich zahlreiche Kontakte hast«, stellte Bran sarkastisch fest.

»Was durchaus nützlich ist. Gouvia«, fügte sie im nächsten Dorf hinzu. »Alte venezianische Werft, mehrere Strände und vor allem Höhlen. In denen man sich vielleicht mal umsehen sollte.«

Sasha hatte Zeit, um sich die weißen Häuserfronten, die Scharen von Urlaubern in Freizeitkluft und die sanft geschwungene Küstenlinie anzusehen.

»Du scheinst gar keine Kartenleserin zu brauchen.«

»Später.«

Langsam hatte Sasha sich so weit an die Geschwindigkeit gewöhnt, dass ihr Herz nicht mehr bei jeder Kurve stehen blieb. Endlich konnte sie sich auf die sanft wogenden Wellen und den Duft des Meeres und der vielen wilden Blumen am Wegrand konzentrieren. Auf einem Feld wuchs roter Klatschmohn, leuchtend blaue Ackerwinden überwucherten die Hecken links und rechts der Straße, und die sanft gebogenen Äste eines Judasbaums waren mit pinkfarbenen Blüten übersät.

Sie war hier, um Antworten auf die Fragen zu finden, die sie schon seit Wochen quälten. Aber dass sie sich mit einem Mal an einem derart hellen, warmen, wunderschönen Ort befand, kam ihr wie ein ganz privates Wunder vor.

Sie legte den Kopf zurück, sah zum strahlend blauen Himmel auf und genoss die warme aromareiche Luft, die ihr entgegenschlug.

Zu jedem Dorf, das sie passierten, wusste Riley irgendwas zu sagen, und ein wenig neidisch überlegte Sasha, dass sie keinen anderen Menschen kannte, der so viele Dinge wusste, so viel von der Welt gesehen hatte und so abenteuerlustig war.

Doch dann genoss sie abermals den Augenblick, die Sonne, die Geschwindigkeit, die Szenerie.

Zum Malen fände sie hier jahrelang wahrscheinlich jeden Tag ein neues, herrliches Motiv.

Dann aber setzte ihr Herzschlag nochmals aus, als sie über eine stark gewundene Straße schossen, neben der es Hunderte von Metern in die Tiefe ging.

Sie fuhren ein Stück nach Westen und passierten eine große, sehr belebte Stadt, die der Karte nach Kassiopi hieß.

Kaum hatten sie den Ort hinter sich gelassen, schlängelte die Straße sich erneut den Berg hinauf und führte dicht an einem See vorbei. Am liebsten hätte sie ihn im Vorbeifahren skizziert.

»Jetzt kommen wir nach Acharavi. Ursprünglich hieß der Ort Hebe, wahrscheinlich nach Zeus' Tochter. Aber 32 vor Christus ließ Octavian ihn plündern, und seither trägt er den neuen Namen, der so viel wie ›ungnädiges

Leben‹ heißt. Weil das Plündern und das Niederbrennen dieser Ortschaft schließlich alles andere als gnädig waren.«

»Lasst uns eine kurze Pipi-Pause machen«, fuhr sie fort und flog an einem Aqua-Park vorbei. »Damit ich meine Telefongespräche führen kann. Albanien«, sagte sie und zeigte auf die Landmasse hinter dem Meer.

»Albanien«, wiederholte Sasha überrascht. »Stell sich das einer vor.« Sie lenkte den Blick von dem Vergnügungspark, in dem sie Kinder kreischen hörte, auf die Küste von Albanien, die auf der anderen Seite lag.

Konnte sie der Anblick wirklich mehr verblüffen als ein Feuerstern?

Eine bunte Auswahl an Geschäften flankierte die Hauptstraße des Orts. Schon jetzt, Anfang April, schoben sich Scharen von Feriengästen an den Schaufenstern vorbei oder bevölkerten die zahlreichen Cafés.

»Osterferien«, kommentierte Riley, während sie in eine Nebenstraße bog. »Ich würde sagen, lauter Briten und Amerikaner, denn ich sehe jede Menge bleicher Haut, die verbrennen wird. Ich hoffe, du hast genug Sonnencreme dabei«, wandte sie sich an Bran.

»Danke, ich bin versorgt.« Als sie hielten, sprang er aus dem Wagen, ließ die Schultern kreisen und erklärte: »Höchste Zeit, dass ich mich wieder einmal strecken kann.«

»Gern geschehen.« Sie zog ihr Handy aus der Tasche und nickte den beiden anderen zu. »Falls ihr kurz an den Strand gehen wollt, ich komme gleich nach.«

Goldener Sand, grünes Seegras, blaues Wasser, weiße Boote und Albanien am Horizont.

Sasha griff nach ihrem Rucksack, in zehn Minuten hätte sie die Szene zu Papier gebracht.

»Du solltest dir einen Hut besorgen« meinte Bran, nahm seinen eigenen dunkelgrauen breitkrempigen Hut vom Kopf und setzte ihn ihr auf.

»Wenn ich einen tragen würde, wäre der im Auto spätestens nach fünf Minuten weggeweht.«

»Sie kann wirklich Auto fahren.« Er hängte sich seinen Rucksack über die Schulter, und sie wandten sich zum Gehen. »Also, ist dir unterwegs was aufgefallen? Ich glaube, sie hat extra diesen Weg gewählt, um zu sehen, ob irgendwo irgendwas seltsam ist.«

Natürlich, dachte Sasha. Weil sie schließlich nicht nur einen Ausflug machten, sondern auf der Suche waren.

»Daran hätte ich denken sollen. Aber nein. Es ist alles wunderschön, selbst bei Überschallgeschwindigkeit, aber ich habe nichts gespürt. Wobei ich nicht mal weiß, ob es so funktioniert. Denn das habe ich bisher noch nie versucht.«

»Und warum nicht?«

»Ich nehme an, weil man sich wie ein Außenseiter fühlt, wenn irgendwas an einem ungewöhnlich ist. Ich wollte immer unbedingt dazugehören, bis ich irgendwann erkennen musste, dass das nie passieren wird. Von da an habe ich mich ganz auf meine Arbeit konzentriert, zumindest, bis diese Geschichte angefangen hat. Und jetzt ...«

»Und jetzt?«

»Bin ich in Griechenland, und die Küste von Albanien ist zum Greifen nah. So was hätte ich mir niemals auch nur träumen lassen.« Sie schloss die Augen und atmete tief ein. »Selbst die Luft riecht völlig anders als daheim. Aber falls Riley mit uns hierhergefahren ist und an dieser Stelle gehalten hat, weil sie die Hoffnung hatte, dass ich irgendetwas sehe, muss ich sie enttäuschen. Denn so läuft das nicht.«

»Ich glaube nicht, dass es so einfach wird.«

Sie dachte an die Dinge, die sie schon gesehen hatte. Blutvergießen, Schmerzen, Angst und Dunkelheit. »Nein, das wird es nicht.«

»Riley hat recht, wir brauchen eine andere Unterkunft. Einen Ort, an dem wir drei uns ausbreiten und Pläne schmieden können. So was wie ein Hauptquartier.«

Bei dem Wort musste sie lächeln. Der Begriff war ihr genauso fremd wie die Tatsache, dass sie urplötzlich in Spuckweite zu Ländern wie Albanien war. »Ein Haupt-quartier.«

»Genau. Und solange nicht die anderen drei, die du gezeichnet hast, auf der Bildfläche erscheinen, machen wir am besten erst einmal so weiter wie bisher.«

»Wir müssen zusammenkommen. Denn solange nicht der ganze Trupp hier ist, können wir schauen, werden aber nicht sehen, und können wir suchen, ohne dass die Suche etwas ergeben wird. Das ist keine Vision. Das weiß ich einfach so.«

»Was für mich dasselbe ist.«

»Vielleicht. Ich würde gern ein bisschen zeichnen, während wir am Wasser sind.«

»Dann brauchst du einen Stuhl. Ich nehme an, wir können einen mieten, oder… Schau mal, da drüben ist eine Taverne. Sagt der Ausblick, den man von dort hat, dir zu?«

»Der wäre wunderbar.«

Sie setzten sich an einen Tisch, Sasha drehte ihren

Stuhl in Richtung Meer, und er folgte ihrem Blick. »Möchtest du ein Bier?«

»Oh, nein, danke. Aber vielleicht etwas anderes Kaltes.« Sie zog ihren Block hervor und brachte mit wenigen Handstrichen den Strand mitsamt dem sanft wogenden Seegras zu Papier.

Er bestellte für sich selbst ein Bier, für Sasha das für diese Gegend typische Gemisch aus Aprikosen-, Apfel- und Orangensaft, und während sie den Strand skizzierte, rief er seine Mails auf seinem Handy auf.

Während er sie durchging, nahm er weiter aus dem Augenwinkel wahr, wie sie mit ihren schlanken, hübschen Händen und einem Bleistift ein vages Abbild der Umgebung auf dem Blatt entstehen ließ. Sie ließ die Strandbesucher aus. Ihr Strand war menschenleer, nur ein paar Vögel schwebten hoch über dem Meer.

Sie blätterte um und fing die nächste Zeichnung an. Sicher würde sie behaupten, dass es einfach eine grobe Skizze war, in seinen Augen aber war sie flüssig und vor allem wunderschön. Es war wie eine Art von Zauber, dass sie mit ein paar schnellen, sicheren Strichen etwas schaffen konnte, was derart lebendig war.

Dann fing sie die dritte Skizze an. Aus einer anderen Perspektive und von einem anderen Strand als dem, der vor ihr lag, unter einem nicht ganz vollen Mond, der in den Wolken hing und ein wild wogendes Meer beschien.

An dem Strand stand eine Frau mit offenem, hüftlangem dunklem Haar und um die Knie wehendem Rock. Sie blickte auf das Meer hinaus. Rechts von ihr, auf einer hohen, steil abfallenden Klippe, stand ein dunkles Haus, in dem nur hinter einem Fenster Licht zu sehen war.

Als Sasha aufhörte zu zeichnen, um den ersten Schluck aus ihrem Glas zu nehmen, legte er sein Handy auf den Tisch.

»Wird sie ins Meer gehen oder in das Haus zurückkehren?«

»Keine Ahnung.« Sie stieß einen leisen Seufzer aus und trank noch einen Schluck. »Ich glaube, das weiß sie selbst nicht. Sie ist nicht hier an diesem Strand. Ich weiß nicht, warum, aber ich konnte diese Szene plötzlich deutlich vor mir sehen.«

»Vielleicht sind wir ihr ja nahe. Weil du sie als Einzige gezeichnet hast. Auf den anderen Bildern hast du die Personen weggelassen.«

»Oh.« Sie zuckte mit den Schultern. »Weil es ohne Menschen friedlicher und ruhiger ist. Ich male für gewöhnlich keine Menschen. Oder habe es bisher so gut wie nie getan. Wenn wir während meines Studiums Modelle hatten, habe ich sie immer mehr gelesen als gemalt und mich dabei wie ein Eindringling gefühlt. Ich habe irgendwann gelernt, die Bilder auszusperren, aber irgendwie war es die Mühe meist nicht wert. Ich mag die Geheimnisse von Landschaften, in denen keine Menschen sind.«

Lächelnd stützte sie ihr Kinn auf ihre Hand. »Während dir offenbar Landschaften mit Menschen lieber sind.«

Gespräche – denen sie in der Zurückgezogenheit der Berge möglichst ausgewichen war – bekamen einen anderen Ton und einen neuen Reiz, wenn sie sie mit einem Menschen führte, der sie einfach so akzeptierte, wie sie war.

»Und woher willst du das wissen?«

»Clubs«, erklärte sie. »Du bist Eigentümer zweier Clubs,

und du trittst vor Menschen auf, also müssen Menschen dir sympathisch sein. Vor allem, wenn sie dich für deine Zaubertricks bewundern.«

»Trotzdem finde ich leere Strände durchaus schön. Aber …« Er hob eine leere Hand, ballte sie zur Faust, ließ die andere Hand darüber kreisen, öffnete sie wieder und hielt Sasha eine runde weiße Muschel hin. »Ich mag es, die Leute zu verblüffen.«

Sie schüttelte den Kopf und fragte lachend: »Wie zum Teufel machst du das?«

»In meinem Ärmel steckt auf alle Fälle nichts.«

»Und du sprühst auch keinen Nebel.« Sie zog den Rand der Muschel mit der Fingerspitze nach. »Wo hast du die Zauberei gelernt?«

»Das ist eine Art Familientradition. Meine ersten Tricks hat meine Mutter mich gelehrt.«

»Dann zaubert deine Mutter also auch?«

»Auf ihre Art.« Da er sie gerne lachen hörte, zog er kurzerhand ein Kartenspiel aus seiner Tasche, breitete die Karten fächerförmig vor ihr aus und bat sie, eine auszuwählen.

Sie zog eine Karte aus dem Stapel, sah sie sich kurz an und fragte: »Und was jetzt?«

»Jetzt legst du sie zurück und mischst die Karten kräftig durch. Als Belohnung für die Anstrengung des Tages sollten wir nachher vielleicht noch schwimmen gehen. Was wäre dir lieber, Pool oder Meer?«

»Das Meer.« Doch nur, wenn sie am Strand allein wäre, fügte sie für sich hinzu. »Wie oft bekomme ich wohl die Gelegenheit, im Mittelmeer zu schwimmen?« Mit Blick auf die Karten fragte sie: »Reicht das?«

»Sicher, wenn du das Gefühl hast, dass es reicht. Und jetzt leg die Karten wieder auf den Tisch und breite sie fächerförmig vor dir aus.«

Sie tat, wie ihr geheißen, beugte sich über den Tisch und sah ihn forschend an.

»Also, wo glaubst du, dass deine Karte liegt? Hier?«, erkundigte er sich und tippte eine Karte an. »Oder vielleicht hier? Ah, da kommt auch unsere Riley.«

»Ihr vergnügt euch hier mit Bier und Kartenspielen, während ich am Handy schwitze.« Seufzend warf sie sich auf einen Stuhl, schnappte sich Brans Bier und trank es einfach aus.

»Er macht gerade einen Kartentrick, aber anscheinend funktioniert er nicht.«

»Wie kann ein Mensch nur so wenig Vertrauen haben«, seufzte Bran, wobei er seine Fingerspitze abermals über die Karten gleiten ließ. »Die und die hier sind's anscheinend auch nicht, denn … Verzeihung«, sagte er zu Riley, griff nach ihrem Hut und zog die Herz-Königin daraus hervor, »… offenkundig war sie hier versteckt.«

Sasha riss die Augen auf. »Das kann nicht sein.«

»Aber trotzdem ist es so.« Er hielt die Königin zwischen zwei Fingern fest, bewegte kurz die Hand, und plötzlich war sie weg.

Vor Verblüffen brachte Sasha keinen Ton hervor, doch Riley stellte fest: »Du scheinst dich wirklich auf dein Handwerk zu verstehen. Aber auch meine Tricks sind nicht gerade schlecht. Denn ich habe uns tatsächlich eine neue Unterkunft besorgt.«

»Wie ist die Karte in den Hut gekommen, obwohl Riley gar nicht da war?«, hakte Sasha nach.

»Jetzt ist sie auf alle Fälle da und hat mir obendrein den Rest von meinem Bier geklaut.«

»Aber wie…« Zum Zeichen, dass sie sich geschlagen gab, warf Sasha lachend beide Hände in die Luft. »Ich will den Trick noch einmal sehen, wenn – hast du eben gesagt, wir hätten eine Unterkunft?«

»Allerdings, und dafür habe ich doch wohl auf jeden Fall ein eigenes Bier verdient. Aber damit werde ich noch warten, bis wir sie uns angesehen haben. Sie liegt ein Stück außerhalb von Sidari, also nicht weit von hier.«

»Der Ort stand auf der Karte – er liegt ein paar Kilometer weiter westlich, stimmt's?«

»Genau. Ich hatte wirklich Glück«, fing Riley an und genehmigte sich einen großen Schluck von Sashas Saft. »Die Villa gehört dem Freund von einem Freund von einem Onkel, der geschäftlich in den nächsten Wochen in den Staaten ist. Aber auch er hat Glück gehabt, denn das Paar, das dort so lange nach dem Rechten sehen sollte, musste gestern überraschend weg. Weil sich der arme Mann bei einem bösen Sturz das Bein gebrochen hat. Deshalb meint der Freund des Freundes meines Onkels, dass er uns die Villa dafür, dass wir uns um alles kümmern, großzügig überlässt.«

»Und was heißt kümmern?«, fragte Bran.

»Gartenarbeit, Reinigung des Pools – denn den gibt es dort auch –, Versorgung des Hundes und der Hühner…«

»Hühner?«, wiederholte Sasha überrascht.

»Ja, genau. Und dafür, dass wir ihnen Wasser und vor allem ihre Körner bringen, dürfen wir uns ihre Eier nehmen. Dafür, dass wir ein paar Tätigkeiten übernehmen, dürfen wir dort mietfrei wohnen, bis er in vier Wochen wiederkommt. Das klingt für mich nach einem ziemlich guten Deal.«

»Wir sollten uns das Haus auf jeden Fall mal ansehen.« Bran steckte die Karten wieder ein. »Seid ihr bereit?«

Sasha nickte und stand auf. »Ich glaube, in einer Villa, von der aus man aufs Meer sieht, halte ich es eine Zeit lang aus. Nur ist es einfach so, wenn etwas zu gut klingt, um wahr zu sein …«

»Ist meist irgendein Haken dran.« Auch Bran stand auf und nahm entschlossen ihre Hand. »Aber warum finden wir nicht raus, was für einen Haken diese Sache hat, und gucken, ob man damit vielleicht leben kann?«

Die Straße führte schnurgerade nach Westen, bis eine Reihe enger Kurven folgte, die Riley allerdings im selben Tempo wie die gerade Strecke nahm.

Sasha konnte deutlich erkennen, weshalb Sidari als die schönste Stadt im Norden Korfus galt. Direkt in einer Bucht gelegen, bot es spektakuläre Aussichten in alle Richtungen. Doch leider waren viel zu viele Menschen auf den Straßen, an den Stränden und in den Geschäften unterwegs. Der Lärm verursachte ihr Kopfschmerzen und spannte ihre Nerven zum Zerreißen an.

Selbst als sie die Stadt wieder verließen und in einen schmalen Weg einbogen, hielt ihre Nervosität weiter an. Sie lenkte den Blick erneut aufs Meer und versuchte wie zuvor, einfach den Moment nach Kräften zu genießen.

Doch plötzlich wusste sie, weshalb ihr derart mulmig zumute war. Direkt vor ihr ragte die Landspitze aus ihrem Traum stolz über das Meer. Dort hatte sie mit ihm gestanden, in der Nacht des Sturms. Seine Hände hatten Blitze ausgesandt, und ihr Herz hatte gebrannt.

Sie hatte ihr Gemälde bisher keinem der beiden anderen gezeigt, aber trotzdem hatte sie ihr Weg direkt hierhergeführt.

Sie hörte undeutlich, wie Riley über Buchten, Meeresarme, Höhlen sprach.

»Jetzt wird es ein bisschen holprig«, fügte ihre Fahrerin hinzu. »Weil das Haus ganz oben auf der Klippe steht. Aber die Aussicht soll fantastisch sein.«

Sasha brauchte gar nicht hinzuschauen, denn sie wusste, was sie sehen würde. Also konzentrierte sie sich auf die Wildblumen, die heldenhaft am Rand des schmalen Wegs und sogar in der Fahrspur erblüht waren.

Irgendwann zwangen die tiefen Schlaglöcher selbst Riley, langsamer zu fahren, bis sie schließlich vor zwei großen Eisentoren hielt.

»Ich habe den Zugangscode.« Sie lehnte sich hinaus und betätigte das Tastenfeld. »Er hat gesagt, dass heute früh ein Nachbar hier gewesen wäre, um die Hühner und den Hund zu füttern. Der angeblich niemandem was tut.«

Sie lenkte ihren Jeep den Weg hinauf, bog um eine lang gezogene Kurve und fuhr direkt auf die Villa zu.

»Aber hallo! So sehen meine Unterkünfte sonst nicht aus!«

Die cremefarbene Villa zeichnete sich vor dem leuchtend blauen Himmel ab und bot sowohl nach vorn als auch nach hinten raus einen phänomenalen Blick über das Meer. Die beeindruckende Vorderfront war breit genug für eine Reihe wild blühender Büsche, ein paar Obstbäume und eine saftig grüne Rasenfläche, über die man bis zu einer Steinmauer gelangte, hinter der das Land wie abgeschnitten war. Die grobe Steintreppe, die hinunter an den Strand führte, ließ Sasha an muskulöse Gnome oder Trolle denken, die mit primitiven Werkzeugen die Stufen in den Stein gehauen hatten, damit es vom Grundstück aus einen Weg zum Wasser gab. Außer einer breiten Flügeltür wies das Gebäude auf der Vorderseite mehrere Terrassen sowie eine Reihe bodentiefer Fenster auf.

Seitlich führte ein mit Steinplatten versehener Weg an üppigen Blumenbeeten vorbei hinters Haus, und noch bevor der Wagen richtig stand, kam ein großer weißer Hund, der sich allein durch seinen buschigen langen Schwanz von einem Eisbären unterschied, aus dem Schatten der Bäume auf sie zu.

»Der ist ja *riesig.*« Sashas bisherige Ängste wurden durch die Furcht vor dieser Bestie verdrängt. »Bist du sicher, dass er harmlos ist?«

»Er ist einfach ein großer Junge. Hi, Apollo.« Riley öffnete die Wagentür, stieg furchtlos aus, ging vor dem Eisbären in die Hocke und hielt ihm die Hand zum Schnuppern hin.

Der Hund blieb stehen, starrte ihr reglos ins Gesicht, und Sasha hielt die Spannung kaum noch aus. Vielleicht sollte sie selbst aus dem Wagen springen, um Riley zurück auf ihren Sitz zu zerren. Doch aus ihrer Sicht war es nicht ausgeschlossen, dass ein derart großes Tier einfach den ganzen Jeep mitsamt den Insassen verschlang.

Dann jedoch trottete das Biest auf Riley zu, wedelte begeistert mit dem Schwanz und vergrub die Schnauze in der ausgestreckten Hand.

»Braver Junge.« Riley richtete sich wieder auf und

legte eine Hand auf den Kopf des Hundes, der folgsam Platz nahm. »Worauf wartet ihr?«

»Wir wollten erst mal sehen, ob er dich vielleicht frisst.« Jetzt schwang auch Bran sich aus dem Jeep und streichelte das Tier.

»Na komm schon, Sasha, wenn du Angst hast, lies ihn einfach. Einen Hund müsstest du doch wohl lesen können«, stellte Riley fest. »Denn schließlich haben Hunde auch Gefühle. Also, was empfindet er?«

»Freude.« Seufzend stieg Sasha aus dem Wagen. »Er ist einfach froh.«

»Weil Hunde Rudeltiere sind.« Riley bückte sich und presste ihre Lippen auf Apollos Kopf. »Sie brauchen ein Rudel, um sich wohlzufühlen, und sein Rudel sind jetzt erst mal wir. Ich habe auch den Code für die Alarmanlage, und wie's aussieht, haben die Leute, die bis gestern hier waren, die Schlüssel unter der eingetopften Palme neben der Mauer abgelegt, also ...«

Riley stapfte selbstbewusst in ihren ausgelatschten Stiefeln auf die Mauer zu, Apollo dicht auf ihren Fersen. »Was für eine Wahnsinnsaussicht. Los, seht euch das an.«

Sasha zwang sich, zu der Steinmauer zu gehen und auf den Strand hinabzublicken, den sie gezeichnet hatte, als sie eigentlich den Strand von Acharavi hatte malen wollen.

»Es fehlen nur noch der Mond und die langhaarige Frau«, erklärte Bran, und Riley sah ihn fragend an.

»Ich habe diesen Strand skizziert, als wir vorhin auf dich gewartet haben«, klärte Sasha sie mit rauer Stimme auf. »Ich hatte keine Ahnung, wo das war. Aber jetzt weiß ich es. Die Frau, der wir bisher noch nicht begegnet sind, stand dort unten an dem Strand. Und oben auf der Klippe war die Villa, in die wir jetzt ziehen.«

Riley stemmte die Hände in die Hüften und nickte zufrieden. »Hervorragend. Das heißt, dass wir genau am rechten Ort gelandet sind.«

»Ich schätze, ja.« Apollo stieß mit seinem Kopf gegen ihr Bein, sah sie aus sanften dunklen Augen an, und wieder nahm sie seine Freude über ihr Erscheinen überdeutlich wahr. »Das heißt, auf jeden Fall.«

»Dann schauen wir uns am besten ein wenig um. Ich suche mir zuerst ein Zimmer aus.« Riley rannte los, und fröhlich bellend lief der Hund ihr hinterher.

»Und wer als Zweiter?«, fragte Bran. »Wir könnten ja eine Münze werfen.«

»Als ob ich mit einem Zauberer eine Münze werfen würde. Ladies first«, erklärte Sasha, die ihr Gleichgewicht langsam zurückgewann, und stürzte ebenfalls ins Haus.

4

Als Gewohnheitsmensch wich Sasha nur sehr ungern von ihrer Routine ab. Und wenn, wog sie das Für und Wider vorher gründlich ab.

Oder hatte immer alles gründlich abgewogen, ehe sie hierhergeflogen war.

Denn kaum, dass sie auf Korfu angekommen und ins Hotel gezogen war, checkte sie schon wieder aus, um mit zwei Leuten, die sie seit noch nicht mal 24 Stunden kannte, zusammen in eine Villa umzuziehen.

Doch wie oft sie sich auch sagte, dass das totaler Wahnsinn war, fühlte es sich richtig an. Weil sie nur auf diesem Weg die Antworten bekommen könnte, derentwegen sie nach Korfu gereist war.

Das Gebäude war geräumig und vor allem wunderschön, und bei aller Skepsis freute sie sich darauf, dort zu wohnen, bis...

Egal, bis wann.

Unebene Natursteinböden, dachte sie beim Packen, riesengroße Fensterfronten, eine hohe Eingangstür und zwei geschwungene Treppen, über welche die forsche Riley sofort in den ersten Stock hinaufgelaufen war.

Ihre neue Freundin war begeistert auf dem breiten Bett im größten Schlafzimmer herumgehüpft, war dann weiter in das angrenzende Bad gerannt und hatte beim

Anblick der frei stehenden Marmorwanne – die genügend Raum für eine Party bot – und der ebenfalls sehr großzügigen Duschkabine vor Begeisterung gejuchzt.

Sasha hatte sich verschiedene hübsche Räume angesehen und sich dann für das Zimmer mit dem Bett entschieden, über dem ein zeltförmiger Baldachin aus wasserblauem Leinen hing. Wie die anderen Schlafzimmer grenzte auch dieser Raum direkt an die Terrasse an, die ein perfekter Ort zum Malen war.

Und sie hatte es auch dann nicht über sich gebracht, ein anderes Zimmer auszuwählen, als sie gemerkt hatte, dass sie durchs Fenster direkt zu der Landspitze aus ihrem Traum hinübersah.

Sie klappte ihren Koffer zu, vergewisserte sich, dass sie nichts vergessen hatte, und wollte den Pagen rufen, als ein Klopfen an der Tür sie unterbrach.

Sie öffnete, und Bran trat ein.

»Bist du fertig?«

»Ja. Ich wollte gerade nach dem Pagen klingeln.«

Nach einem kurzen Blick auf ihre Koffer, ihren Rucksack und den Stoffbeutel erklärte er: »Das schaffen wir doch sicher auch allein.«

Entschlossen hängte er den Beutel um den Griff des einen Koffers, setzte ihren Rucksack auf und sah sie fragend an. »Kommst du mit dem anderen Koffer klar?«

»Sicher, aber was wird dann aus deinem eigenen Gepäck?«

»Das habe ich bereits im Jeep verstaut. Aber ich habe auch viel weniger als du.«

»Du bist schließlich ein Mann.« Ohne sich noch einmal umzudrehen, verließ sie hinter ihm den Raum.

»Das stimmt. Dann werde ich noch kurz nach Riley sehen und – tja nun, das dürfte nicht mehr nötig sein.« Denn gerade, als er bei ihr klopfen wollte, zog sie eine Reisetasche auf zwei Rollen durch die Tür.

»Das ist alles? Eine Reisetasche und ein Rucksack?«, fragte Sasha überrascht.

»Ich habe alles, was ich brauche, und noch jede Menge Platz für mehr.«

Sasha blickte auf ihr eigenes Gepäck, und als Riley grinste, stieß sie leicht verlegen aus: »Ich habe schließlich auch noch meine Malsachen dabei.«

»Aha.« Noch immer feixend stapfte Riley Richtung Lift.

»Wirklich! Meine Reisestaffelei, mehrere kleine Leinwände, einen zweiten Skizzenblock, die ganzen Farben und die Pinsel.«

»Was ganz sicher nicht alles auf einmal in diesen engen Fahrstuhl passen wird.«

»Fahrt ihr beide mit dem Lift, ich nehme die Treppe«, schlug Bran vor.

»Der Koffer ist entsetzlich schwer.«

»Das liegt wahrscheinlich an dem zweiten Skizzenblock.«

Sasha runzelte die Stirn, doch schließlich fuhr sie Riley lachend an: »Ach, halt den Mund.«

Sie bugsierte ihren Koffer in den Lift. Als sie sich bei Bran bedanken wollte, hatte der sich schon mit ihren übrigen Sachen auf den Weg durchs Treppenhaus gemacht.

Während Sasha noch ihre Rechnung zahlte, luden die beiden anderen die Koffer und Taschen in den Jeep und machten sie mit ein paar Spanngurten aus Rileys Reisetasche fest.

Sie bedachte das Konstrukt mit einem argwöhnischen Blick, denn ihr Malzeug wollte sie auf keinen Fall verlieren. »Glaubt ihr, dass das wirklich hält?«

»Bisher haben mich die Dinger nie im Stich gelassen. Also, Superduper-Unterkunft, wir kommen!«

Riley trat erneut aufs Gaspedal, und diesmal teilte sich der arme Bran hinten den Platz mit dem Gepäck.

»Du hättest dich nach vorne setzen sollen«, meinte Sasha, als sie ihn dort kauern sah. »Ich habe einfach nicht so weit gedacht. Denn schließlich bin ich deutlich kleiner, für mich wäre es nicht so eng.«

»Oh, ich und deine Pinsel kommen bestens miteinander klar. Und so, wie Riley fährt, bleibt meinen Beinen bis zu unserer Ankunft sicher keine Zeit, um zu verkrampfen«, gab er gut gelaunt zurück.

Dieses Mal kam Sasha die Geschwindigkeit, mit der sie Richtung Westen brausten, weniger erschreckend als vielmehr belebend vor. Während sie das Meer, die Blumen, die Autos und die weiß gekalkten Häuser in den kleinen Ortschaften an sich vorbeifliegen sah, debattierten Bran und Riley, ob es besser wäre, irgendwo zum Mittagessen anzuhalten oder auf direktem Weg zu ihrer neuen Unterkunft zu fahren.

Sasha war beides recht. Weil sie mit einem Mal auf einer völlig surrealen, kühnen Abenteuerreise war. Das Kühnste, was sie bisher jemals unternommen hatte, war, sich selbst die Haare abzusäbeln, als sie zwölf gewesen war. Ein Akt des Zorns und Trotzes, den sie schon bedauert hatte, als die letzte Strähne auf den Fußboden gefallen war.

Dieses Vorhaben war wesentlich riskanter und vor allem folgenschwerer, als sich einfach nur die Haare abzuschneiden – doch aus welchem Grund auch immer fühlte es sich, wenigstens im Augenblick, vollkommen richtig an.

Sie würde gleich nach ihrer Ankunft in der Villa ihre Sachen auspacken und in die Schränke räumen, weil sie dadurch das Gefühl bekäme, dass sie angekommen war. Und dann würde sie mit ihrer Staffelei auf die Terrasse gehen, um eine Kreidestudie oder vielleicht eher ein Aquarell der Gärten zu beginnen. Denn auch wenn sie nur sehr selten Aquarellfarben verwendete, kam ihr das hier, am Meer, irgendwie passend vor.

»Was meinst du?«, riss Riley sie aus ihren Träumereien.

»Verzeihung, was?«

»Essen oder ankommen? Wir können uns nicht einigen, also entscheidest du.«

»Ach, egal.«

»Du musst eine Entscheidung treffen, weil es bisher unentschieden steht. Bran will gleich zur Villa fahren, während ich für Essen bin.«

»Ich will aber keine Partei ergreifen.«

»Leider hast du keine andere Wahl. Er sagt, dass es auch Lebensmittel in der Villa gibt. Die Verwalter hatten gerade eingekauft, und wir haben grünes Licht, alles zu verbrauchen, was im Kühlschrank liegt. Aber dann müssten wir uns selbst was zu essen machen, und ich kann euch sagen, dass ich eine wirklich miserable Köchin bin.«

»Ich kann kochen«, meinte Sasha und erkannte noch im selben Augenblick, dass ihr ein schlimmer Fehler unterlaufen war. »Aber die Regie über die Küche übernehme ich auf keinen Fall.«

Ja, natürlich war es eine große, wunderschöne Küche und sie hätte sicher nichts dagegen, hin und wieder dort zu kochen, aber ...

»Jemand muss sie übernehmen. Wenn ich euch eine Tütensuppe über einem Campingkocher aufkochen soll, bin ich genau die Richtige. Außerdem kann ich noch Sandwiches machen, rühren und Gemüse schnippeln. Aber mehr auch nicht.«

»Ich weiß nicht, wie man für mehrere Personen kocht.«

»Kochst du sonst etwa für Bären?«, wunderte sich Bran.

»Ich koche immer nur für mich. Aber ...«

»Ich bin gut im Frühstückmachen«, ging Bran einfach über ihre Einwände hinweg. »Aber ich bezweifle, dass ihr dreimal täglich Frühstück haben wollt. Sidari ist nicht weit, weshalb man dort gut essen gehen kann, doch wenn wir uns beim Essen über diese Sache unterhalten wollen, kochen wir am besten selbst.«

»Also lasst uns abstimmen«, schlug Riley vor. »Ich bin dafür, dass Sasha kocht.«

»Ich enthalte mich.« Der Gedanke, dass sie die Verantwortung für irgendetwas übernehmen müsste, rief in Sasha nackte Panik wach. »Und vor allem nehme ich die Wahl nicht an.«

Die beiden anderen widersprachen vehement, und als Sasha merkte, dass sie auf verlorenem Posten stand, erklärte sie: »Okay, zum Mittagessen halten wir auf alle Fälle an, und falls heute Abend jemand Hunger hat, kann er Rileys berühmte Sandwiches essen.«

»Die sind meine Spezialität.«

»Ich brauche nämlich erst mal Zeit, um mir zu überlegen, was ich morgen Abend kochen soll, aber danach ...«

Bevor sie ihren Satz beenden konnte, sah sie, dass am Straßenrand ein Tramper stand. Er hatte sich den Schirm der Baseballkappe ins Gesicht gezogen und den Daumen ausgestreckt.

»Danach müssen wir auch weiter essen«, meinte Riley. »Wenn ich Hunger habe, bin ich reizbar, und ihr wollt mich sicher nicht erleben, wenn ich ...«

»Stopp!« Sie hatte im Vorbeifahren nur einen kurzen Blick auf sein Gesicht erhascht, doch der hatte genügt. »Halt an!«

Riley reagierte prompt und brachte das Gefährt mit laut quietschenden Reifen zum Stehen. »Was ist?«

»Ein Stückchen hinter uns. Der Tramper. Dreh um oder fahr rückwärts. Wir müssen ihn mitnehmen.«

»Na klar.« Riley schob sich ihre Sonnenbrille auf die Nasenspitze und bedachte sie mit einem ungläubigen Blick. »Denn schließlich haben wir noch jede Menge Platz.«

Doch Sasha stieg bereits entschlossen aus. »Er ist einer von uns.«

»Im Ernst?«

Jetzt schwang auch Bran sich aus dem Jeep. »Moment, Schätzchen. Er kommt zu uns. Lass uns erst kurz das Terrain sondieren, ja?«

Einen Rucksack auf dem Rücken und mit ausgelatschten, staubbedeckten Wanderschuhen an den Füßen, kam der Tramper lässig auf sie zugejoggt. Seine schwarze Baseballmütze saß auf wild zerzaustem dunkelblondem Haar, und seine, wie Sasha wusste, grauen Augen waren hinter einer dunklen Sonnenbrille versteckt.

Er sah sie mit einem sonnenhellen Lächeln an. »*Kalimera. Efcharisto,* ah ...«

»Du kannst dir die Mühe sparen«, erklärte Bran. »Englisch reicht uns völlig aus.«

»Umso besser. Danke, dass ihr angehalten habt.«

»Du bist Amerikaner, stimmt's? Anscheinend habe ich es nur noch mit Amis zu tun«, stellte Bran fest.

»So sieht's aus. Ich heiße Sawyer, Sawyer King.« Wieder sah er ihn mit einem frischen Lächeln an und nickte, als auch Riley angelaufen kam.

»Und wo willst du hin?«, erkundigte sie sich.

»Oh, ich ziehe einfach durch die Gegend. Wäre super, wenn ihr mich ein Stückchen mitnähmt, aber wie es aussieht, ist der Wagen schon recht vollgepackt.«

»Das ist er«, stimmte Bran ihm zu. »Wir fahren bis kurz hinter Sidari. Bran Killian.«

»Ire, was?« Sawyer ergriff seine ausgestreckte Hand. »Macht ihr hier Urlaub?«

»Nicht ganz.« Riley wandte sich an Sasha und bedachte sie mit einem vielsagenden Blick. »Und?«

»Ja, ich bin mir sicher.«

Obwohl Sawyer lässig einen Daumen in den Gürtel schob, wirkte er alarmiert. »Worin bist du dir sicher?«

Da ein Bild noch immer mehr als tausend Worte sagte, bat ihn Sasha: »Könntest du kurz warten?«

»Sicher.« Er sah sie mit einem breiten Grinsen an, behielt seine wachsame Miene aber weiter bei. »Ich habe alle Zeit der Welt.«

Sie ging zum Jeep, zerrte den Stoffbeutel vom Boden hinter ihrem Sitz, blätterte kurz in ihrer Mappe nach dem Bild der ganzen Gruppe, kehrte zu den anderen zurück und hielt es Sawyer hin. »Das hier habe ich vor drei Wochen gemalt. In North Carolina – wo ich lebe.«

Er betrachtete das Bild, nahm seine Sonnenbrille ab und sah es sich genauer an. Seine Augen waren tatsächlich grau, wie der abendliche Nebel über einem dunklen See.

»Huh.«

»Ich weiß, dass das wahrscheinlich seltsam klingt, weil es schließlich auch seltsam ist, aber ich habe noch andere Skizzen mit. Von uns, von dir und von der Gegend hier.«

»Und wer seid ihr?«

»Ich bin Sasha Riggs, und dies ist Riley Gwin.«

»Und wer sind die beiden anderen auf dem Bild?«

»Das weiß ich nicht.«

»So, wie die Dinge sich entwickeln«, meinte Bran, »glaube ich nicht, dass es noch lange dauern wird, bis wir auch sie gefunden haben. Und da du die Sache offenkundig nicht so seltsam findest, wie ein Außenstehender sie finden würde, hast du sicher auch schon mal was von den Glückssternen gehört.«

Sawyer schwenkte seine Sonnenbrille an einem der Bügel hin und her. »Ja.«

»Also können wir hier auf der Straße weiterdiskutieren und riskieren, dass uns jemand, der wie unsere Riley gern das Gaspedal bis auf den Boden durchtritt, einfach überrollt, oder wir fahren zusammen in den nächsten Ort und unterhalten uns dort bei einem Bier.«

»Ein Bier wäre nicht schlecht.« Sawyer hielt Sasha die Skizze wieder hin.

»Ich habe es mir anders überlegt. Am besten fahren wir direkt zur Villa.«

Sawyer zog die Brauen hoch. »Ihr habt eine Villa?«

»Sie gehört dem Freund von einem Freund von einem Onkel.« Riley stemmte ihre Hände in die Hüften und betrachtete den vollbeladenen Jeep. »Ich bin ziemlich gut im Packen, aber hinten passt beim besten Willen nichts mehr rein. Also setzt du dich am besten mit nach vorne, Sawyer, und nimmst Sasha auf den Schoß.«

»Er kriegt meinen Platz«, erklärte Bran. »Dann nehme ich sie auf den Schoß, weil sie mich schließlich schon länger kennt.«

»Das ist doch sicher nicht erlaubt.«

»Manchmal bist du echt zum Schießen, Sasha.« Schnaubend stapfte Riley auf den Wagen zu.

»Es sind höchstens noch 20 Kilometer.« Bran zog sie in Richtung Jeep. »Uns wird schon nichts passieren.« Er stieg ein und tätschelte sein Bein. »Also steig ein.«

»Stell dich doch nicht so an, Sasha. Himmel, schließlich hast du sogar schon das Bett mit ihm geteilt.«

»Habe ich nicht. Das heißt, technisch gesehen vielleicht, aber ...«

Bran nahm sie an der Hand und zog sie kurzerhand auf seinen Schoß.

»Das wird sicher lustig.« Sawyer schwang die langen Beine auf den Rücksitz und glitt zwischen den Gepäckstücken auf seinen Platz.

»Ja, wir sind ein mopsfideler Trupp.« Riley trat erneut das Gaspedal bis zum Anschlag durch, und Sasha umklammerte das Armaturenbrett so fest, dass sie das Weiße ihrer Knöchel sah.

»Entspann dich.« Amüsiert schlang Bran ihr beide Arme um die Taille und zog sie an seine Brust. »Schließlich hat das Schicksal etwas anderes als einen Crash in einem geborgten Jeep auf der Fahrt zu einer geborgten Villa für uns vorgesehen.«

»Apropos Villa.« Riley blickte in den Rückspiegel. »Kannst du kochen, Sawyer?«

Und Sasha, die, von einem Zauberer umschlungen, leichtsinnig und sorglos wie ein Teenager über die Küstenstraße Richtung Westen raste, brach in schallendes Gelächter aus.

Bis sie das Anwesen erreichten, stand fest, dass Sawyer kochen konnte, und nachdem ihn Riley kurzerhand zum zweiten Küchenchef ernannt hatte, erklärte sie ihm gut gelaunt: »Drei der Schlafzimmer sind schon vergeben, aber such dir einfach eins der vier noch freien Zimmer aus.«

»Einfach so?«

»Erst mal werden wir was trinken und dazu vielleicht ein paar von Rileys weltberühmten Sandwiches essen, und danach entscheiden wir gemeinsam, wie es mit uns allen weitergehen soll«, erklärte Bran.

»Er ist einer von uns«, stellte Riley einfach fest, und als sie um die letzte Kurve bog, kam das prachtvolle Haus in Sicht.

Sawyer entfuhr ein Pfiff. »*Yobanny v rot.*«

Riley drehte sich nach hinten um und unterzog ihn einer eingehenden Musterung. »Woher kann ein netter Junge aus Virginia – ich kann deutlich hören, dass du aus Virginia kommst ...«

»Du hast ein wirklich gutes Ohr. Ich komme aus einem kleinen Ort mit Namen Willow Cove. Der liegt direkt am Chesapeake.«

»Okay, und wo hat so ein netter Junge aus Virginia gelernt, wie man auf Russisch flucht?«

»Von seinem russischen Großvater. Sprichst du Russisch?«

»Im Fluchen bin ich multilingual. Und ja, die Villa hat auf jeden Fall ein *yobanny v rot* verdient.«

»Und was heißt das?«, wollte Sasha wissen.

»Verdammte Kacke, oder, um nicht ganz so unflätig zu klingen, heiliges Kanonenrohr.« Riley schwang sich aus dem Jeep und begrüßte erst einmal den Hund. »Hi, Apollo. Wir sind wieder da.«

»Sieh sich das einer an.« Begeistert stieg auch Sawyer aus und fuhr mit beiden Händen durch Apollos Fell. »Du bist aber mal ein großer, hübscher Kerl. Ist das dein Haus? Da hast du echt Glück gehabt.«

Apollo setzte sich und hielt ihm eine Pfote hin.

Lächelnd wandte Sasha sich zu Bran um. Und stellte fest, dass sie auf diese Weise seinem Mund gefährlich nahe kam.

»Oh, tut mir leid. Ich steige besser erst mal runter – aus.«

»Okay. Obwohl es so durchaus gemütlich ist.« Er öffnete die Tür, schob ihr einen Arm unter die Beine, stellte sie neben dem Wagen ab, drehte sie zu sich herum und hielt sie weiter fest.

»Ah, danke.«

»Gern geschehen.«

Er ließ sie los, blieb allerdings noch einen Moment sitzen, ehe er selbst aus dem Wagen stieg.

»Am besten nimmt sich jeder irgendwas«, wies Riley ihre neuen Freunde an. »Dann schleppen wir das ganze Zeug erst mal ins Haus. Bran, vielleicht kannst du dem neuesten Mitglied unseres Clubs ja eine kurze Führung durch die Villa angedeihen lassen, während ich die Sandwiches mache. Denn wenn ich nicht bald was in den Bauch bekomme, falle ich wahrscheinlich einen von euch dreien an.«

Sie trugen das Gepäck ins Haus, und während Sawyer sich mit großen Augen umsah, zupfe Bran an Sashas Pferdeschwanz. »Sawyer und ich werden das Zeug nach oben bringen. Warum holst du in der Zeit nicht schon mal unser Bier?«

»Okay.«

Statt sofort auszupacken, würde sie erst mal etwas essen, Bran und Riley helfen, Sawyer die Geschichte zu erklären, und hoffentlich von Sawyer ebenfalls etwas erfahren.

Dennoch wollte sie sich erst mal gründlich umsehen und ging durch die Eingangshalle mit den warmen, goldfarbenen Fliesen in den großzügigen Wohnbereich. Die Jalousien, die man vor den breiten Fenstern schließen konnte, um die Sonne und die Hitze auszusperren, waren geöffnet, und im weichen Licht, das durch die Scheiben fiel, sah sie zwei leuchtend pfauenblaue Sofas, eine große schokoladenbraune Lederottomane, einen offenen, von schimmernd blauen Fliesen gerahmten Kamin und links und rechts davon zwei cremefarbene offene Einbauschränke, in denen eine Sammlung bunter Glas- und Töpferwaren vorteilhaft zur Geltung kam.

In die Stoffe der bequemen Polstersessel waren Muster mit exotischen Vögeln eingewoben, und der Deckel einer alten, wunderhübschen Truhe war mit Vogelschnitzereien verziert.

Der schönste Anblick aber bot sich außerhalb des Raums. Hinter bunten Blumenbeeten sowie einer Reihe

Bäume, die die ausgedehnte Rasenfläche säumten, sah man den Rand der Klippe und dahinter das leuchtend blaue Meer.

»Hi.«

Sie drehte sich zu Riley um. »Hier ist es einfach wunderschön.«

»Ja. Aber zum Schwelgen ist nachher noch Zeit. Erst mal muss etwas zu essen auf den Tisch.«

»Du bist für die Sandwiches zuständig.«

»Die Küche ist auf alle Fälle groß genug für zwei. Außerdem habe ich gerade eine SMS bekommen, derzufolge wir uns auch beim Wein bedienen dürfen, wenn wir wollen. Da hinten ist der Weinkeller, und auch wenn ich dafür bin, alle Flaschen, die wir uns dort holen, zu ersetzen, trinke ich statt Bier jetzt lieber einen Wein. Wie steht's mit dir?«

»Normalerweise trinke ich so früh am Tag keinen Alkohol.«

»Ich nehme an, dass du normalerweise auch nicht hier in Griechenland in einer schicken Villa bist und dich über irgendwelche alten Göttinnen und Sterne unterhältst.«

»Nein.« Da hatte Riley recht. »Bring mir ein Weinglas mit.«

Gemeinsam gingen sie an einem Raum mit einem Klavier und einem zweiten, kleineren Kamin, einer Bibliothek, einem maskulinen Arbeitszimmer und dem offiziellen Speiseraum vorbei.

In der Küche riss Riley die drei Glastüren vor der schattigen Terrasse auf, und die milde Brise trug den Duft von Rosen und Zitrusfrüchten in den Raum.

»Diese Villa ist einfach unglaublich. Ich kann immer noch nicht fassen, dass uns irgendwer einfach hier wohnen lassen soll.«

»Es zahlt sich eben aus, wenn man Kontakte hat. Der Typ hat eine Reihe von Weinbergen.« Riley klopfte auf die Flasche Weißwein, die sie in den Händen hielt. »Deshalb dachte ich, es wäre höflich, mit einem der Weine anzufangen, die er selbst gekeltert hat. Warum machst du ihn nicht schon mal auf?«

»Okay.« Sie glitt mit einer Hand über die Arbeitsplatten aus gold-, braun- und cremefarbenem Granit. »Eine derart große Küche sollte furchteinflößend sein, aber trotzdem ist sie irgendwie gemütlich. Durch den Kontrast zwischen den Hightechgeräten und den Steinguttellern in dem offenen Regal, dem altmodischen Schlachtblock, der modernen Kochinsel und den Stühlen im Cottagestil wirkt alles wunderbar entspannt.«

»Mit etwas zu essen und einem Glas Wein dürfte es noch entspannter werden.«

Während Sasha Jagd auf einen Korkenzieher machte, sah sich Riley in dem riesengroßen Kühlschrank um. »Es gibt da drüben auch noch eine Vorratskammer, die so groß ist, dass man mühelos drin wohnen könnte. Und das Grünzeug, das wir brauchen, dürfen wir aus dem Gemüsegarten holen. Wobei wir uns noch überlegen müssen, wer die Gartenarbeit übernimmt und wer das Federvieh versorgt. Das Hühnerhaus steht ganz hinten im Garten.«

Während sie ein großes, rundes braunes Brot in dicke Scheiben schnitt, zeigte sie auf den Herd. »Das ist ein Profi-Ding. Das heißt, ich werde nicht einmal in seine Nähe gehen.«

Am liebsten hätte Sasha den Herd gleich ausprobiert. Um Riley aber nicht auf die Idee zu bringen, sie womöglich doch allein zur Küchenchefin zu ernennen, nickte sie nur stumm

»Die Männer wollten Bier. Haben wir auch Bier im Haus?«

Riley zeigte mit dem Daumen auf den Kühlschrank und schnitt nach dem Brot Tomaten auf.

»Wir sollten draußen essen. Wenn du möchtest, decke ich schon mal den Tisch.«

Sie fand Platzdeckchen aus Bambus, nahm vier bunte Teller und vier kirschrote Servietten aus dem Schrank und deckte gut gelaunt den Tisch unter der Pergola. Dann holte sie die Obstschale, die auf dem Schlachtblock stand, und als sie diese auf die Terrasse trug, drangen aus der Küche Männerstimmen an ihr Ohr.

»Lass uns mal probieren.«

Als sie wieder ins Haus kam, schenkte Bran ein Schlückchen Weißwein in ein Glas, nippte vorsichtig daran und nickte anerkennend.

»Den nehme ich.«

»Ich auch«, erklärte Sawyer und sah Riley an. »Eine Superbleibe hast du da für uns organisiert.«

»Nicht wahr? Sasha meint, wir sollten draußen essen.« Riley trug die Platte mit den riesengroßen Sandwiches und dazu noch eine Schale Chips hinter das Haus. »Also lasst uns reinhauen.«

Als Sasha sah, wie groß die Sandwiches waren, schnitt sie eines in der Mitte durch und legte eine Hälfte zurück auf die Platte, während Bran begeistert in sein eigenes biss.

»Du bist eindeutig die Königin der Sandwiches.«

Riley nickte. »Das ist eine ganz besondere Gabe. Also, Sawyer King, jetzt kommt die Quizfrage, mit der du einen Aufenthalt in dieser wunderbaren Unterkunft gewinnen kannst. Was weißt du über die Glückssterne?«

Er hob einen Finger in die Luft und trank einen Schluck von seinem Wein. »Mir wurde erzählt, vor langer, langer Zeit in einer weit entfernten Galaxie…«

»Für den *Star-Wars*-Bezug gibt's schon mal einen Punkt.«

»Umso besser, denn ich habe *Star Wars* immer schon geliebt. Aber zurück zu unserem eigentlichen Thema. Meines Wissens nach haben drei Göttinnen des Mondes anlässlich der Thronbesteigung ihrer neuen Königin einen Feuer-, einen Eis- und einen Wasserstern kreiert.«

Er erzählte die Geschichte und hatte offensichtlich kein Problem damit, im Mittelpunkt ihrer Aufmerksamkeit zu stehen.

»Okay, das passt.« Riley nahm sich eine Handvoll Chips. »Und jetzt zur zweiten Runde…«

»Es gibt auch noch eine zweite Runde?«

»Allerdings. Woher kennst du die Geschichte?«

»Mein russischer Opa hat sie mir erzählt.«

»Ach ja?« Bran schenkte ihnen allen Weißwein nach.

»Ach ja. Und ich dachte als Kind, dass es tatsächlich nur eine Geschichte wäre. Aber dann wurde mein Opa krank – wir dachten nicht, dass er es schaffen würde, und auch er selbst hat offenbar nicht mehr daran geglaubt. Deshalb rief er mich zu sich und erzählte mir, dass die Geschichte wahr sei und dass mein Schicksal eng damit verbunden wäre.«

Sasha sah ihn fragend an. »Und das hast du ihm geglaubt?«

»Er hat mich in meinem ganzen Leben nie belogen«, gab er schlicht zurück. »*Dedulya* behauptete, die Verantwortung für diese Angelegenheit würde in unserer Familie schon seit vielen hundert Jahren von einer Generation auf die nächste übergehen. Im Lauf der Zeit hätten schon eine Reihe meiner Vorfahren erfolglos nach den Glückssternen gesucht. Weil es in jeder Generation unserer Familie einen Sucher gibt.«

»Oh.« Riley wies auf ihn. »Das gibt einen Bonuspunkt für die *Buffy*-Referenz.«

»Da bin ich aber froh. Er hat gesagt, dass ich der neue Sucher wäre und mich auf dem rechten Weg befände, wenn ich noch fünf andere Sucher träfe.« Er nahm ein paar Trauben aus der Schale auf dem Tisch. »Und jetzt sieht es so aus, als ob mir drei von euch begegnet wären. *Dedulya* – ich denke, das klingt auch nicht seltsamer als alles andere – ist eine Art von Hellseher.«

»Und seine seherischen Fähigkeiten hat er ebenfalls vererbt?«, erkundigte sich Bran.

»Wenn, dann nicht an mich.«

»Warum auf Korfu?«, wollte Sasha wissen. »Warum gerade hier?«

Sawyer nahm sich eine Handvoll Chips. »Ich gehe dieser Sache schon seit einer Weile nach, wobei ich bisher immer nur in Sackgassen gelandet bin. Aber ein paar Infos habe ich bekommen, wobei meiner Meinung nach der Schlüssel ist, dass man den Schwachsinn von den anderen Dingen trennt. Ich war auch schon auf Sardinien – ein ganz fürchterlicher Ort –, und dort habe ich diese

Geschichte von Poseidon gehört. Nicht von Neptun, also nicht von einem Römer-, sondern einem Griechengott, obwohl ich in Italien war. Aber wie dem auch sei, in der Geschichte war die Rede von Korkyra.«

Zufrieden riss Riley ein paar Trauben von der Dolde ab. »Der wunderhübschen Nymphe, der er hoffnungslos verfallen war und die er auf eine namenlose Insel brachte, der er ihren Namen gab.«

»Genau, und Korkyra wurde in Kerkyra und noch später in Korfu umbenannt. In der Geschichte ging es um einen erloschenen Feuerstern, der zwischen Land und Meer verborgen darauf wartet, dass er endlich wieder scheinen kann. Also bin ich dieser Spur gefolgt.«

»Genau wie ich.« Riley schob sich eine Traube in den Mund.

»Und du?« Sawyer wies auf Bran.

»In meiner Geschichte ging es um das Land des Phaiax.«

»Poseidons und Korkyras Sohn. Der damals der Herrscher über diese Insel war. Weshalb die Bewohner auch Phaiaken hießen«, führte Riley aus.

»Du kennst dich mit diesen Dingen sehr gut aus«, stellte Sawyer anerkennend fest.

»Sie hat ja auch einen Doktor in Mythologie«, erklärte Bran.

»Echt? Nun, Dr. Gwin, habe ich den Test bestanden?«

»Meiner Meinung nach auf jeden Fall.«

»Sasha hat von dir geträumt. Von dir als Mitglied unseres Teams«, erklärte Bran. »Du gehörst also auf jeden Fall dazu.«

»Aber eine Frage würde ich dir doch noch gerne stellen«, wandte Sasha sich dem Neuling zu. »Was machst du beruflich? Wovon lebst du, während du nach diesen Sternen suchst?«

»Ich bin ein Reisender, nicht völlig ungeschickt...« Er hob die Hände hoch und wackelte mit den Fingern. »Und als guter Handwerker findet man immer einen Job.«

»Da wäre noch etwas. Du sprichst von deinem Opa in der Gegenwart, das heißt, er hat sich von der schweren Krankheit offenkundig doch noch mal erholt.«

Sawyer grinste. »Ja. Er ist ein wirklich zäher Knochen.«

»Das ist schön.«

»Und wie steht es mit euch?«

»Sie ist eine Seherin, ich zaubere, und sie gräbt«, erklärte Bran, wobei er nacheinander erst auf Sasha, dann auf sich und schließlich auf Riley wies.

Sawyer blickte Sasha an. »Das hatte ich mir wegen dieser Zeichnung und der Träume schon gedacht.«

»Ich bin Künstlerin.« Am liebsten hätte Sasha die Bezeichnung *Seherin* wie einen kratzigen Pullover abgelegt. »Das andere ist einfach da.«

»Okay. Und was ist eine Gräberin?«

»Ich bin Archäologin mit Spezialgebiet Mythologie.«

»Huh. Das klingt nach Indiana Jones. Aber es passt echt gut. Und dazu noch ein Magier.« Abermals huschte ein Grinsen über sein Gesicht. »Zauberst du auch Kaninchen aus dem Hut?«

»Oh, falls das eine Anspielung auf *Rocky & Bullwinkle* ist, könnte aus uns beiden durchaus etwas werden«, stellte Riley fest.

»Ich war wie die beiden auf der Wossamotta University. Tricks, Illusionen und Verschwindenlassen?«, wandte er sich abermals an Bran.

»Genau.« Bran hielt eine Münze hoch, bevor er sie durch eine kurze Drehung seiner Hand verschwinden ließ. »Man verdient recht gut damit.«

»Cool. Und wie geht es jetzt weiter?«

»Vielleicht sind wir hier gelandet, um dich unterwegs zu treffen«, überlegte Riley. »Aber du warst sowieso schon in derselben Richtung unterwegs.«

»Hat sich irgendwie richtig angefühlt.«

»Und das tut's immer noch.«

»Die Skizze, die du vorhin vom Strand und dem Mond gemacht hast«, sagte Bran zu Sasha. »Die Person auf dieser Zeichnung war nicht Sawyer, sondern eine Frau. Von hinten, ja, aber dem Körperbau und ihren langen Haaren nach ist sie dieselbe Frau wie die, die du auch vorher schon gezeichnet hast.«

»Ich würde die Skizze von vorhin gerne noch mal sehen«, mischte sich Sawyer ein. »Und auch noch andere Bilder, falls du welche hast.«

»Ja. Ich werde sie dir holen«, meinte Sasha und stand auf.

»Isst du das hier nicht mehr?« Riley zeigte auf das halbe Sandwich, das noch auf der Platte lag.

»Nein. Ich kann einfach nicht mehr.«

»Ich schon.«

»Wo lässt du all das Zeug?«, wunderte sich Bran. »Du isst wie ein Spatz – das Dreifache von deinem eigenen Gewicht.«

»Ich habe einfach einen guten Stoffwechsel.«

»Um auch etwas zum Haushalt beizutragen, bringe ich die Sachen in die Küche, während Sasha ihre Bilder holt.«

Sawyer schob seinen Stuhl zurück und blickte Richtung Meer. »Dieses Anwesen ist echt der Hit.«

»Auf jeden Fall«, stimmte ihm Riley zu, bevor sie herzhaft in die Sandwichhälfte biss.

Sie brachten über eine Stunde damit zu, sich Sashas Skizzen anzusehen, verschiedene Theorien zu diskutieren, sich über die Orte auszutauschen, die vielleicht nicht Sasha, doch die anderen drei auf ihrer Suche bereits abgeklappert hatten, und einander die Geschichten zu erzählen, die ihnen zu Ohren gekommen waren.

Dann erklärte Riley, dass ihr Hirn erst einmal eine Pause brauche und sie gucken wolle, ob der Pool im Garten hielt, was er versprach.

»Die letzten beiden Tage waren sehr erhellend. Deshalb tut uns eine kurze Denkpause, in der das alles etwas sacken kann, wahrscheinlich gut«, beschloss auch Bran.

»Ich werde mir erst mal einen Überblick über die Örtlichkeit verschaffen.« Doch bevor er sich zum Gehen wandte, schnappte Sawyer sich erneut ein Bild der Frau, der sie bisher noch nicht begegnet waren. »Glaubt ihr, sie ist in Wirklichkeit auch so heiß?«

»So habe ich sie auf jeden Fall gesehen.«

»Dann kann ich es kaum erwarten, sie zu treffen. Aber erst mal laufe ich ein bisschen rum.« Abermals stand Sawyer auf. »Ich habe immer gerne ein Gefühl für den Ort, an dem ich bin. Der Pool sieht wirklich klasse aus. Vielleicht lande ich am Ende dort.«

»Er bietet auf jeden Fall genügend Platz für zwei. Dann treffen wir uns später wieder hier?« Ohne eine Antwort abzuwarten, stapfte Riley Richtung Haus.

»Dies ist das erste Mal, dass ich mit anderen zusammen suche. Was bisher ausnehmend interessant gewesen ist.« Damit lief auch Sawyer los.

Bran sah Sasha fragend an. »Was hast du bei ihm für ein Gefühl?«

»Bei Sawyer? Oh, er betet seinen Opa an und hat anscheinend eine enge Bindung zu dem Mann. Außerdem ist er ein Optimist. Ein Optimist und obendrein sehr zielstrebig. Ich dringe wirklich nur sehr ungern in die Menschen ein«, fügte sie entschuldigend hinzu, »aber ich habe das Gefühl, dass wir wissen sollten, was es mit ihm auf sich hat. Ich spüre noch etwas in ihm – ich habe keine Ahnung, was –, aber böse ist es nicht. Ich finde nicht, dass dieses Wort in Zusammenhang mit unserer Suche übertrieben ist. Ich spüre keine dunklen oder bösen Schwingungen in ihm. Ganz im Gegenteil.«

»Das bedeutet, dass du ihm vertraust.«

»Du nicht?«

»Ich bin in diesen Dingen etwas langsamer als du, aber er kommt mir durchaus ehrlich vor. Und vor allem ist er hier.« Er tippte auf das Bild. »Und jetzt hätte ich Lust auf einen kurzen Strandspaziergang. Komm doch einfach mit.«

»Ich habe bisher nicht mal ausgepackt.«

»Wozu die Eile?« Lächelnd stand er auf und reichte ihr die Hand. »Es ist doch nur ein kurzer Gang über die Treppe an den Strand.«

Statt also auszupacken und ihr Malzeug zu sortieren, nahm sie seine Hand. »Also gut. Ich suche sowieso nach ein paar guten Perspektiven, die ich malen kann.«

»Da, jetzt hast du einen guten Grund gefunden, um mit mir hinunter an den Strand zu gehen.«

»Ich habe das Gefühl, als wären für euch Abenteuer und Gefahren das Natürlichste der Welt.«

»Während du dich selbst für ruhig und bodenständig hältst.«

»Weil ich ruhig und bodenständig bin.«

»So sehe ich das nicht. Für mich bist du die Mutigste von uns.«

Sie starrte ihn aus großen Augen an, während sie mit ihm in Richtung Klippe ging. »Mutig? Ich? Wie kommst du denn auf die Idee?«

»Wir anderen wussten, was wir suchen und weswegen wir hierhergekommen sind. Aber du?« Er öffnete das Tor der Steinmauer und sah sie an. »Du hast dein Heim verlassen und dich auf den Weg hierher gemacht, ohne zu wissen, warum. Und als du Riley an dem Tisch sitzen gesehen hast, bist du einfach auf sie zugelaufen und bist das Wagnis eingegangen, einer Fremden etwas zu erzählen, was du selbst nicht verstanden hast. Was ungeheuer mutig war.«

Sasha war vollkommen gebannt von seinen dunklen Augen und der Art, in der der Wind das dunkle Haar um seine Wangen fliegen ließ. Und wieder wogte ein so schmerzliches Verlangen in ihr auf, dass sie eilig zu Boden sah.

»Ich fühle mich aber gar nicht mutig.«

»Weil du blind bist für den Mut, den du besitzt. Das ist alles.«

Abermals ergriff er ihre Hand und nahm die grob gehauenen Stufen Richtung Strand.

»Die Treppe ist echt steil.« Und geradezu erschreckend hoch.

»Aber sieh dir an, wohin uns diese Treppe führen wird. Dort unten scheint ein wunderschöner Strand zu sein, obwohl ich selbst eher der Typ für Wald und Berge bin. Du lebst in den Bergen, stimmt's?«

»In Blue Ridge Mountains.«

»Die sind sicher wunderschön.«

»Auf jeden Fall. Wunderschön und herrlich friedlich. Ich kann mich nicht einmal erinnern, wann ich das letzte Mal an einem Strand gewesen bin.«

»Auch Strände können wunderschön und friedlich sein. Siehst du die Stelle da?«

Er zeigte auf die Landspitze, und Sasha nickte stumm.

»Und das Stückchen Land da drüben und das Wasser, das dazwischen fließt? Das ist der Canal d'Amour. Es heißt, dass man die Liebe seines Lebens findet, wenn man ihn durchschwimmt. Ein hübscher Gedanke, findest du nicht auch?«

»Glaubst du das? Nicht, dass man ihn durchschwimmen kann, sondern dass es so etwas wie lebenslange Liebe gibt? Dass man einen anderen Menschen bis ans Lebensende lieben kann?«

»Auf jeden Fall.«

»Wie romantisch du bist.«

»Mit Romantik hat das nichts zu tun. Meine Eltern sind seit über 30 Jahren ein Paar, und zwar nicht nur aus Gewohnheit und weil sie vier Kinder haben, sondern weil sie sich noch immer lieben und rundum glücklich miteinander sind.«

»Du hast Geschwister?«

»Ja. Einen Bruder und zwei Schwestern. Meine Mutter war der Ansicht, mit zwei Jungen und zwei Mädchen hätte sie für Gleichgewicht gesorgt, deshalb haben sie die Produktion dann eingestellt.«

»Ich stelle es mir schön vor, wenn man eine so große Familie hat.«

Selbst ein Tauber hätte ihr die Wehmut deutlich angehört, fand Bran. »Das ist es auf jeden Fall.«

»Besuchst du sie oft?«

»Ja, natürlich, und auch sie besuchen mich von Zeit zu Zeit. Aber wir sind ein furchtbar lauter Haufen, deshalb geht es bei uns selten ruhig und friedlich zu. So, da wären wir.«

Er hatte sie durch das Gespräch erfolgreich von dem steilen Abstieg abgelenkt. »Du hast die ganze Zeit mit mir geredet, damit ich nicht panisch werde, stimmt's?«

»So leicht brichst du gar nicht in Panik aus.« Er sprang geschmeidig von der letzten hohen Stufe in den Sand, packte Sasha bei der Taille und stellte sie schwungvoll vor sich ab. Als wolle er sie beide auf die Probe stellen, hielt er sie auch weiter fest und sah sie durchdringend aus seinen dunklen Augen an. »Oder, *fáidh?*«

Sie kannte den Geschmack von seinem Mund auf ihren Lippen, das Gefühl von seinen Händen, wenn sie zärtlich über ihren Körper glitten, sein Gewicht auf ihrem Leib.

Und verspürte das fast übermächtige Verlangen zu ergründen, ob die Wirklichkeit dem Traum entsprach.

»Vielleicht«, gab sie zurück und trat entschlossen einen Schritt zurück.

»Da ist etwas, das du mir nicht sagst. Das sehe ich dir deutlich an.« Er tippte ihr mit einem Finger an die Stirn. »Warum?«

»Jeder von uns hat seine Geheimnisse, und wenn wir die anderen beiden treffen, werden die uns auch nicht gleich alles erzählen. Ich schätze, dass wir uns bisher noch nicht genug vertrauen.«

»Was nach einer derart kurzen Zeit ja wohl kein Wunder ist. Also sollten wir uns vielleicht erst einmal mit dem begnügen, was wir haben.«

Einem goldenen Strand und leuchtend blauem Wasser. Einigen Erwachsenen, die sich in den warmen Frühlingsstrahlen sonnten, wenn sie nicht im Schatten irgendwelcher bunten Schirme saßen, sowie einer Reihe Kinder, die mit Plastikschaufeln gruben, in der Brandung tollten oder mit dem Bau von Sandburgen beschäftigt waren.

»Ich nehme an, je näher man Sidari kommt, umso voller sind die Strände«, meinte Bran. »Nach allem, was ich gelesen habe, springen dort jede Menge Leute in der Hoffnung auf die wahre Liebe von der Kaimauer in den Kanal. Der Fels, das Wasser und die hoffnungsvollen Menschen, die sich kopfüber ins Wasser stürzen, gäben doch wahrscheinlich ein fantastisches Gemälde ab.«

Fasziniert von der Idee, blieb Sasha stehen und sah sich um. Die Farben, die Texturen, der Lichteinfall, ein sprungbereiter Mensch, ein anderer kopfüber in der Luft und vielleicht ein dritter, der schon schwamm. Sie hätte ihren Skizzenblock mitnehmen sollen, dann könnte sie …

Plötzlich tauchte eine schimmernde Gestalt aus dem Wasser auf. Nur für einen kurzen Augenblick nahm sie zwischen den schaumgekrönten Wellen ein juwelengleiches Funkeln wahr, dann war es auch schon wieder fort.

»Hast du das gesehen?«

»Was?«

»Im Kanal. Etwas ... ist dort gerade auf- und dann sofort wieder abgetaucht.«

»Ich habe gerade woanders hingeschaut.«

»Es hat im Sonnenlicht geglitzert wie ein leuchtender Smaragd.«

Er legte eine Hand auf ihre Schulter. »Einer von den Sternen?«

»Nein, denn die Bewegung hat geschmeidig und sehr lebendig ausgesehen. Vielleicht irgendein Fisch?«

»Möglicherweise ein Delfin.« Er legte eine Hand um ihren Pferdeschwanz und strich ihn sachte glatt. »Der nach der wahren Liebe sucht.«

Die Vorstellung, dass nicht nur Menschen, sondern auch Delfine in der Hoffnung auf die wahre Liebe den Kanal durchquerten, brachte sie zum Lächeln. »Ja, wahrscheinlich. Zwar habe ich ihn nur ganz kurz gesehen, aber er war wunderschön.«

Seufzend setzte sie sich wieder in Bewegung und sog die salzige Seeluft tief in ihre Lunge ein.

5

Endlich fand sie Zeit, um ihre Koffer auszupacken, und mit dem Gefühl, als wäre wieder etwas Ordnung in ihr Leben eingekehrt, ging sie auf die Terrasse, um die Aussicht zu genießen, weil sie schließlich keine Ahnung hatte, für wie lange sich dieser wunderbare Ausblick ihr bot. Sie hoffte, den Delfin noch einmal zu sehen – es musste ein Delfin gewesen sein, der blau-grün geschillert hatte, als die Sonnenstrahlen auf seine nasse Haut gefallen waren.

Sie hatte sich mit ihrem Skizzenblock auf die Terrasse setzen wollen, doch plötzlich merkte sie, sie wollte nicht alleine sein. Also nahm sie ihren Block und ihre Stifte und machte sich auf die Suche nach dem Rest des ... Teams.

Bisher hatte sie noch nie zu einem Team gehört, doch es war ein gutes, seltsam tröstliches Gefühl. Und da sie als Teil des Teams das Abendessen zubereiten müsste, ging sie erst mal in die Küche, um die Vorräte im Kühlschrank durchzusehen.

Sie wünschte sich, sie könnte griechisch kochen, aber vielleicht fing sie am besten mit dem Nudelrezept an, das sie sich zu Hause häufig zubereitete. Es war ein schnelles, einfaches Gericht, und wie es aussah, waren alle Zutaten dafür im Haus.

Das Vierfache ihrer gewohnten Menge reichte sicherlich nicht aus, weil zwei der vier Personen Männer waren und auch Riley wie ein verhungerter Wolf dreimal so viel wie sie selbst verschlang.

»Also mache ich am besten möglichst viel«, sagte sie sich. Und wenn das nicht funktionierte, würde sie die Küchenarbeit gern an jemand anderen abtreten.

Sie ging hinter das Haus, atmete tief durch und fragte sich, ob es ihr wohl gestattet wäre, ein paar Blumen abzuschneiden, um sie in den Zimmern zu verteilen. Die Zitronen- und Orangenbäume waren dank der leuchtend gelben und orangefarbenen Früchte ebenso problemlos zu erkennen wie die knorrigen Olivenbäume, deren mattes, silbrig grünes Blattwerk einen seltsamen Kontrast zu der schillernden Umgebung bot. Andere Pflanzen wie den riesigen Kaktus mit den großen, flachen Blättern und den wunderbaren Blüten aber hatte Sasha nie zuvor gesehen.

Sie nahm sich etwas Zeit, um ihn zu skizzieren, wanderte dann weiter am Gemüsegarten und am Hühnerhaus mit seinem kleinen, eingezäunten Hof vorbei, in dem die Hennen fröhlich gackernd in der Erde scharrten. An ein paar Rosmarinbüschen vorbei lief sie in Richtung Pool, wo sich Riley angeregt mit Sawyer unterhielt.

Sie hatten es sich auf zwei weißen Liegenstühlen bequem gemacht, und unter Rileys Stuhl schnarchte der große weiße Hund.

Sawyer trug nur eine abgeschnittene Jeans, die seinen braun gebrannten Körper vorteilhaft zur Geltung kommen ließ, und Riley hatte einen roten Badeanzug an. Während sie sich weiter unterhielt, winkte Riley Sasha an den Pool.

»Wir sprechen gerade über Khan.«

»Dschingis Khan?«

»Nein. Khan Noonien Singh.«

»Den Namen habe ich noch nie gehört.«

»*Star Trek.*«

»Oh, der Film. Den habe ich gesehen.«

»Du hast *den* Film gesehen?«, erkundigte sich Riley überrascht. »Willst du damit etwa sagen, dass du sie nicht alle kennst? Welchen hast du denn gesehen?«

»Keine Ahnung. Er kam irgendwann im Fernsehen.«

Seufzend bedeutete Riley Sasha, sich zu setzen. »Los, nimm Platz. Damit du etwas von uns lernst.«

»Möchtest du ein Bier?« Sawyer wies auf einen großen Tisch aus Stein mit eingelassenem Grill. »Da hinten steht ein Kühlschrank. Wir haben ihn mit ein paar Sachen aus der Küche vollgepackt.«

»Danke, nein. Hier sitzt man wirklich toll, aber zum Schwimmen ist es wahrscheinlich noch zu kühl.«

»Nicht für hartgesottene Leute wie uns zwei, stimmt's, Sawyer? Vor allem gibt's extra eine Solarheizung für dieses Ding.« Riley legte den Kopf ein wenig schräg und sah sich Sashas Skizze an. »Ein Feigenkaktus.«

»Heißt er so?«

»Ja. In ein, zwei Monaten müsste er Früchte tragen.«

»Und wie schmecken die?«

»Mmm. Ein bisschen wie Wassermelone.«

Sasha lachte auf. »Eine Wassermelone, die an einem Kaktus wächst. Das ist mindestens so seltsam, wie wenn man mystische Sterne sucht. Ich glaube, ich habe vorhin einen Delfin gesehen. Im Canal d'Amour.«

»Wolltest du dort schwimmen gehen, damit du deine wahre Liebe triffst?« Riley prostete ihr grinsend zu.

»Nein, aber ich dachte mir, dass ich ihn vielleicht malen soll.«

»Wäre ganz witzig, es mal zu probieren – das Schwimmen«, mischte Sawyer sich in ihre Unterhaltung ein. »In meiner Familie gehen wir immer lebenslange Bindungen mit unseren Partnern ein, und wenn ich den Kanal durchquere, taucht die Liebe meines Lebens vielleicht auf.«

»Huh. So ist es bei uns auch. Wir binden uns ebenfalls fürs Leben. Deshalb würde ich niemals diesen Kanal durchqueren.« Riley schüttelte den Kopf. »Denn wenn ich danach den Mann fürs Leben finden würde, wäre der Spaß mit allen anderen vorbei.«

Sie stand auf und streckte sich. »Wie steht's mit dir, Sash? Spielst du eher im Mittelfeld oder zielst du geradewegs aufs Tor?«

»Wie bitte?«

»Ob du in der Liebe lieber etwas rumprobierst oder gleich aufs Ganze gehst«, übersetzte Sawyer ihr.

»Ich…« Sie sah, dass Bran in einer schwarzen Badehose und mit offenem weißem Hemd über den Rasen kam. Herzen konnten wirklich stehen bleiben, merkte sie. Das war nicht nur ein Klischee. »Darüber habe ich bisher nie wirklich nachgedacht.«

»Darüber denkt doch jeder nach«, behauptete Riley. »Aber wie dem auch sei, springe ich zwar nicht in den Kanal, dafür aber in diesen tollen Pool.« Sie machte einen Kopfsprung und tauchte geschmeidig wieder auf, bevor sie sich auf den Rücken rollte und sich einfach treiben ließ. »He, Bran, das Wasser ist echt angenehm. Komm rein und nutz die Zeit. Denn sicher fangen wir bald schon mit dem Suchen und dem Graben an.«

»Da hast du recht.«

»Dann bleibt uns auch nicht mehr viel Zeit für Bier am Pool.« Sawyer stellte seine Flasche fort. »Ich spiele gern den Pooljungen, wenn du den Job nicht willst.«

»Meinetwegen.« Während Sawyer sich ins Wasser stürzte, schälte Bran sich gut gelaunt aus seinem Hemd. »Kannst du nicht schwimmen?«

»Doch, natürlich kann ich schwimmen.«

»Gut.«

Er pflückte sie von ihrem Stuhl, und als sie vor Entsetzen schrie, fuhr Apollo bellend aus dem Schlaf und tänzelte nervös um sie herum.

»Los!«, schrie Riley, während Sasha noch versuchte, sich Brans Armen zu entwinden. »Oder fehlt dir dazu der Mumm?«

»Sie hat mich herausgefordert.«

»Das ist nicht witzig. Lass mich …«

Ihre Rede endete mit einem neuerlichen Schrei, als er mit ihr ins Wasser sprang.

Kaum war Sasha hustend wieder aufgetaucht, erklärte Sawyer gut gelaunt: »Ich fand das sogar ziemlich witzig.«

Strampelnd schlang sie sich die Arme um den Bauch. »*K-k-k-k-kalt!*«

»Du hast dich nur noch nicht daran gewöhnt.« Bran tauchte unter ihr hindurch, zog sie wieder unter Wasser, und als sie sich prustend wieder an die Oberfläche kämpfte, fragte er mit unschuldiger Stimme. »Na, ist dir jetzt warm?«

»Wie alt bist du, zwölf?«

»Der Mann, der irgendwann das Kind in sich verliert, ist eine traurige und viel zu ernsthafte Gestalt.«

»Ist das die Philosophie der Iren?« Grinsend spritzte sie ihm Wasser ins Gesicht und tauchte wieder unter, weil das Wasser wirklich herrlich war.

Ohne dass sie unbescheiden wirken wollte, stellte Sasha fest, dass die Nudeln ihr hervorragend gelungen waren. Auch wenn sie kein Interesse daran hatte, ständig für die Planung und die Zubereitung ihrer Mahlzeien zuständig zu sein, empfand sie es als sehr befriedigend, dass von der Riesenmenge Nudeln und der Sauce nur ein kleines Schälchen übrig blieb.

Die Sterne sprachen sie nicht an, bis Riley eine Flasche Limoncello holen ging.

»Ich habe das Mittagessen und die Meisterköchin Sasha hat das superleckere Abendbrot gemacht, also spült ihr Jungs gefälligst das Geschirr.«

»Das klingt fair, so machen wir's«, pflichtete Bran ihr bei. »Aber ich würde sagen, erst mal sollten wir uns eingehend darüber unterhalten, weshalb wir hierhergekommen sind.«

»Aber wir sind noch nicht alle hier«, warf Sasha ein. »Und bis es so weit ist, haben wir keine Chance, irgendwas zu finden.«

»Das heißt nicht, dass wir nicht schon mal das Terrain sondieren könnten«, stellte Riley fest. »Ich habe mehrere Karten und auch schon ein paar Ideen, wo man suchen kann.«

»Stillstand bringt uns ganz bestimmt nicht weiter«, stimmte Bran ihr zu. »Wenn wir nicht hierhergefahren wären, hätten wir Sawyer vielleicht nicht getroffen. Aber so sind wir auf jeden Fall schon mal zu viert.«

»Wie gesagt, ich habe nie zuvor mit einem Team gesucht, und ich habe mich dem Stern auch nie zuvor tatsächlich nahe gefühlt.« Sawyer blickte auf die gelbe Flüssigkeit in seinem Glas, hob es an den Mund und leerte es in einem Zug. »Nicht schlecht. Zwei anständige Mahlzeiten, ein paar Stunden am Pool und ein tolles Dach über dem Kopf, das ist alles schön und gut. Aber man findet nichts, wenn man nicht sucht.«

»Da hast du recht.« Auch Riley kippte ihren Schnaps herunter, schenkte sich und Sawyer nach und prostete ihm zu. »Deshalb werfen wir am besten morgen früh gleich nach dem Aufstehen einen Blick in meine Karten, machen einen Plan, ziehen unsere Wanderschuhe an und erforschen ein paar Höhlen.«

Als er Sashas Miene sah, drückte Bran ihr aufmunternd die Hand. »Leidest du unter Klaustrophobie?«

»Nicht dass ich wüsste, aber schließlich habe ich bisher auch niemals Zeit in irgendwelchen Höhlen zugebracht. Allerdings muss ich bei Höhlen an Fledermäuse denken.«

»Fledermäuse sind echt cool«, erklärte Riley ihr. »Und anders als die meisten Menschen glauben, können sie durchaus was sehen. Und verfangen sich auch nicht in deinem Haar.«

»Sie nutzt die Form, verbiegt sie aber so, wie sie sie braucht. Und die Finsternis ist ihre. Sie herrscht über die schattigen und feuchten Orte sowie über alles, was dort lebt. Sie sehnt sich nach dem Licht, aus dem man sie verbannt hat, und begehrt die Flamme. Um das Licht zu löschen und die Flamme so lange brennen zu lassen, bis es nur noch Dunkelheit und Asche gibt.«

Ihre Augen wurden wieder klar, und sie atmete geräuschvoll aus.

»Wow. Bist du okay?«, erkundigte sich Sawyer.

»Moment«, bat Bran mit scharfer Stimme und packte entschlossen Sashas Hand. »Sieh mich an. Sieh mich an und hör mir zu. Du versuchst noch immer, die Visionen auszusperren. Deshalb tun sie dir so weh. Du musst endlich aufhören, dir selbst und deiner Gabe zu misstrauen.«

»Ich will diese Gabe aber nicht.«

»Nun, du hast sie aber mal, also kommst du besser damit klar.«

»He«, fing Sawyer an, da Bran auch weiterhin mit scharfer Stimme sprach und Sasha kreidebleich geworden war. Aber Riley schüttelte den Kopf, also hielt er den Mund.

»Du weißt nicht, wie es ist, wenn etwas derart die Kontrolle über einen übernimmt.«

»Und du weißt nicht, wie es ist, eine solche Gabe anzunehmen und zu lernen, sie zu nutzen, statt sie mit aller Kraft zu verdrängen, weshalb sie dich nutzen kann.«

»Mein eigener Vater ist gegangen, weil er nicht mit mir und dieser Gabe leben konnte. Jedes Mal wenn ich versucht habe, zu einem Menschen Nähe zu entwickeln, brach diese verfluchte *Gabe* bei mir durch und hat es ruiniert. Ich habe niemanden.«

»Jetzt hast du uns. Und wir werden bestimmt nicht gehen«, erklärte er ihr ohne eine Spur von Mitgefühl. »Nach allem, was ich sehe, bist du diejenige, die geht. Die vor sich selbst flieht.«

»Wenn ich nicht gekommen wäre, wären wir nicht hier.«

»Das stimmt. Das solltest du dir immer wieder sagen und dich damit arrangieren, statt dir die Augen wegen einer Sache aus dem Kopf zu heulen, dank der du hergekommen bist.«

Zu wütend und schockiert für Worte schob sie ihren Stuhl zurück, sprang auf und ging davon.

»Vielleicht solltest du ihr nachgehen«, sagte Bran zu Riley. »Dafür sorgen, dass sie was gegen den Kopfschmerz nimmt, auch wenn sie sich den selbst zuzuschreiben hat.«

»Meinetwegen.« Sie stand auf. »Wenn du mich so angefahren hättest, hätte ich zurückgeschlagen.«

»Vielleicht kannst du ihr ja beibringen, das ebenfalls zu tun.«

»Vielleicht.«

Sawyer schüttelte den Kopf, als er mit Bran allein auf der Terrasse saß. »Du bist ganz schön unsanft mit ihr umgesprungen, Mann.«

»Ich weiß.« Weshalb er selbst unter leichtem Kopfweh litt. »Aber meiner Meinung nach ist es noch härter, was sie mit sich macht. Ihre Angst vor ihren Fähigkeiten macht sie krank. Aber wir sind nun einmal, wer wir sind, glaubst du nicht auch, Kumpel?«

Nachdenklich blickte Sawyer in sein Glas. »Für manche oder vielleicht sogar viele ist es schwer, wenn sie anders als die anderen sind.«

»Ach ja?« Bran prostete ihm lächelnd zu. »Ich finde, man sollte es feiern und vor allem respektieren, wenn man einzigartig ist. Und bis ihr das gelingt, fügt ihre Gabe ihr weiter Schmerzen zu.« Er drehte das Schnapsglas zwischen seinen Fingern, hob es an den Mund und leerte es wie die beiden anderen in einem Zug. »Am besten machen wir erst mal die Küche sauber, und zwar möglichst gut, damit sie noch mal für uns kocht.«

»Sie ist dir wichtig, und zwar nicht nur wegen ihrer Gabe und weil sie uns bei der Suche helfen kann.«

Sachte stellte Bran das Schnapsglas vor sich auf den Tisch. »Sie ist eine wunderschöne Frau, die unter ihrer Gabe leidet und sich ihres grenzenlosen Mutes bisher noch nicht bewusst geworden ist. Und ich habe nur auf diese Art mit ihr gesprochen, weil sie mir sehr wichtig ist.«

»Dann ist es gut.«

Sie machten Ordnung in der Küche. Danach ging Bran noch einmal hinaus und drehte ein paar Runden um das Haus. Ich mache eine Art von Grenzpatrouille, dachte er. Doch abgesehen vom Mond, den Sternen und dem Meer war nichts zu sehen, und außer dem Rauschen der Wellen, die sich an den Felsen brachen, war auch nichts zu hören.

Er blieb stehen und sah zu Sashas dunklem Fenster hinauf. Sie hatte die Terrassentür geschlossen, und er hoffte, dass sie friedlich schlief und nicht noch einmal mitten in der Nacht vor seiner Tür stehen würde, träumerisch und wunderschön.

Es war ihm bereits letzte Nacht nicht leichtgefallen, auf brüderliche Art mit ihr das Bett zu teilen. Denn Sasha zog ihn aus verschiedenen Gründen einfach magisch an.

Stirnrunzelnd ging er zurück ins Haus. Da er sowieso kein Auge zubekäme, könnte er, während die anderen schliefen, ein paar Dinge vorbereiten, die für ihre Suche wichtig waren.

So wie immer, wenn er die Gelegenheit dazu bekam, schrieb Sawyer ein paar ausführliche E-Mails nach Hause. Dann versuchte er zu lesen, gab es auf, versuchte es mit Arbeit, musste allerdings erkennen, dass er viel zu rastlos war.

Vielleicht sollte er am Strand spazieren gehen. Allein.

Obwohl er gern Gesellschaft hatte, war er ziemlich oft allein. Da er aber immer etwas mit sich anzufangen wusste, machte ihm die Einsamkeit nichts aus.

Die Nacht war kühl, deswegen zog er eine Jacke an, trat durch die Terrassentür und nahm die Treppe Richtung Strand. Er genoss den salzigen Geruch der Luft, das Rauschen des Meeres und war dankbar, dass das Licht des Mondes und der Sterne durch die dünne Wolkenwand hindurch die Treppe weit genug erhellte, dass er sah, wohin er trat.

Dann dachte er daran, wie er in seinen E-Mails seine neuen Mitstreiter beschrieben hatte.

Riley, die gewitzt, intelligent und grundsolide war. Eine Reisende wie er, eine Frau, die sicher nicht auf fremde Hilfe angewiesen war, die gelehrt, doch alles andere als weltfremd wirkte und wie er selbst ein Fan von Fantasy, Science Fiction und von Comics war.

Bran war clever und charmant, wenn er es wollte, doch vor allem sehr geheimnisvoll. Vielleicht war er nach dem Essen hart mit Sasha umgesprungen, doch er hatte nicht gelogen, als er anschließend behauptet hatte, dass sie ihm am Herzen lag. Und Sawyer spürte deutlich, dass Bran alles täte, um die Menschen zu beschützen, die ihm wichtig waren.

Und Sasha. Talentiert, aber im Zwiespalt, unsicher, wohin die Reise gehen würde, aber trotzdem mit von der Partie. Also hatte Bran wahrscheinlich recht. Sie war viel mutiger, als sie sich selbst eingestand. Und vor allem war sie der Magnet, von dem sie alle angezogen worden waren.

Er war sich nicht ganz sicher, wo sein eigener Platz in dieser Gruppe war. Nach zehn Jahren auf Reisen hatte er noch immer keine Ahnung, wo die Sterne waren. Aber schließlich war die Welt auch groß.

Er hatte durch Versuche, Irrtümer und zahlreiche Erfahrungen diverse Theorien aufgestellt. Aber womöglich könnte eine Frau wie Sasha ihnen die Richtung weisen. Ja, vielleicht.

Die anderen beiden trugen eindeutig Geheimnisse mit sich herum. Aber das tat er selbst schließlich auch.

Ein paar Stunden, ein paar Drinks und zwei geteilte Mahlzeiten reichten nicht aus, um das Vertrauen zueinander aufzubauen, das man brauchte, um Geheimnisse zu teilen. Er war sich noch nicht sicher, wie sich diese Art Vertrauen entwickeln sollte.

Also wartete er besser einfach erst mal ab.

Er mochte den menschenleeren Strand, das Mondlicht auf dem Wasser und die sanften Wellen, deren leises Flüstern ihn dazu verlockte, eine kurze Runde durch das kalte Nass zu drehen. Er fröre sich bestimmt den Hintern ab, bekäme aber vielleicht endlich wieder einen klaren Kopf und könnte dann in Ruhe schlafen gehen.

Er beschloss zurückzugehen und sich, falls das Meer ihn dann noch immer lockte, auszuziehen und näher an der Treppe und am warmen Haus schwimmen zu gehen.

Als er sie plötzlich sah.

Sie stand dort in einem dünnen weißen Kleid, das um

ihre nackten Knie wehte, während langes dunkles Haar auf ihre Hüften fiel, und sah aufs Meer hinaus.

Genau wie auf dem Bild. Dies war die Frau von Sashas Bild.

Es hätte ihn nicht überraschen sollen, doch das tat es.

Und er hätte sich nicht wundern sollen, doch das tat er ebenfalls.

Zögernd ging er auf sie zu und wagte nicht, den Blick von ihr zu lösen, damit sie nicht urplötzlich wie das Bild aus einem Traum verschwand.

Stattdessen drehte sie sich plötzlich zu ihm um, und im Licht des Mondes sah er ihr Gesicht.

Sie war eine der Personen auf den Bildern, und sie hatte neben ihm gestanden in der ersten Skizze, die ihm auf der Straße hingehalten worden war.

Solche Züge konnte man nur träumen, dachte er, als sie, ein Lächeln auf den Lippen, auf ihn zugelaufen kam. Betörend schön. Mit großen, etwas schräg stehenden Augen, einem breiten, vollen, einladenden Mund, glatter, weicher blassgoldener Haut, groß und gertenschlank.

Einen Schritt vor ihr blieb er stehen, weil er einem so bezaubernden Geschöpf in seinem ganzen Leben nicht begegnet war.

Mit einem Lachen in der Stimme sagte sie: »Hallo.«

»Ja, hi. Woher kommst du?«

»Ich bin schon seit einer Weile hier. Und dann bist du gekommen.« Sie nahm seine Hand. »Das hatte ich gehofft.«

»Kennst du mich denn?«

Sie lächelte ihn an. »Deinen Namen kenne ich noch nicht.«

»Sawyer.«

»Sawyer«, wiederholte sie bedächtig. »Mein Name ist Annika. Ich komme, nein, ich bin gekommen, weil ich bei der Suche nach den Sternen helfen will. Nimmst du mich mit?«

Er riss überrascht die Augen auf, gab dann aber zurück: »Ich nehme an, dass dies das Beste ist. Wir wohnen da oben.« Er wies auf die Villa, in der wie in Sashas Skizze nur ein Licht zu sehen war.

»Ich habe ein paar Sachen.«

»Wo?«

»Ich werde sie holen.«

Mit wirbelndem weißem Kleid und wehendem dunklem Haar lief sie graziös den Strand hinauf und war mit einem Mal nicht mehr zu sehen.

»Warte. Mist.« Er lief ihr eilig hinterher und verfluchte sich dafür, dass er vor lauter Überraschung stehen geblieben war.

Doch sie tauchte schon wieder hinter den Felsen auf und hielt zwei große Taschen in der Hand.

Es waren keine Reisetaschen, sondern eher zwei Säcke, bunt bedruckt mit Bäumen, Blumen, Vögeln und verschlossen mit der Art von Schnallen, wie sie an Schatztruhen zu sehen waren.

»Gib mir die Säcke.«

»Wenn jeder von uns einen nimmt, ist das Gewicht halbiert. Was für eine wunderbare Treppe!« Einen der Säcke in der Hand, lief sie fröhlich darauf zu. »Wenn wir oben ankommen, werden wir dem Himmel näher sein.«

»Vorsicht, sie ist ziemlich steil.«

»Irgendwer sagt immer, dass ich vorsichtig sein soll«,

erklärte sie ihm strahlend. »Immer sagen sie, ich wäre leichtsinnig. Aber das bin ich nicht. Ich will nur alles ausprobieren.«

Er fand durchaus, dass es von Leichtsinn zeugte, mitten in der Nacht mit einem fremden Typen mitzugehen, enthielt sich aber eines Kommentars.

»Oh.« Am Kopf der Treppe angekommen, blieb sie stehen und legte eine Hand auf ihre Brust. »Ist das dein Zuhause? Es ist wunderschön.«

»Die Villa ist geborgt. Das heißt, wir wohnen nur vorübergehend hier.«

»Ich kann die Blumen riechen«, schwärmte sie und glitt mit einer Hand über die blühenden Büsche links des Weges. »Und die Bäume und das Gras. Sieh dir das nur an.«

Sie blieb stehen und berührte eine tief hängende Zitrone. »Sie ist herrlich kühl und glatt.«

»In der Gegend gibt es zahlreiche Zitronenbäume.«

»Zitrone«, wiederholte sie genauso nachdenklich wie seinen Namen, als sie sich am Strand begegnet waren.

»Ich habe keinen Schlüssel mitgenommen, also gehen wir am besten hintenrum.«

Sie sah sich alles im Vorbeigehen an und folgte ohne Widerrede, bis sie neben ihm auf der Terrasse stand.

Bei Bran brannte noch Licht, also klopfte Sawyer bei ihm an. Immer noch in Jeans und T-Shirt, kam der Magier an die Tür.

»Sieh nur, wen ich gefunden habe.«

»Hallo.« Wieder setzte Annika ihr breites Lächeln auf.

»Annika, das ist Bran Killian.«

»Brankillian, hallo.«

»Freut mich, deine Bekanntschaft zu machen, Annika.«

»Es ist immer schön, wenn man sich freut.«

»Das finde ich auch. Bring sie am besten erst mal runter – vielleicht in die Küche, weil das entweder nach Wein oder Kaffee verlangt. Ich werde in der Zeit die anderen holen.«

»Ich mag Wein«, erklärte sie, während sie neben Sawyer bis zu dessen eigenem Zimmer ging. »Werde ich Wein bekommen?«

»Sicher. Schließlich hat die Villa einen eigenen Weinkeller«, erklärte er nicht ohne Stolz.

»Oh, das ist sehr hübsch. All die Bilder und die kleinen Dinge. Und das Bett. Ist das Bett weich?«

Sie ließ ihren Sack zu Boden fallen, nahm auf der Matratze Platz, hüpfte kurz darauf herum, ließ sich auf den Rücken fallen und breitete die Arme aus. »Es ist sogar sehr weich!«

Sie warf die Arme über ihren Kopf, räkelte sich wohlig, und der Anblick traf ihn direkt in den Unterleib.

Immer mit der Ruhe, Junge, wies er seinen besten Kumpel unbarmherzig zurecht.

»Wir sollten langsam runtergehen.«

»Runter?« Traurig setzte sie sich wieder auf.

»Ins Erdgeschoss«, erklärte er. »Damit du die anderen kennenlernst.«

»Die anderen, ja.« Sie sprang vom Bett, nahm seine Hand, ließ sich von ihm zur Treppe ziehen und sah sich neugierig nach allen Seiten um.

»Genau das war auch meine Reaktion, als ich hier angekommen bin. Eine Wahnsinnsbude, findest du nicht auch?«

»Eine Wahnsinnsbude«, wiederholte sie mit ehrfürchtiger Stimme, folgte ihm bis in die Küche und stürzte begeistert auf den chromglänzenden Kühlschrank zu. »Wie schön der glänzt.« Sie glitt mit beiden Händen über die geschlossene Tür, zog sie vorsichtig auf und meinte: »*Aaaahhh.*«

»Hast du Hunger?«

»Ja. Da drin ist es sehr kalt.«

»Weil das schließlich ein Profi-Kühlschrank ist. Wir haben noch ein paar Nudeln übrig. Die echt lecker sind.« Er griff nach dem Schälchen mit dem Rest vom Abendbrot. »Setz dich schon mal hin. Dann mache ich sie für dich warm.«

»Vielen Dank.« Sie setzte sich und glitt mit ihren Fingern sacht über den Tisch. »Der ist auch sehr hübsch. Wie alles hier.«

Neugierig verfolgte sie, wie er die Nudeln in die Mikrowelle schob und ein paar Knöpfe drückte, doch bevor sie etwas sagen konnte, tauchten schon die anderen auf, und wieder sagte sie: »Hallo.«

»Das ist also das fünfte Mitglied unserer Truppe«, stellte Riley fest. »Annika?«

»Ja! Hallo.«

Riley holt eine Flasche Wein. »Ich denke, der Moment verlangt nach Alkohol. Riley. Riley Gwin. Und wie heißt du weiter?«

»Weiter?«

»Ja, mit Nachnamen.« Sie suchte nach dem Korkenzieher, und als Annika nichts sagte, fügte sie hinzu: »Jeder Mensch hat einen Vor- und einen Nachnamen. Wie ich. Ich heiße Riley Gwin. Und das ist Sasha.«

»Riggs.« Sasha musterte die andere Frau und holte ein paar Gläser aus dem Schrank. »Und Bran Killian kennst du ja bereits.«

»Und Sawyer«, meinte sie und lächelte ihn selig an.

»King.«

Ihre Augen wurden groß wie Untertassen, und mit ehrfürchtiger Flüsterstimme fragte sie: »Heißt das, dass du ein König bist?«

Während Riley schnaubte, blickte Sawyer ihr in die großen grünen Augen mit den goldenen Sprenkeln und erklärte: »Nein, mein Nachname ist King.«

»Ich heiße mit erstem Namen Annika. Und mein Nachname ist Waters. Ja genau, Annika Waters«, meinte sie bestimmt und sagte abermals: »Hallo.«

»Anscheinend ist sie high«, wandte Riley sich an Bran.

»Wir sind über die Treppe bis zum Haus gekommen. Die war wirklich hoch.«

»Und gute Ohren hat sie auch. Bist du auf Drogen, Annika?«

»Nein. Sollte ich das sein?«

»Auf keinen Fall.« Sasha nahm ihr gegenüber Platz und legte ihre Mappe auf den Tisch. »Wo kommst du her?«

»Meine – Familie – wir sind viel unterwegs.«

»Und woher bist du ursprünglich? Ich meine, wo bist du geboren?«

»Das weiß ich nicht. Ich war damals noch ein Baby.«

Lachend stellte Sawyer Annika den Teller mit den Nudeln hin. »Tja, Sasha, wo sie recht hat, hat sie recht.«

Annika griff nach der Gabel, sah sie sich von allen Seiten an, pikste eine Nudel auf, schob sie sich in den Mund, presste ihre Hände vor die Lippen und erklärte lachend:

»Heiß.« Dann pikste sie ein Stückchen Kirschtomate und danach eine Olive auf, schloss die Augen, während sie sie aß, schlug sie wieder auf und aß weiter.

»Das ist wirklich gut«, erklärte sie und nippte vorsichtig an ihrem Wein. »Und das hier auch. Ich mag Wein, und ich mag dieses Essen. Vielen Dank.«

»Nichts zu danken.« Sasha schlug die Mappe auf, nahm ein Bild von ihrer ganzen Truppe heraus und schob es ihr über den Tisch hinweg zu.

Mit einem Freudenschrei zog Annika mit einem Finger erst ihr eigenes Gesicht und danach das von Sawyer nach. »Das ist ein Bild. Das bin ich, und das ist Sawyer. Und da sind Riley, Sasha und Brankillian. Bran«, verbesserte sie sich. »Wie hübsch wir alle sind! Aber der hier ist nicht da?«

»Nein.«

»Und wo ist er?«

»Das wissen wir auch nicht. Kennst du ihn?«

Sie schüttelte den Kopf. »Mir gefällt mein Hut. Wo habe ich den her?«

Augenrollend nahm auch Riley Platz. »Warum bist du hier?«

»Sawyer hat mich hergebracht.«

»Nein, ich meine, warum bist du hier auf Korfu? Warum bist du mit Sawyer mitgegangen, als du ihn am Strand getroffen hast?«

»Weil er … zu mir gekommen ist. Ich bin hier, weil ich mit euch die Sterne finden soll.«

»Du weißt über die Glückssterne Bescheid?«, erkundigte sich Bran.

»Das weiß doch jeder.«

»Jeder?«, hakte Riley nach.

»In meiner ... Familie. Und der, der das Schicksal liest, hat mir gesagt, ich würde helfen, sie zu finden. Wenn ich ...« Sie brach ab und schob sich eine Gabel voller Nudeln in den Mund. »Willens bin. Es ist eine Suche. Er hat noch ein anderes Wort gebraucht, das mir gefallen hat. Wir sind auf einer ...« Sie drehte einen Finger in der Luft. »Mi-mi ...«

»Mission?«, schlug Bran vor.

»Ja! Danke. Die Mission ist sehr gefährlich, deshalb muss ich willens sein. Das bin ich. Deshalb bin ich hier. Wir müssen sie finden und zurückbringen.«

»Zurückbringen? Wohin?«

Annika blinzelte verwirrt. »Auf die Glasinsel, wohin denn sonst?«

»Die ist doch nur ein Mythos.«

»Verzeihung. Ein was?«

»Ein Mythos. Eine Fabel«, meinte Riley. »Eine alte Erzählung, in der es meist um die Geschichte eines Volkes geht und in der oft übernatürliche Wesen eine Rolle spielen.«

»Ich mag Geschichten. Darf ich noch mehr Wein haben?«

»Davon habe ich noch nie etwas gehört.« Sasha sah sich um. »Ihr anderen aber anscheinend schon. Was hat es mit dieser Insel auf sich?«

»Die Glasinsel taucht auf, wo und wann sie will«, erklärte Bran. »Sie ist ein Ort außerhalb der Zeit. Eine Welt für sich.«

»Wie Brigadoon?«

»Nein.« Riley schüttelte den Kopf. »Brigadoon tauchte

alle hundert Jahre immer an genau derselben Stelle auf. Wobei auf Brigadoon in dieser Zeit immer nur ein Tag verging. Natürlich mag ich schöne Mythen, und ich habe schon sehr viele herrliche Geschichten über die Glasinsel gehört. Aber trotzdem existiert sie nicht.«

»Doch, natürlich. Sie ist immer da, aber nur sehr wenigen war es bisher gestattet, sie zu sehen. Der, der das Schicksal liest, lügt nie. Wenn wir die drei Sterne finden, müssen wir sie an den Ort zurückbringen, an dem sie geboren sind.«

»Willst du damit sagen, dass die Sterne auf der Glasinsel erschaffen wurden?« Riley sah sie aus zusammengekniffenen Augen an.

»Ja. Von den drei Göttinnen. Celene, Luna, Arianrhod. Als Geschenke für ihre neue Königin, Aegle, die Strahlende.«

Riley lehnte sich auf ihrem Stuhl zurück und trommelte mit den Fingern auf den Tisch. »Wo hast du studiert?«

»Ich habe sehr hart studiert.« Annika fing an zu strahlen. »An sehr vielen Orten. Denn ich lerne gerne neue Dinge und alte Dinge und Dinge überhaupt.«

»Wer ist Nerezza?«

»Du solltest ihren Namen nicht im Dunkeln nennen.« Annika sah ängstlich Richtung Fenster. »Weil du sonst riskierst, dass du sie rufst.«

»Schwachsinn. Also, sag mir, wer sie ist.«

»Sie ist die Mutter der Lügen, die Finstere. Sie darf die Sterne niemals haben. Ich mag es nicht zu kämpfen, aber ich würde mit euch kämpfen, damit sie sie nicht bekommt. Wir sind zusammen.« Sie wies auf das Bild, das vor ihr lag. »Und da ihr alle Sawyers Freunde seid, sollt ihr auch meine Freude sein.«

»Einfach so?«

»Du bist sehr neugierig.« Sie beugte sich zu Riley vor. »Ich bin auch sehr neugierig. Ich passe also gut zu dir. Und ich werde helfen. Das ist mir vorherbestimmt.«

Riley blickte Sasha an. »Inzwischen ist mir klar, dass an Visionen etwas dran sein kann. Aber wir werden sehen. Wie …«

»Riley«, fiel ihr Sawyer ins Wort. »Halt mal kurz die Luft an, ja? Hast du irgendwelche Fragen, Annika?«

»Ich habe so viele. Meine Mutter sagt, ich wäre aus Fragen gemacht. Aber erst mal reicht es, dass ich hier bin. Ich bin furchtbar müde. Kann ich in dem weichen Bett schlafen?«

»Es gibt noch ein paar Betten, zwischen denen du frei wählen kannst. Ich werde dich nach oben bringen, und dann kannst du gucken, welches Zimmer dir gefällt.«

»Ich werde nicht in deinem Bett schlafen?«

»Wie bitte? Nein.« Als Sawyer Brans amüsierten Blick bemerkte, rieb er sich verlegen das Genick. »Hier hat jeder einen eigenen Raum.«

»Ich werde sie nach oben bringen.« Riley stand entschlossen auf. »Da wir schließlich Freunde werden sollen.«

»Danke. Und auch danke für das gute Essen und den Wein.«

Nachdem die beiden den Raum verlassen hatten, warf Sawyer die Arme in die Luft. »Sie war einfach da. Stand da so am Strand. Wie auf dem Bild. Sie stand plötzlich einfach da.«

»Und jetzt ist sie hier.« Bran schaute Sasha an. »Was hast du in ihr gelesen?«

»Freude. So viel Freude, dass ich selbst mit einem Mal ganz glücklich war. Vor allem ist sie unglaublich süß. Enthält sie uns etwas vor? Auf jeden Fall. Aber alles, was sie uns über die Sterne und die Glasinsel erzählt, hält sie für wahr.«

»Englisch ist auf jeden Fall nicht ihre Muttersprache«, überlegte Bran. »Aber falls sie uns etwas verschweigt, wird das sicher keine große Sache sein.«

Er nahm die Skizze in die Hand. »Sie soll hier bei uns sein, deswegen ist sie hier.«

»Damit wären wir zu fünft«, erklärte Sawyer. »Was bedeutet, dass jetzt nur noch einer fehlt.«

»Lasst uns hoffen, dass er wenigstens bis morgen wartet, bis er auf der Bildfläche erscheint. Denn ich brauche dringend etwas Schlaf.« Wieder wandte Bran sich Sasha zu. »Du hast dich völlig überanstrengt.«

»Ich bin nächtliche Begegnungen mit Fremden und Teambesprechungen ganz einfach nicht gewöhnt.«

»Ich spüle noch schnell das Geschirr.« Sawyer streckte eine Hand nach dem inzwischen leeren Teller aus. »Geht ihr schon mal ins Bett. Ich komme gleich nach.«

Bran nahm Sashas Hand, und sie ließ es geschehen, dass er sie im Hinausgehen vorsichtig an seine Lippen hob. »Dann bist du mir also nicht mehr böse?«

»Doch. Aber das kann ich kurzfristig verdrängen, wenn es um das große Ganze geht.«

»Ich werde selbst wütend, wenn ich tatenlos mit ansehen muss, wie du dich fertigmachst.«

»Das ist alleine meine Angelegenheit.«

Mit einem Mal hielt er ein Sträußchen duftenden Lavendels in der Hand und hielt es ihr mit einem schmalen Lächeln hin.

»Mit irgendwelchen Blumentricks bekommst du mich bestimmt nicht rum.«

»Oh doch. Aber vor allem sind deine Angelegenheiten jetzt auch meine Angelegenheiten. Ob dir das nun in den Kram passt oder nicht.«

Er legte eine Hand an ihren Hinterkopf, zog ihr Gesicht zu sich heran und gab ihr wie zur Warnung einen warmen Kuss. »Damit wirst du dich arrangieren müssen. Gute Nacht, *fáidh*.«

Ehe sie so dumm wäre, ihn zu sich einzuladen, ging sie eilig in ihr Zimmer und drückte die Tür direkt vor seiner Nase zu.

Dann lehnte sie sich mit dem Rücken an die Wand und zog mit einem Finger die Konturen ihrer Lippen nach. Er hatte sie nicht wie ein Liebhaber geküsst, doch auch nicht wie ein Bruder, sondern eher, als hätte er ihr … irgendwas beweisen wollen.

Das vergäße sie am besten nicht.

Er fühlte sich nicht zu ihr hingezogen. Sie waren Teamkollegen, und er hatte lediglich verhindern wollen, dass sie aus der Reihe tanzte.

Nun, das täte sie ganz sicher nicht.

Trotzdem schob sie den Lavendelstrauß unter ihr Kissen und schlief traumlos bis zum nächsten Morgen durch.

6

Als sie die Augen wieder aufschlug und das leuchtend blaue Wasser diamantgleich in der Sonne glitzern sah, dachte sie verwundert über die Veränderung ihres bisher so ruhigen, einförmigen Lebens nach. Doch egal, was vielleicht noch geschähe, sollte sie die wilde Schönheit unbedingt genießen, die sie hier umgab. Eilig stand sie auf, um ihre Staffelei auf der Terrasse aufzustellen und den wunderbaren Ausblick auf der Leinwand festzuhalten.

Bis ihr wieder einfiel, dass sie jetzt zu einem Team gehörte und dass dieses Team beschlossen hatte, heute auf Erkundungstour in irgendwelchen Höhlen zu gehen.

Inzwischen waren sie zu fünft, denn letzte Nacht war noch die hinreißende, quicklebendige Annika Waters aufgetaucht.

Sie zog das Lavendelsträußchen unter ihrem Kopfkissen hervor, schnupperte daran und konnte abermals den kurzen Kuss der letzten Nacht, die Wärme und den leichten Druck auf ihren Lippen spüren.

Sie waren ein Team, rief sie sich in Erinnerung. Dies war keine Romanze, sondern eine wichtige Mission.

Doch obwohl sie ihre Pflicht erfüllen würde, gönnte sie sich das Vergnügen, die Terrassentür zu öffnen, um die wilde Pracht ihrer Umgebung zu genießen, ehe sie hinunter in die Küche ging. Es roch nach Früchten, Blumen und nach Meer, und sie nahm sich vor, nach einer Gießkanne zu suchen, um die leuchtend bunten Topfpflanzen zu wässern, deren Anblick ihr den Atem nahm.

Dann lehnte sie sich an das eiserne Geländer, sah hinunter auf den menschenleeren Strand und entdeckte Annika, die am Kopf der Treppe stand. Heute früh trug sie ein hübsches Kleid in einem zarten Rosaton, dessen Rock um ihre Schenkel wehte, als sie barfuß quer über die Rasenfläche ging.

Immer wieder blieb sie stehen und schnupperte an irgendwelchen Blumen oder strich mit den Händen sacht über die Blätter eines Buschs. Als sie aufblickte und Sasha sah, fing sie an zu strahlen und winkte ihr fröhlich zu.

»Hallo!«

»Guten Morgen. Wie es aussieht, bist du eine echte Frühaufsteherin.«

»Ich will nichts verpassen, und ich musste schwimmen.«

Und wo ist dein Badeanzug?, hätte Sasha fast gefragt, aber im Grunde ging sie das nichts an.

»Die anderen schlafen alle noch, aber du bist wach.«

»Das stimmt. Ich dusche kurz, ziehe mich an, und dann komme ich runter.«

Sasha duschte länger als geplant und fragte sich, ob es wohl möglich wäre, daheim in ihrer Dusche neben einer Kopf- auch eine Reihe Seitenbrausen einzubauen. Und sagte sich, egal zu welchem Preis, es wäre das Geld auf alle Fälle wert.

Da sie Höhlenforscher spielen würden, zog sie Jeans, ein Tanktop, darüber ein Hemd und ihre Wanderstiefel an und packte ihren Rucksack um. Und obwohl es ihr ein bisschen peinlich war, zog sie einen Stiel aus dem Lavendelstrauß und legte ihn zwischen die Seiten des speziell für diese Reise von ihr angelegten Tagebuchs.

Dann band sie sich das Haar zu einem Pferdeschwanz und ging hinunter ins Erdgeschoss.

Aus der Küche drangen Stimmen, und sie roch den morgendlichen Duft von Kaffee und gebratenem Speck. Bran hatte gesagt, dass er das Frühstück machen würde, deshalb setzte sie das nonchalante Lächeln auf, das sie geübt hatte, als sie im Bad gewesen war.

Als sie den Raum betrat, sah sie als Erstes Annika, die stirnrunzelnd vor einem Becher Kaffee saß. »Warum schmeckt er anders, als er riecht?«

»Ist er dir zu stark? Ich finde Kaffee sinnlos, wenn er nicht so stark ist, dass er von alleine stehen kann, deshalb koche ich ihn immer so.«

Bran stand am Herd, pikste den Speck mit einer Gabel auf und legte ihn auf einem mit Papiertüchern bedeckten Teller ab. Lässig, dachte Sasha, während sie nach einem leeren Becher und der Kaffeekanne griff. »Je stärker, umso besser.«

»Willst du meinen haben?«, fragte Annika und hielt ihr ihren Becher hin.

»Danke, gern. Im Kühlschrank ist auch Saft, falls der dir lieber ist.« Als Annika verwundert das Gesicht verzog, trat sie selbst vor den Kühlschrank, nahm den Krug heraus, füllte ein Glas und reichte es der jungen Frau.

Annika nahm einen vorsichtigen Schluck. »Oh! Das ist sehr gut. Das mag ich viel mehr als den Kaffee. Verzeihung, Bran.«

»Verzeihung«, korrigierte er. »Oder ›es tut mir leid‹. Aber das muss es nicht.«

»Wo hast du Englisch gelernt?« Weiterhin um Lässigkeit bemüht, lehnte sich Sasha an der Arbeitsplatte an.

»Englisch?«

»Unsere Sprache.«

»Oh. Ich kenne diese Sprache und noch ein paar andere. Aber manchmal sind die Worte falsch. Wenn sie falsch sind, könnt ihr mir das sagen, denn dann kann ich lernen. Kannst du kochen, wie Bran?«

»Ja, das kann ich.«

»Du kannst es mir zeigen. Es sieht lustig aus und riecht sehr gut.«

»Sicher, kein Problem. Aber deck doch vielleicht erst einmal den Tisch.«

»Decken?«, fragte Annika und zeigte fragend auf den Tisch, an dem sie saß.

Lachend stellte Sasha ihren Kaffeebecher fort. »Du könntest die Teller, das Besteck und die Servietten auf dem Tisch verteilen. Aber nicht auf diesem, sondern lieber auf dem Tisch draußen. Weil das Wetter einfach herrlich ist. Wir sind zu fünft«, erklärte sie und nahm fünf Teller aus dem Schrank. »Also brauchen wir fünf Teller, fünf Gabeln, fünf Messer und fünf Löffel.« Sie zog die Besteckschublade auf. »Und die Servietten sind in der obersten Schublade des Schranks.«

»Ich kann den Tisch decken.« Sie trat vor die Besteckschublade, wühlte kurz darin herum, zählte leise Gabeln, Messer, Löffel ab, und als sie alles durch die offene Tür auf die Terrasse trug, wandte Sasha sich an Bran.

»Sie hat die Frage nicht beantwortet.«

»Sie ist ihr auf charmante Weise ausgewichen«, stimmte er ihr zu. Mit einem Sieblöffel nahm er die halb garen Kartoffelscheiben aus dem Topf und gab sie in die Pfanne mit dem heißen Öl. »Sie ist wirklich clever.«

»Ich habe einerseits den Wunsch, sie festzunageln, aber anderseits will ich auch einfach abwarten und sehen, wie es zwischen uns weitergeht. Denn ich weiß, dass sie nicht böse ist.«

»Dann wäre es wahrscheinlich interessanter, einfach abzuwarten, was passiert. Wie hast du geschlafen?«

»Gut. Das heißt, hervorragend. Und du?«

»Genauso.«

Um sich abzulenken, holte sie das zweite – und auch letzte – runde Brot und schnitt dicke Scheiben davon ab. »Sieht aus, als würde dies ein guter Tag zum Wandern, obwohl das wahrscheinlich keine große Rolle spielt, wenn wir in irgendwelchen Höhlen sind. Ich habe keine Taschenlampe, denn ich dachte nicht, dass ich so etwas brauchen würde, aber ...«

Klirrend fiel das Messer auf den Tisch, denn plötzlich packte Bran sie bei den Armen, drehte sie zu sich herum und zog sie eng an seine Brust.

»Was ...«

»Das letzte Nacht hat nicht gereicht.«

Wieder presste er ihr seine Lippen auf den Mund.

Und löste einen Sturm in ihrem Innern aus. Weil dieser Kuss nicht brüderlich und sanft, sondern fordernd und besitzergreifend war und eine solche Gier nach mehr in ihr entfachte, dass sie blind und taub für alles außer dem peitschenden Wind, dem brüllenden Donner und den leuchtend grellen Blitzen des Verlangens war.

Am liebsten hätte sie sich direkt in den Sturm hinein-gestürzt, um sich einfach mitreißen zu lassen, ganz egal, wohin die Reise ging.

Doch sie wusste um das Risiko und um den Schmerz. Sie kannte diesen Schmerz bereits und wusste, dass er sie zerstören könnte, bis am Ende nichts mehr von ihr übrig wäre.

Sie presste eine Hand an seine Brust, und er zog den Kopf zurück. Seine Augen aber – und sie schwor, dass sie in diesen Augen fremde, wilde Welten sah – hielten sie auch weiterhin in ihrem Bann.

»Wir sind ein Team«, stieß sie mit rauer Stimme aus, und das heiße, gefährliche Glitzern wurde durch Humor ersetzt.

»Das sind wir, *fáidh,* aber du bist die Einzige, von der ich das hier will.«

Er zog sie auf die Zehenspitzen und presste ihr abermals die Lippen auf den Mund.

Er hatte sie einfach nicht aus dem Kopf bekommen und auch dieses einzigartige Verlangen nicht bezwingen können. Es gab unzählige Gründe dafür, ihr zu widerstehen und sie weiter nur als Freundin und als Teamkollegin anzusehen. Und nur einen, alle anderen zu ignorieren.

Die flüchtige Berührung ihrer Lippen in der Nacht zuvor hatte etwas in ihm entfacht. Und er wollte sehen, wie heiß das Feuer brennen könnte, das durch diesen Kuss entzündet worden war.

Ihre Verletzlichkeit und ihr Mut zogen ihn magisch an. Das hatte sicher einen Sinn.

Doch mit der Mission, auf der sie sich befanden, hatte die von ihr entfachte Glut nicht das Mindeste zu tun.

»Na, Prost Mahlzeit.«

Als er Rileys Stimme hörte, trat er eilig einen Schritt zurück, sah aber weiter Sasha ins Gesicht.

Apollo auf den Fersen, stapfte Riley direkt auf die Kaffeekanne zu. »Ich hätte gedacht, ihr schleicht noch mindestens zwei Tage umeinander rum. Falls ihr allein sein wollt, empfehle ich euch eins der Schlafzimmer.« Sie füllte einen Becher mit Kaffee und sog den Duft begierig ein. »Ich kümmere mich um den Hund. Und das neue Mädchen kann die Hühner füttern. Aber erst mal brauche ich etwas im Magen. Wann gibt es Frühstück?«

»Gleich.« Bran glitt mit den Händen über Sashas Arme, trat dann wieder vor den Herd und schob die Pfanne, die er geistesgegenwärtig vor dem Kuss ein Stück nach links geschoben hatte, auf die heiße Kochplatte zurück.

»Gut. Ich bin nämlich am Verhungern.«

»Ich … brauche eine Gießkanne.«

Sasha machte eilig auf dem Absatz kehrt und floh eilig in den Flur.

Riley schüttelte den Kopf und bedachte Bran mit einem derart durchdringenden Blick, dass auch Apollo aus der Küche floh. »Büroromanzen sind meist eine knifflige Angelegenheit, an deren Ende für gewöhnlich irgendwer gefeuert wird.«

Er wendete die Bratkartoffeln und gab ungerührt zurück: »Dann haben wir ja Glück, dass niemand uns für diesen Job bezahlt.«

Obwohl die kühle Morgenluft die Hitze ihrer Haut und ihres Bluts unmöglich lindern konnte, brauchte Sasha einfach einen Augenblick für sich.

Was sollte sie jetzt tun? Wie sollte sie sich verhalten? Bran hatte die Beziehung zwischen ihnen vollkommen verändert. Oder sie vielleicht auch einfach auf den Weg gebracht.

Sie blickte auf die Landspitze und dachte an den Sturm aus ihrem Traum.

Apollo tauchte auf der Terrasse auf, stupste sie mit seinem Riesenschädel an, sie streichelte ihn kurz, und fröhlich rannte er wieder davon.

Sie musste sich auch weiter auf die Suche konzentrieren und nicht auf das, was sie sich vielleicht wünschte. Denn die anderen hingen davon ab, dass sie ihr Gleichgewicht behielt, deswegen …

Als sie lautes Lachen hörte, drehte sie den Kopf und sah, dass Annika hinter dem Hund über den Rasen lief, sich geschmeidig um die eigene Achse drehte und drei derart makellose Räder schlug, dass selbst Apollo durch ein lautes Bellen zeigte, wie beeindruckt er von ihrer Leistung war.

Sasha musste einfach lächeln, während sie sich wünschte, dass sie ebenfalls so frei und unbekümmert Räder auf dem weichen Rasen schlagen könnte wie die andere Frau.

Seufzend trat sie an den Frühstückstisch. Und riss verblüfft die Augen auf.

Vier der Teller standen auf den Rändern, und der fünfte bildete ein Dach, auf dem ein Glas mit einem Sträußchen wilder Blumen stand.

Auch das Besteck war aufgetürmt. Die Messer, Gabeln, Löffel, die wie Schwerter angeordnet waren, formten eine Art von Bogen, unter der ein hübsch geflochtener Gras-Klee-Butterblumenteppich lag. Wie in einer kleinen Laube, dachte Sasha fasziniert und gleichzeitig gerührt.

Die großen Salz- und Pfeffermühlen hatte Annika in zwei Servietten eingehüllt, sie obendrein mit Graskronen geschmückt und darum herum die anderen drei blauen Servietten ausgebreitet wie das Meer, das sich ganz in der Nähe an den Klippen brach.

Mit glühenden Wangen kam sie angerannt.

»Ich habe den Tisch gedeckt.«

»Das sehe ich. Es sieht fantastisch aus. Wie eine Burg am Meer.«

»Deren Herrscher Riesen sind«, setzte sie an, bevor sie plötzlich fröhlich »Sawyer!« rief.

»Ja, Morgen.« Er kam barfuß aus dem Haus, hob seinen Kaffeebecher an den Mund und betrachtete den Tisch. »Wow.«

»Gefällt es dir?«

»Echt cool.«

»Das Frühstück ist fertig.« Riley kam mit einer Platte voller Rührei, Speck, Toast und Bratkartoffeln an den Tisch und sah sich ebenfalls Annikas Kunstwerk an.

»Nett.«

Bran trug den Saftkrug und die Kaffeekanne, und sie alle standen vor dem Tisch und betrachteten die Burg.

»Ist das falsch?«, erkundigte sich Annika.

»Ganz und gar nicht«, antwortete Bran. »Es ist witzig, und es sieht entzückend aus. Nur leider müssen wir das Kunstwerk jetzt zerstören, wenn wir etwas essen wollen.«

»Oh, ich kann ja einfach noch eins machen. Das Essen riecht gut.«

»Auf jeden Fall.« Erwartungsfroh rieb Riley sich die Hände. »Also plündern wir erst mal die Burg.«

Gemeinsam deckten sie den Tisch auf landläufige Art, langten kräftig zu, und Riley sah Apollo an, der mit erwartungsvoller Mühe zwischen ihr und Sawyer saß.

»Das da ist für dich«, erklärte sie und zeigte auf die Schüssel voller Trockenfutter, die ein wenig abseitsstand. Mit einem Seufzer der Enttäuschung stand er auf, machte sich dann aber doch über sein eigenes Fressen her.

»Natürlich werden wir uns noch die Karten ansehen«, wandte sie sich wieder ihren Freunden zu. »Aber meiner Meinung nach sollten wir Richtung Süden fahren und dem Fluss folgen, der durch die Hügel fließt. Weil es dort oben eine bisher weitestgehend unerforschte Höhle mit mehreren Kammern gibt. Die Einheimischen nennen sie Anasa tou Diavolou. Was Teufelsatem heißt und in meinen Ohren ziemlich vielsprechend klingt«, erklärte sie und schob sich eine Gabel voller Rührei in den Mund.

»Und was ist mit Unterwasserhöhlen?«, setzte Sasha an, und Riley nickte knapp.

»Die stehen ebenfalls auf meiner Liste. Dafür brauchen wir ein Boot und Ausrüstung, aber da bin ich schon dran. Kennt sich irgendwer mit Motorbooten aus? Ich komme damit klar, wobei mir Kanus oder Kajaks lieber sind.«

»Kommt auf das Boot an«, meinte Sawyer.

»Und was brauchen wir als Ausrüstung?«, erkundigte sich Sasha.

»Schnorcheln müssen wir auf jeden Fall, aber wahrscheinlich kommen wir auch um Tauchgänge auf Dauer nicht herum.«

»Das habe ich noch nie gemacht.«

»Wir haben einen Pool, in dem wir üben können. Ich habe einen Tauchschein, und auch wenn der vielleicht abgelaufen ist, weiß ich immer noch, wie's geht«, bot ihr Riley achselzuckend an. »Vielleicht haben wir ja Glück und finden unseren Stern an Land. Aber auf alle Fälle sollten wir verschiedene Bereiche absuchen und deshalb auch das Tauchen üben.« Sie wies mit ihrer Gabel voller Ei auf Annika. »In diesem Kleid kannst du unmöglich los.«

»Findest du es nicht schön?«

»Es steht dir durchaus gut, aber du brauchst eine Hose. Eine Cargohose oder Jeans, die deine Beine schützt. Eine Jacke, einen Hut, einen Rucksack und vor allem Wanderschuhe.«

Annika verzog unglücklich das Gesicht. »Ich habe solche Dinge nicht.«

»Das hatte ich befürchtet.« Riley sah unter den Tisch auf ihre nackten Füße. »Ich habe Ersatzstiefel dabei, nur dass meine Füße nicht so lang wie deine sind.«

»Sieht aus, als müssten wir noch in den Ort, um sie dort passend einzukleiden«, meinte Sawyer. »Was bestimmt nicht lange dauern wird.«

»Hast du schon mal mit Frauen zusammen eingekauft?«, erkundigte sich Bran.

»Einkaufen.« Begeistert hüpfte Annika auf ihrem Stuhl herum. »Ihr kauft ein. Ich habe Münzen.«

»Das Prinzip des Shoppens scheint sie ohne Mühe zu verstehen«, stellte Bran mit einem breiten Grinsen fest. »Münzen?«

»Ich habe sehr viele Münzen. Ich werde sie holen.«

Eilig rannte sie ins Haus, und Riley pikste Bran mit

ihrer Gabel an. »Du hast mein Geschlecht beleidigt, Mann. Aber ich sage dir, ich kleide diese Frau innerhalb von einer Viertelstunde ein.«

»Ich wette um fünf Euro, dass du das nicht schaffst.«

»Abgemacht. Dann fahren wir also nach dem Frühstück in den Ort. Von dort aus können wir zehn, zwölf Kilometer weiter Richtung Süden fahren, aber danach geht es querfeldein.«

»Bevor wir losfahren, würde ich gerne einen Blick auf deine Karten werfen, wenn du nichts dagegen hast«, erklärte Bran.

Sawyer nickte zustimmend. »Ich auch.«

»Kein Problem. Wie steht's mit dir, Sasha?«

»Ich bin in Gedanken immer noch beim Teufelsatem. Und auch wenn ich durchaus Karten lesen kann, bin ich mir ziemlich sicher, dass ich eine Höhle nicht von einer anderen unterscheiden kann.«

Annika kam wieder aus dem Haus und stellte leise ächzend einen königsblauen Zugbeutel mit goldener Kordel auf den Tisch.

»Meine Münzen.«

»Das hat sie wörtlich gemeint.« Lachend erhob Sawyer sich von seinem Platz, trat ans Kopfende des Tischs und zog den Beutel auf. »*Yobanny v rot!*«

»Was sind das für Worte?«, fragte Annika.

»Das ist Russisch.« Jetzt erhob auch Riley sich, und als sie in den Beutel blickte, wiederholte sie: »*Yobanny v rot!*«

»Darf ich?«, wandte sie sich an Annika.

Ohne eine Antwort abzuwarten, drehte sie den Beutel um und kippte einen Berg aus Gold-, Silber-, Kupfersowie Bronzemünzen auf den Tisch.

Selbst mit ihren ungeübten Augen konnte Sasha sehen, wie alt ein Teil von ihnen war.

»Wir haben hier jede Menge Euros«, setzte Riley an. »Britische und irische Pfund, Lire, Drachmen, Yen, Dukaten, französische und Schweizer Franken, amerikanische und kanadische Dollar, Halfpennies und – aber hallo – echte Silberstücke.«

»Piratenmünzen?« Jetzt schaute auch Sasha sich die Münzen näher an. »Einfach so?«

»Nach allem, was ich sehe, hat sie sogar einen ganzen Berg davon. Die sind jeweils um die 100 Dollar wert.«

»Jede einzelne?« Sasha drehte eine der seltsam geformten Münzen in der Hand.

»Jede einzelne, wenn sie in einem ordentlichen Zustand sind und man die Inschrift lesen kann, so wie bei der in deiner Hand. Und das hier?« Sie vollführte einen kleinen Freudentanz.

»Das ist eine Carlos-und-Johanna-Golddublone aus dem Jahre 1521. Für die würde ein Sammler locker einen Riesen zahlen.«

Sie wühlte weiter in den Münzen und sagte zu Annika, die fröhlich lächelnd etwas abseitsstand: »Eine solche Wahnsinnssammlung schleppt man doch nicht einfach so mit sich herum. Himmel, das ist eine Silber-Tetradrachme, wie es sie um 420 vor Christus herum gab. Die ist locker ein paar Tausender wert. Und … *Gamoto*. Das ist Griechisch und bedeutet ›heiliges Kanonenrohr‹.« Sie hielt eine goldene Münze in die Luft und wandte sich abermals an Annika. »Hast du eine Ahnung, was das ist?«

»Eine Münze.«

»Siehst du diesen Typen hier, den mit dem Lorbeerkranz? Siehst du seinen Namen? Das ist Augustus Cäsar, Gründer des Römischen Reiches. Und dieses Rindvieh auf der Rückseite der Münze – das ist eine Färse, eine junge Kuh. Diese Münze wurde irgendwann zwischen 27 und 18 vor Christus geprägt und ist Millionen wert.«

»Dollar?«, krächzte Sawyer überrascht.

»Es heißt, dass es nur noch eine Handvoll dieser Münzen gibt. Vor zwei Jahren hat eine von ihnen bei einer Auktion 15 Millionen eingebracht. Und zwar Dollar, was wohl sonst?«

»Also kann ich damit Wanderschuhe kaufen«, meinte Annika.

Riley sah sie an, als ob ihr plötzlich Flügel wachsen würden. »Bisher habe ich nur einen Teil der Münzen durchgesehen, aber ich kann dir versichern, dass du für den Sack ein kleines Dritte-Welt-Land kriegen kannst. Wo zum Teufel hast du alle diese Münzen her?«

»Ich habe sie gefunden.«

»Du hast sie … gefunden.«

»Ja. Es macht Spaß, Dinge zu finden, und ich habe hübsche Dinge gern. Gefällt dir diese Münze?«

»Mehr als das.«

»Du kannst sie haben.«

»Wie bitte?«

»Du kannst sie behalten. Als Geschenk.«

Als sie sah, dass Sawyer etwas sagen wollte, hob Riley einen Finger in die Luft. »Du willst sie mir einfach schenken?«

»Sie gefällt dir, also ist sie ein Geschenk. Für eine Freundin.«

»Riley, du kannst doch unmöglich …«, begann Sawyer, ehe Riley ihm erneut das Wort abschnitt.

»Wofür hältst du mich?«, fuhr sie ihn an. »Kann ich stattdessen eine andere Münze haben?«

»Eine, die dir noch besser gefällt? Ja, such dir eine aus. Sucht euch alle eine aus, die euch gefällt.«

»Ich hätte gern diese hier.« Riley hielt ihr eine alte Drachme hin. »Die ist zwischen zehn und 15 Dollar wert«, klärte sie Sawyer auf. »Ich werde sie als Glücksbringer behalten. Vielen Dank.«

»Gern geschehen. Sawyer, such dir eine aus! Du hast mich geholt. Also such dir eine hübsche Münze aus.«

Er machte es sich leicht und wählte einen Vierteldollar. »Den behalte ich als Glücksbringer.«

»Und jetzt Sasha. Such dir eine aus.«

»Nimm eins der Silberstücke«, meinte Bran. »Du weißt selbst, dass du eins der Silberstücke willst.«

»Das ist doch viel zu …«

»Glaub mir, sie kann es sich leisten. Also los.«

»Dann nehme ich ein Silberstück als Glücksbringer.

»Und jetzt du, Bran. Das Frühstück war sehr, sehr gut. Such dir eine Münze aus.«

Sentimental, wie er mitunter war, tauschte er ein Pfund aus seiner Heimat gegen einen Wangenkuss. »Danke, meine Liebe. Du bist eine wirklich gute Freundin. Würdest du mir deine Münzen anvertrauen, damit ich sie an einem sicheren Ort verwahren kann?«

»Ich vertraue meinen Freunden. Und du bist mein Freund.«

»Und du bist eine seltene Blume. Und jetzt packen wir die Münzen schön wieder ein.«

Riley öffnete den Mund. »Der Augustus …«

»… ist erst mal in guten Händen. Ich werde die Münzen sorgfältig verstauen, Annika, und wir spendieren dir die Wanderstiefel und die anderen Sachen, die du brauchst. Das ist unser Geschenk an dich.«

»Oh, danke.«

Er nahm den Beutel in die Hand und sah die anderen fragend an. »Vertraut ihr mir die Münzen an?«

»Du würdest ihr Vertrauen nicht missbrauchen«, stellte Sasha fest.

»Sieh zu, dass du die Dinger gut versteckst.« Riley atmete vernehmlich aus, als er nickte und im Haus verschwand. »He, Sawyer, warum übernimmst du nicht mit Annika den Küchendienst? Die Hühner füttern dafür heute Sash und ich.«

»Sicher. Kein Problem.«

»Und dann gehen wir einkaufen?«

»Sieht ganz so aus.«

Riley bedeutete Sasha, ihr zu folgen, und als sie ein wenig abseitsstanden, fragte sie: »Ist sie … na, du weißt schon … geistig irgendwie zurückgeblieben oder so?«

»Oh nein, das ist es nicht. Sie ist … ich weiß nicht, wie ich es anders beschreiben soll. Sie ist rein.«

»Aber das kann doch nicht alles sein. Ich will damit nicht sagen, dass ich dir nicht glaube, aber irgendwie weicht sie uns immer aus. Niemand findet einen solchen Schatz an Münzen einfach dadurch, dass er in der Erde gräbt oder ein paar Schubladen durchwühlt. In dem Beutel waren Hunderte von Münzen. Hunderte, und bereits die paar Dutzend, die da eben auf dem Tisch gelegen haben, sind auch ohne den Augustus ein Vermögen wert. Wo hat die diese Dinger her?«

»Falls du denkst, sie hätte sie gestohlen, muss ich sagen, dass sie meiner Meinung nach zu so etwas nicht fähig ist.«

»Ich glaube nicht, dass sie sie irgendwo gestohlen hat, aber, Sasha, ich verdiene meinen Lebensunterhalt mit dem Finden alter Dinge, und ich bin echt gut in meinem Job. Aber niemand ist so gut oder hat jemals ein solches Glück, dass er einfach irgendwo auf einen solchen Haufen Münzen stößt.«

Sie blieb neben einem Schuppen stehen, füllte dort zwei kleine Eimer bis zum Rand mit Hühnerfutter und hielt einen Eimer Sasha hin.

»Sie hätte mir problemlos die kostbarste Münze ihrer Sammlung überlassen, was mir zeigt, dass Geld keine Bedeutung für sie hat. Aber woher sie die Münzen hatte, wollte sie mir nicht verraten. Was mir zeigt, dass sie uns etwas Wichtiges verschweigt.«

»Ich weiß. Ich weiß, dass es so ist, aber ich will sie nicht bedrängen, uns in ihr Geheimnis einzuweihen. Es wäre mir lieber, wenn sie uns davon erzählen würde, wenn sie so weit ist.«

Riley sah sie von der Seite an. »Die meisten Leute werden sauer, wenn man ihnen erst etwas verschweigt und sie dann plötzlich mit der Wahrheit konfrontiert.«

»Wir alle haben meiner Meinung nach das Recht, selbst zu entscheiden, ob und wann wir unsere Geheimnisse enthüllen wollen. Weil schließlich jeder irgendein Geheimnis hat.«

»Was wir nicht vergessen sollten. Aber könntest du mir vielleicht erst einmal einen Gefallen tun?«

»Wenn ich kann.«

»Ich habe mit Bran gewettet, dass ich unser neues Mädchen innerhalb von einer Viertelstunde neu einkleiden kann. Hilf mir, diese Wette zu gewinnen, ja?«

»Klar. Wozu sind Freundinnen denn schließlich da?« Sie blickte auf die Hühner, die durch ihren Hof stolzierten und aus ihren kleinen, dunklen Augen wenig freundlich auf die beiden fremden Frauen sahen. »Ich weiß nicht, wie man Hühner füttert. Oder wie man ihre Eier aus den Nestern holt.«

»Das finden wir schon raus.«

7

Der Fünfer ging an Bran. Obwohl Sasha ihr nach Kräften half, brauchte Riley statt der prophezeiten 15 Minuten über eine halbe Stunde, um die dritte Frau im Bunde mit Wanderkleidung zu versehen. Sie selbst hätte für das Aussuchen der Sachen nicht mal einen Bruchteil dieser Zeit gebraucht, aber sie bestand auch nicht darauf, vorher mit jedem Teil auf Tuchfühlung zu gehen.

Riley drückte Bran erbost den Fünfer in die ausgestreckte Hand. Und musste sich zwingen, ihn nicht anzuherrschen, als er eine Kreditkarte aus seiner Tasche zog, um Annikas Klamotten und den Hut für Sasha zu bezahlen, der genauso aussah wie jener, den sie auf ihrem Traumbild trug.

»Hast du zu viel Geld?«

»Auf jeden Fall genug für dieses Zeug. Und mit dem, was Annika in ihrem Beutel hat, reicht auch ihre eigene Kohle eindeutig für die paar Dinge aus.« Er lenkte den Blick auf Annika, die sich, ein leuchtend pinkfarbenes Surfshirt vor der Brust, vor einem Spiegel drehte, während Sawyer grinsend auf ihre noch immer nackten Beine sah.

»Am besten bringt ihr sie hier raus, bevor sie zu dem Schluss kommt, dass sie noch zwei Dutzend Sachen anprobieren muss.«

»Dabei ist das hier nicht einmal eine Boutique, sondern ein stinknormales Sportgeschäft. He, Prinzessin. Lass uns gehen.«

»Können wir noch etwas kaufen? Haben sie auch Ohrringe? Ich liebe Ohrringe.«

»Die besorgen wir wann anders, ja?«, antwortete Riley und sah Sawyer an. »Na, du warst uns wirklich eine große Hilfe. Vielen Dank.«

Sie manövrierten Annika – in Stiefeln, Cargohose, T-Shirt, Weste sowie Hut – zur Tür.

»Ich kann einen Teil der Rechnung übernehmen«, wandte Sasha sich an Bran.

»Das können wir später klären. So ging es am schnellsten«, meinte er und setzte ihr den Hut, den er für sie erstanden hatte, auf den Kopf. »Steht dir gut. Am besten hilfst du Riley erst mal zu verhindern, dass die gute Annika uns noch in irgendwelche anderen Läden schleift.«

Bran schien ebenfalls ein Hellseher zu sein, denn tatsächlich wollte Annika noch in ein Souvenirgeschäft, in dessen Schaufenster sie lauter bunten Nippes stehen sah.

»Wir kommen noch mal wieder.« Sasha packte ihre Hand und zerrte sie in Richtung Jeep.

»Ich liebe Einkaufen. Es gibt so viele hübsche Dinge.« Auf dem Weg zum Wagen sah sie stirnrunzelnd an sich herab. »Die Stiefel sind nicht hübsch.«

»Das ist ein verstauchter Knöchel auch nicht.« Riley atmete erleichtert auf, denn endlich schoben Sasha und Sawyer Annika entschlossen auf die Rückbank ihres Jeeps und quetschten sich dazu.

Bran verstaute das Gepäck und ließ sich neben Riley fallen.

»Danke für die vielen Sachen und selbst für die Stiefel.«

Riley ließ den Motor an, und wenig später war das Dorf nur noch im Rückspiegel zu sehen.

»Vielleicht brauchen wir auf Dauer einen größeren Wagen«, brüllte Sawyer über Fahrtwind und Motorenlärm hinweg.

»Ich habe jede Menge Platz«, stellte Riley feixend fest.

»Wenn wir irgendwo den Typ aus Sashas Skizze treffen, passt der nie im Leben noch hier rein.«

»Aber wir haben ihn bis jetzt noch nicht getroffen. Hast du eine Ahnung, wo er sein kann, Sash?«

»Ich weiß nur, dass wir ihn treffen werden.« Wieder einmal flog die Welt an ihr vorbei, aber inzwischen machte Rileys forscher Fahrstil Sasha nicht mehr viel aus. »Er reitet auf einem Drachen.«

»Was?«

Sasha schüttelte den Kopf. »Ich weiß nicht, woher das kam oder was es zu bedeuten hat. Aber entweder finden wir ihn, oder er findet uns.«

Sie bogen von der Küstenstraße ab und fuhren über Hügel voller Wildblumen, vorbei an kleinen Höfen und Olivenhainen, wo Lämmer, flauschig weich wie Wattebausche, gut gelaunt im Schatten der uralten Bäume tollten. Statt in den Geruch des Meeres waren sie hier im Landesinneren in den sonnenwarmen Duft von Zedern und Zypressen eingehüllt.

Sie erreichten einen schmalen Weg, der sich in Richtung Hügelkuppe schlängelte, und plötzlich konnte Sasha deutlich spüren, wie aufgeregt die junge Frau an ihrer Seite war.

»Geht es dir gut?«

»Es ist wunderschön. Die vielen Bäume.«

Ja, die vielen Bäume. Voller Wehmut dachte Sasha an ihr eigenes kleines Haus im Wald. Bei ihrer Rückkehr würde es wahrscheinlich völlig unverändert sein. Anders als sie selbst.

Als der Weg noch schmaler wurde, parkte Riley ihren Jeep am Straßenrand.

»Von hier aus laufen wir.«

Mit ihren Rucksäcken bewaffnet und angeführt von Riley, die in ihren Händen eine grob skizzierte Karte sowie einen Kompass hielt, marschierten sie in Richtung Westen los.

Nie zuvor in ihrem Leben hatte Sasha eine Wiese überquert, auf der eine Eselherde Gras und wilde Blumen fraß. Der Anblick überraschte sie derart, dass sie keine Zeit hatte, sich zu fürchten, als eins der Tiere direkt auf sie zugetrottet kam.

»Er hofft bestimmt, du hast was Essbares dabei.« Bran trat neben sie und streichelte das Tier zwischen den langen Ohren.

»Wie treuherzig er guckt. Ich wünschte mir, ich hätte einen Apfel oder so.«

»Lass mich gucken.« Bran drehte sie um, klopfte kurz auf ihren Rucksack, drehte sie ein weiteres Mal um und hielt ihr einen kleinen, schimmernd grünen Apfel hin.

»Du musst mir wirklich zeigen, wie das geht.«

Lächelnd teilte er den Apfel mit dem Taschenmesser in zwei Hälften und hielt Sasha eine hin. »Mal sehen. Hier, gib ihm die.«

»Ich erlebe ständig irgendwelche neuen Dinge, seit ich hier auf Korfu bin. Jetzt füttere ich auch noch einen Esel.«

»Dann setzen wir uns besser langsam wieder in Bewegung, ehe seine Freunde kommen und auch alle einen Apfel wollen.«

»Ich fühle mich wie Annika. Ich finde einfach alles hier auf dieser Insel wunderschön.«

Sie erreichten einen von Myrthe und Lorbeergebüsch umrankten Pfad, und im Schatten von Olivenbäumen sowie schlanker, haushoher Zypressen liefen sie an einem Gewirr aus Felsbrocken vorbei, aus deren Spalten Sasha abermals robuste Wildblumen zur Sonne streben sah.

Sie hatte das Gefühl, als hätte sie genau wie diese Pflanzen unzählige Hindernisse überwunden und befände sich jetzt auf dem Weg ins Licht.

»Du bist glücklich«, registrierte Bran.

»Ich wandere an einem warmen, sonnenhellen Frühlingstag über die Hügel Griechenlands. Wo es unglaublich viel zu sehen ... und zu riechen gibt«, erklärte sie und glitt mit ihren Fingern über einen stark duftenden wilden Rosmarinstrauch. »Ich denke einfach nicht darüber nach, wohin wir gehen. Es genügt mir erst mal, hier zu sein. – Warum hast du mich geküsst?«

Das hatte sie nicht fragen wollen, doch ging ihr diese Frage einfach nicht mehr aus dem Kopf.

»Aus den üblichen Gründen.«

Dabei hätte sie es belassen sollen, aber wieder brachen sich die Worte einfach Bahn. »Aus den üblichen Gründen hättest du auch eine von den beiden anderen küssen können.«

»Stimmt. Sie sind jede auf ihre Art hinreißende, attraktive, interessante Frauen. Trotzdem hatte ich nicht das Verlangen, sie zu küssen. Wogegen ich dich auf jeden Fall noch einmal küssen will«, erklärte er so nüchtern, dass sie keine Ahnung hatte, ob sie amüsiert sein sollte, ängstlich oder eher pikiert.

»Gibt es jemanden in Irland oder in New York?«

»Ja, natürlich. Aber nicht so, wie du meinst. Ich habe Freundinnen und Freunde und natürlich auch Familie auf beiden Seiten des Atlantiks. Aber nirgends wartet eine Frau auf mich. Wenn ich derart gebunden wäre, hätte ich dich niemals angerührt und ginge vor allem nicht mit dir ins Bett.«

»Ich habe nie gesagt, dass ich…«

»Das ist auch nicht erforderlich«, gab er nonchalant zurück. »Denn hier wartet mehr auf dich als eine Wanderung und die Suche nach dem Stern. Und, *fáidh,* möchtest du wissen, was das ist?«

Sie wusste nicht, wie sie auf seine Anspielungen reagieren sollte, und um nicht noch mehr ins Hintertreffen zu geraten, sprach sie kurzerhand ein anderes Thema an.

»Ich frage mich, warum Riley nach links abbiegt, obwohl die Höhle rechts liegt.«

»Tut sie das?«

»Riley! Da lang!«

Riley blieb verwundert stehen. »Auf der Karte geht's nach links.«

»Aber wir müssen nach rechts. Man kann…« Sie starrte reglos auf die Stelle, wo sie unter einem Steinvorsprung den Höhleneingang deutlich hatte sehen können. Der mit einem Mal verschwunden war.

»Ich dachte, ich hätte den Höhleneingang gesehen…«

»Vielleicht hast du das ja auch. Wem sollen wir glauben, der Seherin oder der Karte?«, fragte Bran die anderen.

Nach kurzem Zögern nickte Riley. »Gut, wir gehen nach rechts.«

Der Anstieg war entsetzlich steil. Mühsam stiegen sie den steinigen, gefurchten Pfad hinauf. Doch selbst hier oben blühten ein paar starrsinnige Blumen, und ein gerade mal handbreiter Bach plätscherte zwischen den staubbedeckten Felsen und dem unbeugsamen Grün in Richtung Tal.

An der Stelle, wo der Pfad sich abermals verzweigte, stand ein voll erblühter Judasbaum.

»Wo lang?«, fragte Riley.

»Ich denke nicht …«

Bran berührte ihre Schulter und erklärte ruhig: »Du sollst nicht denken, sondern sehen.«

»Nach links. Sie haben die erste Abzweigung verpasst. Es geht nach links, aber sie haben nicht gesehen …«

Was in ihr lebte, breitete die Arme aus und zog den Schleier fort.

Sie ließ die Arme sinken, und mit kobaltblau leuchtenden Augen fuhr sie fort.

»Der Teufel atmet durch das offene Maul. In seinem Bauch findet ihr die Gebeine ermordeter Männer, die im Dunklen schreien, und von Frauen, die um ihre verlorenen Kinder weinen. Nur das Licht von Feuer, Wasser, Eis wird sie befreien.«

»Tut mir leid.« Sie stützte sich an einem Baumstamm ab, weil ihr von den Visionen und dem Echo ihrer eigenen Worte schwindlig war. »Mir ist ein bisschen schwummerig. Die Bilder haben mich mit einer solchen Wucht bestürmt, als hätte mich jemand von einer Klippe gestürzt.«

»Hier.« Annika drückte ihr eine Flasche in die Hand. »Das ist Wasser. Das ist gut.«

»Danke.«

»Meine Stiefel sind nicht hübsch.«

»Oh, um Himmels willen …«, fing Riley an.

»Aber Riley hatte recht. Du hattest recht«, wandte Annika sich Riley zu. »Sie sind nicht hübsch, aber sie sind sehr stark. Und stark ist wichtig.«

»Ja.« Sasha atmete tief durch. »Ja, das ist es. Danke.« Sie hielt Annika die Flasche wieder hin. Zu ihrer Linken rief die Angst ein kaltes Kribbeln in ihr wach, doch um kehrtzumachen, war es längst zu spät.

»Wir sind dem Eingang jetzt ganz nah.«

Instinktiv ging sie den Pfad weiter hinauf. Obwohl sie vor Anstrengung inzwischen keuchte und auch ihre Beine von dem steilen Anstieg schmerzten, ignorierte sie das körperliche Unbehagen und marschierte weiter auf den Ort des Schreckens zu.

Als ihr mit einem Mal die Sonne direkt in die Augen schien, blinzelte sie kurz und starrte auf den breiten Felsvorsprung, unter dem der dunkle Höhleneingang lag.

»Seht ihr das auch?«

»Direkt vor uns. Super, Sash.« Riley boxte ihr zum Zeichen ihrer Anerkennung auf den Arm. »Ohne dich hätten wir den falschen Weg genommen.«

»Vielleicht wollte das ja irgendwer«, schlug Sawyer vor. »Am besten gehen Bran und ich erst mal alleine rein und sondieren das Terrain.«

»Was für ein blöder Machospruch«, bemerkte Riley. »Noch so ein Satz, und du kriegst meine Mädchenfaust zu spüren.«

»Dann schlag am besten mich gleich mit, denn meiner Meinung nach hat Sawyer recht. Wenn wir alle fünf zusammen gehen«, erklärte Bran, »ist niemand mehr hier draußen, der in einem Notfall Hilfe holen kann.«

»Zwei Minuten.« Riley hob den Arm und klopfte vielsagend auf ihre Uhr. »Die Zeit läuft.«

»Auf geht's.« Die beiden Männer liefen los.

Um sich vielleicht noch nicht den Bauch, aber zunächst einmal das Maul des Monsters anzusehen. Weil der Bauch, wie Sasha wusste, deutlich tiefer lag.

Sie traten aus dem Licht in ihrem Rücken in die Finsternis unter dem Felsvorsprung, als hätte sich mit einem Mal die Nacht über den Tag gesenkt.

Eilig schalteten sie ihre Taschenlampen an und sahen sich im Höhleneingang um.

»Das also ist das offene Maul.«

Das Licht aus Sawyers Taschenlampe fiel auf ein Halbrund aus dicken Stalaktiten, deren Tropfen im Verlauf der Zeit hinter den Stalagmiten, die wie Zähne aus dem Unterkiefer dieses Monstrums ragten, einen kleinen Teich gebildet hatten. Er glich dem Speichel einer fressgierigen Bestie, während das gleichmäßige *Plop* der Wassertropfen einen an einen ruhigen Herzschlag denken ließ.

»Ganz schön eng hier«, meinte Bran, »aber ...«

»Ja, da vorne wird es breiter. Wobei man nicht sehen kann, wie weit es dahinten geht.«

»Von hier aus nicht.«

Sawyer sah sich um und trat von einem auf den anderen Fuß. »Wie groß ist wohl die Chance, die Frauen dazu zu bewegen, vor dem Höhleneingang zu warten, während wir uns weiter hinten umsehen?«

»Gleich null. Aber auch wenn mir mein Instinkt was anderes sagt, denke ich, wir müssen ungeachtet der Gefahren, die dort vielleicht lauern, alle in die Höhle gehen. Selbst wenn der Stern womöglich gar nicht hier ist, müssen wir auf alle Fälle alle rein.«

»Ja, ich weiß. Dann gehe ich zurück und sage ihnen, dass sie kommen sollen.« Er machte kehrt, doch Riley duckte sich bereits unter dem Felsvorsprung hindurch, und die anderen beiden Frauen folgten ihr.

»Eure Zeit ist um. Da ist dein offenes Maul, Sasha. Teufelsatem. Wahrscheinlich hat die Höhle ihren Namen von dem Nebel, der aus Richtung des Teichs nach außen dringt.« Sie schaute sich im Licht ihrer Taschenlampe in der Höhle um. »Ein bisschen niedrig hier für so große Leute wie euch. Aber weiter hinten wird es erst mal etwas höher.«

Sie ging zwischen den Steinsäulen hindurch bis an den Rand des Teichs. »Nicht tief und ziemlich klar. Scheint nichts drin zu sein.« Sie blickte Sasha fragend an.

»Also gut.« Trotz ihrer Angst trat Sasha neben sie. »Ich sehe auch nicht, dass etwas in diesem Teich ist oder aus dem Wasser steigt.«

»Okay. Seid ihr alle bereit, euch das Innere der Höhle anzusehen?« Riley schüttelte den Kopf, denn statt zuzuhören, schwenkte Annika die Taschenlampe, die sie in der Hand hielt, gut gelaunt im Kreis und sah staunend dem Lichtstrahl hinterher.

»Es ist ...«

»Ja, hübsch.« Riley und die anderen folgten Bran, der schon vorausgegangen war.

Die Höhle war knapp zwei Meter breit, doch hoch

genug, dass selbst die Männer aufrecht gehen konnten. Und da Sawyer Annika entschlossen bei der Hand genommen hatte, blieb auch die verspielte Teamkollegin nicht zurück, weil es irgendwelche hübschen Dinge zu besehen gab.

»Sie ist größer, als ich dachte«, stellte Sasha fest, bevor das laute Echo ihrer Stimme sie zusammenfahren ließ.

Größer und vor allem dunkler.

Doch zumindest wurde der bisher so enge Gang inzwischen deutlich breiter und teilte sich wenig später in zwei Kammern auf.

»Welche Richtung?«, fragte Bran und fügte, als sie zögerte, hinzu: »Was sagt dir dein Instinkt?«

»Nach rechts. Aber ...«

»Also gehen wir nach rechts.«

»Moment mal.« Riley zog ein Stückchen Kreide aus der Tasche und versah die Wand mit einem Kreuz. »Es ist immer gut zu wissen, wo man schon gewesen ist.«

Die Kammer dehnte sich noch weiter aus und wurde immer höher. Stalaktiten, Stalagmiten und die Säulen, die sie dort, wo sie zusammentrafen, bildeten, verströmten im Licht der Taschenlampen einen goldenen, roten oder bräunlich-beigefarbenen Glanz.

»Wie Edelsteine«, sagte Annika.

»Das liegt an den verschiedenen Mineralien.« Riley sah sich um. »Aber nun gut, trotzdem ist es hübsch.«

Sasha ließ das Licht aus ihrer Lampe über eine Säule wandern und trat darauf zu. »Das müsst ihr euch ansehen. Der Stein sieht aus wie eine Frau. Hier, der Kopf, die Schultern und der Körper, alles wohlproportioniert. Und hier ist ihr Gesicht – Augen, Nase, Mund. Sie sind weder aufgemalt noch in den Stein gehauen. Wie ist es möglich, dass der Stein von ganz allein eine solche Form entwickelt hat?«

Sie stand da mit langem dunklem Haar, und ihre geschmeidige Gestalt war in eine weich fließende Robe gehüllt. Der gesenkte Blick schien zu verfolgen, was sie taten, und während die eine Hand in Richtung Höhlenende zeigte, hielt die andere eine Kugel in die Luft.

»Nie im Leben ist der Stein von selbst so gewachsen«, stellte Riley fest. »Diese Figur hat irgendwer gemacht.«

»Aber sie ist nicht bemalt«, wiederholte Sasha.

»Es gibt auch noch andere Möglichkeiten.« Bran leuchtete mit seiner Taschenlampe in die Richtung, die die Hand ihm wies. »Da vorne ist ein Felsvorsprung und darüber eine Öffnung.«

»Die sehe ich mir mal genauer an«, erbot sich Sawyer, sah dann aber aus dem Augenwinkel, dass schon jemand anderes losgelaufen war.

»Riley.«

»Das ist schließlich mein Job«, rief sie ihm in Erinnerung, zog sich auf den Felsvorsprung und ward nicht mehr zu sehen.

»Verdammt. Wir müssen hinterher. Bleib in meiner Nähe«, wies er Sasha an.

Annika schob sich als Letzte durch den Spalt und warf noch einen letzten Blick auf die steinerne Figur. »Ich mag sie nicht« murmelte sie, als Sawyer sie entschlossen durch die Öffnung zog.

Die ersten Meter mussten sie auf allen vieren krabbeln, und mit einem Mal ging Sasha auf, dass sie womöglich doch ein wenig klaustrophobisch war. Als Riley plötz-

165

lich rief: »Hier ist noch eine dritte Kammer. Riesengroß. Vielleicht einen Meter unter uns.«

Sie schlitterte den Fels hinab und sprang.

»Ich hab dich«, erklärte Bran, bevor er sich ins Dunkle fallen ließ, und streckte, unten angekommen, seine Hand nach Sasha aus. »Knie locker«, warnte er, und mit angehaltenem Atem wagte sie den Sprung.

Ehe Bran auch Annika hinunterhelfen konnte, kam sie schon geschmeidig auf dem Höhlenboden auf.

Es war nicht mehr ganz dunkel, stellte Sasha fest. Von irgendwoher kam ein fahles, leicht unheimliches Licht. Doch zumindest zeigte ihr das Licht, wie groß die Höhle war, bevor es auf einen Stalaktiten sowie eine Reihe hoher Stalagmiten fiel. Die alle rot waren, rot wie Blut.

Ihre Brust zog sich zusammen, und ihr wurde schwindelig.

»Nicht«, warnte sie Riley, die sich eine Formation in Form eines Tisches genauer hatte ansehen wollen. »Nichts anfassen. Dort finden dunkle Taten statt.«

»Riley«, wies auch Bran die junge Frau mit scharfer Stimme zurecht. »Du darfst das Ding auf keinen Fall berühren.«

Riley hob die freie Hand zum Zeichen, dass sie ihn verstanden hatte, während sie das Licht aus ihrer Taschenlampe über die steinerne Platte wandern ließ. »Da ist eine Gravur. Altgriechisch.«

»Knochen. Da drüben liegt ein Haufen Menschenknochen«, stellte Sawyer angeekelt fest.

»Könnt ihr sie schreien hören?« Entsetzt hielt Sasha sich die Ohren zu. »Die Kinder. Sie hat nach den Kindern, der Jugend, der Unschuld gelechzt.«

»Ich bringe sie hier raus«, erklärte Bran.

»Warte einen Augenblick«, herrschte ihn Riley an. »Ich kann lesen, was hier steht. ›In Blut genommen und in Blut gegeben. Damit sie leben und sich abermals erheben kann. Im Namen Nerezzas‹.«

Kaum hatte sie den Namen ausgesprochen, erhob sich ein trockenes Rascheln in der Luft.

»Das sind nur Fledermäuse. Keine Angst.«

Laut schreiend stürzten Hunderte von schwarzen Flügelwesen auf sie zu.

Instinktiv bedeckte Sasha ihren Kopf und ihr Gesicht und rollte sich zusammen, als die erste spinnengleiche Schwinge über ihre Haare strich.

Es waren nur Fledermäuse, machte sie sich selbst Mut. Nur Fledermäuse, weiter nichts.

Doch plötzlich schnitt ihr etwas in den Arm, und vor Schmerzen keuchend tastete sie nach der Wunde und spürte die nasse Wärme ihres eigenen Bluts.

»Die Biester beißen!«

»Weil es nicht einfach nur Fledermäuse sind!« Riley zog eine Pistole aus dem Halfter, das in ihrem Rücken saß.

»Lauft!« Sie knallte eins der Biester ab, das direkt auf sie zugeflogen kam.

Die Steinwände warfen das Echo ihres Schusses laut zurück und trafen auf das Echo eines zweiten Schusses, denn inzwischen hielt auch Sawyer eine Waffe in der Hand.

Blut spritzte auf den Altar, und die Erde bebte, als es auf den Boden traf.

Sie wurden von den Bestien umkreist, die aus menschlichen Augen mordlüstern auf sie herabsahen.

Dann tauchte plötzlich Nerezza aus dem Dunkel auf. Der schwarze Umhang wirbelte um ihren Leib. Strähnen ihres rabenschwarzen Haars wanden sich wie Schlangen um ihr steinernes Gesicht, und ihr Lächeln strahlte eine grausame Schönheit aus.

»Ich habe gewartet.« Die Fledermäuse stoben kreischend auseinander, und sie hob die Hand, in der die Kugel lag, vor ihr Gesicht. »Ich habe euch kommen sehen.«

Ihre Stimme übertönte den allgemeinen Lärm, das Pfeifen der Kugeln, die ängstlichen Rufe und das Fledermausgeschrei.

Sasha drosch mit ihrer Taschenlampe auf die Tiere ein und sah, wie Sawyer sich geschmeidig um die eigene Achse drehte, als eines der Tiere Annika gefährlich nahe kam.

Doch nach einer blitzschnellen Rückwärtsrolle stützte Annika sich auf den Händen ab und schleuderte das Biest mit einem gezielten Tritt gegen die Höhlenwand.

»Dein Blut.« Sie trat von dem Podest, beugte sich vor und glitt mit einem Finger durch das Blut, das von Sashas Arm auf den Steinboden getropft war.

»Es ist warm«, stellte sie fest und leckte ihren Finger so genüsslich ab, als hätte sie ihn nicht in Blut, sondern in Schokolade oder Sahne eingetaucht.

»Deine Macht ist groß und… köstlich. Durch das Trinken deines Bluts werde ich deine Macht zu meiner machen, weil mir diese Macht den Weg in Richtung der Sterne weisen wird.«

Sasha wich den Zähnen, Krallen und Schwingen aus, stolperte ein Stück zurück und stand plötzlich mit dem Rücken an der Wand.

Auf der anderen Höhlenseite zielte Riley auf das Weib, doch die Kugeln flogen einfach durch die schreckliche Gestalt hindurch, als sie vor Sasha trat.

Etwas Kaltes, Grimmiges streckte die Klauen nach ihren Gedanken aus. Sasha setzte sich mit aller Kraft zur Wehr, und die Klauen glitten von ihr ab.

»Du bist wirklich ungeheuer stark.«

Jetzt legten sich dieselben kalten Klauen um ihren Hals und drückten ihr die Kehle zu. Sie spürte nur noch ihre eigene Angst und setzte diese Angst gegen den dunklen Hass und die grenzenlose Gier des Wesens ein.

»Komm zu mir und lebe.«

Lügen. Die Mutter der Lügen. Nerezza.

Etwas — jemand — stürzte aus dem Dunkel auf sie zu.

Ein Silberschwert blitzte im trüben rötlichen Licht der Höhle auf und schlug eine Schneise in die Schar der Fledermäuse, während jemand brüllte: »Raus hier! Lauft!«

Nerezza schob sich noch dichter an sie heran. »Gib mir, was ich will, wenn ich nicht dich und alle, die du liebst, zerquetschen soll.«

»Heute nicht.« Bran schob Sasha hinter sich, und während sie nach Luft rang, hob er beide Hände über seinen Kopf und sandte eine Reihe gleißend heller Blitze aus.

Nerezza warf sich schützend die Arme vors Gesicht und brüllte wie ein Tier.

»Schafft sie raus!«, schrie Bran. »Schafft sie hier raus. Ich kann sie nicht auf Dauer schützen.«

Die Fledermausarmee formierte sich zu einem Pfeil und schoss direkt auf ihn zu. Der Schwertträger schwang seine Waffe, und noch während die durchtrennten Leiber seiner Opfer auf den Boden fielen, wurden andere Bestien von den Kugeln seiner Mitstreiter durchsiebt.

»Schafft sie endlich raus!«, schrie Bran mit kalter Stimme. »Und die anderen auch.«

Der Schwertträger schnappte sich Riley, schob sie unsanft zurück in den Tunnel und wies dann auf Annika, die gerade eine Reihe Saltos schlug und mit gezielten Tritten reihenweise Fledermäuse auf den Boden purzeln ließ. »Geh!«

»Hol Sasha«, wies ihn Sawyer an und stellte sich dicht neben Bran. »Wir halten so lange die Stellung, Mann.«

»Dann setz dich besser langsam in Bewegung.« Aus dem Augenwinkel sah er, dass der Schwertträger nach Sasha griff und mit einem letzten, beinahe wehmütigen Blick zurück mit ihr verschwand.

»Lauf los, wenn ich es sage«, sagte Bran. »Wir dürfen keine Zeit verlieren. Ich bin direkt hinter dir. Versprochen.«

»Hoffentlich. Sonst komme ich zurück.«

Bran spürte, dass Nerezza gegen seine Kräfte drängte und er sie auf keinen Fall besiegen könnte. Nicht an diesem Ort zu dieser Zeit.

»Jetzt! Lauf los!« Er schleuderte zwei starke Blitze auf den Boden. Die Explosion erschütterte den Raum und füllte ihn mit grellem Licht und dichtem Rauch.

Mit demselben schmerzlichen Bedauern wie zuvor der Schwertmann sprang er hinter Sawyer in den dunklen, schmalen Gang.

»Nicht stehen bleiben!«, warnte er. »Ich weiß nicht, bis wohin sie uns folgen kann.«

Der Fels, auf dem sie liefen, bebte, doch entgegen

Brans Befehl blieb Sawyer so lange am Tunnelausgang stehen, bis der andere, eingehüllt in eine Wolke dichten Rauchs, hinter ihm erschien.

»Du hast auf alle Fälle einen ziemlich langen Arm. Gut gemacht«, erklärte er, und sie sprinteten gemeinsam auf den Höhlenausgang zu.

Vor dem der Schwertmann Wache stand und sich mit Riley stritt.

»Das ist ein Schwert, und dies ist eine Schusswaffe. Rate, was von beidem weiter reicht.« Bei dem Versuch, das Blut von ihren Wangen abzuwischen, verteilte sie aufgrund der Schnittwunde in ihrer Hand noch zusätzliches Blut auf ihrer Haut. »Ich habe keine Lust, dich abzuknallen, aber du kannst deinen Arsch darauf verwetten, dass ich auf dich schießen werde, wenn du nicht sofort den Weg frei machst. Denn ich werde zurückgehen und meine Freunde holen.«

»Wenn du auf mich schießt, werde ich sauer«, gab er ungerührt zurück, doch als er schnelle Schritte hörte, drehte er sich um und gab den Weg für Bran und Sawyer frei. »Aber das wird nicht nötig sein, denn da kommen sie.«

Kaum dass sie aus der Höhle waren, boxte Riley Bran gegen die Brust, bevor sie glücklich die Arme um die beiden Männer schlang. »Verdammt. Verdammt. Drängt mich bloß nicht noch mal einfach so irgendwo raus.« Sie zerrte Sawyers Kopf zu sich herab, küsste ihn geräuschvoll auf den Mund und schmatzte dann auch Bran erleichtert ab. »Ihr schuldet mir eine Erklärung.«

»Dies ist weder der rechte Zeitpunkt noch der rechte Ort.« Er tätschelte ihr väterlich die Wange, schob sie dann aber beiseite und ging dorthin, wo sich Sasha von der fürsorglichen Annika verarzten ließ.

Er hockte sich vor sie hin und glitt mit einem Finger über ihre Wange und über die roten Schürfwunden an ihrem Hals. »Tut mir leid, dass du verletzt bist und dass ich nicht schneller bei dir war.«

»Wer *bist* du?«

»Das, was ich gesagt habe. Vielleicht ein bisschen mehr.«

»Die Schnittwunden sind nicht so schlimm.« Annika nahm eine Mullbinde aus Rileys Erste-Hilfe-Kasten und verband den langen Schnitt in Sashas Arm. »Aber ihr hübsches Hemd ist ruiniert, und sie ist schockiert.«

»Sie steht unter Schock«, verbesserte Riley sie. »Aber schließlich hat sie auch das meiste abgekriegt. Es sah für uns nicht gut aus, bis du mit der Lasershow begonnen hast. Wir hätten uns allein nicht halten können.« Sie sah Sawyer an. »Obwohl du ein wirklich guter Schütze bist.«

»Du bist ebenfalls nicht schlecht.«

»Wer zum Teufel seid ihr?«

Sie alle blickten auf den Neuankömmling, der, das Schwert auf seinem Rücken, mit gespreizten Beinen und mit bitterböser Miene immer noch neben dem Höhleneingang stand.

Genau wie Sasha ihn in einer ihrer Skizzen festgehalten hatte. Mit im Wind wehendem, wirrem schwarzem Haar, hohen Wangenknochen, einem Mund, der grimmig, aber durchaus fein gemeißelt war, einer langen, schmalen Nase und mit leuchtend grünen Augen, deren Strahlkraft hell wie die der Blitze in der Höhle war.

Riley unterzog die abgewetzten, wadenhohen Schnürstiefel, die langen Beine in den abgetragenen Jeans und das blutbespritzte Hemd an seinem muskulösen Oberkörper einer eingehenden Musterung und trat entschlossen auf ihn zu.

»Riley Gwin, Archäologin, Meisterschütze Sawyer King, das anbetungswürdige Kampfsport-Ass Annika Waters.«

»Ahh«, sagte Annika erfreut.

»Die Seherin Sasha Riggs und der Magier Bran Killian. Und wer zum Teufel bist du selbst?«

»McCleary. Doyle McCleary. Wenn ihr nicht im Weg gewesen wärt, hätte ich das blöde Weib vielleicht endlich erwischt.«

»Nie im Leben«, fuhr ihn Riley zornig an.

»Falls wir uns darüber streiten wollen, bitte nicht an diesem Ort. Darf ich?« Bran klopfte auf Sashas Rucksack, wartete ihr Nicken ab, griff hinein und fand das Bild von ihnen allen, das sie bei sich trug.

»Erst mal vielen Dank für deine Hilfe«, sagte er zu Doyle. »Sasha war verletzt, und ich weiß nicht, ob es mir gelungen wäre, dieses Miststück lange genug aufzuhalten, bis wir alle sicher rausgekommen wären. Zu deiner Frage, wer wir sind, kann ich dir das hier zeigen«, fügte er hinzu und hielt dem Schwertmann die Skizze hin. »Wir sind ein Team, und du hast noch gefehlt.«

»Wer hat das gemalt?«

»Ich«, stieß Sasha heiser aus. »Bereits vor Wochen.«

»Wie …«

»Nicht jetzt«, bat Bran. »Weil wir alle blutverschmiert und relativ erledigt sind. Aber wir haben einen Ort, an dem wir reden können und wo uns niemand hört.«

»Wie zum Teufel sollen wir alle in den Wagen passen?«, überlegte Riley.

»Ich bin selbst motorisiert.« Doyle blickte erst die anderen an, wandte sich dann noch einmal dem Höhleneingang zu und schüttelte den Kopf.

»Ich werde mitkommen und über diese Sache reden.« Er gab Bran das Bild zurück. »Und dann werden wir weitersehen.«

»Okay.«

Bran kehrte zurück zu Sasha, doch als er sich nach ihr bückte, um sie auf den Arm zu nehmen, schob sie seine Hände fort.

»Ich kann selbst laufen.« Mühsam, doch entschlossen stand sie ohne seine Hilfe auf. Denn auch wenn ihr kalt und schwindlig war, könnte sie, verdammt noch mal, allein zurück zum Wagen gehen.

Um es zu beweisen, lief sie langsam Richtung Pfad.

»Es gibt auf alle Fälle jede Menge zu erklären«, Riley tätschelte dem zurückgewiesenen Bran den Arm und lief dann hinter Sasha her.

»Sie wusste nicht, dass du ein Zauberer bist?«, erkundigte sich Doyle.

»Nein. Bisher war einfach nie der rechte Zeitpunkt, um es ihr oder den anderen zu sagen.«

Doyle McCleary stieß ein mitfühlendes Knurren aus und wandte sich dann ebenfalls zum Gehen.

»Sie wird sich schon wieder beruhigen.« Sawyer reichte Annika die Hand und half ihr auf. »Alle Achtung, Annie, du hast ein paar wirklich wilde Sachen drauf. Am besten fand ich es, als du die halbe Wand hinaufgestürmt bist und nach einem Salto rückwärts auch noch einen Flickflack hinbekommen hast.«

»Das macht Spaß. Aber kämpfen ist nicht schön.«

»Vielleicht nicht, aber du kämpfst echt gut.«

Als auch sie den anderen folgten, blickte Bran ihnen kurz nach und drehte sich ein letztes Mal zur Höhle um. Sein weißer Rauch versperrte immer noch den Ausgang, doch die Rauchwolke war längst nicht mehr so dicht wie zu Beginn, weshalb noch jede Menge Arbeit vor ihm lag.

Er setzte seinen Rucksack auf und folgte Sasha, die leicht hinkend und mit schmerzverzerrter Miene ganz allein den unebenen Pfad hinunterlief.

Jede Menge Arbeit in verschiedenen Bereichen, dachte er und ging den anderen hinterher.

8

Nicht weit von Rileys Jeep entfernt, zerrte Doyle sein eigenes Gefährt aus dem Gebüsch.

Riley stemmte die Hände in die Hüften und stellte bewundernd fest: »Eine Harley Chopper. Wow. Ein echter Klassiker. Doppelventile?«

»Ja, genau.«

»Dann geht die Kiste sicher richtig ab.«

Genau wie seine Stiefel wies auch sein Motorrad Kampfspuren auf – und sah genauso zäh und muskulös wie sein Besitzer aus.

»Der Drache!« Annika wies auf das rote Flügelwesen, das mit ausgefahrenen Krallen auf dem Motor abgebildet war. »Du reitest auf einem Drachen. Das hat Sasha uns erzählt.«

»Richtig. Und wo reite ich auf meinem Drachen hin?«

»Bis kurz hinter Sidari«, klärte Bran ihn auf. »Fahr uns am besten einfach hinterher.«

»Okay. Gehört der euch?«, erkundigte sich Doyle und zeigte auf den Jeep.

»Ja.«

»Kann ich mit auf dem Drachen reiten?«

Nach kurzem Zögern stellte Doyle mit einem gleichmütigen Achselzucken fest: »Ich schlage einer schönen Frau nur ungern irgendwelche Wünsche ab. Also meinetwegen.« Schwungvoll nahm er auf der Kiste Platz und nickte Annika zu. »Steig auf.«

Nach kurzem Zögern meinte Sawyer: »Halt dich an ihm fest. Und lehn dich in die Kurven, nicht dagegen. Lehn dich einfach immer leicht nach innen, ja?«

»Okay.« Sie hüpfte auf den Sitz, und als Doyle den Motor anließ, lachte sie vor Freude auf. »Der Drache brüllt!«

»Gut festhalten«, bat Sawyer noch einmal und lief den anderen eilig hinterher. »Hoffentlich kommt sie zurecht.«

»Ich glaube nicht, dass wir das kleine Abenteuer eben überstanden haben, nur damit sie vom Motorrad fällt.« Riley nahm hinter dem Steuer ihres Wagens Platz. »Also entspann dich, ja?«

»Setz dich ruhig nach vorn«, bot Bran ihm an und nahm an Sawyers Stelle hinten Platz.

»Ich kann verstehen, dass du sauer bist«, sagte er zu Sasha, während Riley das Gefährt den jämmerlichen Pfad hinuntermanövrierte. »Wenn wir wieder in der Villa sind und etwas durchgeatmet haben, werdet ihr erfahren, was es mit mir auf sich hat.«

»Lass mich einfach schlafen.« Wütend wandte sie sich ab, klappte die Augen zu und schlief zu ihrer eigenen Überraschung wirklich auf der Stelle ein.

Auf dem Holperweg in Richtung Villa schlug sie die Augen wieder auf. Ihr Schädel dröhnte, ihre Kehle brannte, und ihr Arm pochte so heftig, dass sie ängstlich über den Verband über der Schnittverletzung strich.

Sie wollte aussteigen, doch ihre Beine zitterten so heftig, dass sie noch kurz sitzen blieb. Am liebsten hätte sie die Augen einfach zugemacht und wäre wieder eingeschlafen, deshalb sagte sie: »Ich muss mich erst mal sauber machen. Beginnt euer Gespräch ruhig schon mal ohne mich.«

»Sasha.« Bran nahm ihren Arm, um sie von ihrem Sitz zu ziehen, doch eilig machte sie sich von ihm los.

»Ich muss erst mal duschen, denn ich kann noch immer *spüren,* wie sie mich berührt.« Sie zwang ihre Beine, ihre Arbeit aufzunehmen, und marschierte auf direktem Weg ins Haus.

»Lass ihr etwas Zeit.« Riley streichelte den Hund, der fröhlich angelaufen kam, und lenkte ihren Blick auf Doyle und Annika, die grinsend von der Harley sprang. »Am besten essen wir erst mal was und geben ihr ein bisschen Zeit, um sich zu beruhigen. Außerdem will ich mich selbst ein bisschen sauber machen«, fügte sie mit einem Blick auf ihre eigenen blutverschmierten Hände hinzu.

»Okay. Dann waschen wir uns alle erst einmal.«

»Ich gehe dazu runter an den Strand«, erklärte Sawyer.

»Schwimmen! Ja! Ich komme mit.«

»Toll. Dann lauf schnell los und hol dein Schwimmzeug.«

»Schwimmzeug?«, fragte sie verständnislos.

»Deinen Badeanzug.«

»Oh. Ja, richtig. So was habe ich.« Sie lief ins Haus, und Sawyer stapfte über die Terrasse auf sein Zimmer zu.

»Was ist mit ihr?«, erkundigte sich Doyle bei Bran.

»Wie es aussieht, ist mit jedem von uns irgendetwas los. Wenn du noch eine halbe Stunde warten kannst, wirst du erfahren, was es mit uns auf sich hat. Wir sehen alle furchtbar aus und sind total k.o., also machen wir uns besser erst mal sauber und sehen zu, dass wir was in den Magen bekommen. Es sind noch zwei Zimmer frei, also such dir eins von beiden aus.«

»Ich bin noch weit davon entfernt zu bleiben.«

»Meinetwegen, aber du hast wie wir anderen Blut und Eingeweide und was sonst noch alles abgekriegt, weshalb dir eine Dusche ebenfalls nicht schaden wird. Wenn wir was gegessen und uns unterhalten haben, kannst du machen, was du willst. Aber erst mal such dir eins der beiden freien Zimmer aus, okay?«

»Gegen eine Dusche hätte ich nichts einzuwenden.«

»Also komm mit rein, dann zeige ich dir auf dem Weg zu deinem Bad schon mal das Haus.«

»Eine wirklich tolle Bude, die dazu auch noch fantastisch liegt. Wem gehört sie überhaupt?«

»Dem Freund von einem Freund von einem von Rileys Onkeln. Sie ist wirklich gut vernetzt.«

»Praktisch.«

»Allerdings. McCleary, richtig? Heißt das, dass du ursprünglich aus Irland kommst?«

»Meine Familie ist bereits vor einer Ewigkeit dort weg.«

»Meine lebt noch immer dort – oder wenigstens der größte Teil. In Sligo.«

»Wir stammen aus Clare. Hat man mir erzählt.«

»Nun, McCleary. Diese beiden Zimmer sind noch frei.«

»Das hier ist okay.«

»Dann gehört es dir. Fühl dich wie zu Hause, und wenn du nach deiner Dusche wieder runterkommst, machen wir uns was zu essen und bereden diese Angelegenheit.«

Damit ging er in sein eigenes Zimmer, zog sich aus und sah sich seine Seite an. Die Schnittwunden an seinen Armen störten ihn nicht sonderlich, doch seine Seite wies ein Labyrinth aus Bisswunden und Schnitten auf, weil er auf dem Weg zu Sasha gleichzeitig von einem ganzen Schwarm der Biester angegriffen worden war.

Den Angriff hatten sie mit ihrem eigenen Blut bezahlt. Nur noch ein paar Häufchen Asche waren von den Bestien übrig, aber vorher hatten sie ihm ziemlich übel mitgespielt.

Er trat vor die Kommode und hob den Verschlusszauber, mit dem er sie belegt hatte, durch eine Handbewegung auf. Nahm eine bestimmte Salbe aus dem Kasten mit den Zauberutensilien und schloss ihn wieder ein.

Als das heiße Duschwasser auf seine Wunden traf, atmete er zischend aus, stemmte sich dann aber mit den Händen an den Fliesen ab und wartete, bis alles Gift aus ihm herausgewaschen und der Schmerz erträglich war.

Danach sah er sich die Wunden noch mal an, rieb sie dick mit Salbe ein und atmete erleichtert auf. Er bandagierte sich so gut es ging, zog frische Kleider an und ging hinunter, um den anderen zu erklären, wer er wirklich war.

Sasha schleppte sich ins Bad, drehte die Dusche auf und brach in Tränen aus. Ihr Kopfweh wurde durch ihr wildes Schluchzen noch verstärkt, doch spülten ihre Tränen gleichzeitig das Dunkle fort, das von ihr hatte Besitz ergreifen wollen. Trotzdem hatte sie noch immer das Gefühl, als kröchen Spinnen über ihre Haut und durch ihr Haar, und sie schrubbte ohne Rücksicht auf die Schnittwunden und Kratzer, die sie hatte, so lange an sich herum, bis sie fast wund gescheuert, dafür aber sauber war.

Sie wickelte sich in ein Handtuch, wischte den beschlagenen Spiegel ab, studierte ihr Gesicht und zog die Schürfwunde an ihrem Hals mit einer Fingerspitze nach.

Sie war schwach gewesen, und das dürfte und würde sie in diesem Kampf nicht noch einmal sein. Wenn sie weiter mit den anderen nach den Sternen suchen wollte – und das wollte sie auf alle Fälle –, musste sie gewitzter, stärker und vor allem besser vorbereitet sein. Sie würde nicht noch einmal furchtsam irgendwo in einer Ecke kauern, während jemand anderes diese grässliche Dämonengöttin aus der Hölle daran hinderte, dass sie von ihr Besitz ergriff.

Sie würde sich nicht noch einmal benutzen oder täuschen lassen. Ganz egal, von wem.

»Die Leute unterschätzen dich, weil du dich selbst unterschätzt«, sagte sie zu ihrem Spiegelbild. »Aber damit ist jetzt Schluss.«

Sie kehrte in ihr Schlafzimmer zurück und stellte fest, dass Bran dort stand und durch die offenen Flügeltüren auf die Terrasse sah.

»Ich möchte, dass du gehst.«

Er wandte sich ihr zu, betrachtete ihr glattes nasses Haar, die Hand, die oberhalb der Brust das Handtuch fest umklammert hielt, und sah in ihr verletztes, zorniges Gesicht.

»Ich habe dir eine Salbe mitgebracht.« Er hielt den kleinen Tiegel hoch. »Ich kann dafür sorgen, dass die

Wunden besser heilen und vor allem nicht mehr so wehtun.«

»Ich will nicht, dass du ...«

»Red doch keinen Unsinn. Schließlich bist du alles andere als dumm. Wenn du sauer sein willst, meinetwegen«,
bot er ihr, jetzt ebenfalls mit zornbebender Stimme, an.
»Das ist deine eigene Entscheidung, aber trotzdem setzt
du dich jetzt erst mal hin, damit ich dir helfen kann.«

»Du bist nicht für mich verantwortlich.«

»Wofür ich den Göttern wirklich dankbar bin. Aber
trotzdem stecken wir zusammen in dieser Geschichte
drin, und deshalb helfe ich euch allen, so gut ich kann.
Du hast vorhin das meiste abgekriegt, und da du zwar
sauer, aber alles andere als dumm bist, setzt du dich jetzt
bitte hin.«

Sich zu weigern wäre schwach. Doch sie durfte ihre
Urteilskraft nicht durch Verletztheit und Enttäuschung
trüben lassen, denn sie musste stark und fit sein für den
Kampf.

Also nahm sie auf dem Rand des Bettes Platz.

Er trat vor sie, drückte ihr den Tiegel in die Hand und
legte seine eigenen Hände sanft auf ihren Kopf.

»Das ist ...«

»Ich kann deutlich sehen, dass du Kopfweh hast. Sie
hat versucht, in deine Gedanken einzudringen, stimmt's?
Außerdem hast du geweint. Also tut dein Kopf auf alle
Fälle weh.« Er glitt mit seinen Daumen über ihre Schläfen und die Stirn. »Ich bin darin nicht so gut wie andere,
aber da du selbst einfühlsam ...«

»Ich bin nicht einfühlsam.«

»Um Himmels willen, Frau, natürlich bist du das«, fuhr

er sie ungeduldig an. »Du sperrst das meiste davon aus, aber trotzdem ist es da. Und jetzt nutz dieses Talent im umgekehrten Sinn und hilf mir, dir zu helfen, ja? Öffne dich und lass mich fühlen, was du fühlst. Wir fangen mit dem Kopfschmerz an, weil du dann klarer denken kannst.«

Da stimmte, was er sagte, und vor allem, weil in seiner Stimme Ungeduld statt Mitleid schwang, schloss sie die Augen und enthüllte ihren Schmerz.

»Da.« Er glitt mit seinen Fingern über ihre Schläfen, ihren Schädel, ihre Brauen. »Da ist eine dunkelgraue Wolke.«

Sachte strich er mit den Daumen über ihren Hals und presste sie ihr ins Genick. »Aber eine kühle, frische Brise weht sie fort. Kannst du es spüren?«

Tatsächlich ließ der grauenhafte Druck auf ihren Schädel plötzlich nach. »Ja, jetzt ist es besser. Danke.« Sie schob seine Hände fort.

»Du hast Schnitt- und Bisswunden sowie Kratzer. Dafür wird die Salbe reichen, aber für den Schnitt in deinem Arm genügt sie nicht. Auch wenn Annika ihn wirklich gut verbunden hat. Es ist wirklich erstaunlich, was sie alles kann. Lass mich die Wunde fühlen.«

»Sie ist heiß und pocht.« Und würde eine Narbe bilden, wenn ihm nicht gelänge, sie zu heilen. Ein Gedanke, der ihm unerträglich war. »Aber sie ist sauber und wird sich nicht entzünden.«

»Woher weißt du das?«

»Du weißt es selbst, und ich kann sehen, was du weißt. Und jetzt hilf mir, sie zu kühlen und zu schließen.«

Sie verlor sich ganz in seinem Blick. Anscheinend hatte

er sie irgendwie in eine leichte Trance versetzt, denn sie streckte ihre eigenen Empfindungen wie Fingerspitzen nach ihm aus, und sofort nahm die Hitze ihres Armes ab.

»So ist's gut. Jetzt reicht die Salbe sicher auch für diese Wunde aus.«

Immer noch etwas betäubt, sah sie an sich herab und stellte fest, dass sich die Wunde schloss und plötzlich nicht mehr schlimmer als ein langer Kratzer war.

»Aber das ist ...«

»Zauberei?«, schlug er ihr vor. »Egal, wie du es nennst. Die Wunde heilt, und dafür hast vor allem du selbst gesorgt. Was ist mit deinem rechten Bein? Du ziehst es etwas nach.«

»Keine Ahnung. Wahrscheinlich habe ich es mir vertreten. Als die Fledermäuse ...«

»Denk nicht mehr an diese Biester.« Er ging vor ihr in die Hocke, glitt mit den Händen über ihren Knöchel, und als sie zusammenzuckte, meinte er: »Du hast ihn offenbar verstaucht. Aber das bekommen wir auf alle Fälle wieder hin.«

Inzwischen wusste sie, wie seine Art zu heilen funktionierte, und während er weiter mit den Fingern über ihren Knöchel strich, stellte sie sich die geschundenen Sehnen und verrenkten Muskeln bildlich vor.

Dann stand er wieder auf. »Am schlimmsten hat es deinen Hals erwischt. Dort hat sie dich berührt.«

»Hat sie nicht. Oder auf jeden Fall nicht körperlich.«

»Trotzdem hast du dort die tiefste Wunde. Weil da ihre Kraft auf deine traf. Ich fürchte, dass die Heilung erst mal wehtun wird. Du musst mir vertrauen.«

»Dann werde ich das tun. In diesem Fall.«

»Sieh mir in die Augen. Zwar verfüge ich nicht über deine Gabe, aber meine eigene Gabe wird dir helfen, die Verletzung zu bekämpfen.«

Damit legte er ihr sanft die Hände um den Hals und deckte die leuchtend roten Kratzer mit den Fingern ab.

Es tat tatsächlich weh. Der Schmerz nahm ihr vorübergehend den Atem, und sie brauchte alle Selbstbeherrschung, um nicht aufzuspringen oder laut zu schreien.

»Tut mir leid«, erklärte er, als er sie leise stöhnen hörte. »Gleich ist es geschafft.«

Er murmelte etwas auf Gälisch, was sie nicht verstand, aber seine Stimme klang so tröstlich und zugleich so traurig, dass die Schmerzen leichter zu ertragen waren.

Und dann bekam sie plötzlich wieder besser Luft und atmete erleichtert auf.

»Jetzt ist es besser.«

»Lass mich dafür sorgen, dass die Schmerzen ganz verschwinden. Ich lasse nicht zu, dass dieses Weib auch nur die allerkleinste Spur auf deinem Körper hinterlässt. Ich hätte von vornherein verhindern sollen, dass sie dir nahe kommt.«

»Das hast du doch getan. Du hast eine Reihe gleißend heller Blitze ausgesandt. Das reicht. Jetzt tut es nicht mehr weh.«

Sie stand entschlossen auf. »Die Salbe solltest du den anderen geben.«

»Dieser Tiegel ist für dich. Ich habe noch mehr davon.«

»Dann ziehe ich mich jetzt schnell an und komme runter, weil es schließlich jede Menge zu bereden gibt.«

»Auf jeden Fall.« Trotzdem blieb er stehen und sah sie reglos an.

»Du hast mich belogen.«

»Nein.«

»Das Verschweigen der Wahrheit ...«

»... ist nicht immer eine Lüge, sondern manchmal einfach eine ganz private Angelegenheit.«

»Ich habe dir alles über mich und alles, was ich weiß, erzählt, während du ... Hast du vorhin etwa schwarze Magie benutzt?«

Er zuckte zusammen und musste sich alle Mühe geben, sich nicht anmerken zu lassen, dass er diesen Ausdruck als Beleidigung empfand. »Schwarze Magie verfolgt nur böse Zwecke und wird meist dem Teufel zugeschrieben, während ich einfach ein Mann mit ganz besonderen Kräften bin. Du kannst mich meinetwegen einen Hexer nennen, wobei Zauberer mir lieber ist. Und als Zauberer habe ich mich bereits bei unserem ersten Treffen vorgestellt.«

Sie bedachte ihn mit einem vorwurfsvollen Blick, und die schmerzliche Enttäuschung war ihr überdeutlich anzusehen.

»Du weißt genau, was aus meiner Sicht damit gemeint war.«

»Ja, und trotzdem habe ich dir nicht gesagt, dass mehr dahintersteckt. Dabei verdiene ich mir meinen Lebensunterhalt tatsächlich mit Magie. Wobei mein Blut, mein Handwerk, mein Talent und meine Ehre ausschließlich weißer Magie verschrieben sind. Trotzdem ist es alles andere als leicht, einem Menschen, der nicht einmal seinen eigenen Gaben traut, *fáidh*, von diesen besonderen Fähigkeiten zu erzählen. Wie hättest du wohl darauf reagiert, wenn du gleich am ersten Tag erfahren hättest, wie groß meine Kräfte wirklich sind?«

»Das weiß ich nicht.«

»In meiner Familie wird dieses Geheimnis nicht aus Scham, sondern aus Vorsicht streng gehütet. Und auch wenn mir die Dramatik meines Auftritts vorhin furchtbar peinlich war, hat mir Nerezza keine andere Wahl gelassen, als die Kraft zu nutzen, die mir zur Verfügung stand.«

»Sie wollte mich aussaugen.«

»Damit hätte ich niemals gerechnet, und das ... tut mir leid. Es tut mir leid, dass ich die Tour nicht gründlicher geplant und keine andere Möglichkeit gefunden habe, gegen dieses Weibsbild vorzugehen. Aber ich kann weder mein Talent bereuen noch, dass ich dir und auch den anderen erst hatte davon erzählen wollen, wenn wir einander vollkommen vertraut hätten.«

»Hast du mich geküsst, um diese Art Vertrauen aufzubauen?«

Zu ihrer Überraschung trat er fluchend auf sie zu. »Verdammt. Damit beleidigst du uns beide.«

Ohne eine Spur der Sanftheit und der Fürsorge, mit der er sie verarztet hatte, zog er sie an seine Brust und presste ihr erbost die Lippen auf den Mund.

»Jetzt weißt du über mich Bescheid, warum also habe ich dich deiner Meinung nach noch mal geküsst?«

»Ich muss darüber nachdenken.«

»Meinetwegen, denk darüber nach.«

»Ich komme runter, wenn ich angezogen bin.«

»Super.« Wütend trat er in den Flur und warf die Tür mit einem Knall ins Schloss.

Sie machte auf dem Absatz kehrt, ging zurück ins Bad und betrachtete erneut ihr Spiegelbild. Sie hatte wieder Farbe im Gesicht, ihr Hals wies nicht mal mehr den allerkleinsten Kratzer auf, und auch das schreckliche Gefühl der Schwäche hatte sich gelegt.

Das war schon mal ein guter Anfang, dachte sie, zog sich entschlossen an und ging zu den anderen ins Erdgeschoss.

Sawyer hatte Sandwiches mit Käse und Grillschinken gemacht, und diesmal hatte Annika die leuchtenden Servietten blumengleich zu beiden Seiten eines Tellerflusses arrangiert. Inzwischen trug sie wieder eins von ihren eigenen, weich fließenden Kleidern, und als Sasha an den Tisch trat, drehte sie sich zu ihr um und schlang ihr strahlend beide Arme um den Hals.

»Du siehst hübsch aus, und du fühlst dich wieder besser.«

»Danke, ja. Bist du verletzt?«

»Nur ein bisschen, und die Salbe, die uns Bran gegeben hat, riecht wirklich gut. Du darfst kein Böses mit ihm haben.«

»Ich versuche es. Wo … ich weiß nicht mehr, wie der Neue heißt.«

»Du meinst Doyle. Doyle McCleary. Das Reiten auf dem Drachen ist sehr lustig. Er ist wieder unten und will erst mal spazieren gehen, um sich die Umgebung anzusehen.«

»Was ich ihm nicht verdenken kann. Danke dafür, dass du mir geholfen hast, als ich verwundet war.«

»Wir sind hier, weil wir uns gegenseitig helfen sollen.«

Sollte es tatsächlich derart einfach sein?

»Du hast vollkommen recht«, stimmte ihr Sasha zu. »Aber jetzt trinken wir erst einmal ein Schlückchen Wein.«

»Ich mag Wein.«

»Dann werde ich uns welchen holen«, bot sie an und ging zurück ins Haus.

Sawyer legte das letzte Sandwich auf die Platte, während Riley ein paar Flaschen kaltes Bier aus dem Kühlschrank nahm.

»Unser Meisterschütze hat noch andere verborgene Talente«, stellte Riley anerkennend fest. »Er weiß sogar, wie man eine Salsa macht.«

»Die Zutaten waren alle da.« Sawyer sah die beiden Frauen fragend an. »Wollen wir essen?«

Sasha hätte nicht gedacht, dass sie so kurz nach ihrem Abenteuer auch nur einen Bissen runterkriegen würde, aber jetzt war das genaue Gegenteil der Fall. »Unbedingt, denn deine Brote sehen einfach fantastisch aus. Aber Doyle und Bran sind noch nicht da.«

»Sie sind zusammen unterwegs. Wer rastet, der rostet«, stellte Riley fest. »Wie geht's dir überhaupt?«

»Inzwischen wieder gut. Und euch?«

»Ein paar Beulen und Kratzer, doch mit einer heißen Dusche und der Wundersalbe, die mir Bran gegeben hat, habe ich sie vollkommen problemlos in den Griff gekriegt. Wobei ... Vielleicht hätte ich nicht von einer *Wunder*salbe sprechen sollen«, fiel Riley auf.

»Aber wenn's doch eine Wundersalbe ist? Annika und ich haben uns für Wein entschieden.« Sasha wählte eine Flasche aus, nahm zwei Gläser aus dem Schrank und trug alles an den Tisch.

»Sie hat sich überraschend schnell erholt«, stellte Sawyer anerkennend fest.

»Männer.« Riley drehte mitleidig ein halbes Dutzend Bierflaschen in einen Eimer voller Eis. »Sie ist noch immer angefressen, Schatz. Vielleicht nicht mehr ganz so schlimm wie vorhin vor der Höhle, aber immer noch genug. Vor allem versucht sie rauszufinden, was sie davon halten soll, dass sie vor ein paar Stunden wild mit einem Kerl geknutscht hat, von dem sie jetzt erfährt, dass er ein Hexer ist.«

»Ach ja? Die beiden haben geknutscht?«

»Und wie.« Sie zwinkerte ihm zu, klemmte sich den Eimer unter einen Arm, trug ihn an den Tisch und stellte fest, dass Bran und Doyle zurückgekehrt waren. Wie es aussah, kamen sie schon bestens miteinander klar.

»Ober!«, rief sie Richtung Küche, nahm sich eine Flasche aus dem Eimer und warf sich auf einen Stuhl. Doch erst, als Sawyer mit dem Essen kam und alle etwas zu trinken hatten, hielt sie ihre eigene Flasche in die Luft.

»Auf einen wirklich guten Kampf!«

Als Sasha nichts erwiderte, stieß Riley mit ihr an. »Jeder Kampf, nach dem du noch ein kaltes Bier genießen kannst, ist ein guter Kampf.«

»Das stimmt.« Doyle nahm sich ein Brot. »Bier und Sandwiches sind schon mal nicht schlecht. Aber trotzdem weiß ich immer noch nicht, warum ihr mich hierher eingeladen habt. Der Hexer von Korfu hat bisher nur ein paar Andeutungen fallen lassen. Also sagt mir vielleicht bitte endlich irgendwer, worum genau es geht.«

»Der Hexer von Korfu!«, wiederholte Riley prustend. »Das ist wirklich gut. Bring du den Ball ins Rollen, Sash, denn schließlich hast du das auch vorher schon gemacht.«

»Ich finde nicht, dass ich das habe, aber meinetwegen.«

Sie trank einen Schluck von ihrem Wein. »Ich bin Künstlerin.«

»Das habe ich an deinem Bild gesehen.«

»Ich lebe in North Carolina, und ich hatte immer schon ...«

»Eine besondere Gabe«, führte Bran entschlossen aus.

Ohne auf den Einwand einzugehen, fuhr sie mit ruhiger Stimme fort: »Seit Anfang des Jahres habe ich fast jede Nacht von uns geträumt. Von uns allen hier und von den Sternen, die ihr kennt.«

Sie erzählte ihm von ihrer Ankunft im Hotel und wie sie dort auf Riley und auf Bran gestoßen war.

»Du bist also einfach um die halbe Welt geflogen und auf dieser Reise einem Traum gefolgt?«

»Ich konnte meine Träume weder ignorieren noch unterdrücken, also habe ich mich wirklich ihretwegen auf den Weg hierher gemacht. Denn Rest können dir auch die anderen erzählen. Riley?«, fragte sie.

»Na klar. Die Salsa ist echt lecker«, fügte sie hinzu und tauchte einen Chip in den Saucensee auf ihrem Teller. »Als Archäologin gehe ich den Spuren von Mythen und Legenden nach und buddele Artefakte und Antiquitäten aus. Die Sterne habe ich bereits seit einer Ewigkeit auf dem Radar, und ein paar Informationen haben mich hierhergeführt. Ich hatte gerade einen Job beendet, etwas freie Zeit, und deshalb dachte ich, ich sehe mich hier einmal um.«

Sie legte eine kurze Pause ein und hob ihre Bierflasche an den Mund.

»Was bisher noch niemand von euch weiß: Ich hatte gar nicht vor, in dem Hotel zu bleiben. Ich hatte von

Anfang an in diese Gegend fahren wollen, bevor ich aus einem Impuls heraus für eine Nacht dort abgestiegen bin. Ich dachte, ein, zwei Tage im Hotel und eine kurze Pause täten mir wahrscheinlich gut. Deshalb saß ich an dem Nachmittag mit einem sehr feinen Bellini gemütlich auf der Hotelterrasse, und mit einem Mal trat diese junge blonde Frau an meinen Tisch.«

Sie öffnete das nächste Bier. »Mach weiter, Bran.«

Er hatte gründlich überlegt, wie viel er noch zurückbehalten sollte, dann aber beschlossen, alles zu enthüllen.

»Seit Generationen gibt es immer jemanden in meiner Familie, der nach den Sternen suchen soll, um sie eines Tages an den Ursprungsort zurückzubringen, wo kein Wesen sie für irgendeinen negativen Zweck missbrauchen kann. Irgendwann fiel diese Aufgabe an mich, denn wie auch meine Vorfahren stamme ich von Celene ab.«

»Der Göttin?«, fragte Riley überrascht. »Heißt das, du bist ein Gott?«

»Nein«, erklärte er scharf. »Ich bin, was ich gesagt habe. Ein Zauberer. Aber ich stamme von ihr ab. Sie hat sich mit einem Sterblichen gepaart und seinen Sohn geboren.«

»Den Halbgott Movar«, fiel ihm Riley abermals ins Wort. »Den Celene von einem Zauberer mit Namen Asalri bekommen hat.«

»Genau.«

»Und Movar hatte fünf Töchter und drei Söhne«, führte Riley aus. »Ich kenne die Legende. Die anscheinend gleichzeitig euer Familienstammbaum ist.«

»Die Gabe der Magie und die Aufgabe, die Sterne ausfindig zu machen, habe ich also geerbt. Und genau wie du, Riley, habe ich ein paar Dinge herausgefunden, denen zufolge mindestens einer dieser Sterne vielleicht hier gelandet ist. Ich habe Buch um Buch durchforstet, bis mir fast die Augen bluteten, und plötzlich stieß ich auf eine Geschichte von einem gefallenen Stern aus Feuer, der in einem grünen Land verborgen darauf wartet, dass er in sein Ursprungsland zurückkehren kann. Man könnte denken, mit dem grünen Land hätte der Schreiber Grönland oder meine Heimat Irland gemeint, das ja auch die grüne Insel genannt wird. Aber außerdem hieß es in der Geschichte, die Jungfrauen von Korkyra hätten ihn an einem Ort versteckt, wo er vor der Mutter der Lügen sicher sei.«

»Genau auf die Geschichte bin ich auch gestoßen«, pflichtete ihm Riley bei. »Und die Tatsache, dass du, Sasha und ich alle zur gleichen Zeit hier angekommen sind, untermauert diese These noch.«

»Ich war tatsächlich gerade erst auf Korfu angekommen und hatte spontan ein Zimmer im Hotel gebucht, um mich anschließend nach einer Villa umzusehen. In der ich ungestört wäre, um ganz in Ruhe meiner Arbeit nachzugehen, was in Hotelzimmern manchmal ein bisschen schwierig ist.«

»Wenn du zauberst«, meine Annika und sorgte damit für ein Lächeln auf seinem bisher grimmigen Gesicht.

»Richtig, wenn ich zaubere. Also bin ich raus auf die Hotelterrasse, wütend auf mich selbst, weil ich nicht sofort in ein Haus gezogen war. Stellt euch also meine Überraschung vor, als plötzlich zwei wunderschöne Frauen mich an ihren Tisch gewunken haben, um mir ein paar faszinierende Geschichten zu erzählen.«

»Also habt ihr ein Team gebildet«, meinte Doyle.

»Ich wäre der Letzte, der die Macht des Schicksals leugnen oder je versuchen würde, sich ihr zu entziehen. Und neben den Geschichten, die sie mir erzählten, waren da auch noch Sashas wunderbare Skizzen, die mir eindeutig bewiesen, dass diese Begegnung Schicksal war. Trotzdem hielt ich es für besser, nicht sofort mit all den Dingen rauszuplatzen, die ihr heute von mir hört.«

Stirnrunzelnd sah er auf sein Bier, fuhr dann aber achselzuckend fort. »Vor mir wurden schließlich auch schon andere von hübschen Gesichtern, faszinierenden Geschichten, dem Geruch der Macht und dem Versprechen von Vertrauen heimtückisch hinters Licht geführt. Deshalb habe ich noch etwas Zeit geschunden – wobei niemand sagen kann, dass mein Geheimnis nicht bereits nach kurzer Zeit gelüftet wurde.«

Er blickte Sasha an und fuhr mit zornbebender Stimme fort. »Ich brauchte einfach etwas Zeit, um mir über meine Gefühle klar zu werden, um der Wahrheit auf den Grund zu gehen und mich davon zu überzeugen, dass das Treffen mit euch beiden und vor allem die Entscheidung, zukünftig zusammen nach den Glückssternen zu suchen, richtig waren.«

Er machte eine kurze Pause und sah auf die leere Flasche, die er in den Händen hielt. »Also haben wir uns in Rileys Jeep gezwängt und sind Richtung Nordwesten aufgebrochen, wo ich auch alleine hätte hinfahren wollen. Und die rührige Riley hat uns dank ihrer Beziehungen diese phänomenale Unterkunft besorgt. Dann haben wir unser Zeug aus dem Hotel geholt, und auf der Rückfahrt stießen wir auf Sawyer, der als Tramper auf dem Weg in diese Richtung war.«

Er gönnte sich ein zweites Bier und nickte Sawyer zu.

»Bei mir ist's ähnlich wie bei Bran eine Familienangelegenheit. Seit Generationen wird bei uns die Geschichte von den Glückssternen erzählt. Ich bin nicht so gelehrt wie Riley, deshalb sind diese Geschichten alles, was ich weiß. Und…« Er kratzte sich im Nacken und sah stirnrunzelnd über die anderen hinweg.

»Du hast uns auch nicht alles über dich erzählt, nicht wahr?«, erkundigte sich Bran.

»Nicht ganz. Denn die meisten Leute kaufen einem solche Sachen sowieso nicht ab, und wie du gesagt hast, kennen wir uns erst seit kurzer Zeit. Eine Seherin ist eine Sache – schließlich fahren jede Menge Leute auf so was ab. Verdammt, das ist inzwischen eine regelrechte Industrie.« Er blickte Sasha an. »Womit ich dir ganz sicher nicht zu nahe treten möchte…«

»Keine Angst, das tust du nicht.«

»Aber nach der Sache in der Höhle … Fledermausmutanten aus der Hölle, eine böse Göttin und nun ein Zauberer wie Bran, kommt euch das, was ich erzählen werde, vielleicht nicht mehr ganz so seltsam vor. Auch dabei geht es um meine Familie, das heißt, um einen Vorfahren vielleicht aus dem 14. Jahrhundert. Wann er ganz genau gelebt hat, wissen wir nicht mehr. Auf alle Fälle war er Seemann, dessen Schiff bei einem Sturm gesunken ist. Doch ehe er ertrinken konnte, wurde er von einer Meerjungfrau gerettet und an Land gebracht.«

Doyle stieß ein kurzes Lachen und die liebe Annika ein leises Keuchen aus.

»Ja, ja, ich weiß, aber so wird es nun einmal erzählt. Als er wieder zu sich kam, war er der Einzige der ganzen Schiffsbesatzung, der gerettet worden war. Er lag auf dem Felsenufer irgendeiner Insel in der Nordsee, und die, hmm, die Meerjungfrau, die ihn gerettet hatte, hatte sich dabei so stark an dem Felsen verletzt, dass sie keine Kraft mehr hatte, um zu schwimmen, und im Sterben lag.«

»Nein«, hauchte Annika.

»Er war selbst ziemlich ramponiert, aber da er keine Ahnung hatte, ob er sie zum Waser schaffen sollte oder ob sie dann ertrinken würde, hat er trockenes Laub und Holz gesammelt, aus verschiedenen Pflanzen über einem Feuer Wickel für ihre Verletzungen gemacht und aus den Vorräten und Schiffsteilen, die das Meer an Land gespült hatte, eine Art Unterkunft für sie gebaut. Dort hat er sie gefüttert und so gut es ging versorgt.«

»Und, wurde sie wieder gesund?«

»Ja, es gab ein Happy End.«

»Happy Ends sind gut.«

»Eines Nachts wurde er wach, sah sie davonschwimmen und war allein.«

»Aber das ist kein Happy End«, erklärte Annika.

»Warte. Tage später kam sie wieder, und als er ins flache Wasser watete, sprach sie zum ersten Mal mit ihm. Sie erzählte ihm, es wäre Schicksal, dass sie ihn gerettet hätte, damit irgendwann ein Kindeskind von ihm nach den drei Sternen suchen könne. Er sollte die Geschichte seinen Söhnen und die sollten sie dann ihren Söhnen und die wiederum ihren erzählen, bis die Sterne irgendwann gefunden und wieder zu Hause wären. Dazu hat sie ihm noch einen Kompass überlassen, der ihn leiten würde und der wie die Geschichte von Sohn zu Sohn weitergegeben werden sollte.«

»Und jetzt hast du den Kompass?«, fragte Riley.

»Ja.« Er zog ihn aus der Tasche und klappte den Deckel auf.

»Hübsches Stück. Darf ich?« Ohne eine Antwort abzuwarten, nahm sie ihm den Kompass ab und sah ihn sich genauer an. »Die Bronzehülle in Form einer Windrose, die überraschend gut erhalten ist. Dieses Ding ist durchaus alt, aber statt nach dem vierzehnten sieht es eher nach dem siebzehnten Jahrhundert aus.«

»Ich kann die Geschichte nur erzählen, wie ich sie gehört habe«, gab Sawyer leicht säuerlich zurück.

»Und was hat sie damit zu tun, dass du auf Korfu bist?«, erkundigte sich Doyle.

»Das werdet ihr gleich sehen.«

Er stand auf, nahm einen Plastikumschlag aus der Tasche und zog sachte eine alte Landkarte daraus hervor. Dann schob er die Teller an die Seite, faltete die Karte auseinander und streckte die Hand nach seinem Kompass aus.

»Egal, auf welche Art, geht er auf alle Fälle immer richtig.«

Er legte den Kompass auf die Karte, und nach wenigen Sekunden fing die alte Bronzehülle an zu glühen, die Windrose leuchtete, und der Kompass glitt über das Blatt.

»Wie bei einem Hexenbrett«, bemerkte Riley.

»Nein.« Bran schüttelte den Kopf. »Dieser Kompass öffnet keine Tür, sondern zeigt den Weg dorthin.«

»So in etwa.« Sawyer klopfte mit dem Finger auf das Pergament. »Und seht ihr, wo der Kompass liegen bleibt? Hier auf Korfu. Ich bin ihm hierher gefolgt.«

»Hat der Kompass so etwas schon mal gemacht?«, erkundigte sich Sasha.

»Allerdings, das macht er ständig. Und auch wenn bisher niemand die Glückssterne gefunden hat, hat er mich jedes Mal an einen Ort geführt, an dem ich etwas Neues über sie erfahren habe oder wo mir irgendetwas, was ich bereits wusste, von den Menschen dort bestätigt wurde. Und diesmal … seht ihr, wie der Kompass schimmert?«

»Er ist wunderschön«, murmelte Annika.

»Ja, aber so geschimmert hat er bisher nie. Er hat schon vorher ab und zu etwas geglüht, aber nie so intensiv. Deshalb dachte ich, es wäre ziemlich wichtig herzukommen. Und das war es offensichtlich auch. Ich bin hierher getrampt, und plötzlich wart ihr da. Damit waren wir schon mal zu viert. Und als ich in der ersten Nacht hinunter an den Strand gegangen bin, traf ich dort auf Annika.«

Er wandte sich ihr zu. »Erzähl du weiter, ja?«

»Ich wurde gesandt, um euch zu helfen. Um eine von euch zu sein.« Sie blickte vor sich auf den Tisch. »Ich kann es nicht erklären. Ich habe keinen Zauberkompass, keine besonderen Kräfte wie Sasha und Bran und bin auch nicht so klug wie Riley, aber trotzdem weiß ich, dass ich helfen kann. Ich kämpfe nicht gern, aber wenn's sein muss, kämpfe ich mit euch. Schickt mich nicht fort.«

»He.« Sawyer legte einen Arm um ihre Schultern. »Niemand schickt dich weg.«

»Ich bin zu dir gekommen«, sagte sie und sah ihm ins Gesicht. »Du hast mich gefunden.«

»Stimmt. Und dabei können wir es erst einmal belassen.« Ehe Bran von Annika verlangen konnte, Einzelheiten zu erzählen, fügte er in nachdrücklichem Ton hinzu: »Du bist eine von uns, und das reicht erst mal völlig aus.

Deine Geschichte kannst du uns auch später irgendwann erzählen.«

»Was ist mit dir, McCleary?« Riley lehnte sich auf ihrem Stuhl zurück und unterzog ihn einer eingehenden Musterung. »Was kannst du uns über dich erzählen?«

»Wie bei Sawyer und bei Bran geht's um eine Familienangelegenheit und um eine ererbte Pflicht. Und nach Korfu und in diese Höhle hat mich mein Gefühl geführt. So nah war ich den Sternen bisher nie.«

»Und woher kommst du, und was machst du?«

»Ich komme von keinem besonderen Ort und tue immer das, was gerade anliegt. Mehr werde ich erst mal nicht erzählen, denn auch wenn ihr anderen euch auch noch nicht lange kennt, seid ihr mir bisher noch völlig fremd.«

»Du vertraust uns nicht. Aber weshalb sollte er uns auch vertrauen?« Sasha blickte Riley an. »Es stimmt, wir hatten bisher nicht viel Zeit zusammen, aber die paar Tage waren intensiv und regelrecht intim. Und heute in der Höhle hattet du und Sawyer Schusswaffen mit, habt uns vorher aber nichts davon erzählt.«

Sawyer rutschte leicht nervös auf seinem Stuhl herum. »Riley hatte außer der Pistole noch ein Kampfmesser dabei.«

»Kein Kampf-, sondern ein Wurfmesser«, erklärte Riley ungerührt, während sie die Waffe aus dem Stiefel zog.

»Was nur beweist, dass wir einander gegenüber bisher nicht vollkommen ehrlich sind. Das von Bran wissen wir nur, weil er ... seine besondere Fähigkeit genutzt hat, um uns alle lebend aus der Höhle zu bringen. Und von seinem Kompass hat uns Sawyer nur erzählt, weil er es falsch gefunden hätte, uns weiter etwas zu verschweigen, nachdem Bran schon aufgeflogen war. Annika ist offenbar noch nicht bereit, uns alles zu erzählen, und Doyle? Du bist nach wie vor sauer, weil du denkst, dass dir von uns die Tour vermasselt worden ist.«

»Auf jeden Fall.«

»Wobei dir trotz des Ärgers klar ist, dass wir dir ganz sicher nichts vermasselt haben, sondern einfach alle gleichzeitig in dieser Höhle waren, weil das Schicksal es so wollte. Weil wir alle zur selben Zeit beschlossen haben, uns in dieser Höhle umzusehen«, warf Sasha ein.

»Was? Moment mal.« Riley kniff die goldenen Augen zu. »Glaubt ihr, dass das eine Prüfung war?«

»Das weiß ich nicht. Das alles ist für mich noch ziemlich neu und ungewohnt. Aber mir kommt es so vor, als wären die Götter ziemlich anspruchsvoll. Wir waren in der Höhle, und wir haben alle gegen dieses Weib gekämpft. Oder auf jeden Fall ihr fünf.«

»Sasha.« Bran berührte sachte ihre Hand, doch sie zog den Arm zurück.

»Ich habe nicht gekämpft. Ich war starr vor Schreck. Aber das wird nicht noch mal passieren. Und auf alle Fälle haben wir es wieder hinausgeschafft und sitzen jetzt zu sechst an diesem Tisch. Bisher habe ich von niemandem gehört, dass er aussteigen will. Wir haben uns mit einer Göttin angelegt und sind ausnahmslos bereit, noch einmal in den Kampf zu ziehen. Ich würde also sagen, dass wir diesen Test bestanden haben, oder was meint ihr?«

»Das klingt nicht dumm. Wahrscheinlich hast du recht«, pflichtete ihr Riley bei. »Den alten Sagen und Legenden nach sind Gottheiten notorisch anspruchsvoll. Und launisch und sehr oft auch furchtbar blutrünstig.

Keine heilige Mission wird je vollendet, ohne dass man vorher irgendwelche Prüfungen bestehen, irgendwelche Opfer bringen oder Schlachten schlagen muss.«

»Das Blut von Sasha hat das Dunkle aufgeweckt.« Kaum hatte sie die Worte ausgesprochen, verzog Annika unglücklich das Gesicht. »Es tut mir leid.«

»Das braucht es nicht. Denn schließlich hast du recht. Ich habe es selbst in meinem Inneren gespürt und war vielleicht zum Teil auch deshalb starr vor Schreck. Ich weiß es nicht. Aber ich weiß genau, das Weib wollte mich aussaugen wie ein Vampir.«

»Weil sie bisher nur über einen Teil von ihrer alten Kraft verfügt«, warf Riley ein.

»Zum Glück. Denn sonst wärt ihr auf keinen Fall hierher zurückgekehrt.« Doyle nahm sich das nächste Bier. »Bei einer Auseinandersetzung zwischen Sterblichen und Göttern stehen die Chancen für die Sterblichen meist schlecht.«

»Meine Chancen und die Chancen meiner Freunde stehen gut«, fauchte ihn Riley an. »Wie es mit dir steht, weiß ich nicht.«

»Vor allem sind wir keine normalen Sterblichen«, rief Bran den anderen in Erinnerung. »Die Gottheiten haben uns bei aller Launenhaftigkeit mit ganz besonderen Kräften ausgestattet, damit wir für diesen Kampf gewappnet sind.«

»Auf alle Fälle ist der Stern nicht in der Höhle«, meinte Doyle. »Ich habe mich dort gründlich umgesehen, bevor ihr plötzlich auf der Bildfläche erschienen seid.«

»Es gibt auch noch andere Höhlen.« Stirnrunzelnd sah Riley in ihr Bier. »Ich werde ein paar Telefongespräche führen und uns ein Boot und Ausrüstung besorgen. Schließlich haben wir überlegt, uns ein paar der Unterwasserhöhlen anzusehen. Vielleicht ist das der nächste Schritt.«

»Ich kann auch noch ein paar Dinge vorbereiten, falls sie noch einmal ihr Glück bei uns versucht«, erklärte Bran und stand entschlossen auf. »Wir waren nicht genügend vorbereitet. Das war das Problem. Wir waren einfach nicht genügend vorbereitet, doch das müssen wir in Zukunft sein.«

»Dann werden wir das auch.« Sasha nahm den Tellerstapel in die Hand und bot den anderen an: »Ich spüle heute ab.«

Sie hatte selbst ein paar Ideen, und wenn sie alleine in der Küche wäre, könnte sie in Ruhe überlegen, wie in dieser Angelegenheit am besten zu verfahren sei.

9

Nach dem Spülen ging Sasha in ihr Zimmer, holte ihre Staffelei und stellte sie auf der Terrasse auf. Sie brauchte noch ein wenig Zeit für sich, denn von der Aufregung des Tages hatte sie sich immer noch nicht ganz erholt.

Sie deckte einen von den Tischen sorgfältig mit einer Plastikplane ab, ordnete ein paar Wassergläser, Pinsel, Spachtel und eine Palette darauf an und rieb die Leinwand von den Rändern her mit einem goldenen Acrylton ein. Die Farbe würde dem Gemälde einen warmen Unterton verleihen, und sie trug sie sorgfältig mit einem Pinsel auf und verrieb sie dann mit einem weichen Tuch, bis sie zufrieden war.

Dann stellte sie die Leinwand auf die Staffelei und skizzierte Wolken, Meer und Strand, Klippe und Kanal.

Doch zu ihrer eigenen Überraschung stellte das Gemälde die Umgebung nicht dramatisch während eines nächtlichen Gewitters, sondern einladend und friedlich während eines sonnenhellen Frühlingstages dar. Und statt zweier Wesen, die hoch oben auf dem Fels in einem Sturm gefangen waren, nahm man die Konturen von Badenden und Strandbesuchern als lebendige bunte Flecken wahr.

Sie mischte eine Reihe Grüntöne, und wenig später hoben sich die blau-grünen Zypressen, rauchgrünen

Oliven und leuchtend grünen Zitrusbäume, die sie auf der Wanderung gesehen hatte, von dem von der Sonne ausgebleichten Braun der Klippe ab.

Der Prozess des Malens und die Fähigkeit, nicht nur die Dinge, die sie sah, sondern auch die Dinge, die sie spürte, auf der Leinwand festzuhalten, riefen ein Gefühl von Frieden in ihr wach.

Als Nächstes mischte sie die träumerischen, kühnen, sanften und auch scharfen Blautöne des Wassers, das die Felsenwand umspülte, und das blasse Gold des Sandes, der in Ufernähe, wo die Wellen ihn überrollten, sich zurückzogen und ihn aufs Neue überspülten, deutlich dunkler war. Sie bildete die weißen Wattewolken vor dem strahlend blauen Frühlingshimmel ab, wechselte die Pinsel und trug wie ein Echo noch die dunklen Wolkenschatten auf der Wasseroberfläche auf.

Sie verlor sich ganz in ihrer Arbeit und der Freude an dem Werk. Angesichts des Funkelns auf der Leinwand existierten die düsteren, kalten Schatten aus der Höhle in den Hügeln urplötzlich nicht mehr.

Sie trat einen Schritt zurück, um das Gemälde zu studieren, und streckte ihre Hand nach einem feinen Pinsel aus, hielt aber in der Bewegung inne, als sie Rileys Stimme hörte, die aus Richtung der Terrassentreppe kam.

»Einverstanden. Ja, okay, wahrscheinlich gegen neun. Vielen Dank, und richte Ari von mir aus, dass ich ihm was schuldig bin.« Lachend kam sie oben an der Treppe an. »*So* viel schulde ich ihm nicht. Bis dann.«

Sie schaltete ihr Handy aus, und als sie es zurück in ihre Tasche schob, sah sie Sasha und die Staffelei.

»He, tut mir leid. Ich wusste nicht, dass du hier oben

spielst. Ich habe uns gerade … Wow.« Sie blieb vor der Leinwand stehen. »Und noch mal wow. Das Gemälde ist der Wahnsinn.«

»Es ist noch nicht ganz fertig.«

»Du bist der Boss, aber auf mich wirkt es perfekt. Ich habe dich übrigens gegoogelt.«

»Ach …«

»Allerdings, gleich in der ersten Nacht. Ich wollte ein Gefühl dafür bekommen, wer du bist. Also habe ich ein paar von deinen Bildern aufgerufen, die echt super waren. Aber das hier? Wenn man persönlich vor einem deiner Bilder steht, haut es einen einfach um.«

»Danke. Ich wollte einfach etwas Klares, Sonniges und Schönes malen. Wie wenn man etwas Süßes isst, weil man einen ekligen Geschmack aus seinem Mund vertreiben will.« Plötzlich kam ihr ein Gedanke. »He, wie wäre es mit einem Tauschgeschäft?«

»Huh?«

»Wenn du willst, bekommst du dieses Bild.«

»Ich habe mich gründlich genug mit dir befasst, um zu wissen, was ein echter Riggs erzielt. Aber … da es sicherlich noch ewig dauern wird, bis ich mal einen Erstgeborenen haben werde, hast du es auf den bestimmt nicht abgesehen.«

Sie vergrub die Hände in den Hosentaschen und betrachtete erneut das Bild. »Was für ein Geschäft schwebt dir denn vor?«

»Zeig mir, wie man kämpft.«

»Ich soll dir zeigen, wie man kämpft?«

»Heute in der Höhle war ich wie zu einer Salzsäule erstarrt. Aber inzwischen aale ich mich deshalb nicht länger

205

in Selbstmitleid, habe mich ein wenig abgeregt, und mir ist klar geworden, dass das nicht alleine meine Schuld gewesen ist.«

»Dich hatte eine Göttin an der Kehle, Sash. Was hättest du dagegen machen sollen?«

»Ja, okay. Aber mein erster Instinkt war, mich zu ducken und auf Tauchstation zu gehen. Nicht, mich diesem Weib zu stellen. Okay, im Gegensatz zu mir warst du bewaffnet, aber rückblickend betrachtet ist mir klar, dass du nicht nur geschossen, sondern obendrein geschlagen und getreten hast. Genau wie Annika.«

»Oh ja, sie hat's echt drauf. Mit ihren Fähigkeiten sollte sie zum Zirkus gehen.«

»Und ich stand einfach da, weil ich keine Ahnung habe, wie man mit den Fäusten kämpft. Aber das könntest du mir zeigen.«

»Das könnte ich auch tun, ohne dass du mir dafür dieses Gemälde schenkst.« Die Daumen in den Hosentaschen, sah sich Riley Sashas Werk noch einmal an. »Aber da ich alles andere als dumm bin, nehme ich es gerne an.«

»Könntest du mir vielleicht jetzt sofort die erste Stunde geben? Ich muss nur noch schnell die Pinsel saubermachen.«

»Warum nicht?«

»Aber bitte irgendwo, wo keiner von den anderen etwas davon mitbekommt.«

»Am besten ziehst du dir ein Top oder T-Shirt an, in dem du möglichst viel Bewegungsfreiheit hast. Dann treffen wir uns im Olivenhain hinten im Garten, ja?«

»In Ordnung. Danke, Riley.«

»Ist mir ein Vergnügen – und dazu bekomme ich noch

dieses Wahnsinnsbild. Dann gehe ich schon einmal los, weil ich noch ein paar Sachen holen muss.«

Sasha reinigte die Pinsel, Spachtel, Wassergläser, zog ein schwarzes Tanktop an, und als sie in den Garten kam, stand Riley schon in Boxhandschuhen dort.

»Sind wir hier ungestört genug?«

Sasha sah zurück in Richtung Haus. Falls jemand von dort in ihre Richtung schaute, könnte er sie sehen, doch sie fühlte sich hier deutlich weniger zur Schau gestellt als auf einer der Terrassen oder auf der Rasenfläche vor dem Haus.

»Gerade so.«

»Okay, dann fangen wir jetzt an. Mach mal eine Faust.« Als Sasha tat, wie ihr geheißen, schüttelte sie mitleidig den Kopf. »Genau das habe ich befürchtet. Wenn du deinen Daumen ausstreckst, wirst du ...«

»Aua!« Sasha riss die Hand zurück, als Riley ihren Daumen wenig sanft nach hinten bog.

»Genau. Vergiss das nicht und leg den Daumen fest an deine anderen Finger an. Siehst du? So.« Sie demonstrierte es, und Sasha machte es ihr nach.

»Daumen runter.«

»Und zwar immer außen, niemals in der Faust. Okay, verpass mir einen Schlag.«

»Ganz sicher nicht!«

»Da hast du recht!«, stimmte ihr Riley feixend zu. »Aber versuch es wenigstens. Na los.« Sie tippte ihre eigene Nasenspitze an. »Mitten ins Gesicht, sonst ist die Stunde um.«

Eingeschüchtert und zugleich erbost, schlug Sasha zu. Doch Riley beugte sich zur Seite, und der halbherzige Schlag traf nur die Luft.

»Und jetzt, als würdest du es ernst meinen, okay? Es geht dabei um mein Gesicht, und ich kann dir versprechen, dass mir nichts passieren wird. Hab ein wenig Vertrauen.«

Darauf lief es schon die ganze Zeit hinaus. Auf gegenseitiges Vertrauen. Abermals ließ Sasha ihre Faust nach vorne sausen, diesmal schnell genug, dass sie zwei Schritte vorwärtsstolperte, als Riley sich genauso duckte wie beim ersten Mal.

»Du schlägst wie ein Mädchen.«

»Was womöglich daran liegt, dass ich ein Mädchen bin.«

»Im Kampf bist du kein Mädchen, sondern eine Kämpferin. Du musst dein Gewicht besser verteilen und deine Beine in den Boden stemmen, wenn du nicht das Gleichgewicht verlieren willst. In den Knien musst du locker bleiben, aber trotzdem sicher stehen.«

Riley ging um sie herum und sah sich ihre Haltung an. »So ist's besser. Wenn du schlägst, leg nicht den ganzen Körper, sondern nur die Schulter in den Schlag. Und wenn du deinen Arm ausstreckst, hebst du die Schulter an. Nein, drück nicht die Knie durch. Weil die Kraft aus deinen Beinen kommt, und wenn du deine Knie durchdrückst oder dich nach vorne beugst, verlierst du Kraft und Gleichgewicht. Achte auf die Körpermitte und atme beim Schlagen aus.«

Wechselweise stirnrunzelnd und nickend, wies sie Sasha an, mit ihrer Linken zuzuschlagen. Nochmals mit der Linken. Danach mit der Rechten und dann abermals mit links.

»Flatter nicht mit deinen Ellenbogen wie beim Ententanz. Vielleicht sieht dieser Schlag nicht sexy wie ein Haken aus, aber er hat echte Wucht. Du kannst damit wechselweise in die Defensive und die Offensive gehen. Du kannst deinem Gegner damit wirklich wehtun, ihn zurückdrängen und, was das Beste ist, ihn ablenken, während ...«

Sie schlug mit ihrer Linken aus, ließ die Rechte folgen, und obwohl sie ihre Fäuste knapp zwei Zentimeter vor der Nase ihrer Gegnerin zum Halten brachte, holte Sasha zischend Luft.

»Die Rechte hast du gar nicht kommen sehen, nicht wahr?«

»Ich habe keine deiner Fäuste kommen sehen. Wie viele Kämpfe hast du schon gehabt?«

»Ich habe irgendwann mit Zählen aufgehört. Hier.« Sie hielt ihre Hände mit den Handschuhen in die Luft. »Schlag mit deiner Faust in meinen Handschuh. Links. Nun mach schon, links! Links. Rechts. Links. So ist's besser. Führ mit deinen Knöcheln, atme aus und heb die Schulter an. Konzentrier dich. Jetzt dreh deinen Arm. Heb die Schulter an, und wenn du zuschlägst, drehst du gleichzeitig den Arm. Alles in einer einzigen Bewegung. Links!«

Sasha schlug, bis ihre Arme schmerzten, doch als sie sie sinken ließ, zog Riley einen Handschuh aus und pikste ihr mit einem Finger in die Brust. »Na los, du schwitzt bisher noch nicht einmal.« Trotzdem griff sie in die kleine Tasche, die sie mitgebracht hatte, und drückte Sasha eine Flasche Wasser in die Hand. »Aber erst mal tank ein bisschen Flüssigkeit.«

»Ich dachte, du führst mich in den Kampfsport ein und lässt mich nicht die ganze Zeit auf deine Hände schlagen.«

»Das sind die ersten Schritte, Sash.«

Sie öffnete die Flasche und hob sie an ihren Mund. »Das eben war das allererste Mal, dass ich auf jemanden mit meinen Fäusten losgegangen bin.«

Riley riss gespielt verblüfft die Augen auf. »Das hätte ich niemals gedacht.«

»Ach, halt die Klappe«, schnauzte Sasha, lachte aber, während sie die schmerzenden Schultern kreisen ließ.

Bran versuchte, durch das Ausrupfen des blöden Unkrauts aus den dämlichen Gemüsebeeten einen Teil des Zorns, der immer noch in seinem Innern schwelte, abzubauen. Und wenn er schon dabei war, könnte er ein paar der Kräuter und der Wurzeln sammeln, die für seine Arbeit wichtig waren.

Bewehrt mit seinem eigenen Messer sowie einer Hacke und mit Gartenhandschuhen aus dem Schuppen lief er Richtung Gartentor. Plötzlich drang neben dem seltsam heimeligen Gackern des im Hühnerhof herumlaufenden Federviehs Sashas fröhliches Gelächter an sein Ohr.

Sie quälte ihn bestimmt mit Absicht, dachte er erbost. Sah ihn verletzt und, schlimmer noch, *enttäuscht* aus ihren großen blauen Augen an.

Als würde man normalerweise aller Welt bei einem blöden Bier in einem blöden Pub erzählen, dass man der Erbe einer Zaubererfamilie war.

Verdammt, er kannte sie seit nicht mal einer Woche. Und vor allem sollte sie am besten nicht vergessen, dass sie in der Höhle nur durch ihn und sein besonderes Talent gerettet worden war.

Aber erst, nachdem die Göttin sie verwundet hatte. Der Gedanke brachte ihn fast um.

Doch er hatte keine Zeit, um sich in Selbstvorwürfen zu ergehen. Ihnen allen stand noch deutlich Schlimmeres als ein paar Kratzer oder Schnittwunden bevor, deshalb konnte er es sich nicht leisten, sich in seiner Angst um Sasha zu ergehen. Jeder Einzelne von ihnen musste sich so gut es ging behaupten und die Kräfte und die Fähigkeiten nutzen, die ihm zur Verfügung standen.

Denn bei dieser Sache ging es um erheblich mehr als nur das Schicksal einer Frau.

Er konnte sie begehren, dachte er und sah erneut in Richtung des Olivenhains. Das war erlaubt. Denn Sex tat keinem Menschen weh, wenn man es richtig machte und wenn beide Partner damit einverstanden waren. Und vor allem hellte guter Sex die Stimmung deutlich besser als das Harken von Gemüsebeeten und das Zupfen von irgendwelchem Unkraut auf.

Er nahm eine Bewegung aus dem Augenwinkel war, lehnte seine Hacke an den Zaun und lief neugierig aufs Gartenende zu.

Zwischen den Olivenbäumen hatte Sasha sich in einem dünnen, ärmellosen T-Shirt Riley gegenüber aufgebaut und drosch auf deren offenen Hände ein. Sie hatte sich die Haare aufgedreht, weshalb er ihren Nacken sah.

Amüsiert und hingerissen lehnte er sich an den Zaun und verfolgte das Geschehen.

Anscheinend brachte Riley ihr das Boxen bei.

Auch Doyle kam angeschlendert und blieb stehen. »Na, was gibt es hier zu sehen?«

»Offenbar führt Riley Sasha gerade in den Faustkampf ein.«

Doyle blickte auf die beiden Frauen. »Die Brünette ist

echt gut in Form. Während die Blondine wie ein Mädchen schlägt.«

»Das tut sie, aber ich wette mit dir um einen Zwanziger, dass sie das am Ende dieser Stunde nicht mehr tut.«

Doyle sah weiter zu, wie Riley Sasha die richtige Technik demonstrierte, hinter sie trat, ihre Schultern packte und den Körper ihrer Schülerin während des Schlags nach vorne schob.

»Eine ziemlich blöde Wette, aber meinetwegen. Denn was ist das Leben ohne Spiel?«

»Abgemacht. Sie wird nicht aufgeben. Und Riley ihrerseits gibt sie nicht auf. Auch wenn sie sie wahrscheinlich nicht zu einem echten Raufbold machen wird, wird Sasha von ihr lernen, wie sie sich behaupten kann. Und mehr braucht sie für dieses Abenteuer nicht.«

»Du könntest diesen Leuten auch einfach den Rücken kehren.«

»Das könnten die anderen auch. Doch das werden wir nicht tun. Das Weibsbild hat uns heute allen übel mitgespielt, aber trotzdem sind wir hier.«

Bran nickte stolz in Richtung des Olivenhains. »Und jetzt bringt Riley Sasha obendrein das Boxen bei. Ich glaube, dass die Götter einfach nicht verstehen, wie stur und zäh wir Sterblichen mitunter sind. Sie unterschätzen uns.«

Doyle schob seine Daumen in die Taschen seiner Jeans und beobachtete Sasha, die die Fäuste wechselweise auf die Hände ihrer Freundin krachen ließ. »Der Unterricht macht sicher Sinn. Mehr, als wenn ein Zauberer Erde harkt und Unkraut zupft. Du könntest doch bestimmt …«

Er wackelte mit den Fingern. »Und schon wäre nirgends mehr ein Kraut zu sehen.«

»Die körperliche Arbeit hilft dem Hirn, und ich habe gelernt, dass man niemals einfach aus Faulheit zaubern soll. Trotzdem.« Wie zur Probe breitete er seine Hände aus, das Beet fing an zu schimmern, und das Unkraut löste sich in Wohlgefallen auf.

»So geht's auf alle Fälle schneller«, meinte Doyle.

»Das stimmt. Du bist von meiner Zauberkraft nicht allzu überrascht.«

»Was vielleicht daran liegt, dass ich einmal was mit einer Hexe hatte.«

Bran zog fasziniert seine vernarbte Braue hoch und lehnte sich gemütlich an den Zaun. »Ach ja?«

»Ein Rotschopf und so gut gebaut, dass ich plötzlich sicher war, der liebe Gott müsse ein Mann sein.«

»Aber es hat nicht auf Dauer funktioniert?«

»Eine Zeit lang war es durchaus nett. Sie hatte kein Problem damit, ihre Zauberkräfte anzuwenden. Aber sie war auch sonst nicht wirklich scheu«, klärte Doyle ihn grinsend auf.

»Bei der Suche nach den Sternen konnte sie dir nicht behilflich sein?«

»Sie hat's auf jeden Fall versucht. Aber irgendwann hat sie gesagt, es kämen noch fünf andere, von denen jeder ganz besondere Fähigkeiten hätte. Und wenn wir zusammen wären, hätten wir die Kraft, ein Schwert zu schmieden und damit das Herz der Rachegöttin zu durchbohren. Allerdings hat sie mir auch erklärt, dass irgendwann die Liebe mein Herz mit Reißzähnen und Klauen durchbohren und mich auf den Pfad des Todes führen würde.«

Lachend fügte er hinzu: »Sie war eben ein echtes Teufels-weib. Und du fährst auf die Blonde ab?«

»Nein.« Natürlich war es kindisch, es zu leugnen, und er – ach verdammt. »Doch, ja.«

»Hat mich einfach interessiert. He, das war ein durch-aus anständiger Schlag.« Stirnrunzelnd verfolgte Doyle, wie Sasha ihre Fäuste gleich noch einmal gegen Rileys Hände krachen ließ. »Nicht übel. Mist, die 20 Mäuse ge-hen an dich. Das kann ich jetzt schon sehen.«

Da er sich idiotisch vorgekommen wäre, hätte er das Unkraut wieder in das Beet gezaubert, nur um mit der Hacke und mit bloßen Händen gegen den vermaledei-ten Wildwuchs vorzugehen, erntete Bran nur die Kräu-ter, die er brauchte, lief ein Stück die Anhöhe hinauf und suchte dort die Wurzeln und die Pflanzen, die ihm nütz-lich waren.

Dann ging er auf sein Zimmer, um die Arbeit fortzu-setzen, ohne dass die anderen sahen, was er tat. Er wollte ihnen nicht erneut unter die Nase reiben, was er war und was er konnte, aber wenn das erste Treffen mit Nerezza einen Hinweis auf die folgenden Begegnungen gegeben hatte, reichte sein normaler Salbenvorrat sicherlich nicht aus.

Vor allem brauchte auch er selbst noch etwas von der Salbe, weil seine verletzte Seite nicht vollständig gene-sen war. Ohne dass er Hausfrauen dadurch zu nahe tre-ten wollte, kam er sich beim Herstellen von Tränken und von Salben selbst wie eine solche vor, weil diese Tätigkeit entsetzlich langweilig, doch einfach nötig war.

Für seine Arbeit an dem interessanten Zauber, dem er

sich viel lieber widmen wollte, wäre später auch noch Zeit.

Da er keine Lust auf eine Unterhaltung hatte, ging er über die Terrasse, um von dort aus durch die Hintertür ins Haus zu gelangen.

Bis er die Staffelei und das Gemälde sah und stehen blieb.

Es war ein wunderbares Bild, und beinah kam es ihm so vor, als könnte er die milde Meeresbrise riechen, die ihm von der Leinwand direkt ins Gesicht zu wehen schien. Außerdem verströmte das Gemälde ein geheimnisvolles Licht, das nicht allein der Helligkeit der Sonne zuzuschreiben war.

Es gab verschiedene Arten der Magie, und Sashas Malerei war eine völlig eigene Form von Zauber, dachte er.

Er hörte, dass sie kam – hörte ihr Gelächter oder eher ihr Stöhnen, während sie sich auf dem Weg in Richtung der Terrasse angeregt mit Riley unterhielt. Doch statt in seinem Zimmer zu verschwinden, blieb er stehen und drehte sich nach ihnen um.

Sie glühte wie das Bild. Von der Sonne, von der körperlichen Anstrengung und dem Erfolg.

»Ich bewundere gerade deine Arbeit.«

»Sie ist noch nicht beendet.«

»Nein?«

»Vor allem gehört sie mir«, erklärte Riley nachdrücklich. »Also mach dir keine falschen Hoffnungen. Ich fahre gleich ins Dorf, weil ich die Zutaten für meine weltberühmten Margaritas holen will. Du brauchst es nur zu sagen, falls du etwas aus dem Laden brauchst.«

»Ich brauche wirklich ein paar Dinge.«

»Dann komm mit oder schreib mir die Sachen auf.« Riley zeigte auf die Kräuter und die Pflanzen, die er in den Händen hielt. »Machst du heute das Abendbrot?«

»Nein, ich habe etwas anderes damit vor. Deshalb werde ich nicht mitfahren, sondern dir die Liste geben, die ich schon geschrieben habe, weil ich vorhatte, mir deinen Jeep zu leihen und selbst ins Dorf zu fahren.«

Sie nahm die Liste, ging sie durch und sah ihm ins Gesicht. »Ich werde sehen, was ich tun kann.«

»Das ist nett.« Er hielt ihr ein paar Scheine hin. »Sag mir, falls es teurer wird.«

»Worauf du dich verlasen kannst. Wir sehen uns dann zur Cocktailstunde.«

»Und wann soll die sein?«

»Wenn ich wieder da bin. Dann grabe ich auch die Bänder für dich aus«, sagte sie zu Sasha und lief los.

»Wie geht es deinem Arm?«

»Gut«, erklärte Sasha. »Danke, dass du mir geholfen hast.«

Er griff vorsichtig nach ihrem Ellenbogen, um ihn sich persönlich anzusehen. Hätte Sasha ihn gefragt, hätte er ihr empfohlen, mit dem Boxen mindestens noch einen Tag zu warten. Doch natürlich hatte sie ihn nicht gefragt, weshalb der Schnitt erheblich röter war, als ihm gefiel.

»Wenn du die Salbe gleich und vor dem Schlafengehen noch mal benutzt, ist die Wunde morgen früh bestimmt verheilt.«

»Okay.«

»Und wie geht es deinem Knöchel?«

»Gut.«

Er sah sie durchdringend aus seinen schwerlidrigen Augen an. »Du würdest mir doch sagen, wenn es anders wäre, oder?«

»Wir alle müssen stark und fit sein, wenn wir uns noch einmal mit Nerezza messen wollen. Also ja, das würde ich. Was hast du da?«

»Überwiegend Heilpflanzen. Wir müssen schließlich vorbereitet sein.«

Abermals fing seine Seite derart heftig an zu brennen, dass ihm kurzfristig die Sicht verschwamm.

»Was ist los? Was ist mit dir? Oh! Du blutest ja!«

Er folgte ihrem Blick und sah den roten Fleck auf seinem Hemd. »Verdammt.«

»Wie schlimm ist es? Lass mich gucken.« Ehe er sie daran hindern konnte – was ihm zeigte, dass er mehr als nur ein wenig angeschlagen war –, schob Sasha das Hemd an ihm herauf. »Oh Gott! Ist das während des Kampfs passiert? Warum hast du niemandem etwas davon erzählt? So dämlich kann man doch nicht sein.«

»Es ist schon besser als vorher. Mir ist einfach die Salbe ausgegangen, weiter nichts. Aber ich stelle sofort neue her.«

»Du bist tatsächlich ein Idiot. Ich habe noch jede Menge Salbe. Komm mit rein, setz dich aufs Bett und zieh das Hemd aus.« Sie betastete die vielen offenen Wunden mit den Fingern. »Sie fühlen sich heiß an.«

»Glaubst du etwa, dass ich das nicht spüren kann?«

Aus lauter Zorn und Angst nahm Sasha ihm die Pflanzen aus der Hand und warf sie auf den Tisch. »Du gehst jetzt rein und setzt dich hin. Verdammt, wie kannst du nur ein solches Aufhebens um einen Schnitt an meinem Ellenbogen machen, während deine eigene Seite regelrecht durchlöchert ist?«

»Ich kann mich selbst verarzten«, schnauzte er, als sie ihn durch die Tür des Zimmers schob.

»Gut. Dann sag mir, was ich machen soll. Kein Wunder, dass es schiefgegangen ist, als du dich selbst behandelt hast. Du kannst einen Teil der Wunden gar nicht selbst erreichen, und vor allem hast du die meiste Salbe an uns andere verteilt.«

»Ich dachte, ich hätte noch genug für mich.« Ihm wurde derart heiß, dass er die Befürchtung hatte umzufallen. »Vor allem dachte ich, ich hätte alle Wunden ausreichend gereinigt, aber offenbar habe ich eine Stelle übersehen.«

Matt nahm er auf dem Rand des Bettes Platz, denn wieder wogte ein Gefühl des Schwindels in ihm.

»Ausziehen.« Sie zerrte ihm das Hemd über den Kopf und tupfte einen Teil des Bluts damit von seinem Körper ab. »Ein paar der Wunden scheinen gut zu heilen wie mein Arm – während andere ziemlich entzündet und etwas geschwollen sind. Am schlimmsten sehen die beiden kleinen Löcher auf dem Rücken aus.«

Wo er von einer Fledermaus gebissen worden war.

»Auch wenn ich keine Ärztin bin, kann ich eine Infektion erkennen, wenn ich eine sehe.«

Er verrenkte den Kopf, zuckte vor Schmerz zusammen, sah an sich herab und nahm die beiden widerlichen roten Streifen wahr, die sich über seine Haut erstreckten.

»Die habe ich anscheinend vorhin übersehen. Aber jetzt hast du sie eingecremt, und deshalb ...« Er versuchte, wieder aufzustehen. »Ich brauche ein paar Sachen, die in meinem Zimmer liegen.«

»Du bist kreidebleich«, erklärte sie und drückte ihn zurück aufs Bett. »Und vor allem hast du eine klamme Haut und brodelst vor dich hin. Sag mir, was du brauchst, damit ich es dir holen kann.« Als sie ihn zögern sah, versicherte sie zähneknirschend: »Keine Angst, sonst rühre ich nichts an.«

»Das hoffe ich. Ich brauche ein Messer — das wahrscheinlich auf dem Tisch liegt, auf dem sich meine Arbeitsutensilien befinden. Und dann ist da noch ein Lederkoffer, den ich dir von hier aus öffnen kann und in dem verschiedene Flaschen stehen. Ich brauche die mit dem diamantförmigen Stopfen. Die Flüssigkeit darin ist blau wie deine Augen. Klar und leuchtend blau. Und… warum ist mir das nicht früher eingefallen? Eine kleine Kupferschale. Auch drei weiße Kerzen können sicherlich nicht schaden. In dem Zimmer steht außerdem noch ein zweiter Lederkoffer, der genauso aussieht wie der erste und auf dem eine Triquetra abgebildet ist.«

»Okay. Ich hole dir das Zeug.«

Es war unvorsichtig, sie in seinen Raum zu schicken, aber seine ganze Seite tat ihm weh. Er hatte die verdammten Bisswunden in seinem Kreuz nicht sehen können, und jetzt breitete sich die Entzündung wie ein Lauffeuer in seinem Körper aus.

Er wusste, was zu tun war.

Wenn er nicht zuvor in Ohnmacht fiele und infolge dieser Ohnmacht starb.

Doch er wollte verdammt sein, hauchte er auf diese jämmerliche Art sein Leben aus.

Sie kam mit der Schale, den drei Kerzen, dem Flakon sowie drei Messern angestürzt.

»Ich wusste nicht, welches du brauchst.«

»Meine Schuld.« Mit wild klopfendem Herzen kämpfte er gegen den Schmerz in seinem Rücken an. »Das mit dem Silbergriff. Wenn du jetzt noch ein Glas Wasser für mich hättest ... Whiskey wäre besser – aber das ist eine Frage des Geschmacks. Wasser reicht vollkommen aus. Dazu gibst du drei Tropfen aus der Flasche – oder vielleicht lieber fünf.«

Sie holte ein Glas Wasser aus dem Bad, gab fünf Tropfen von der blauen Flüssigkeit dazu und drückte sorgfältig den Stopfen auf den Flaschenhals.

»Und was bewirkt die Flüssigkeit?«

»Betrachte sie als eine Art Antibiotikum.« Stirnrunzelnd hob er das Glas an seinen Mund und leerte es in einem Zug. »Igitt. Durch Whiskey wird der eklige Geschmack ein wenig überdeckt, aber in der Not schmeckt eben jedes Brot. Für den nächsten Schritt holst du am besten Sawyer oder Doyle.«

»Warum?«

»Weil ich nicht selbst mit dem verdammten Messer an die Wunden kommen kann. Sie müssen auf eine ganz bestimmte Art geöffnet werden, und dann fangen wir das Blut mit dem darin enthaltenen Gift in der Kupferschale auf. Weil ich das noch brauchen kann.«

»Vergiftetes Blut?«

»Frag mich nicht, was du nicht wissen willst. Das Schneiden wird wahrscheinlich eine Sauerei, aber ich bin sicher, dass es funktioniert. Wenn du jetzt also Sawyer oder ...«

»Hältst du mich für derart schwach?«

»Ich halte dich ganz sicher nicht für schwach.« Er geriet ins Schwanken, klammerte sich an den Bettpfosten und richtete sich mühsam wieder auf. »Es ist nur so, dass du ...«

Aus Angst, dass sie womöglich doch nicht ganz so stark war, wie sie hoffte, packte sie das Messer und fuhr eilig fort: »Also, wie schneide ich die Wunden auf?«

»Also gut dann, also gut. Ich muss dabei stehen.« Wieder griff er nach dem Bettpfosten und zog sich schwitzend hoch. »Die Kerzen müssen als drei Ecken eines Dreiecks auf dem Boden stehen.«

Eilig stellte sie die Kerzen auf. »Müssen sie auch angezündet werden? Soll ich Streichhölzer besorgen?«

»Ja und nein.« Er streckte eine Hand aus, und die Kerzen fingen an zu flackern. »Stell dich hinter mich und nimm das Messer in die rechte Hand, während du die Schale mit der Linken unter meine Wunden hältst. Wenn ich es dir sage, musst du einen Kreis um beide Löcher ziehen.«

»Mit dem Messer?«

»Ja, aber nicht tief. Es reicht, wenn du die Haut einritzt. Und wenn ich es dir sage, schneidest du die beiden Löcher auf. Mit einem X. Das muss ganz schnell gehen, deshalb holst du besser einen von den Männern, falls du das Gefühl hast, dass du vielleicht zögern wirst.«

»Okay.«

Er umklammerte den Bettpfosten mit beiden Händen und starrte die Kerzen an.

»Egal, was du auch siehst oder empfindest, tu, was ich gesagt habe, okay?«

Er atmete tief durch, suchte seine Mitte und flehte mit lauter Stimme: »Airmed, Brigid, Dian Cecht, hört euren Sohn und Diener an. Ich biete euch das reine Licht.« Die Flammen wurden weiß und blendend wie das Kerzenwachs. »Und bitte euch, dass ihr die Finsternis aus meinem Blut verbannt. Klart es innerhalb des Kreises wieder auf. Jetzt, Sasha, der Kreis.«

Seine Fingerknöchel wurden weiß, als sie mit der Messerspitze über die Entzündung fuhr. »Ich rufe euch an, von Macht zu Macht, von Blut zu Blut, bis das Schwarze klar und abermals wahrhaftig wird.

Wie ihr wollt, so soll es sein.«

Wieder holte er tief Luft. »Und jetzt schneide die Wunden auf und fang alles, was herausfließt, mit der Schale auf. Mach schnell.«

Er hatte das Gefühl, als ramme sie ihm einen Dolch ins Fleisch.

Dann wälzte sich ein glühend heißer Lavastrom durch ihn hindurch, er fing an zu zittern, seine Knie gaben nach, doch durch das Dröhnen seines Schädels drangen Sashas Worte an sein Ohr.

»Halt durch. Halt noch ein wenig durch. Gleich haben wir's geschafft.«

Obwohl auch ihre Stimme bebte, sprach sie weiter und gab ihm auf diese Weise die erforderliche Kraft.

»Die Röte nimmt schon ab. Wie lange soll das Blut noch fließen?«

»Noch ein bisschen. Es ist besser, wir sind noch nicht fertig, aber es ist besser.« Jetzt bekam er wieder Luft, und als sich der Schwindel legte, lockerte er den eisenharten Griff um den Holzpfosten des Betts.

»Jetzt sieht es klar aus.«

»Fast«, erklärte er. »Beinah.«

»Woher weiß ich, wann ...«

Die drei Kerzen sandten einen grellen Lichtstrahl aus, bevor der warme gelbe Flammenton verriet, dass Ruhe eingetreten war. »Oh.«

»Das sollte reichen«, meinte Bran.

»Lass mich schnell ein Handtuch holen, um — du blutest gar nicht mehr. Die Blutung hat einfach von selbst aufgehört.«

»Das ist für drei Heilergöttinnen ein Klacks. Vor allem, wenn ihnen jemand so gut assistiert.« Er nahm ihr die Kupferschale ab.

»Es ist schwarz. Es war so lange schwarz, bis ...« Da ihr übel wurde, als sie in die Schale blickte, wandte sie sich eilig ab. »Und wie geht es jetzt weiter?«

»Du könntest etwas Salbe auf die beiden Löcher tupfen. An die anderen Wunden komme ich allein heran, und damit dürfte die Behandlung abgeschlossen sein.«

Sie nahm den Salbentopf von der Kommode und rieb möglichst sanft die beiden Löcher und anderen Wunden ein.

»Du solltest diese Salbe für dich selbst benutzen«, meinte sie, doch kopfschüttelnd erklärte er: »Ich stelle einfach neue her.«

»Und wie lange wird es dauern, bis sie fertig ist?«

Sie hatte ihm geholfen, deshalb sollte er ihr gegenüber völlig ehrlich sein. »Ein, zwei Tage, weil sie erst noch ziehen muss.«

Nickend strich sie ihren eigenen Arm mit etwas Salbe ein, verschloss den Tiegel und ließ ihn zu seiner Überraschung kurzerhand in eine Tasche seiner Cargohose fallen.

»Wenn ich noch mal welche brauche, werde ich dich darum bitten.«

»Also gut.«

Sie blickte auf die Schale, in der jetzt sein durch und durch gesundes rotes Blut auf dem schwarzen Gift der Fledermäuse schwamm. »Was wirst du damit machen?«

»Ich habe da bereits ein paar Ideen. Aber erst mal werde ich den Topf versiegeln. Du hast eine wirklich ruhige Hand, Sasha. Ich bin dir wirklich dankbar dafür, dass du mir geholfen hast.«

»Geh bloß nicht noch mal derart unachtsam mit deinem eigenen Körper um.« Sie hob die Kerzen auf und drückte sie ihm in die Hand. »Ich werde Rileys Gemälde fertigstellen, und dann bin ich bereit für eine ihrer weltberühmten Margaritas.«

»Die kann ich auf alle Fälle auch gebrauchen.« Lächelnd legte er die Kerzen auf das Bett, schob sich das Messer in den Gürtel und hob dann die Kerzen wieder auf. »Wir sehen uns dann unten, ja?«

Er wandte sich zum Gehen, blieb aber in der Tür noch einmal stehen. »Ich habe dich nicht einen Augenblick für schwach gehalten, und ich hoffe, dass dir jetzt auch selbst aufgegangen ist, wie stark du bist.«

»Auf jeden Fall.«

»Da bin ich aber froh.«

Er trug Messer, Kerzen und die Kupferschale mit dem giftigen und reinen Blut hinüber in sein eigenes Zimmer, trat auf die Terrasse und sammelte dort die Kräuter und die Pflanzen ein, die ihm Sasha abgenommen hatte.

Sie müsste einen Tag lang ziehen, erinnerte er sich, als er erwog, die Fertigung der Salbe noch ein wenig zu verschieben.

Also wusch er schnell das Messer ab, versiegelte die Schale mit dem Blut und begann mit der langweiligen, aber notwendigen Arbeit.

10

Riley stand auf der Terrasse, mixte Margaritas, und als sie der Ansicht war, dass sie auf diese Weise ihren Beitrag zur Ernährung ihres Trupps geleistet hatte, breitete sie ihre Karten auf dem Tisch neben dem vollen Krug und den noch leeren Gläsern aus.

Sie schenkte sich den ersten Cocktail ein, reckte einen Finger in die Luft, nippte vorsichtig an ihrem Glas und stellte lächelnd fest: »Das schmeckt auf jeden Fall nach mehr. Ich habe uns im Übrigen ein RIB besorgt.«

»Was ist denn das?«, erkundigte sich Sasha.

»Ein sogenanntes *rigid-hulled inflatable boat,* das heißt ein Festrumpfschlauchboot«, klärte Doyle sie auf.

»Ein Schlauchboot?«, fragte sie, doch Doyle hatte sich bereits wieder Riley zugewandt.

»Wie groß?«

»28 Fuß mit Ruderhaus. Mein Kontaktmann hat gesagt, dass es locker 70 Knoten schafft.«

Bran blickte auf den Krug, sagte sich, warum zur Hölle nicht, und schenkte ihnen allen ein. »Der Freund von einem Freund von einem Onkel?«

»Diesmal nicht. Der Cousin des Mannes einer Freundin.«

»Außenborder?«, fragte Doyle.

»Ja. Kommst du mit einem RIB zurecht?«

»Auf jeden Fall.«

»Gut, dann wären wir zu zweit.«

»Wenn du Schlauchboot sagst …«, fing Sasha an.

»Schnell, offen und stabil. Ideal zum Tauchen«, versicherte Riley ihr. »Ich kann uns auch die Tauchausrüstungen besorgen, aber dafür brauche ich ein bisschen Kies.«

»Ich kann euch Kies vom Strand holen«, erbot sich Annika.

»Mit Kies meine ich Geld«, erklärte Riley ihr. »Ich habe einen guten Deal für uns herausgeschlagen, doch umsonst gibt es die Sachen nicht.«

»Ich habe keine Ahnung, wie man taucht.«

»Bleib einfach in meiner Nähe, wenn es so weit ist. Am besten fangen wir mit den leicht zugänglichen Höhlen an und arbeiten uns dann von dort aus weiter runter – oder rauf. Kannst du schnorcheln?«

»Das habe ich schon seit einer Ewigkeit nicht mehr gemacht.«

»Das verlernt man nicht.«

Während ihrer Unterhaltung sah sich Sawyer Rileys Karten an. »Ich habe ein paar Nachforschungen über einige dieser Höhlen angestellt. Die Höhlen, die man leicht erreichen kann, sind kein Problem. Was aus meiner Sicht das Problematische an diesen Höhlen ist. Ich glaube nicht, dass wir den Stern irgendwo finden, wo auch jeder andere hinkommt.«

»Da hast du sicher recht. Aber trotzdem sollten wir auf Nummer sicher gehen und uns dort wenigstens kurz umsehen«, antwortete Bran. »Vor allem, weil man dort das Tauchen üben kann.«

»Was ist mit deinem Kompass?« Sasha nahm einen

ersten vorsichtigen Schluck aus ihrem Glas. Riley hatte recht gehabt. Es schmeckte eindeutig nach mehr. »Glaubst du, dass er uns den Ort oder die Richtung weisen kann?«

Sawyer klappte seinen Kompass auf und legte ihn auf die Karte. Wo er reglos liegen blieb.

»Vielleicht sind ja die Batterien schwach«, schlug Riley vor.

»Haha. Meistens heißt das einfach, dass ich nicht mit einem Wunder rechnen kann, ohne selbst etwas dafür zu tun.«

»Das finde ich fair.« Annika nickte mit dem Kopf. »Um Wunder zu verdienen, muss man arbeiten und an sie glauben. Das ist lecker«, sagte sie zu Riley, während sie ihr Glas an ihre Lippen hob.

»Meine Margaritas sind schließlich nicht grundlos weltberühmt. Okay, für einen Hunderter pro Tag kann ich uns ausrüsten und Sauerstoff und Sprit bezahlen. Wenn das für euch in Ordnung ist, bekommen wir das Schlauchboot morgen früh.«

»Das ist ein fairer Preis.« Nachdenklich wandte Bran sich abermals den Karten zu. »Meiner Meinung nach muss es zu schaffen sein, sich mehrere von diesen Höhlen innerhalb von ein, zwei Tagen anzusehen. Bevor es weiter zu den Höhlen geht, die nicht so einfach zu erreichen sind.«

»Das wäre für mich okay.«

»Glaubst du, dass du tauchen können wirst?«, wandte Sasha sich an Bran und fuhr trotz des bösen Blicks, mit dem er sie bedachte, fort. »Er war schlimmer verletzt, als er uns gegenüber zugegeben hat. Guck mich nicht so an. Wir sind schließlich ein Team«, rief sie ihm in Erinnerung. »Und die Gesundheit jedes Einzelnen geht uns alle etwas an.«

»Was zur Hölle ...« Jetzt bedachte Riley Bran mit einem bösen Blick.

»Sasha hat es nicht ganz richtig formuliert. Mir war selbst nicht klar, wie schlimm meine Verwundung war. Aber nachdem Sasha mich verarztet hat, sehe ich das Thema als erledigt an.«

»Zeig her.« Riley fuhr mit einem Finger durch die Luft. »Los, nun zeig schon her. Denn niemand taucht, wenn er nicht ganz bei Kräften ist.«

»Verflucht noch mal.« Widerstrebend stand er auf und zog an seinem Hemd.

Annika entfuhr ein mitfühlender Laut, doch Riley trat vor Bran und sah sich die Verletzungen genauer an. »Okay, das Weibsbild hat dich ziemlich schlimm erwischt, aber die Wunden sind inzwischen ziemlich gut verheilt. Spiel nicht noch mal den Helden, okay?«

»Es stimmt, was er gesagt hat. Er hat zwei der Bisswunden auf seinem Rücken übersehen, und sie haben sich im Handumdrehen entzündet«, räumte Sasha ein. »Deshalb sollten wir in Zweiergruppen nacheinander sehen ... falls so was noch mal passiert. Damit nicht noch einmal jemand eine Wunde übersieht, die sich dann derart entzünden kann.«

»Gute Idee«, stimmte ihr Riley zu. »Wir kriegen das Boot morgen um neun. Sind alle mit von der Partie?« Als die anderen nickten oder mit den Achseln zuckten, meinte sie: »Dann ist es also abgemacht«, und schenkte sich die nächste Margarita ein.

Sasha ging an diesem Abend früh zu Bett. Der morgendliche Kampf mit einer Göttin, der Box-Unterricht vom Nachmittag, die abendlichen Margaritas und die Zubereitung eines Mahls für sechs hatten sie hinlänglich erschöpft.

Vor allem wollte sie nicht daran denken, dass sie morgen, einen Sauerstofftank auf dem Rücken, von einem verdammten Schlauchboot springen müsste, um sich irgendwelche unheimlichen Unterwasserhöhlen anzusehen.

Sie ging mit ihrem Skizzenblock ins Bett und ließ die Tür zur Terrasse offen stehen, um das Meer rauschen zu hören. Und löste ihr Gedankenwirrwarr auf, indem sie den Olivenhain skizzierte und zum Spaß die kampferprobte Riley und sich selbst in Boxershorts und Handschuhen beim Boxkampf einfing.

Dann fertigte sie eine Studie der Kaktusfeige aus dem Garten an und überlegte, ob sie eine Serie kleiner, viereckiger Bilder der griechischen Flora malen sollte, die hier so völlig anders ergrünte als in ihrer Heimat.

Während noch das Licht in ihrem Zimmer brannte, und bevor sie ihre Studie eines Mandarinenbaums beendet hatte, schlief sie ein.

Auch Riley saß in ihrem Zimmer, hatte ihren Laptop auf dem Schoß und wechselte beständig zwischen Tagebucheinträgen und Recherchen hin und her. Ihrer Meinung nach war Wissen eine Waffe, und je mehr sie wusste, umso größer war ihr Waffenarsenal.

Ihre Karten hatte sie an ihrem Spiegel festgeklebt, und auf dem Boden hatte sie zahlreiche alte Bücher aufgetürmt, denn auch wenn sie ein paar E-Books auf dem Tablet hatte, gab es jede Menge alter Werke, die im

Internet noch nicht zu finden waren. Außerdem bekäme sie aus ihrer Bibliothek noch ein paar andere Schriftstücke geschickt, denn die Erfahrung in der Höhle hatte ihr gezeigt, dass sie lange noch nicht alles wussten, was es über diese Angelegenheit zu wissen gab.

Wie Sasha hatte sie ihre Terrassentür offen stehen lassen und genoss das Meeresrauschen und das leise Schnarchen von Apollo, der zu ihren Füßen lag.

Die geladene Pistole hatte sie entsichert auf den Tisch gelegt. Und griff danach, als plötzlich noch ein anderes Geräusch an ihre Ohren drang. Das von leisen Schritten auf den Steinen draußen vor der Tür.

Sie entspannte sich erst wieder, als sie merkte, dass es Sasha war.

»He. Ich dachte, dass du schon längst schläfst.«

»Bran ist nicht in seinem Zimmer.«

»Dann ist er bestimmt unten. Ich wollte noch ein paar Dinge recherchieren...« Sie brach ab, als sie den leeren Blick der anderen Frau im hellen Licht des Mondes sah. »Oh, okay. Du schlafwandelst.« Sie erhob sich aus dem Sessel, und mit einem heldenhaften Gähnen rappelte sich auch Apollo auf.

»Brauchst du Bran?«

»Er sollte es wissen. Ihr solltet es alle wissen.«

»Unbedingt. Na komm, wir suchen ihn.« Sie trat auf Sasha zu und hielt Apollo davon ab, sie mit seinem dicken Schädel anzustupsen, denn sonst hätte er sie vielleicht aufgeweckt. »Lass uns zusammen runtergehen.«

»Ja, wir gehen zusammen.« Sasha blickte Riley an und schaute dann zum Himmel auf. »Bald wird Vollmond sein.«

»Das stimmt. Hast du vom Mond geträumt?«

»Noch nicht.«

Sie nahmen die Terrassentreppe und folgten dem Klang der Stimmen bis zum Tisch hinter dem Haus.

Die drei Männer saßen dort und tranken ein letztes Bier.

Annika war nirgendwo zu sehen. Es war ein reiner Männertreff, was irgendwie verdächtig war.

»Unterhaltet ihr euch über Sport und die Entwicklung auf dem Aktienmarkt?«

Doyle bedachte sie mit einem ausdruckslosen Blick aus seinen schwerlidrigen Augen. »Während ihr eine Pyjamaparty macht?«

»Vielleicht flechten wir noch Sashas Haare – wenn sie wieder richtig zu sich kommt. Wo ist Annika – okay, ich sehe sie.«

»Sie schlafwandelt«, erklärte Bran und stand entschlossen auf. »Sei vorsichtig mit ihr.«

»Sie ist zu mir gekommen, weil sie dich nicht finden konnte. Du bist ja ganz nass«, wandte Riley sich an Annika.

»Ich war schwimmen. Ist etwas passiert?«

»Nein.« Bran berührte sachte Sashas Schulter. »Wolltest du zu mir?«

»Das wollte ich, das will ich, und das werde ich auch weiter wollen. Hier hütet jeder irgendein Geheimnis. Ich werde diese Geheimnisse sogar vor mir bewahren, bis … Die andere kann sie nicht sehen. Obwohl sie es versucht und mich die ganze Zeit im Auge hat. Sie beobachtet mich durch die Weltenkugel.«

»Weltenkugel?«, wiederholte Bran und sah auf Sashas

ausgestreckte Hand, in der ein unsichtbarer Ball zu liegen schien.

»Sie ist ihr sehr viel wert, doch sie gehört ihr nicht. Weil man niemals besitzen kann, was man durch Blutvergießen und durch Lug und Trug erlangt. Trotzdem nützt sie ihr. Und wir sind dort.« Jetzt bedeckte sie den unsichtbaren Ball mit ihrer anderen Hand. »In der Kugel, damit sie uns sehen kann.«

»Dann sollte sie auch das hier sehen.« Wütend streckte Doyle den Mittelfinger aus.

»Sie wird kommen, und dann brauchen wir dein Schwert. Wir werden Waffen und auch Krieger brauchen, List und Willenskraft und Stärke und Vertrauen. Einigkeit, wie man sie nur durch Wahrheit und Vertrauen erlangen kann. Sie beobachtet uns permanent.« Sie legte Bran die Hand aufs Herz. »Ziehst du den Vorhang zu?«

»Ich werde es versuchen.«

»Du sollst es tun und nicht versuchen. Tut mir leid«, entschuldigte sich Sawyer umgehend für seinen rüden Ton.

»Yoda irrt sich nie.« Riley tätschelte ihm aufmunternd die Schulter. »Wo sollen wir suchen, Sasha?«

»Dort, wo bisher niemand nachgesehen hat. Auch wenn sie uns im Auge hat, wartet er dort auf uns. Sein Feuer ist unter dem blauen Licht erkaltet, doch er wartet, der Erste von drei im willigen Herzen. Sie würde mich aussaugen, um ihren Blick zu schärfen, weil sie ihn nicht sehen kann.«

»Das wird ihr nicht gelingen.« Bran nahm ihre Hand. »Das schwöre ich.«

»Sie zerstört, was liebt, weil sie nicht lieben kann. Und wenn sie kommt, marschiert der Tod an ihrer Seite.«

»Wann und wo?«, erkundigte sich Doyle. »Kannst du das sehen?«

»Ich …« Mit einem erstickten Keuchen griff sich Sasha an den Kopf. »Sie streckt ihre Krallen nach mir aus. In meinem Kopf. Sie zerrt und beißt. Zieh den Vorhang zu. Oh Gott, zieh schnell den Vorhang zu.«

»Wach auf.« Bran packte ihre Arme, schüttelte sie und rief flehend: »Wach auf, Sasha.«

»Sie sperrt mich ein. Sie sperrt mich ein.«

»Nein, du hast den Schlüssel.« Er riss sie hoch, bis sie auf Augenhöhe mit ihm war. »Du bist selbst der Schlüssel.«

Er presste ihr hart die Lippen auf den Mund, dann sagte er: »Du musst nutzen, was du bist.«

Er küsste sie erneut, und während Blitze um sie zuckten, rief er abermals: »Wach auf!«

Sie rang nach Luft wie eine Schwimmerin, die an die Wasseroberfläche kam. Als sie in sich zusammensank, fing Bran sie auf und setzte sich mit ihr auf einen Stuhl.

»Du bist in Sicherheit.«

»Mein Kopf.«

»Du bist zu schnell aus deinem Traum aufgewacht und kämpfst immer noch dagegen an. Atme so tief wie möglich ein und aus, bis es vorüber ist. Würdest du ihr bitte ein Glas Wasser holen, Annika?«

»Was ist passiert? Warum …« Sie merkte, dass sie nur in einem kurzen Nachthemd auf Brans Schoß auf der Terrasse saß. »Oh Gott. Schon wieder?«

Als Sasha das Nachthemd über ihre Schenkel zog, lachte Riley bellend auf. »Entspann dich, deine Blöße ist bedeckt. Wenn ich schlafwandeln würde, stünde ich jetzt

234

splitternackt vor euch. Gegen dein Kopfweh habe ich genügend Aspirin und ein paar stärkere Tabletten, die für Notfälle wie diesen vorgesehen sind.«

»Ich kann ihr das Kopfweh nehmen«, meinte Bran und wiederholte: »Atme langsam ein und aus und entspann dich«, während er mit seinen Händen durch ihr Haar, über ihre Stirn, wieder zurück und über ihre Kopfhaut hinab zu ihrem Nacken fuhr.

»Leg den Schmerz in meine Hände«, murmelte er sanft, als Annika mit Sashas Wasser aus der Küche kam. »Es sind normale Schmerzen, weiter nichts. Und ich kann sie lindern, wenn du sie in meine Hände legst.«

»Ich erinnere mich.«

»Das freut mich, denn dann kämpfst du nicht dagegen an. Und je weniger du dich gegen die Bilder wehrst, umso kleiner wird die Öffnung, durch die sie in dich hineinschauen kann.«

»Die Weltenkugel.« Sie trank einen Schluck von ihrem Wasser. »Weißt du, was das ist?«

»Sie hatte das Ding in der Höhle in der Hand. Hast du es dort gesehen?«

»Eine Glaskugel«, erklärte Sawyer. »Ich war zu beschäftigt, um sie mir genauer anzusehen – aber mir ist aufgefallen, dass sich etwas in ihr bewegt. Du hast gesagt, dass sie ihr nicht gehört.«

»Tut mir leid. Ich weiß nicht, wessen Kugel das gewesen ist.«

»Das werde ich herausfinden«, versicherte ihr Riley. »Dinge rauszufinden ist schließlich mein Job. Aber was war das mit dem Vorhang?«

»Was passiert, wenn du den Vorhang zuziehst?« Bran

massierte weiter Sashas Kopf. »Heißt das, dass du irgendwas versteckst? Ich werde sehen, was ich machen kann. Ich werde einen Vorhang um uns ziehen, damit wir ihr nicht länger einfach ausgeliefert sind.«

»Jetzt ist es besser. Danke«, sagte sie, doch als sie aufstehen wollte, zog er sie auf seinen Schoß zurück.

»Du sitzt hier sehr gut.«

»Mehr kann ich dazu nicht sagen, oder wenigstens nicht jetzt sofort. Ich verstehe nicht einmal die Hälfte meiner Sätze, und zum Nachdenken bin ich viel zu erschöpft. Ich brauche dringend Schlaf.«

»Dann bringe ich dich rauf.«

»Du brauchst nicht extra …«

»Ich muss sowieso noch Zeug von oben holen.«

Er brachte sie zu ihrer Zimmertür und nahm sie in den Arm. »Bis zu einem gewissen Punkt kann ich dich schützen.«

»Was?«

»Durch Bannsprüche und andere Zauberei«, erklärte er und zog sie abermals an seine Brust. »Ich hätte gern deine Erlaubnis, das zu tun.«

»Sie auszusperren.«

»So gut ich kann. Weil du den Rest alleine schaffen musst. Du bist der Schlüssel, Sasha. Du bist selbst die Herrin über die besondere Gabe, die du hast.«

»So fühlt es sich nicht an. Aber meinetwegen, sperr sie aus, weil du dadurch nicht nur mir, sondern uns allen hilfst.«

»Dann geh du jetzt ins Bett, und ich ziehe den Vorhang zu.«

Mit diesen Worten ging er in sein eigenes Zimmer,

holte, was er brauchte, zog sein Zauberbuch hervor und fertigte zwei Glücksbringer speziell für Sasha an.

Als er zu ihr ging, schlief sie tief und fest. Sachte schob er einen Glücksbringer unter ihr Kissen, hob dann ihren Kopf und hängte ihr ein dünnes Lederband mit Steinen um.

Erst mal müsste das genügen, dachte er.

»Den Rest musst du alleine schaffen«, raunte er ihr zu, legte seine Finger sanft an ihre Schläfe, murmelte den Zauberspruch, der sie bis zum nächsten Morgen tief und traumlos schlafen lassen würde, und kehrte zurück ins Erdgeschoss, um seiner eigentlichen Arbeit nachzugehen.

Die anderen saßen noch hinter dem Haus, und Riley sah ihn fragend an.

»Ist sie okay?«

»Sie schläft.«

»Was ist in der Tasche?«

»Dies und das.« Er trat einen Schritt zurück und musterte das Haus. »Diese verdammte Villa ist echt riesig, und wir müssen einen Vorhang vor sämtliche Türen und Fenster ziehen.«

»Wir können und wir wollen dir helfen«, meinte Annika.

»Für den normalen Schutz gibt's ein paar grundlegende Zaubersprüche und Gesänge. Aber wenn man gegen eine Göttin kämpft… trotzdem könntet ihr mir helfen. Wir werden einen Schutzkreis bilden, aber erst mal muss mir jemand einen Besen holen.«

»Echt? Du willst doch wohl nicht…« Grinsend machte Sawyer eine fegende Bewegung mit der Hand.

»Ganz sicher nicht. Mit zwei Besen würde es schneller gehen, aber die haben wir wahrscheinlich nicht. Und da wir bestimmt auch keinen Kessel haben – den ich bald besorgen werde –, müssen es ein großer Topf voll Wasser und drei Schüsseln tun. Aus Glas oder Metall.«

Während sich die anderen auf die Suche nach den Gegenständen machten, trat er auf die Rasenfläche, errichtete einen großen Ring aus weißen Kerzen, stellte den von Sawyer bis zum Rand gefüllten Topf mit Wasser in die Mitte, kreuzte dann die beiden Besen – die sich doch gefunden hatten – vor dem Topf und verteilte drum herum die kleinen Schalen.

Dann trat er mit seiner Tasche in den Ring.

»Wir formen einen Kreis im Kreis«, erklärte er und stellte seine Tasche ab. »Dazu braucht ihr alle einen möglichst wachen, offenen Geist. Und durchbrecht auf keinen Fall den Kerzenkreis.«

Er lenkte seinen Blick auf Sashas Zimmertür. »Sie hat uns gebeten zu vertrauen, deshalb werde ich darauf vertrauen, dass es richtig ist, wenn ich mein Wissen mit euch teile.«

Er streckte seine Arme vor sich aus, und als die weißen Kerzen anfingen zu brennen, klatschte Annika begeistert in die Hände, senkte dann verschämt den Kopf und verschränkte ihre Arme vor der Brust. »Entschuldigung.«

»Du musst dich nicht entschuldigen.«

»Das ist eine ernste Angelegenheit.«

»Das stimmt, aber trotzdem sollte immer Raum für Freude sein.« Jetzt drehte er die Handflächen nach oben und presste die Ellbogen an seine Hüfte.

»In dieser Nacht zu dieser Stund' ruf' ich die alten
Mächte an,
damit ich hier im Kreis des Lichts weiße Magie
ausüben kann.
Ich bin euer Diener, euer Streiter, euer Sohn,
und alles, was ihr je verlangt habt, habe ich getan.
Diese Wesen, die das Schicksal eng verband,
legen ihre Zukunft so wie ich in eure Hand.
So haltet unsere Herzen und auch unsere Köpfe rein,
denn wie ihr wollt, so soll es sein.«

»Kerzenlicht und Feuerschein.« Die Kerzen sandten
weiße Lichtspeere zum Himmel aus, und helle Flammen
züngelten unter dem Wassertopf.

»Erd' und Luft soll'n in Bewegung sein ...« Als wäre
dort ein Maulwurf unterwegs, bildeten sich unter den
drei Schalen kleine Hügel, und die Besen schwebten
plötzlich gute 30 Zentimeter in der Luft.

»... und Hitze soll das Wasser machen rein.« Als das
Wasser plötzlich brodelte und dampfte, nahm Bran mehrere Kristalle aus der Tasche und verwandelte sie in der
Faust zu Pulver, das er auf die Wasseroberfläche rieseln
ließ.

Sofort stiegen dichter Dampf und blauer Rauch zum
Himmel auf.

»Der weiße Schleier, den ich brau,
soll alle hier vor ihrem Blick bewahren, Mann und
Frau.
Damit sie sicher sind an Herz und Leib und Geist ...«

Er umrundete den Topf und rief durch eine kreisende Bewegung mit der Hand die Nachtwinde herbei.

»... den Vorhang webt so fest, dass keine Macht
ihn je zerreißt.
Damit wir sicher seien vor ihrer Wut,
besiegle ich den Pakt mit meinem Blut!«

Er zog sein Messer aus dem Gürtel, schnitt sich in die Hand und schüttelte das Blut aus seiner Wunde in den Dampf.

Erst leuchtend rot pulsierend, dann kurz darauf in einer dichten weißen Wolke stieg er in den Himmel auf.

»Das wäre erledigt.« Stirnrunzelnd sah er auf seine Hand, bevor er sie über der flachen Wunde schloss.

»Für diese Wahnsinnsshow hast du auf jeden Fall Applaus verdient.« Riley blickte auf die Besen, die noch immer in der dunklen Nachtluft schwebten, und musste sich zwingen, sie nicht zu berühren, um zu sehen, was dann geschah.

»Auch wenn das wahrscheinlich eingebildet klingt: Das war noch gar nichts«, klärte er sie lächelnd auf. »Nimm einen der Besen.«

Riley nahm das Angebot mit Freuden an und glitt mit ihrer Hand über den Stil. »Fühlt sich wie ein ganz normaler Besen an.«

»Weil es auch ein ganz normaler Besen ist. Vielleicht nimmst du den anderen Besen, Annika, und dann fegt ihr damit die Türen und Fenster aus.«

»Jedes einzelne?«

Lachend tätschelte er Rileys Schulter »Wie gesagt, es

ist ein furchtbar großes Haus. Doyle und Sawyer, ihr füllt bitte Wasser aus dem Topf in eine von den Schalen und besprenkelt damit Türschwellen und Fensterbretter. Was erst mal nur eine grundlegende Schutzmaßnahme ist.«

Beide Männer kamen seiner Bitte nach.

»Und wie geht es dann weiter?«, fragte Doyle.

Bran nahm sich die letzte Schüssel, füllte sie mit Wasser, hielt sie fest und lächelte erneut. »Ich mache den Vorhang oben fest.«

Er erhob sich in die Luft und schwebte erst über der Rasenfläche und kurz darauf über dem Haus.

»Ich wiederhole mich nicht gerne, aber heiliges Kanonenrohr. Egal in welcher Sprache«, stellte Sawyer fest.

»In ihm steckt deutlich mehr, als er uns bisher wissen lassen hat.« Riley schwang sich ihren Besen über eine Schulter und marschierte Richtung Haus. »Los, Anni, dann fangen wir jetzt mal mit Fegen an.«

Es war noch nicht ganz hell, als Sasha in die Küche ging. Sie wollte Frühstück machen, um sich selbst von ihren Ängsten und die anderen davon abzulenken, dass sie letzte Nacht nur halb bekleidet durch das Haus gelaufen war.

Am besten kaufte sie sich, wenn sie nächstes Mal in einen Laden käme, einen anständigen Schlafanzug.

Riley saß bereits am Tisch und inhalierte einen Becher dampfenden Kaffee.

»Ich hätte nicht gedacht, dass außer mir schon jemand auf den Beinen ist.«

Riley schüttelte den Kopf. »Ich habe noch bis in die Puppen recherchiert, zwei Stunden gepennt und war in aller Herrgottsfrühe wieder wach. Ich bin total erledigt und dachte, dass der Kaffee mich vielleicht ein bisschen munter macht. Dazu wollte ich mir ein paar Spiegeleier oder sonst was machen, aber wenn du ebenfalls schon auf bist ...«

»Kein Problem. Ich mache uns Frühstück.«

»Perfekt. Hübsche Kette.«

Sasha hob die Hand an ihren Hals. »Als ich aufgewacht bin, hatte ich sie plötzlich um. Was sicher etwas zu bedeuten hat.«

»Zeig mal.« Riley schob zwei Finger unter Sashas Schmuck und schaute sich die Steine und Kristalle aus der Nähe an. »Scheinen Schutzsteine zu sein. Zur Abwehr negativer Energien. Da sicher davon auszugehen ist, dass Bran die Kette angefertigt hat, dürfte sie sehr stark auf Nerezza ausgerichtet sein. Wie geht es deinem Schädel?«

»Gut. Ich brauche dringend einen Schlafanzug.«

Unter brüllendem Gelächter schenkte Riley sich den nächsten Kaffee ein. »Ich glaube, dass das Hemdchen gestern Abend keinen allzu großen Eindruck bei den Kerlen hinterlassen hat. Obwohl es dir hervorragend steht.«

»Du kannst mich mal gern haben, Riley.«

»So ist's recht. Außerdem hat sich herausgestellt, dass du als Schlafwandlerin nur die Vornummer gewesen bist.«

»Wie bitte?« Sie hätte fast die Eier fallen gelassen, die sie in den Händen hielt. »Was ist passiert?«

»Bran hatte einen echt großen Auftritt.« Riley lehnte sich gemütlich an die Arbeitsplatte. »Weißt du, ich habe schon einer Menge von Ritualen, Zeremonien und anderen wilden Feiern beigewohnt, aber die hat er mühelos getoppt. Haben wir auch Schinken?«

»Um Himmels willen, Riley. Ja.«

»Ich habe eben Hunger. Und während ich rede, kannst du doch bestimmt schon mal das Frühstück machen, oder nicht?«

»Kannst du eine Saftpresse bedienen?«

»Ich kann es auf jeden Fall probieren.«

»Orangen.« Sie wies auf die Obstschale auf dem Tisch. »Saftpresse. Sprich.«

Während der Entsafter surrte und der Schinken in der Pfanne brutzelte, erzähle Riley Sasha sämtliche Details.

»Er ist... geflogen?«

»Eher geschwebt. Und Annika und ich sind mit den Besen durch das ganze Haus – ich gebe zu, ich habe mich auf meinen einmal draufgesetzt, um zu gucken, ob er vielleicht abhebt. Aber leider hat das blöde Ding sich nicht vom Fleck bewegt. Aber ab und zu stieß eine von uns zweien auf eine kleine Ecke voller...Finsternis. Etwas wie ein Schatten, aber greifbar, und sobald wir mit dem Besen drüberfuhren, hat es sich in Wohlgefallen aufgelöst. Und als die Jungs die Fenstersimse und die Türschwellen mit dem Wasser aus dem Topf besprenkelt haben, gab es immer wieder kleine Wolken weißen Dampfs. Das war echt abgefahren. Bran schwebte die ganze Zeit mit seiner Schale durch die Luft, während der weiße Dampf sich über das Haus gesenkt hat. Wie der Vorhang, von dem du gesprochen hast.«

Riley kostete den frisch gepressten Saft. »Hmm, lecker. Du hast wirklich was verpasst, Sasha. Wobei Bran uns meiner Meinung nach bestimmt noch öfter überraschen wird.«

Zögernd blickte Sasha Richtung Tür. »Ich habe von ihm geträumt.«

»Das hast du schon erzählt.«

»Aber nicht ... alles.« Sie hatte von Vertrauen gesprochen, selbst aber den anderen bisher nicht alles anvertraut. »Da draußen, auf der Klippe, Bran und ich. Wir standen dort in einem Sturm. Inmitten von Blitzen, Donner, Wind, und das Meer ist gegen die Felswände gekracht. Er hatte den Sturm heraufbeschworen und hielt die Blitze wie Zügel in der Hand. Und wir waren zusammen. Ich meine, nicht nur auf der Klippe.«

»Ich verstehe, was du meinst. Warum macht dir das Angst? Die Vorstellung, dass ihr zusammen seid?«

»Weil ich bisher noch nie mit jemandem zusammen war.«

»Ich gebe zu, dass eine Frau sich an die Vorstellung, mit einem Zauberer zu schlafen, vielleicht erst gewöhnen muss, aber ... wow.« Verblüfft brach Riley ab und starrte Sasha an. »Du warst? Bisher? Noch nie? Mit einem Mann? Im Bett?«

»Immer, wenn ich kurz davor war, wenn ich dachte, dass ich einem Menschen nahe wäre, habe ich etwas gesagt oder getan, was ihn in die Flucht getrieben hat.«

»Und warum gibst du dir die Schuld daran? Manchmal macht man einen Fehler, klar. Wir alle schießen hin und wieder irgendwelche Böcke. Aber jedes Mal? Das ist totaler Schwachsinn, und es ärgert mich, dass du das denkst.«

»Schließlich war es immer irgendwas, was ich gesagt oder getan habe, was es vermasselt hat. Irgendwann habe ich vergessen, vorsichtig zu sein, und dann ist mir was rausgerutscht, weshalb der andere mich nicht mehr als Mensch, sondern als Freak gesehen hat. Oder wenn noch als Mensch, dann auf alle Fälle gleichzeitig als Freak. Ich konnte jedes Mal deutlich spüren, wie er innerlich auf Abstand zu mir ging.«

»Was ja wohl eindeutig die Schuld der Typen war. Du kannst dir vielleicht vorwerfen, dass du bisher immer mit den falschen angebandelt hast, aber man muss ein paar Männer ausprobieren, um herauszufinden, wer zu einem passt. Vielleicht solltest du also dein Glück einmal mit Bran versuchen. Er empfindet dich ganz sicher nicht als Freak.«

»Ich glaube nicht, dass jetzt für so etwas der rechte Zeitpunkt ist.«

»Papperlapapp. Wir könnten diesen Kampf verlieren. Das habe ich bestimmt nicht vor, aber ausgeschlossen ist es nicht. Und willst du etwa sterben, ohne dass du vorher je mit einem Mann geschlafen hast? Denk darüber nach«, empfahl sie Sasha, als sie Schritte näher kommen hörte. »Und hör bitte endlich auf, immer so streng mit dir zu sein.«

Natürlich könnte sie darüber nachdenken, sagte sie sich. Obwohl die Vorstellung von Sex mit Bran nicht weniger beunruhigend war als der Gedanke an die Fahrt in einem Schlauchboot und den Tauchgang. Beides machte sie total nervös.

Nach dem Frühstück, das sie nicht gemeinsam, sondern nacheinander zu sich nahmen, packte Sasha Sonnenmilch, ein extra T-Shirt sowie einen Skizzenblock in ihren Rucksack, überlegte kurz und trat vor Brans Terrassentür.

Er ging gerade den Inhalt eines seiner Koffer durch, als er sie kommen sah.

»Ich bin gleich so weit.«

»Ich wollte mich … bei dir bedanken. Für den kleinen Beutel, den ich unter meinem Kopfkissen gefunden habe. Und für das hier.« Sie berührte vorsichtig die Steinkette an ihrem Hals.

»Hat sie geholfen?«

»Ja.«

»Ich war etwas in Eile, als ich sie zusammengebastelt habe.« Er trat vor sie und berührte einen Stein.

»Sie gefällt mir. Dafür wollte ich dir das hier geben.« Mutig zog sie ihren Rucksack auf und reichte ihm ein Bild aus ihrem Skizzenblock.

Mit einem Mal war er hellwach. »Wann hast du das gemalt?«

»Bevor ich dir zum ersten Mal begegnet bin. Ich habe dieses Bild fast jede Nacht im Traum gesehen und hatte das Gefühl, dass ich es malen muss. Ich weiß, dass man die Dinge ändern kann. Dass sich das Ergebnis ändert, wenn man eine andere Entscheidung trifft. Zumindest ab und zu. Und inzwischen ist mir klar, dass du dich nicht entscheiden kannst, solange du das Bild nicht kennst.«

»Und was ist mit deiner eigenen Entscheidung?«

»Die habe ich gefällt, als ich mit diesem Bild zu dir gekommen bin.« Wieder nahm sie ihren ganzen Mut zusammen, rahmte sein Gesicht mit ihren Händen und küsste ihn zärtlich auf den Mund. Dann sagte sie: »Die anderen warten sicher schon auf uns«, und wandte sich zum Gehen.

Ohne nachzudenken, sperrte er die Tür des Zimmers ab.

»Denkst du nicht, dass ich auch ohne Bild entscheiden kann, ob ich dich will?«

»Ich dachte einfach, dass du wissen solltest, dass das zwischen dir und mir … ein Teil des Ganzen ist. So wie die Tatsache, dass wir sechs uns gefunden haben. Aber daran solltest du dich nicht gebunden fühlen, denn schließlich ist das eine ganz private Angelegenheit.«

Ihre Nerven waren zum Zerreißen gespannt. Eilig drehte sie den Knauf der Tür. »Würdest du mir bitte aufmachen?«

»Nein.«

»Sie warten schon auf uns.«

»Dann sollen sie, verdammt noch mal, ein bisschen länger warten.« Er trat vor sie und stürzte sich links und rechts von ihrem Kopf mit seinen Händen an der Glastür ab. »Bist du etwa nervös?«

»Du machst mich absichtlich nervös.«

»Ich hoffe, dass es funktioniert. Du solltest auch ein bisschen Angst haben vor dem, wozu der Mann, den du gemalt hast, fähig ist.«

»Du würdest mir niemals auf diese Weise wehtun, und vor allem bin ich längst nicht mehr so hilflos, wie ich es gestern war.«

»Du warst nie wirklich hilflos. Willst du wissen, wie ich mich entschieden habe?«

Er presste sie mit seinem Körper gegen die Terrassentür, hob ihre Hände über ihren Kopf und presste ihr begierig die Lippen auf den Mund. »So. Und zwar bereits in dem Moment, in dem du im Hotel vor meiner Tür gestanden hast. Wobei mich nicht deine Träume an dich binden, sondern du allein.«

Wieder küsste er sie auf den Mund, doch diesmal ging sie darauf ein.

»Ich habe dich bereits begehrt, bevor ich dir zum ersten Mal begegnet bin. Ich will ...«

Als es vernehmlich klopfte, brach sie ab.

»Auf geht's«, rief Doyle.

»Okay.« Doch vorher küsste er sie noch einmal. »Wir werden zu Ende führen, was wir hier begonnen haben, *fáidh*.«

»Ja«, stimmte sie lachend zu. »Das werden wir. Auch wenn du erst einmal die Tür aufmachen musst.«

11

Unter einem Schlauchboot hatte Sasha sich etwas wie eine große gelbe Rettungsinsel mit zwei Paddeln vorgestellt, weshalb sie abgrundtief erleichtert war, als sie in ein echtes Boot mit Motor, überdachtem Ruderhaus und relativ stabilen Sitzbänken stieg.

Bis ihr Blick auf die Tauchausrüstung fiel.

»Keine Bange.« Riley schlug ihr auf die Schulter. »Du bekommst das sicher hin. Wie steht's mit dir, Ire? Angeblich können Hexer doch kein Wasser überqueren.«

»Ich mag Wasser nicht besonders«, gab er zu und hob ein kleines Fläschchen an den Mund. »Aber ich komme sicher klar. Wer wird das Boot steuern?«

Zögernd wandte Riley sich an Doyle, der schon ins Ruderhaus gegangen war. »Kommst du mit diesem Ding zurecht?«

Er zuckte mit den Achseln. »Klar.«

»Dann werde ich dir kurz erklären, wie alles funktioniert, und danach den Anfängern erklären, wie man taucht.«

»Damit meinst du wahrscheinlich mich. Aber sollte nicht jemand an Bord des Bootes bleiben, wenn die anderen im Wasser sind? Das könnte ich doch übernehmen«, schlug ihr Sasha vor.

»Dafür sind der Anker und die Bojen da. Bist du schon mal getaucht?«, wandte Riley sich an Bran.

»Ab und zu, wenn ich im Urlaub war.«

»Und du?«

Sawyer nickte. »Sogar ziemlich oft.«

Riley wandte sich an Annika, doch noch bevor sie fragen konnte, meinte die: »Ich weiß, wie man das macht.«

»Okay, dann werft euch in die Neoprenanzüge, und auf geht's.« Sie trat zum Ruderhaus.

Auch wenn Sasha ernste Zweifel hatte, machte sie sich selber Mut. Sie war eine gute, starke Schwimmerin, und falls es tatsächlich zum Schlimmsten käme …

Während Doyle das Boot von seinem Liegeplatz aufs offene Wasser manövrierte, zog sich Sasha bis auf ihren schlichten schwarzen Badeanzug aus und zwängte sich in einen Neoprenanzug.

»Es macht echt Spaß«, erklärte Sawyer, während er den Reißverschluss von seinem eigenen Anzug schloss. »Und vor allem wird es eine ganz neue Erfahrung für dich sein.«

»Ich habe das Gefühl, als hätte ich seit meiner Ankunft hier auf Korfu täglich eine ganze Reihe an neuen Erfahrungen gemacht.«

Grinsend prüfte er die Druckluftflaschen. »Deshalb haben wir hier ja solchen Spaß.«

Als sie sah, dass er eine Harpune untersuchte, dachte sie daran, dass es hier für sie alle um weit mehr als ums Vergnügen ging.

»In Ordnung.« Riley kam zurück an Deck und klappte eine der zwei langen Bänke auf. »Bis zum ersten Tauchplatz sind's nur noch ein paar Minuten. Masken, Lungenautomaten, Bleigürtel. Wir gehen das alles gleich noch durch«, sagte sie zu Sasha. »Auch wenn Captain Bligh dort oben auf der Brücke alles andere als begeistert davon ist, fangen wir mit einem netten, leichten Tauchgang an. Weil man schließlich niemanden einfach – haha – ins kalte Wasser werfen soll. Die Sicht müsste so gut sein, dass wir Blickkontakt behalten können. Also sucht sich jeder einen Buddy aus, mit dem er während des gesamten Tauchgangs in Verbindung bleibt, okay?«

»Dann tauche ich mit Sasha.« Bran machte ein Tauchmesser an seinem Gürtel fest. »Wenn sie erst mal im Wasser ist, ist sie bestimmt nicht mehr so nervös.«

»Ach nein?«

»Vertrau mir.«

»Lasst uns kurz die Ausrüstung durchgehen.« Riley griff nach einer dicken Weste. »An dem Ding macht ihr die Flaschen fest, und zum anderen sorgt es dafür, dass ihr unten bleibt. Der menschliche Körper treibt normalerweise an der Wasseroberfläche, und um in die Tiefe zu gelangen, muss man ihn beschweren. Doch mit zunehmender Tiefe nimmt der Auftrieb immer weiter ab, deshalb regulieren die Tarierwesten beim Tauchen automatisch das Gewicht. Soll ich dir genau erklären, woran das liegt?«

»Ich glaube, nicht.«

»Außerdem haben die Westen Haken für die Accessoires und Hilfsmittel, die man beim Tauchen braucht. Tiefenmesser, Manometer, Messer. All das machst du griffbereit an deiner Weste fest.«

Dann erklärte Riley Strömungswiderstand, das Schwimmen im Gleichgewicht und Atemtechniken, und während Sasha sich mit ihrer Ausrüstung vertraut machte, schwirrte ihr von den vielen Fachbegriffen regelrecht der Kopf.

Allzu schnell schaltete Doyle den Motor ab.

»Belassen wir es erst einmal bei einer halben Stunde, um zu gucken, wie es läuft.«

»Eine halbe Stunde? Auf dem Grund des Meeres?«

»Sie wird schneller rumgehen, als du denkst«, erklärte Bran und legte mit geübten Griffen seine eigene Ausrüstung an.

Doyle setzte den Anker, während Riley eine Bake auf das Wasser warf.

»Zur Höhle geht's nach Osten«, meinte sie und zeigte auf die Klippenwand. »Sawyer, vielleicht springen du und Annika als Erste rein, damit euch Bran mit Sasha folgen kann. Doyle und ich kommen dann sofort nach. Nimm dir erst einmal ein paar Minuten Zeit, um dich an alles zu gewöhnen«, riet sie Sasha und zog eine Weste an.

Sawyer setzte seine Maske auf, schob sich das Mundstück in den Mund, nahm auf dem Rand des Bootes Platz und reckte beide Daumen in die Luft, bevor er sich rückwärts ins Wasser fallen ließ.

Sasha hatte gerade noch genügend Zeit, um »Oh mein Gott« zu denken, ehe Annika laut lachend ebenfalls ins Wasser sprang.

»Du kannst auch mit den Füßen zuerst ins Wasser gehen«, erklärte Bran.

»Die Leiter ist backbord«, meinte Doyle und schloss den Reißverschluss von seinem Neoprenanzug.

»Wenn du möchtest, halte ich dich fest«, erbot sich Bran.

Doch Sasha hatte endgültig genug davon, dass er sie permanent im Auge hatte und ihr ständig helfen wollte.

Entschlossen stapfte sie in ihren Taucherflossen bis zum Rand des Boots.

»Halt mit einer Hand die Maske fest und lass dich einfach rückwärts fallen.« Bran tätschelte ihr aufmunternd das Bein. »Ich komme sofort hinterher.«

Der Fall war tiefer als gedacht, doch als sie leise kreischend unterging und einen viel zu großen Atemzug aus ihrer Flasche nahm, war Bran schon da und nahm entschlossen ihre Hand.

Mit seiner freien Hand bedeutete er ihr, sich zu entspannen und es langsam angehen zu lassen, aber obwohl sie wieder an das Licht und an die Luft über der Wasseroberfläche wollte, zog er sie mit sich hinab.

Die Panik schnürte ihr die Kehle zu und rief ein seltsames Gefühl des Schwindels in ihr wach. Riley hatte sie davor gewarnt, zu schnell zu atmen, doch sie konnte nichts dagegen tun.

Bis sie Annika im hellen Sonnenlicht, das auf das unwahrscheinlich klare Wasser fiel, geschmeidig Purzelbäume schlagen sah.

Es musste herrlich sein, so frei zu sein, ging es ihr durch den Kopf, und plötzlich wurde ihr bewusst, dass sie die Möglichkeit dazu besaß. Sie müsste einfach ihre Ängste überwinden, weiter nichts.

Vielleicht war sie noch nicht bereit zu wilden Purzelbäumen, doch so einfach gäbe sie bestimmt nicht auf.

Obwohl sie immer noch mit ihrer viel zu schnellen, doch inzwischen halbwegs gleichmäßigen Atmung rang, bedeutete sie Bran durch einen leichten Händedruck, dass sie in Ordnung war.

Und nahm endlich die leuchtenden Korallen, die sanft wogenden Pflanzen und die Fische wahr, die durchs klare Wasser schossen. So herrlich hätte Sasha, die bisher nur

einmal während eines Winterurlaubs auf Aruba kurz ge-
schnorchelt hatte, sich die Unterwasserwelt nicht vorgestellt.

Jetzt sah sie diese Welt nicht nur wie durch ein Glas-
fenster von oben, sondern war ein Teil von ihr.

Mit Bran schwamm sie am Riff entlang und breitete verblüfft die Arme aus, als sie einen kürbisfarbenen
Seestern an den Felsen kleben sah. Ein Stückchen weiter hing ein zweiter Seestern neben einem dunkelroten
Schwamm, und ein Hummer krabbelte so schnell über
den Sandboden des Meers, als käme er zu spät zu einem
wichtigen Termin.

Erst als sie den Höhleneingang sah, stieg neuerliche
Panik in ihr auf. Riley glitt an ihr vorbei und schoss nach
kurzem Winken direkt auf die dunkle, flache Öffnung zu.

Ein Stückchen hinter ihr kam Doyle und wäre sicher
selbst sofort in der Höhle abgetaucht, hätte Riley nicht
den Weg versperrt.

Sie warteten auf sie, erkannte Sasha, und noch während Annika geschmeidig einen Kreis um Riley, Doyle
und Sawyer zog, strampelte sie selbst entschlossen mit den
Beinen und schwamm neben Bran auf ihre Freunde zu.

In Zweiergruppen schoben sie sich durch die Öffnung,
hinter der es deutlich dunkler war. Alles, was im Schutz
der Felsen lebte, war nur noch verschwommen zu erkennen. Aus der Nähe stellten zwei der Lebewesen sich als
Tintenfische mit sanft wogenden Tentakeln und ein anderes sich als gewundener, meterlanger Aal heraus.

Erschaudernd dachte Sasha, dass sich im Gewirr der
sanft wogenden Pflanzen sicher noch vieles anderes ver-
barg, was stechen oder beißen konnte. Mit wild klopfen-

dem Herzen schwamm sie durch das geisterhafte grüne Licht des Tunnels, bis sie in der Höhle war.

Sie erinnerte sie an die Höhle von Nerezza, wo sie von den Fledermäusen angegriffen worden waren, aber als sie ängstlich den Kopf hob, sah sie Licht und Bäume und starrte verwundert auf die offene Höhlendecke, die die Land- und Wasserwelt verband.

Ein dritter Tintenfisch schwebte gelassen direkt unter ihr über den Höhlenboden, aber als sie einen der silbernen Fische, die an ihr vorüberzogen, mit der Hand berühren wollte, schoss der Schwarm pfeilschnell an ihr vorbei. Über der Erforschung der diversen leuchtend bunten, wie von Künstlerhand gezeichneten Korallen, der lebenden Schwämme und des Seesterns, der, als sie ihn störte, mit geschmeidigen Bewegungen sein Domizil verließ, vergaß sie ihre Angst.

Und drehte überrascht den Kopf, als ihr Riley auf die Schulter tippte und auf ihre Uhr und gleich darauf zurück in Richtung Tunnel wies. Widerstrebend folgte sie den anderen zurück ins offene Meer, und als sie wieder an die Oberfläche kam, brachten das helle Sonnenlicht und der Geschmack und das Gefühl der Luft auf ihrer Haut sie aus dem Gleichgewicht. Mühsam zog sie sich zurück ins Boot, nahm ihre Maske ab und starrte in dem neuen Wissen, was dort alles lebte, auf das Meer.

»Du bist eindeutig ein Naturtalent.« Anerkennend boxte Riley ihr gegen die Schulter, setzte sich dann auf die Bank und zog die Flossen aus. »Bereit für einen zweiten Tauchgang?«

»Unbedingt.«

»Trotzdem sollten wir es heute erst einmal bei zwei,

drei leichten Tauchgängen belassen. Hast du unten in der Höhle irgendwas gespürt?«

»Gespürt? Oh. Nein. Aber ich habe auch nicht an den Stern gedacht, als wir dort unten waren. Ich hätte …«

»Es ist gut, wenn du entspannt bist. Weil du dann aus meiner Sicht am ehesten etwas spürst.« Bran hielt ihr eine Wasserflasche hin. »Der Tauchgang hat dir Spaß gemacht.«

»Du hattest recht. Die Zeit ist wie im Flug vergangen, und ich hätte mich am liebsten noch viel länger umgesehen.«

»Du hast wirklich gut dein Gleichgewicht gehalten.« Sawyer nahm zwei Dosen Cola aus der Kühlbox und warf eine Riley zu. »Nicht jeder Mensch, der schwimmen kann, kann deswegen auch tauchen – oder wenigstens nicht gleich. Aber sie hier …«, er griff nach der dritten Dose Cola und reichte sie Annika, »… sie ist ein verdammter Fisch.«

»Mit Freunden schwimmen macht mir großen Spaß.«

»Die Chance, dass wir den Stern in einer von den beiden anderen Höhlen finden, die du rausgesucht hast, ist gleich null.« Doyle schraubte eine Flasche Wasser auf.

»Aber dann haben wir sie zumindest abgehakt, und vor allem kriegt Sasha noch ein bisschen Übung.«

»Ich wünschte mir, ihr würdet nicht alleine meinetwegen derart langsam machen. Keine Angst, ich komme schon zurecht.«

»Ja, wahrscheinlich. Aber du darfst nicht vergessen, dass du unter Wasser nicht in deinem Element bist und nur deshalb überleben kannst, weil du über die erforderliche Ausrüstung verfügst. Wenn wir unter Wasser Schwierigkeiten so wie in der anderen Höhle kriegen, brauchst du schon etwas Erfahrung, wenn du sicher wieder an die Oberfläche kommen willst.«

Riley fuhr sich mit den Händen durch das nasse Haar und wandte sich an Doyle. »Oder?«

»Allerdings.« Er nahm einen großen Schluck aus seiner Flasche. »Du hast völlig recht. Und wir haben auf jeden Fall genügend Zeit, um uns auch noch die beiden anderen Höhlen anzusehen.«

»Aber du willst möglichst sofort wieder los«, bemerkte Sasha zutreffend.

»Na klar.« Er schüttelte den Kopf und ging nach einem zweiten großen Schluck zurück zum Ruderhaus. »Aber trotzdem haben wir genügend Zeit.«

Sie tauchten noch zweimal, und Sashas Sicherheit nahm zu. Trotzdem musste sie sich eingestehen, dass der Gedanke, ein paar Meter unter Wasser einer dunklen Göttin zu begegnen, alles andere als beruhigend war.

Schmerz, erinnerte sie sich. Sie hatte ein ums andere Mal von Schmerz und Blut und Kampf geträumt. Ertrunken aber war sie in den Träumen nicht.

Was hoffentlich ein gutes Zeichen war.

Sie fuhren zurück, um ihre Flaschen wieder auffüllen zu lassen, und beschlossen einstimmig, zum Mittagessen nicht extra zum Haus zurückzukehren. Also holten sie sich eine Kleinigkeit im Dorf, setzten sich mit ihrem Essen auf den Bürgersteig und sparten bei der Unterhaltung über die drei Tauchgänge den Zweck der Übung aus.

Essen, Sonne, das Gespräch sowie das allgemeine Treiben machten Sasha derart träge, dass sie auf der kurzen

Fahrt zurück zur Villa trotz Rileys forschem Fahrstil die Augen schloss und davon träumte, für ein kurzes Nickerchen ins Bett zu gehen.

»Ich will noch ein paar Dinge überprüfen. Habe ich dir nicht gesagt, wir würden wiederkommen?« Riley streichelte den Hund, der freudig angelaufen kam. »Wenn wir morgen noch mal rausfahren wollen, sollten wir uns überlegen, wie am besten vorzugehen ist und zumindest einen schwierigeren Tauchgang ausprobieren.«

»Leihst du mir den Jeep? Ich muss noch was besorgen«, wandte Sawyer sich an sie.

»Wir waren doch gerade erst im Dorf.«

»Ich wollte euch nicht aufhalten.«

Mit einem gleichmütigen Achselzucken warf sie ihm die Schlüssel zu.

»Kann ich mitfahren? Kann ich shoppen gehen?«

»Tja, nun …«, versuchte Sawyer abzuwehren, ehe er den Fehler machte, in das freudestrahlende Gesicht von Annika zu sehen. »Natürlich. Gern.«

»Sie hat dich echt im Griff«, bemerkte Doyle.

»Du kannst nachher die Münzen rausholen, Bran. Ich kenne jemanden hier in der Gegend, der ihr einen fairen Preis für einige der Dinger machen wird. Morgen auf dem Weg zum Boot bringen wir sie ihm vorbei. Dann hast du Geld, mit dem du etwas anfangen kannst«, erklärte Riley Annika.

»Geld zum Shoppen.«

»Ja, das auch. Ich rufe ihn gleich an. Seht zu, dass meine Kiste ganz bleibt«, bat sie noch und lief zusammen mit Apollo auf die Villa zu.

»Ich habe auch noch einiges zu tun.« Doyle marschierte Richtung Haus.

»Bringt bitte ein paar frische Lebensmittel mit.«

Sawyer schwang sich auf den Fahrersitz des Jeeps und schaute Sasha böse an. »Muss das sein? Okay. Wir finden schon etwas.«

»Ich will neue Ohrringe«, erklärte Annika und hüpfte neben ihn.

»Was haben Frauen nur immer mit Ohrringen?«, wunderte sich Sawyer.

»Sie sind hübsch. Bis dann.« Sie winkte Bran und Sasha zu. »Wir gehen shoppen!«

»Mögen die Götter Mitleid mit ihm haben.« Bran nahm Sashas Hand und ging mit ihr auf die Terrasse zu.

»Ich habe das Gefühl, als sollte ich etwas Produktives tun. Es ist noch nicht mal drei Uhr nachmittags.«

»Etwas Produktives?«

»Vielleicht sollte ich die Dinge, die ich heute früh gesehen habe, zeichnen. Ich will unbedingt dieses besondere Licht, das in der Höhle herrschte, zu Papier bringen. Aber ich weiß, ich sollte es am besten gar nicht erst versuchen, wenn ich derart träge bin.«

»Dann bring es eben zu Papier, wenn du nicht mehr so träge bist. Bis dahin ...«

Kurzerhand schob er sie in ihr Zimmer, trat die Tür mit einem Stiefel zu, drehte sie zu sich herum und zog sie eng an seine Brust.

»Ich glaube, dabei waren wir stehen geblieben.«

Wie bereits am Morgen küsste er sie gierig auf den Mund.

»Jetzt?«, stieß sie mit rauer Stimme aus.

»Wann sonst?« Langsam glitt er mit den Lippen über ihren schlanken Hals. »Oder ist das ein Problem für dich.«

In ihrem Innern stoben Funken, und sie schüttelte den Kopf. »Nein, jetzt ist okay. Jetzt wäre gut.« Seine Finger glitten über ihre Brust. »Jetzt wäre wunderbar.«

Erregt vom Rasen ihres eigenen Pulses und der Macht ihrer Begierde, schlang sie die Arme und die Beine um seinen Leib.

Sie hatte ihr Verlangen allzu lange unterdrückt, doch jetzt brach es sich Bahn und rief grenzenlose Freude in ihr wach.

In ihrem Lachen lag nur eine Spur Nervosität, als er sie, ohne seinen Mund von ihr zu lösen, rückwärts bis zum Rand des Bettes schob.

Dann fiel sie plötzlich rückwärts um, er schob sich über sie, und oh, was für ein herrliches Gefühl es war, als er mit all seinem Gewicht und seinem prächtigen Körper auf ihrem lag und sie sich ihm ergab. Seine starken, sicheren Hände formten sie wie Ton, worauf ihr Blut gleich einem zähflüssigen Lavastrom durch ihre Adern floss.

Sie hatte Angst, sich zu verheddern, während sie das Hemd von seinem Körper schälte, doch sie wollte ihn berühren. Wollte schnellstmöglich sein festes Fleisch und seine harten Muskeln unter ihren Händen spüren.

»Ich muss dir etwas sagen ...«

Seine Zähne schabten leicht an ihrer Kehle, und sie krallte sich an seinen Schulterblättern fest.

»Falls ich irgendwas nicht richtig mache ...«

»Alles, was du tust, ist wunderbar.«

Er knöpfte ihre Bluse auf und folgte seinen Fingern mit dem Mund.

»Es ist nur – es könnte sein, dass mir irgendein Fehler unterläuft. Oh Gott, das fühlt sich rundherum fantastisch an. Ich habe so etwas noch nie gemacht, und vielleicht mache ich deshalb ja doch was falsch.«

Sie merkte, dass ihr offenbar bereits ein Fehler unterlaufen war, denn plötzlich brachen seine Zärtlichkeiten ab.

Sie kniff die Augen zu und fragte sich, warum in aller Welt sie nicht einfach den Mund gehalten hatte, bis der Akt vollzogen war.

»Was genau hast du bisher noch nie gemacht?«

Sie schlug die Augen wieder auf und nahm den intensiven, durchdringenden Blick aus seinen dunklen Augen wahr. »Mit einem Mann geschlafen. Aber vielleicht hätte ich das besser nicht gesagt. Denn warum sollte das wichtig sein?«

Er setzte sich auf seine Fersen, zog sie neben sich, und Glück und Freude wichen grenzenloser Scham. »Doch, natürlich musstest du mir das erzählen, und natürlich ist es wichtig.«

»Entweder du willst mich oder nicht.« Sie grub in ihrem Inneren nach Ärger oder Zorn, denn wenn sie anfing zu weinen, wäre die Erniedrigung perfekt.

»Darum geht es nicht. Es ist wichtig, dass du noch mit keinem Mann im Bett warst«, wiederholte er und hielt sie, als sie sich ihm entwinden wollte, an den Armen fest. »Weil ich es dann möglichst sanft und langsam angehen muss. Beim ersten Mal sollte ein Mann nicht überstürzt und gierig sein, wie ich es eben war.«

»Warum können wir nicht einfach weitermachen? Schließlich bin ich mindestens genauso gierig und will endlich wissen, wie es ist.«

»Weil du keine Ahnung hast. Aber gleich wirst du erfahren, wie es ist, mit einem Mann zu schlafen.« Er nahm
eine ihrer Hände und bedeckte ihre Handfläche mit
einem sanften Kuss. »Wenn du dir sicher bist. Denn das ist
ein Geschenk, das nicht zurückgenommen werden kann.«

»Ich bin mir völlig sicher. Ich will die Gefühle haben,
die du in mir weckst. Ich will mit dir zusammen sein.
Und zwar jetzt.«

»Dann vertrau mir.«

»Wenn ich das nicht täte, wäre ich nicht hier.«

»Dann sorge ich für Mondschein und für Sternenlicht.« Plötzlich war der Raum in warme, nur von Ker-
zen- oder Sternenlicht erhellte Dunkelheit getaucht. »Für
den Gesang des Meeres und für süßen Blumenduft.«

Sie hörte leises Wellenrauschen, und er drückte sie zurück auf das Bett, das plötzlich mit Rosenblüten übersät
war.

»Du bist so viel mehr, als du bisher gezeigt hast.«

Es war einfach der rechte Augenblick für Illusionen,
dachte er. Für Romantik und für Zärtlichkeit. Die er in
solchem Maß für sie empfand, dass sie genauso einfach
wie das Licht, der Duft oder die milde Sommerbrise auf-
zurufen war.

Er umfasste ihr Gesicht mit einer Hand, presste ihr
sanft die Lippen auf den Mund und vertiefte seinen Kuss,
bis sie auf seinem Bett aus Federn und aus Blüten schlaff
in sich zusammensank.

Er würde sie Schritt für Schritt verführen, und sie
beide schwelgen lassen in bisher nie da gewesener Lust.

Sie duftete nach Meer, schmeckte honigsüß und hatte
eine seidig weiche Haut.

Er glitt spontan mit seinen Händen durch ihr Haar, übersäte es dabei mit winzig kleinen Rosenknospen, sah auf sie herab und freute sich daran, wie es gleich einem Blumenkranz um ihre sanften Züge lag.

»Du siehst aus wie eine Elfenkönigin. Wenn ich deine Gabe hätte, würde ich dich malen, so, wie du hier vor mir liegst. Oder...« Er fuhr kurz mit einem Finger durch die Luft, und abgesehen von ein paar Blütenblättern war sie plötzlich völlig nackt.

»Oh!« Sie wollte instinktiv die Brüste mit dem Arm bedecken, aber er nahm ihre Hand, hob sie an seinen Mund und blickte sie bewundernd an.

»Genau so«, erklärte er zufrieden. »Bitte mach für mich ein solches Selbstporträt von dir. Ich zahle jeden Preis«, bot er mit rauer Stimme an und presste ihr erneut die Lippen auf den Mund.

Sie hatte nicht gewusst, dass ein Mensch schweben, fliegen, sich in ungeahnte Höhen aufschwingen und zugleich in einen bodenlosen Abgrund stürzen konnte. Und als seine Hände über ihren Körper glitten, riefen sie zahlreiche heiße Schauder in ihr wach.

Als er mit den Fingern und dann mit der Zunge ihre Brustwarzen liebkoste, rief er tief in ihrem Inneren glühendes Verlangen wach. Und dann schloss er den Mund um einen ihrer Nippel, und das leise Ziehen in ihrem Unterleib wich einem derart heißen Pochen, dass sie vor Verblüffung und vor Freude schrie.

»Du bist aber ganz schön schnell«, murmelte er.

»Was? Was?«

»Das war erst der Anfang. Das war nur ein kleiner Vorgeschmack.« Er presste seine Lippen auf ihr wild klopfendes Herz. »Diesmal wirst du nehmen, und indem du nimmst, gibst du mir gleichzeitig sehr viel zurück.«

Da er sich nicht beherrschen könnte, wenn ihn Sasha erforschte, nahm er ihre Hände, glitt mit den Lippen über ihren Bauch und freute sich am Beben ihres Leibs.

Sie stöhnte und bewegte sich allein für ihn, und ihre Lust und ihre gleichzeitige vollkommene Unterwerfung riefen glühendes Verlangen in ihm wach.

Zu einem anderen Zeitpunkt hätte er ihm nachgegeben, doch diesmal würde er sie sanft verführen und sie beide durch die Langsamkeit des Akts auf süße Weise malträtieren.

Er glitt mit den Lippen über ihren Schenkel und mit seiner Zunge über die sensible Stelle direkt neben ihrer Weiblichkeit. Liebkoste sie ganz leicht mit seinen Zähnen, bis sie sich mit einem lang gezogenen Seufzer unter der Berührung wand.

Er merkte, dass sie warm und nass, dass sie bereit zu einem neuerlichen Flug in unbekannte Höhen war.

Es war, als regneten geschmolzene Juwelen und warmes Flüssiggold auf ihn herab. Sie funkelte und strahlte, schimmerte und leuchtete von Kopf bis Fuß.

Die Welt war warm und weich, voll Blumen und voll Mondschein…und bestand aus ihm allein.

Als er seinen Mund erneut auf ihre Lippen presste und von ihren Händen abließ, damit sie ihn ihrerseits erforschen und liebkosen konnte, dachte Sasha, dass ihr Glück vollkommen war.

»Wirst du mich jetzt ansehen? Sieh mich an, Sasha.«

Sie hob die vom Gewicht ihres Vergnügens schweren Lider an. »Bran.«

»Dieser Augenblick gehört nur uns.«

Er verbannte den Gedanken an den Schmerz, drang behutsam in sie ein und zeigte ihr, dass es noch eine andere Form des Glückes gab.

Sie öffnete sich ihm und nahm ihn willig in sich auf, bewegte sich im selben Takt wie er und sog die Schönheit und die Pracht dieses Moments begierig in sich auf.

Er führte sie in Höhen, wo die Luft beinah zu dünn zum Atmen war und wo die Welt sich rund um sie herum zu drehen schien. Und während selbst die dünne Luft um sie herum zerbarst, legte sie die Hand an sein Gesicht.

»Ja.« Sie seufzte.

»Ja.« Und ließ sich einfach fallen.

Sie hatte das Gefühl, als sende ihr gesamter Körper goldene und zarte pinkfarbene Strahlen aus. Warm und weich und wunderbar. Und da er auf ihr lag, durchdrang das Licht auch ihn und füllte den gesamten Raum mit Farbe aus.

Sie fragte sich, wie Menschen in der Lage waren, noch irgendetwas anderes zu tun, wenn Sex so herrlich war.

»Nun, gelegentlich wird man durch Sex tatsächlich von sehr vielen anderen Dingen abgelenkt.«

»Habe ich etwa laut gesprochen?«

»Allerdings.« Er hob den Kopf und sah sie aus verschlafenen, dunklen Augen an. »Und ich betrachte diesen Satz als Kompliment.«

»Du hast mir Mondschein und dazu noch ein mit Blumen übersätes Bett geschenkt. Weshalb ich voller Komplimente für dich bin.«

Er schob sich neben sie und nahm sie in den Arm. »Ich möchte dieses Bild.«

Lachend schmiegte sie den Kopf an seine Schulter an. »Ich weiß aber gar nicht, wie ich ausgesehen habe.«

»Ich werde es dir zeigen. Ist es ein schlechter Augenblick, um dich zu fragen, warum du bisher noch nie mit einem Mann geschlafen hast?«

»Nein. Ich hatte einfach das Gefühl, ich müsste einem Mann, mit dem ich schlafen möchte, gegenüber völlig ehrlich sein. Und wann immer dieser Punkt erreicht war, habe ich den Mann durch meine Ehrlichkeit verschreckt, oder er hat sich plötzlich nur noch für meine besonderen Talente interessiert. Dann ging es ihm nicht mehr um mich, sondern nur noch um die Dinge, die ich kann. Aber du wusstest sofort, was mit mir los ist, und durch deine eigenen besonderen Fähigkeiten waren die Dinge irgendwie von Anfang an im Gleichgewicht. Was irgendwie berechnend klingt.«

»Nein, das klingt ganz einfach menschlich«, widersprach er ihr.

Sie richtete sich auf und sah ihm ins Gesicht. »Das alles hier.« Sie zeigte auf die Blumen und den mondbeschienenen Raum. »Was du hast und bist, ist faszinierend, aber nicht der Grund, weshalb ich hier mit dir zusammen bin.«

»Und das …« Er legte eine Hand an ihre Schläfe. »Was du hast und bist, ist faszinierend, aber nicht der Grund, aus dem ich dich hier haben will.«

Sie schmiegte sich zufrieden an ihn. »Wir müssen so viele Dinge rausfinden und klären. Götter, Sterne, Höhlen und verschwundene Inseln. Im Augenblick erscheint mir all das völlig irreal. Nur, dass es das nicht ist.«

»Wir werden tun, was wir tun müssen. Werden den

Stern finden, den wir hier auf dieser Inseln finden sollen. Du wirst sehen.«

»Nicht alle Dinge laufen haargenau so ab, wie ich sie sehe.«

»Trotzdem werden wir darauf vertrauen, dass es in diesem Fall so ist, und so lange weitersuchen, bis wir fündig werden«, machte er ihr Mut.

»Du hattest viel mehr Zeit als ich, um deinen Glauben zu entwickeln. Ich arbeite noch an meinem. Wahrscheinlich sollten wir allmählich runtergehen und die Suche morgen mit den anderen planen.«

»Wie es sich für pflichtbewusste Mitglieder des Teams gehört.« Er glitt mit einer seiner Hände über ihren Arm.

»Aber dürfte ich dich vorher noch was fragen?«

»Ich denke, unter den gegebenen Umständen hast du durchaus das Recht dazu.«

»Ist es immer so, wenn man mit einem Menschen schläft? Nach allem, was ich gelesen und gehört habe, eher nicht. Aber glaubst du, dass es so erstaunlich war, weil es für mich das erste Mal gewesen ist, oder weil das zwischen uns etwas Besonderes ist?«

»Keine Ahnung, doch das finden wir auf alle Fälle noch heraus.«

Wieder rollte er sich über sie, und lachend stieß sie aus: »Am besten fangen die anderen unten schon mal alleine an.«

12

Das zweite Mal war ebenfalls erstaunlich, und das dritte Mal – der Sex unter der Dusche – war eine Erfahrung, die sie dringend wiederholen wollte. Möglichst jeden Tag.

Sasha fragte sich, ob vielleicht all die Jahre ohne Sex der Grund für diesen plötzlich grenzenlosen Hunger danach waren. Aber dessen ungeachtet war sie erst mal rundherum befriedigt und begab sich in die Küche, um dort einen anderen Appetit zu stillen.

Weil sie völlig ausgehungert war. Sie nahm sich einen Apfel aus der Schale, schenkte sich ein Glas Rotwein ein und zog die Tür des Kühlschranks auf.

Irgendjemand hatte eingekauft. Und wenn niemand was dagegen hätte, würde sie das Essen zubereiten, denn die Lammkoteletts sahen einfach fantastisch aus.

Summend stellte sie die Marinade her, suchte eine Schüssel, die genügend Platz für die zwölf Koteletts und die Sauce böte, sah sich um und schrie erschrocken auf, da Riley völlig lautlos durch die Tür getreten war.

»Himmel! Hast du mich erschreckt. Ich habe dich gar nicht kommen hören.«

»Weil du viel zu sehr damit beschäftigt warst, dich in Tagträumen von Schmetterlingen, Turteltauben und schillernden Regenbögen zu ergehen.«

»Ich habe die Koteletts mariniert.«

»Wenn du es sagst.« Riley blickte auf die offene Weinflasche und holte sich ein Glas. »Nun, die Hoffnung, dass wir dich hernehmen können, falls wir eine Jungfrau opfern müssen, kann ich wohl begraben.«

»Was? Oh. Tja ...«

»Die Frage, ob's dir gut geht, kann ich mir eindeutig sparen, denn schließlich strahlst du wie ein Honigkuchenpferd.«

»Es war einfach unglaublich. Ein anderes Wort dafür fällt mir nicht ein. Obwohl es eine bessere Beschreibung geben muss.«

»Die reicht mir völlig aus.« Riley prostete ihr zu. »Ich gratuliere.«

»Wisst ihr alle, dass wir beide – dass wir ....«

»Jeder, der nicht völlig hirntot ist. Und wo steckt dein Kerl mit seinem tollen Zauberstab?«

Sasha fuhr zusammen und sah Richtung Tür. »Er hatte noch zu tun, aber ich musste erst einmal was essen, weil ich völlig ausgehungert war.«

»Bei gutem Sex verbrennt man schließlich jede Menge Kalorien.«

Sasha hielt drei Finger in die Luft.

»Dreimal? Jetzt machst du mich neidisch.«

»Ist das normal? Wahrscheinlich ist das eine dumme Frage, aber abgesehen von dir wüsste ich nicht, wem ich sie stellen sollte.«

»Sagen wir es so: Ich gratuliere dir noch mal.« Riley setzte sich gemütlich auf den Tisch. »Fürs erste Mal ist das echt viel, aber trotzdem wirkst du noch recht frisch. Und auch er scheint wirklich gut in Form zu sein.«

»Es war im wahrsten Sinn des Wortes zauberhaft. Obwohl ich darüber vielleicht nicht reden sollte.«

»Ganz im Gegenteil. Du solltest es mir unbedingt erzählen, und zwar jede Einzelheit. Wie lange müssen diese Koteletts ziehen?« Sie zeigte auf die Schüssel, neben der sie saß.

»Etwa eine Stunde.«

»Super. Lass uns in der Zeit spazieren gehen, und erzähl mir alles ganz genau.« Sie sprang wieder vom Tisch und wandte sich zum Gehen. »Natürlich bin ich nicht so mädchenhaft wie Annika, doch in Bezug auf Sex bin ich auf alle Fälle Frau genug, damit du mich ins Vertrauen ziehen kannst. Vor allem ist bei mir der letzte Sex schon eine ganze Weile hier, deswegen hole ich mir meine Kicks, wo ich sie kriegen kann.«

»Und wo sind die anderen?«

Riley schenkte ihnen beiden Rotwein nach. »Sawyer ist nach seinen Einkäufen zum Schwimmen runter an den Strand. Er sah nach seiner Rückkehr ziemlich fertig aus, denn Annika hat ihn auf ihrer Ohrringsuche quer durchs Dorf geschleift. Sie ist entweder oben und bewundert ihren neuen Schmuck oder ebenfalls am Strand. Und der siebte Samurai …«

»Wer?«

Riley tat, als würde sie ein Schwert aus einer Scheide ziehen und damit herumschwenken.

»Oh, Doyle.«

»Genau. Da ihr anderen alle auf die eine oder andere Art beschäftigt wart, haben wir uns schon mal die Karten angesehen. Und uns darüber gestritten, wo wir morgen suchen sollen. Er ist einfach ein fürchterlicher Dickschädel.«

»Und wo fahren wir hin?«

»Erst dahin, wo er will, und danach zu meinem Ziel. Wir wollten kein Blut vergießen, deshalb haben wir uns darauf geeinigt, uns an beiden Orten umzusehen. Also brechen wir um halb acht auf. Und jetzt kannst du mir deinen zauberhaften Sex beschreiben, während du trainierst.«

»Trainierst?« Sasha ballte verwirrt die Faust. »Aber ich habe Alkohol getrunken.«

»Sash.« Kopfschüttelnd stellte Riley ihr eigenes Weinglas auf der Mauer ab. »Zu den besten Kämpfen kommt es immer dann, wenn man getrunken hat.« Sie tänzelte auf ihren Zehenspitzen und spannte ihre Schultern an. »Los, zeig mir ein paar Schläge.«

»Meinetwegen. Aber ich weiß wirklich nicht, wie ich trainieren und dir zugleich vom Sex berichten soll.«

»Frauen sind doch multitaskingfähig, oder etwa nicht?«

Bran ging seiner Arbeit nach, und als er aus dem Fenster blickte, nahm er die Bewegung draußen wahr. Er trat dichter an die offene Tür und sah, dass Riley Sasha ihre nächste Stunde gab.

Diesmal nicht im Schutz der Bäume, sondern mitten auf der offenen Rasenfläche. Was bezeichnend für die neue, deutlich offenere Sasha war.

Es erschien ihm wie das reinste Wunder, dass er sie getroffen hatte. Dabei hatte eindeutig das Schicksal seine Hand im Spiel gehabt. Es hatte vorgesehen, dass sechs grundverschiedene Menschen, die von unterschiedlichen Orten stammten, hier zusammenkamen, um gemeinsam eine Suche anzugehen, die seit zahllosen Generationen Teil seiner Familiengeschichte war.

Ob es wohl auch Schicksal war, dass er sich derart stark zu einer der drei Frauen hingezogen fühlte? Sein Verlangen nach der spröden Seherin war sicher ganz natürlich und normal. Alles andere müsste er erst gründlich überdenken, aber dafür hatte er im Augenblick einfach zu viel zu tun.

Er hatte sich an diesem Tag mehr Zeit für sie genommen, als er hätte sollen. Und nahm sich jetzt schon wieder Zeit, um zu verfolgen, was sie tat. Wobei es eine Freude war zu sehen, wie sie lachte, als ihre Sparringspartnerin den Kopf nach hinten fliegen und sich auf den Boden fallen ließ, als hätte sie ihr einen Knock-out-Schlag verpasst.

Das war wahre Freundschaft, dachte er. Eine seltsam enge Freundschaft dafür, dass sich die beiden Frauen – eine zähe kleine Wissenschaftlerin und eine eigenbrötlerische Malerin – vor derart kurzer Zeit zum ersten Mal begegnet waren.

Während er dies dachte, kehrte Annika, ein bunt geblümtes Tuch über dem winzigen Bikini, gut gelaunt vom Strand zurück.

Auch sie war eine völlig eigene Persönlichkeit, ging es ihm durch den Kopf, als Annika mit schnellen Schritten zu den beiden anderen Frauen lief. Sasha führte gerade einen unbeholfenen Sidekick aus, und Riley schüttelte amüsiert wie auch mitleidig den Kopf

Dann standen sie im weichen Sonnenlicht, und jede der drei Frauen sah auf ihre eigene Art bezaubernd aus.

Annika schlang Sasha fröhlich ihre Arme um den Hals, und Apollo jagte den Sarong, der durch die Gegend flog, als sie drei Räder schlug.

Um ja nicht hinter ihr zurückzustehen, vollführte Riley

einen Handstandüberschlag, den Annika jedoch mit einem Rückwärtssalto übertrumpfte, und dann setzten sie gemeinsam Sashas unterbrochenes Training fort.

Bran war vollkommen gebannt vom Anblick der drei Frauen im warmen Licht der Abendsonne und von ihrem hellen Lachen, das die warme Brise bis an seine Ohren trug. Trotz des fröhlichen Gelächters aber diente diese Boxlektion der Vorbereitung ihres Kampfes, und da er dasselbe Ziel verfolgte, wandte er sich ab und setzte seine Arbeit fort.

Als Sasha wieder in die Küche kam, schnupperte Sawyer an den Lammkoteletts und sah sie fragend an.

»Was hast du mit den Dingern vor?«

»Was hättest du denn damit machen wollen?«

»Ich hätte sie einfach auf den Grill geworfen«, gab er achselzuckend zu. »Aber das hier sieht erheblich schicker aus.«

»Was es bestimmt nicht ist. Aber schließlich sind wir hier in Griechenland, deswegen habe ich mir gestern Abend noch ein paar Rezepte angeguckt. Es ist ganz einfach, und vor allem geht es superschnell. Ich brate die Koteletts in Olivenöl und Knoblauch, ein paar frischen Kräutern und dem Saft einer Zitrone an.«

»Okay.«

»Über die Beilagen habe ich noch nicht nachgedacht, und es ist schon später, als ich dachte.«

»Wie wäre es mit Teamwork?«, fragte er und holte sich ein Bier. »Überlass die anderen Sachen einfach mir.« Er öffnete die Flasche und genehmigte sich einen ersten großen Schluck. »Du siehst ... gesund aus.«

»Wie bitte? Gesund?«

»Genau, gesund«, stellte er grinsend fest. »Dann werde ich jetzt erst mal ein paar Kräuter aus dem Garten holen.«

»Ich könnte für das Lamm noch etwas Thymian gebrauchen.«

»Kein Problem.« Im Vorbeigehen klopfte er ihr auf die Wange. »So gesund hast du bisher noch nie gewirkt.«

Na super, dachte sie, während sie vor die Spüle trat. Es war ganz sicher nicht verkehrt, wenn sie gesund aussah. Nur war sie sich nicht sicher, was sie davon halten sollte, dass ihr die Befriedigung anscheinend überdeutlich anzusehen war.

Sie holte eine möglichst große Pfanne und das Öl, nahm eine Knoblauchknolle aus dem Korb, und während Annika die Teller holte und sie selbst ihr Haar zu einem Knoten drehte, damit es beim Kochen nicht im Weg war, drangen aus dem Garten Rileys und Doyles Stimmen an ihr Ohr.

Während sie den Knoblauch hackte, brachte Sawyer ihr den Thymian und stellte einen Topf voll Wasser auf den Herd, bevor er ein paar frisch geerntete rote Kartoffeln in die Spüle warf.

»Ich koche sie«, erklärte er und schrubbte die Kartoffeln gründlich ab. »Und danach schwenke ich sie noch in Butter und in Kräutern, hauptsächlich in Rosmarin. Sieht super aus, wie deine Lammkoteletts, auch wenn es total einfach ist.«

»Wir sind ein wirklich gutes Team.«

»Auf jeden Fall.«

Sie grinste immer noch, als Bran den Raum betrat. Und fühlte sich urplötzlich kerngesund.

»Das sieht sehr häuslich aus, und vor allem habt ihr offenbar alles hervorragend im Griff. Kann ich vielleicht trotzdem irgendetwas tun?«

»Weißt du, wie man Spargel zubereitet?«, fragte Sasha.

»Keine Ahnung«, meinte Bran und genehmigte sich einen Schluck von ihrem Wein.

»Dann wirst du es jetzt lernen.«

Sie erhitzte das Olivenöl, und während die Kartoffeln kochten, holte Bran sich selbst ein Glas, bevor ihn Sawyer in der Zubereitung des Gemüses unterwies. Dann kam Riley in die Küche, um den Hund zu füttern, Doyle erschien, um sich ein Bier zu holen und zu fragen, wann zum Teufel es etwas zu Essen gäbe, und die gut gelaunte Annika holte als Tischschmuck ein paar zusätzliche Kerzen aus dem Schrank.

Wie in einer großen, glücklichen Familie, dachte Sasha. Irgendwie fühlte sich das Zusammensein mit diesen Menschen nach Familie an.

Egal, was morgen auch geschähe, war sie heute Abend nicht allein.

In der Nacht fand sie heraus, was es bedeutete, das Bett mit einem Mann zu teilen. Wie es aussah, brauchten Männer jede Menge Platz, aber das Aufwachen am nächsten Morgen fühlte sich fantastisch an.

Bran hatte Küchendienst, und Sasha schickte ihrer Mutter eine Mail mit einer Reihe Fotos von der herrlichen Umgebung, in der sie gelandet war. Die Einzelheiten, die sie nicht erzählte – ihren ersten Sex, rachsüchtige Götter und die Boxstunden hinter dem Haus – machte sie durch fröhliches Geplauder mehr als wett.

Und hoffte, dass sich ihre Mutter freuen würde, weil sie ihre … Ferien derart genoss. Und nicht alleine war.

Nach dem Abschicken der Mail schnappte sie sich die Gummibänder, die ihr Riley ausgeliehen hatte, und führte jeweils zwei Dutzend Bizeps-Curls, Trizeps-Kickbacks, Seit- und Schulterheber durch.

Riley hatte ihr noch andere Übungen gezeigt, an die sie sich nicht mehr genau erinnern konnte, aber da sie ihre Arme kaum noch heben konnte, hatte sie für dieses Mal vielleicht genug getan.

Also schnappte sie sich ihren Hut und ihre Tasche und verließ den Raum durch die Terrassentür.

Sie schirmte ihre Augen mit der einen Hand gegen die gleißend helle Sonne ab, während sie mit der anderen in der Tasche nach der Sonnenbrille grub, und als sie sie auf ihre Nase schob, wurde die Welt um sie herum mit einem Mal in Dunkelheit gehüllt.

»Da«, erklärte sie und wies mit ausgestrecktem Arm in Richtung Meer. »Ihre schwarzen Hunde kommen. Deformierte Köter schießen mit Fledermausflügeln durch die Nacht. Sie sind für den Tod geboren, aus keinem anderen Grund. Stahl, um aufzuschlitzen und zu zerreißen. Doch das Feuer, rot wie Blutvergießen und heiß wie die Hölle, aus der ihre Hunde kommen, brennt und brennt und brennt. Rot ist der Stern, und Feuer ist sein Herz. Feuer wird ihn schützen, wenn die Zeit des Wandels naht. Sie kämpft gegen den hellen weißen Mond, den hellen weißen Zauber und die auserwählten sechs. Wir befehden sie auf Leben oder Tod. Dafür wurden wir geboren und zusammengeführt. Und die Welten warten, weil ihr Schicksal fürderhin in unseren Händen liegt.«

Als sie plötzlich schwankte, legte Bran den Arm um ihre Taille und zog sie an seine Brust.

»Gott, mein Kopf.«

»Du kämpfst immer noch dagegen an«, erklärte er ihr sanft und drückte sie auf einen Stuhl.

»Das tue ich automatisch, aus Gewohnheit.«

»Hier ist ein Glas Saft.« Annika hockte sich neben sie. »Oder willst du lieber ein Glas Wasser?«

»Danke, nein. Der Saft ist gut.« Zitternd nippte Sasha an dem Glas.

»Weißt du noch, was du gesagt hast?«

»Lass sie erst einmal in Ruhe«, herrschte Riley Doyle mit böser Stimme an.

»Ich habe sie doch nur etwas gefragt.«

»Schon gut. Ja, ich glaube, schon. Ich konnte es sehen. Mit einem Mal war Nacht. Als hätte irgendjemand einen Schalter umgelegt. Und ich konnte sie über das Wasser fliegen sehen. Wie die Fledermäuse in der Höhle, nur viel größer.«

»Du hast sie als Hunde tituliert«, rief Bran ihr in Erinnerung.

»Ja, sie haben irgendwie wie Hunde ausgesehen. Oder wie die Wasserspeier, die man auf den Türmen alter Kathedralen sieht. Ihre Körper waren deformiert, die Köpfe viel zu groß, und sie hatten riesengroße Reißzähne und furchtbar lange Krallen. Sie greifen uns an.«

»Und wann?«

»Das weiß ich nicht. Das konnte ich nicht sehen. Nachts. Aber ob heute oder morgen oder vielleicht erst in einer Woche, weiß ich nicht. Sie ist bei ihnen, und wenn sich einer ihrer Hunde oder einer von uns sechs verletzt, trinkt sie das Blut. Wie ein Vampir. Sie ernährt sich ausschließlich von Blut und Tod.«

»Du hast von Feuer gesprochen. Als Waffe und als Schutzschild für den Stern.«

»Ich wünschte mir, ich wüsste, was das heißt.«

»Helle Magie.« Bran strich ihr sanft über das Haar. »Weiße Magie. Mit der wir sie bekämpfen, während sie sie ihrerseits bekämpft. Doch da ist noch mehr. Noch irgendetwas anderes, was die Magie bewirken kann. Ich werde mir was überlegen.«

»Und was sollen wir bis dahin tun?«, erkundigte sich Doyle. »Die Zeit des Wandels? Was ist das?«

»Auch wenn wir nicht bei den *Transformers* sind«, warf Sawyer ein, »verändern wir uns irgendwie. Statt Einzelkämpfer sind wir jetzt ein Team. Wobei das manche von uns vielleicht noch bezweifeln. Was bedeutet, dass noch etwas Arbeit vor uns liegt.«

»Aber auch wenn der von dir beschworene Wandel vielleicht noch nicht wirklich abgeschlossen ist, steht uns ein Kampf bevor. Früher oder später«, meinte Doyle. »Und meiner Meinung nach verlassen wir uns bisher allzu sehr auf Zauberei.«

»Ich für meinen Teil bin durchaus froh, dass mir ein Zauberer zur Seite steht, wenn ich gegen eine mörderische Göttin kämpfen soll«, schnauzte ihn Riley an.

»Ich behaupte ja auch nicht, dass wir auf Zauberei verzichten sollen. Aber wenn wir gegen eine mörderische Göttin kämpfen müssen, wäre auch ein Schlachtplan sicher nicht verkehrt.«

Riley nickte knapp. »Das stimmt. Am besten essen wir erst mal etwas, fahren dann los und fangen auf dem Boot mit der Entwicklung eines Schlachtplans an. Das Frühstück ist zwar nicht mehr warm, macht aber sicher trotzdem satt«, erklärte sie und setzte sich zu Sasha an den Tisch.

Bran schwenkte eine Hand über der Platte mit dem Rührei und dem Speck. »Jetzt ist es wieder heiß.«

»Siehst du?« Fröhlich häufte Riley sich den Teller voll. »Es ist durchaus praktisch, wenn man einen Zauberer zur Verfügung hat.« Sie legte eine Hand auf Sashas Bein und tat ihr mit der anderen auf. »Selbst wenn dir ein bisschen flau im Magen ist, wird dir das Essen guttun – und vor allem steht uns ein langer Arbeitstag bevor.«

Sie würde ihren Teil der Arbeit leisten, dachte Sasha, nahm trotz ihres flauen Magens ihre Gabel in die Hand und schob sich einen ersten Bissen Rührei in den Mund.

Auf dem Weg zur ersten Höhle hatte Sasha sich noch immer nicht völlig beruhigt. Zwar hatte sie die Tauchgänge vom Vortag mit Bravour gemeistert – und zum größten Teil tatsächlich Spaß daran gehabt –, aber die Vision vom Morgen hatte sie erschüttert und erheblich aus dem Gleichgewicht gebracht. Als auch die kühle, feuchte Brise und das Meer, das in der Sonne glitzerte, sie nicht beruhigten, zog sie ihren Skizzenblock hervor.

»Es wird alles gut«, erklärte Bran, als sie in seine Richtung sah, und tippte sich gegen die Stirn. »Um das zu wissen, brauchst du keine Seherin zu sein. Du solltest dich entspannen. Wir sind hier aus einem ganz bestimmten Grund, und der ist nicht, den Kampf gegen die dunkle Göttin zu verlieren, noch bevor er überhaupt richtig begonnen hat.«

»Ich habe das Blut gerochen«, widersprach sie ihm mit leiser Stimme. »Ich habe das Kreischen dieser Kreaturen gehört, als sie angeschossen kamen, und ich habe ihnen den Wahnsinn deutlich angesehen. Sie hat sie erschaffen, Bran, aus nichts als Wahn und Hass. Ihr einziger Daseinszweck ist unser Tod.«

»Während unser Daseinszweck das Leben ist. Und ich glaube, dass das Leben, wenn es willig ist zu kämpfen, siegen wird. Vertrau auf das Leben. Und vertrau auf dich und auf die Dinge, die du in dir hast.«

»Ich versuche es.«

Als sie ihre Ausrüstung anlegten, machte Sawyer eine Kamera an seiner Jacke fest.

»Die habe ich gestern im Dorf gekauft. Man kann damit bis auf sechzig Meter runtergehen. Ich dachte, wir fangen besser langsam an zu dokumentieren, was wir tun.«

»Ich führe bereits Tagebuch.« Riley untersuchte das Gerät und nickte Sawyer anerkennend zu. »Ein hübsches Spielzeug hast du da. Die Idee war wirklich gut. Fotos und Videos?«

»Ja. Ich werde beides machen, um zu sehen, was besser ist.«

Obwohl der Tauchgang angenehm und durchaus unterhaltsam war, da Annika für Sawyers Kamera als Unterwassergymnastin posierte, trafen sie nur das normale Unterwasserleben an. Und obgleich Sasha in der ängstlichen Erwartung, eine schwarze Wolke geflügelter Hunde durch das Meer pflügen zu sehen, immer wieder ängstlich über ihre Schulter blickte, hatte sie, bis sie wieder zum Boot kam, tauchtechnisch noch einiges dazugelernt.

»Wir müssen erst mal rehydrieren.« Riley setzte die gebrauchte Druckluftflasche ab, bevor sie ein paar Flaschen Wasser aus der Kühlbox nahm. »Damit hätten wir auch diese Stelle abgehakt. Als Nächstes tauchen wir an meinem Ort«, erklärte sie und warf Doyle eine der Flaschen zu.

»Ich sehe mir erst mal die Bilder an.«

»Ich will sie auch sehen.« Annika schmiegte sich eng an Sawyer.

Auch Sasha stützte eine Hand auf Sawyers Schulter ab, beugte sich über die Kamera, und plötzlich nahm sie glühendes Verlangen wahr. Überrascht davon, wie klar sie das Gefühl erkannte, und verlegen, weil sie es so deutlich hatte spüren können, richtete sie sich verstohlen wieder auf.

Nicht, dass sie es ihm hätte verdenken können, denn die energiegeladene Annika war wirklich zauberhaft. Aber sein Verlangen zu verstehen und es zu spüren waren zwei Paar Schuhe, und um nicht erneut in die Privatsphäre der beiden einzudringen, lief sie dorthin, wo sie Doyle über den Karten grübeln sah.

»Hast du noch einen anderen Ort im Kopf?«, erkundigte sie sich.

»Es gibt unzählige Möglichkeiten, deshalb sollten wir ein bisschen schneller machen.«

»Was bisher nicht ging, weil ich zu unerfahren bin.«

»Du machst deine Sache wirklich gut.«

Als er aufsah, nahm sie etwas Hartes, Abwehrendes an ihm wahr.

»Suchst du was?«

»Ich versuche, nichts zu sehen, was ich nicht sehen soll«, erwiderte sie möglichst kühl.

Er griff nach seiner Flasche und bedachte sie mit einem durchdringenden Blick. »Gibt es sonst noch jemanden in deiner Familie, der deine Fähigkeiten hat? Normalerweise ist so etwas erblich.«

»Nein. Oder auf alle Fälle habe ich bisher noch nichts davon gehört.«

Ihr kam der Gedanke, dass sie Doyle im Grunde gar nicht kannte, oder wenigstens nicht so wie die vier anderen. Weil er sich die meiste Zeit absichtlich etwas abseits hielt. Doch genauso wenig wusste er von ihr, und vielleicht sollte sie versuchen, die bestehende Kluft zu überwinden, denn sie waren schließlich beide Mitglieder desselben Teams.

»Aber meine Familie ist auch sehr klein«, fuhr sie entschlossen fort. »Meine Eltern waren beide Einzelkinder, und ich habe meine Großeltern nur alle Jubeljahre mal gesehen. Als ich zwölf war, hat mein Vater uns verlassen, denn er kam mit meiner Gabe nicht zurecht. Erst hat meine Mutter immer mich entschuldigt und dann ihn. Das habe ich ihr fürchterlich verübelt, dabei hat sie es nur gut gemeint. Trotzdem habe ich mich irgendwann dafür entschieden, ganz allein zu leben, denn auf diese Weise brauchte ich mich meinem Anderssein nicht mehr zu stellen. Ich habe mich ausschließlich auf das Malen konzentriert, was mir durchaus gut gefallen hat.«

Sie blickte wieder dorthin, wo inzwischen die vier anderen um die Kamera versammelt waren.

»Aber so gefällt's mir besser. Sogar in dem Wissen um die Dinge, die passieren könnten, und in der Gewissheit, dass ein Teil davon passieren wird, habe ich mich nie zuvor so wohl gefühlt. Wie steht's mit dir?«

»Wie's mit mir steht?«

»Hast du auch Familie?«

»Nein. Nicht mehr.«

»Es ist hart, wenn man keine Familie hat. Obwohl mir das erst klar geworden ist, als ich ...« Sie sah erneut zurück. »Das Alleinsein fühlt sich einfach an, solange man nicht weiß, was es für andere schöne Möglichkeiten gibt.«

»Es hat durchaus seine Vorteile. Es gibt zum Beispiel niemanden, um den man sich Gedanken machen muss. Und wenn man nach links gehen will, geht man nach links, weil einen niemand zwingt, nach rechts zu gehen.«

»Ich würde eher nach rechts gehen oder es auf jeden Fall versuchen, als noch mal allein zu sein. Ich finde es schön, wenn Riley oder Bran von ihren Familien erzählen oder Sawyer über seine Sippe und speziell von seinem Opa spricht. Sie haben keine Ahnung, wie es ist, völlig allein zu sein. Und Annika ...«

Sie konnte sich nicht vorstellen, dass das lebensfrohe Energiebündel jemals allein war, doch im Grunde hatte sie sie bisher nie danach gefragt.

»Annika? Hast du Familie?«

»Familie?« Annika warf ihren langen Flechtzopf über ihre Schulter und erklärte lächelnd. »Ja. Sechs Schwestern.«

»Sechs ...«, erkundigte sich Sawyer, ehe Riley das Wort »Schwestern?« aussprach.

»Ja. Ich bin die Jüngste. Chantalla ist die Älteste, danach kommt Loreli, dann ...«

»Du bist die siebte Tochter«, fiel ihr Bran ins Wort.

»Mein Vater sagt, auf ihm laste ein Fluch. Aber das ist nur ein Witz«, fügte sie umgehend hinzu.

»Und deine Mutter?«, fragte Doyle. »Hat sie auch sechs Schwestern?«

»Ja. Genau wie ich.«

»Und ist sie auch die Jüngste?«

Als Annika nickte, blickte Bran auf Doyle.

»Brat mir einer einen Storch«, bat Riley und gab Sawyer seine Kamera zurück. »Wir haben die siebte Tochter einer siebten Tochter. Kannst du hellsehen, Anni?«

»Nein, oder auf jeden Fall nicht so wie Sasha. Manchmal weiß ich einfach Dinge. Wie zum Beispiel, dass ich an dem Strand auf Sawyer warten musste. Also bin ich hin, und er war da. Und obwohl ich nicht gern kämpfe, wusste ich auch, dass ich kämpfen würde. Und dass der Kampf in der Höhle nicht der letzte war. Im Gegensatz zu mir kann Sasha Dinge sehen, die helfen oder eine Warnung sind. Ich selbst kann nur sehen, was ich machen soll.«

»Was uns genauso helfen kann«, erklärte Sawyer ihr. »Du solltest es uns wissen lassen, wenn du etwas siehst.«

»Ich möchte helfen. Wenn wir erst den Feuerstern gefunden haben, wird es noch viel schwieriger für uns. Denn sie wird wütend sein, weil sie ihn haben will.«

»Worauf du einen lassen kannst«, stimmte ihr Riley zu.

»Damit dürfte klar sein, wie wir weiter vorgehen müssen, Doyle«, stellte Bran entschlossen fest. »Wollen wir doch mal sehen, ob wir nicht dafür sorgen können, dass sie richtig sauer wird.«

Auch der zweite und der dritte Tauchgang blieben vollkommen ergebnislos, und auf der Fahrt zurück zum Hafen breitete sich die Erschöpfung ähnlich einer dunklen Wolke über ihnen aus.

Sasha sagte sich, dass sie die Suche gerade erst begonnen und nicht hatten damit rechnen können, dass der Stern so einfach ohne jede Anstrengung zu finden sei.

Doch im Verlauf des Tages hatte sich ein Hauch von Angst über ihre anfängliche Abenteuerlust gelegt.

Und anscheinend alle anderen angesteckt.

Sawyer spielte grüblerisch mit seinem Kompass, Riley kauerte alleine über ihren Tagebüchern, und selbst Annika saß reglos auf der Bank und starrte auf das Meer hinaus.

»Deine Vision«, wandte sich Bran nach einer Weile wieder Sasha zu. »Von der Klippe in dem Sturm. In der ich Blitz und Donner rufe. Vielleicht ist der Zeitpunkt ja jetzt da.«

»Nein.« In Sasha wogte Panik auf.

»Du darfst nicht zulassen, dass deine Angst deine Visionen trübt.«

»Aber das tut sie nun mal. Und es ist nicht nur das. Es war etwas Drängendes, Verzweifeltes an diesem Bild. Über die Gefahr und selbst über die Kraft dieser Vision hinaus. Es ist noch nicht so weit. Ich weiß nicht, wann oder warum es zu der Szene kommen wird, aber ich bin mir sicher, dass es noch ein wenig dauern wird.«

»Aber du wirst mir sagen, wenn der Augenblick gekommen ist?«

Bevor sie eine Antwort geben konnte, nahm er ihre Hand. »Ganz ehrlich, Sash. Versprich es mir.«

»Ja. Ich werde es dir sagen, auch wenn du das sicher selbst wissen wirst.«

Durch diese Unterhaltung wurden ihre Ängste noch verstärkt. Sie beschloss, sich wenigstens für kurze Zeit in ihrer Arbeit zu verlieren, und bis sie, dicht gefolgt von

Doyle auf seinem knatternden Motorrad, vor der Villa hielten, hatte sie schon eine Bilderserie der hiesigen Pflanzenwelt geplant.

»Ich fahre noch mal kurz zurück ins Dorf«, erklärte Riley. »Weil ich dort mit ein paar Leuten sprechen und vielleicht noch ein paar Fäden ziehen will.«

»Ich könnte dich begleiten«, überlegte Annika.

»Ich habe nicht die Absicht, einkaufen zu gehen. Wartet mit dem Essen nicht auf mich«, bat sie die anderen. »Das heißt, am besten geht ihr nachher einfach schon ins Bett. Vielleicht finde ich ja irgendwo ein heißes Date.«

»Ich finde nicht, dass du allein losfahren solltest«, setzte Sawyer an.

»Ich komme schon zurecht, Cowboy.«

Apollo steckte schwanzwedelnd den Kopf in ihren Jeep. »Du bleibst auch hier, Großer.« Zärtlich fuhr sie mit der Hand über sein Fell, schob ihn dann aber entschlossen fort. »Bis dann.«

Als sie losfuhr, sah der Hund ihr traurig hinterher und schmiegte sich dann trostsuchend an Annika.

»Schon gut. Ich werde mit dir spielen.«

Nachdem die anderen ins Haus gegangen waren, blieb Sasha stehen und sah der Staubwolke über der schmalen Straße hinterher.

»Was ist?«, erkundigte sich Bran.

»Ich weiß nicht. Irgendwas fühlt sich nicht richtig an.«

»Öffne dich diesem Gefühl.« Er legte ihr die Hände auf die Schultern und massierte sie ganz sanft.

»Ich kann es nicht erreichen. Weil sie es nicht will. Ich weiß nur, dass sie uns gegenüber eben nicht ganz ehrlich war. Am besten male ich erst mal ein bisschen, weil ich so wieder einen klaren Kopf bekommen kann.«

»Ich habe auch noch zu tun.«

Sie liefen Richtung Haus, und plötzlich fügte sie hinzu: »Wir fühlen uns nicht als Einheit. Damit meine ich nicht dich und mich, sondern uns sechs. Gestern hat es sich so angefühlt, als ob wir eine Einheit wären – oder zumindest fast. Aber jetzt fühlt es sich an, als hätte jeder sich wieder in sich zurückgezogen. Vielleicht ist es das, was sich verkehrt anfühlt.«

»Ich schätze, dass wir einfach alle ziemlich müde sind. Es war ein langer Tag.«

»Wahrscheinlich ist es das.« Doch auf dem Weg in Richtung der Terrasse drehte sie sich noch mal nach der Straße um, auf der der Jeep nicht mehr zu sehen war.

13

Sasha malte, bis die Abendsonne wie ein roter Feuerball am Himmel hing. Auch wenn sie immer noch etwas nervös war, hatte sich die schlimmste Angst gelegt. Entgegen ihrer Hoffnung aber reinigte sie schließlich ihre Pinsel, ohne dass der Jeep den holperigen, schmalen Weg wieder heraufgefahren kam.

Obwohl das sicher dumm war, wollte sie die ganze Truppe mitsamt Riley unter einem Dach versammelt sehen. Doch da sie gespürt hatte, dass Riley unbedingt allein sein wollte – und sie das dringende Bedürfnis nach Alleinsein aus Erfahrung kannte –, zwang sie sich, ins Erdgeschoss zu gehen.

Sicher müsste wieder einmal sie das Abendessen zubereiten, und es hätte keinen Sinn, sich deshalb mit den anderen anzulegen, nur weil sie zur Abwechslung mal schlechte Laune hatte und nicht in der Stimmung dafür war.

Doch als sie in die Küche kam, schnitt Annika dort bereits Paprika.

»Sawyer bringt mir Kochen bei. Ich lerne gern.«

»Du bist auch eine gute Schülerin. Es gibt eine Gemüsepfanne«, wandte er sich Sasha zu. »Ich dachte, ich werfe einfach alles rein, was es im Garten gibt. Falls du irgendwas davon nicht magst, iss einfach drum herum.«

»Kein Problem. Kann ich euch irgendetwas helfen?«

»Du könntest eine Flasche Wein aufmachen. Ob rot oder weiß, ist mir egal. Ich brauche einen Teil des Weins fürs Essen, und der Rest ist dann für uns.«

»Okay.«

Irgendwie war es beruhigend, Sawyer dabei zuzusehen, wie er Annika im Putzen und im Schneiden des Gemüses unterwies, und an ihrem Wein zu nippen, während jemand anderes die Arbeit tat. Und als Bran hereinspaziert kam, sie an seine Brust zog und sie innig küsste, ging es Sasha wieder vollends gut.

»Das ist hübsch«, erklärte Annika mit einem wehmütigen Seufzer. »Es ist hübsch, wenn ihr euch küsst.«

»Dann sollten wir das vielleicht noch mal wiederholen.« Diesmal beugte Bran sich über Sasha, ließ sie leicht nach hinten kippen und presste ihr abermals die Lippen auf den Mund.

»Du bist anscheinend wieder ziemlich munter.« Um das wilde Pochen ihres Herzens zu beruhigen, wandte Sasha sich entschlossen ab und holte Bran ein Glas.

»Ich habe ein paar Fortschritte bei einem Zaubertrank gemacht. Er ist noch nicht ganz fertig, doch ich bin schon ziemlich weit.«

»So etwas hört man nicht jeden Tag. Fortschritte bei einem Zaubertrank.«

»In meiner Welt ist so was vollkommen normal.« Bran nahm Sasha das gefüllte Weinglas ab. »Was auch immer du da brutzelst, Sawyer, riecht phänomenal.«

»In zehn Minuten wissen wir, ob's auch so schmeckt.«

»Da Annika beim Kochen hilft, decken heute Abend vielleicht wir beide den Tisch.« Sasha nahm sechs Teller aus dem Schrank, bevor ihr einfiel, dass nicht der gesamte Trupp zum Essen kam. »Riley isst bestimmt etwas im Dorf, aber jemand sollte Doyle Bescheid geben, dass es gleich Abendessen gibt.«

»Ich nehme die Teller mit und gucke, wo er steckt«, erbot sich Bran.

»Vielleicht kommt Riley ja noch rechtzeitig zurück.«

Annika rieb Sawyers Arm. »Du solltest dir keine Sorgen um sie machen. Riley ist sehr klug und furchtbar stark.«

Sasha fand, dass das ein guter Ratschlag war, und versuchte selbst, ihn zu beherzigen. Doch bis zum Ende ihres Mahls – von dem als Lob an Koch und Assistentin nicht einmal ein Reiskorn übrig blieb – war die Sonne vollständig im Meer versunken, und am Himmel leuchtete ein runder weißer Mond.

Sawyer runzelte die Stirn. »Vielleicht sollten zwei von uns ins Dorf fahren und nach ihr suchen.«

Doyle zog eine Braue hoch. »Und womit?«

»Du hast doch ein Motorrad.«

»Riley ist eine erwachsene Frau und kann nach Hause kommen, wann sie will. Wenn sie der Typ Jungfrau in Nöten wäre, ja okay, dann könnten wir ins Dorf ziehen und den Drachen für sie töten. Aber sie hat ein Kampfmesser, eine Beretta und kann kämpfen wie ein Mann. Sie kann also sicher selbst auf sich aufpassen. Außerdem …« Er wedelte mit seiner Bierflasche. »Falls sie etwas mit einem der *Kontaktmänner*, mit denen sie sich treffen wollte, hat, dürfte sie von deiner Edler-Ritter-Masche ziemlich angefressen sein.«

»Nun, ich mache mir halt Sorgen um sie. Ich dachte

290

nicht, dass sie tatsächlich erst spät nachts wieder nach Hause kommen will. Und…« Sasha hob ihr Handy in die Luft, »sie hat nicht auf meine Nachricht reagiert.«

»Auf meine schon«, bemerkte Bran.

»Auf deine? Wann?«

»Bevor ich runterkam. Ich habe nur gefragt, ob alles klar ist, und sie hat zurückgeschrieben: ›alles bombe‹. Genau das.«

»Und was genau soll das bedeuten?«

»Dass alles in Ordnung ist«, erklärte Doyle.

»Und dann hat sie noch geschrieben, dass sie wahrscheinlich im Dorf bei einem Kumpel übernachten wird.«

»Bei was für einem Kumpel?«, hakte Sasha nach und atmete vernehmlich aus. »Na ja, wahrscheinlich geht uns das nichts an. Und Doyle hat recht. Falls jemand gefährlich und hervorragend bewaffnet ist, dann Riley Gwin. Ich bin einfach ein bisschen aus dem Gleichgewicht, weil ich daran gewöhnt bin, dass wir alle permanent zusammen sind.«

Sie stand auf und sammelte die leeren Teller ein. »Ich werde den Abwasch machen. Vielleicht lenkt der mich ja etwas ab.«

Da sie nach dem Spülen der Teller immer noch nervös war, schrubbte sie auch noch die Pfanne und die Arbeitsplatte ab, und während sie nach einer zusätzlichen Arbeit suchte, sah sie Bran, der in der Tür lehnte und stirnrunzelnd in ihre Richtung sah.

»Bist du immer noch nervös?«

»Ich werde meine Unruhe einfach nicht los.«

»Da weiß ich ein gutes Gegenmittel.« Er holte eine

Flasche Wein, zwei Gläser und nahm ihre Hand. »Komm mit.«

»Wohin?«

»Wir beide werden uns auf die Terrasse setzen und was trinken. Wie du selbst vorhin gesagt hast, haben sich heute Abend alle irgendwie in sich zurückgezogen. Vielleicht brauchen sie das einfach mal. Aber meiner Meinung nach haben du und ich ein anderes Bedürfnis. Nämlich das nach einem Date.«

»Einem Date?«

»Genau. Nach einem Glas Wein im Mondschein, einer Unterhaltung über irgendwelche ganz banalen Dinge, und wenn dich der Wein ein bisschen aufgelockert hat, nehme ich dich mit ins Haus und falle dort über dich her.«

»Dazu brauchen wir doch keinen Wein.«

»Du bist ein Geschenk, *fáidh*, das ist mir klar. Aber Wein und eine nette Unterhaltung sind ein angenehmes Vorspiel, findest du nicht auch? Und schließlich hast du auf dem Boot auch mit Doyle ein längeres Gespräch geführt.«

»Er hat mich gefragt, ob meine Gabe erblich ist. Weißt du, dass mir der Gedanke bisher nie gekommen ist?« Sie schüttelte den Kopf. »Ich habe meine Eltern nicht danach gefragt, ob es in unserer Familie schon mal jemand anderen mit dieser Gabe gab. Da keiner je davon gesprochen hat, bin ich einfach davon ausgegangen, dass es eine Kuriosität wie mich bisher noch nie gegeben hat.«

»Es ist ein Unterschied, ob jemand seltsam oder was Besonderes ist.«

»Das wird mir langsam klar. Aber in meiner Familie

sind wir alle derart zugeknöpft, dass wir sämtliche Probleme entweder entschuldigen oder so tun, als ob alles in Ordnung wäre.«

»Du bist kein Problem, und niemand – nicht einmal du selbst – sollte das Recht haben, dich als Problem zu sehen.«

»Vielleicht war es ja deswegen so einfach, mich auf dich und die vier anderen einzulassen – niemand hier empfindet mich und meine Gabe als Problem. Und aus demselben Grund war es damals so leicht für mich, zu Hause auszuziehen. Ich liebe meine Mutter, aber es genügt uns beiden zu telefonieren, E-Mails auszutauschen und uns ab und zu ein paar Tage zu sehen. Wir haben einfach kaum Gemeinsamkeiten, schätze ich.«

»Würdest du sie heute fragen, ob es vor dir schon mal jemand anderen mit deinen Fähigkeiten in eurer Familie gab?«

»Vielleicht. Wenn ich das Bedürfnis hätte, etwas davon zu erfahren. Wenn ich sie bedrängen würde, würde sie es mir auf alle Fälle sagen. Sie würde mich ganz sicher nicht belügen, oder wenn sie mich belügen würde, wäre mir das klar. Aber ...«, sie sah auf den vollen Mond über dem dunklen Meer, »... irgendwie spielt das inzwischen keine Rolle mehr.«

Sie trank einen Schluck von ihrem Wein und lächelte, als plötzlich seine Hand auf ihrer lag. »Ich habe Dates gehasst und sie am Ende aufgegeben. Aber dieses Date ist wirklich schön.«

»Wir müssen uns einmal die Zeit nehmen, um richtig miteinander auszugehen, im Rahmen eines echten Dates.«

»Aus meiner Sicht ist dies bereits ein echtes Date.« Echter und realer und vor allem wunderbarer als das Dutzend Dates, zu denen sie bisher verabredet gewesen war.

Die milde Nacht, der volle Mond, der Gesang der Wellen und die Hand, die ihre hielt, machten ihre Begegnung perfekt.

Der Augenblick war ebenso romantisch wie ihr nächtliches Zusammensein, und als Bran aufstand, erhob sie sich ebenfalls von ihrem Platz und wandte sich ihm zu.

»Bist du immer noch nervös?«

»Nein. Aber ich nehme an, bald werde ich es wieder sein.« Sie schlang ihm die Arme um den Hals, zog ihn zu sich herab, und diesmal küsste sie ihn auf den Mund. Und freute sich an dem Bewusstsein, dass sie dazu in der Lage war, sich ihm zu öffnen. »Am besten ziehen wir uns zurück«, murmelte sie. »An unseren eigenen Ort.«

»Du machst mich fertig, Sasha.« Eilig folgte er ihr in ihr Zimmer und verriegelte die Tür.

Das fahle blaue Mondlicht, das durch die Terrassentür fiel, war vollkommen genug.

Sie hatte das Gefühl zu tanzen, als sie abermals die Arme um ihn schlang und sich mit ihm im Kreis drehte, während er sie bis zum Rand des Bettes schob. Sie legte den Kopf zurück, und als ihre Münder aufeinandertrafen, dachte sie, dass es ein Wunder war, wie viel Schönes ihr in derart kurzer Zeit zuteilgeworden war. Dass sie es schaffte, alles andere auszublenden für das abermalige Zusammensein mit diesem Mann.

Und zu wissen, dass er hier und jetzt nur ihr gehörte, ihr allein.

Er zog ihr die Spange aus dem Haar, und als es über

ihre Schultern fiel, war es, als wetteiferten Sonnenlicht
und Mondenschein. Sie war wie warme Seide unter seinen Händen, und es war für ihn ein Wunder, dass er einer
derart offenen, grundehrlichen Person wie ihr begegnet
war. Abgesehen von ihrer prächtigen Figur und ihrem
hübschen, ausdrucksvollen Gesicht – das ihn von Beginn
an angezogen hatte – schätzte er auch ihre Großherzig-
keit und ihren Mut, der ihr selbst noch nicht bewusst geworden war.

Dass er eine solche Partnerin bei dieser schweren Aufgabe bekommen würde, hätte er niemals gedacht.

Sie schob ihre Hände mit den starken Malerinnen-
fingern sanft unter sein Hemd. Entflammt schob er sie
rücklings auf das Bett und ermahnte sich, weiter möglichst rücksichtsvoll und langsam vorzugehen. Denn auch
nach der ersten Nacht mit ihm strahlte sie eine ihr völlig
eigene Unschuld aus.

Trotzdem rang er sichtlich um Beherrschung, als sich
Sasha sachte auf ihn schob und lächelnd mit den Fingerspitzen über seinen Mund und seine Wange glitt.

»Ich kenne dieses Gesicht so gut. Ich habe ein ums andere Mal davon geträumt. Das hat mir eine Heidenangst
gemacht.«

»Warum denn das?«

»Was wäre gewesen…«, fragte sie, wobei sie abermals
mit ihrem Finger über seinen Wangenknochen, seinen
Mund und seinen Kiefer strich, »…wenn es mir zwar
gelungen wäre, meinen Traummann zu erschaffen, aber
eben nur im Traum?« Seufzend schmiegte sie die Stirn
an seine Braue an. »Auf meiner Leinwand und in meinem Kopf. Und wenn ich meinen Pinsel fortgelegt oder

die Augen aufgeschlagen hätte, hätte ich gemerkt, dass ich noch immer ganz allein wäre.«

»Du bist aber nicht mehr allein.«

»Ich dachte, dass es für mich besser ist, allein zu sein, also habe ich mir eingeredet, dass es das ist, was ich will.« Sie glitt mit ihren Lippen über seinen Mund. »Aber jetzt will ich viel mehr. Und auch das macht mir ein bisschen Angst.« Zärtlich erforschten ihre Lippen sein Gesicht. »Ich habe so oft von uns beiden geträumt, und ich würde gern versuchen, dir zu zeigen, wie es in den Träumen war.«

Und wie in ihren Träumen küsste sie ihn fast unmerklich auf den Mund. Ein-, zweimal, bevor sie ihm das Hemd auszog. Ihr Körper war jetzt dazu da, Vergnügen zu bereiten, während gleichzeitig ihr Mund verführerisch, doch gleichzeitig hauchzart über seinen Kiefer bis hinab zu seiner Kehle glitt. Sie kostete den Puls an seinem Hals und merkte, welche Freude sie selbst hatte, als er plötzlich schneller schlug.

Dann erlebte sie zum ersten Mal die Macht und Freude, sich den Weg an ihm herab zu bahnen und ihn ebenso eingehend zu erforschen wie er sie während der Nacht zuvor.

Er krallte die Finger in ihre Bluse, als er den brutalen Drang verspürte, sie ihr kurzerhand vom Leib zu reißen und mit seinen Händen und der Zunge die Konturen ihres wohlgeformten, süßen Leibes nachzuziehen. Doch er würde sie den Ton und die Geschwindigkeit bestimmen lassen, und als sie ihn weiter langsam und träumerisch erforschte, merkte er, welch goldene Qual mitunter im Vergnügen lag.

Sie zog ihn im Wechselspiel von Mondlicht und von Schatten unter leisen Seufzern und verführerischem Flüstern aus. Gemeinsam schwangen sie und ihr Geliebter sich in ungeahnte Höhen auf. Die Emotionen machten ihm das Atmen schwer, und während sie sich wie in Trance auf ihm bewegte, spürte er, wie zähflüssig das Blut durch seine Adern floss.

Zentimeterweise schob sie sich wieder an ihm herauf und presste ihm erneut die Lippen auf den Mund. Nicht sanft und zärtlich wie zuvor, sondern nachdrücklich und so begierig, dass es beinah schmerzte.

Angestrahlt vom fahlen Licht des Mondes, richtete sich Sasha wieder auf, strich sich das Haar aus dem Gesicht und kreuzte ihre Arme vor der Brust, um ihre Bluse auszuziehen.

Er streckte seine Hände aus, doch kopfschüttelnd zog sie sich selbst so langsam und so quälend aus wie vorher ihn.

»Schließlich ist dies mein Traum«, rief sie ihm mit rauer Stimme in Erinnerung.

Und nahm ihn wie in ihren Träumen, rittlings auf ihm sitzend, langsam in sich auf.

Während ihr der Atem stockte, presste sie die Hände fest vor ihre Brüste und bewegte sich erst langsam und dann immer schneller auf und ab.

Du machst mich fertig, hatte er gesagt, doch dass sie ihn so umfänglich beherrschen könnte, hätte er niemals gedacht. Durch das sanfte Kreisen ihrer Hüften zog sie ihn vollends in den Bann.

Blaue Strahlen des Mondlichts fielen auf ihre nackte Haut, während ihr sonnenhelles Haar im Schatten lag.

Und mit wechselweise flüssigen und straff gespannten Gliedern ritt sie ihn, bis ihm ihr leiser Schrei verriet, dass sie gekommen war.

Er richtete sich eilig auf, schlang ihr die Arme um den Leib, und sie schwangen sich Herz an Herz erneut in ungeahnte Höhen auf, bis er mit ihr gemeinsam flog.

Dann streichelte er sanft ihr Haar und ihren Rücken, bis er wieder halbwegs bei sich war. Niemals zuvor war er körperlich, emotional und geistig so mit einer Frau verschmolzen, niemals zuvor hatte er ein solches Maß an Glück erlebt.

Wobei er sich nicht sicher war, was er davon hielt.

Dann aber stieß sie seufzend seinen Namen aus, und er beschloss, nicht jetzt darüber nachzudenken. Dafür wäre schließlich später auch noch Zeit.

»Zurück zu deinen Träumen …«

Sie lachte erst und seufzte dann erneut. »Ich habe ungefähr seit einem Vierteljahr von dir geträumt.«

»Dann haben wir offenbar noch alle Hände voll zu tun.« Er lehnte sich zurück und sah sie an. »Aber jetzt solltest du erst mal schlafen. Du siehst ziemlich müde aus.«

»Eher entspannt.«

»Da bin ich aber froh. Denn morgen wird bestimmt wieder ein anstrengender Tag.«

»Glaubst du, dass Riley zurück ist? Vielleicht sollte ich kurz nach ihr sehen.«

»Spätestens zum Frühstück taucht sie wieder auf.«

Er drückte sie aufs Bett, zog sie an seine Brust, und nachdem sie eingenickt war, stand er lautlos auf und verließ das Zimmer, um mit seiner Arbeit fortzufahren.

Ein, zwei Stunden, dachte er, dann hätte er vielleicht

etwas, was er einsetzen könnte, wenn die Höllenhunde kämen, die Sasha am Vormittag erschienen waren.

Er brauchte länger als geplant und hoffte, er bekäme vor Anbruch der Dämmerung wenigstens noch zwei, drei Stunden Schlaf. Seine magischen Kräfte kribbelten auf seiner Haut, und als er sich erneut an Sasha schmiegte, zitterte sie leicht und murmelte mit leiser Stimme etwas vor sich hin.

Er streichelte sie zur Beruhigung, klappte müde seine Augen zu und schlug sie noch vor Tagesanbruch wieder auf.

Sie stand schreckensstarr im Licht des Mondes und starrte die Türen der Terrasse an.

»Was ist?«

»Sie haben sich auf den Weg gemacht. Steh auf und zieh dich an. Wir haben nicht viel Zeit.«

Er schwenkte eine Hand und machte dadurch Licht. Sie schlafwandelte wieder, sah er ihren Augen an. »Wer hat sich auf den Weg gemacht?«

»Ihre Hunde. Unser Hund hat es bereits gespürt. Kannst du sie nicht heulen hören? Beeil dich.« Noch bevor er aufstehen konnte, schnappte sie sich eilig ihre Kleider und begann sich anzuziehen. »Wo ist mein Bogen?«, fragte sie.

»Dein Bogen?«

»Ach, da ist er ja.« Sie bückte sich nach einem unsichtbaren Gegenstand, den sie sich um die Schulter schlang. »Beeil dich, Bran, wir müssen die anderen wecken.«

»Das übernehme ich.« Er stieg in seine Jeans. »Bleib du hier, Sasha. Warte, bis ich wiederkomme, ja?«

»Mach schnell.«

»Bleib hier.« Er rannte los und trommelte mit einer Faust an Sawyers Tür. »Steh auf und hol die anderen. Irgendetwas nähert sich dem Haus.«

Ohne eine Antwort abzuwarten, wandte er sich seinem eigenen Zimmer zu.

»Und was?«, rief Sawyer, als er endlich an der Tür erschien.

»Das weiß ich nicht«, erklärte er im Gehen. »Aber hol die anderen und bewaffnet euch.«

Er griff nach einem Hemd, einem Messer und mehreren Fläschchen des von ihm gebrauten Zaubertranks. Der Trunk hätte noch ein paar Stunden ziehen sollen, doch dafür reichte ihre Zeit nicht mehr.

Als er wieder in Sashas Zimmer kam, stand sie bereits in Jacke und in Stiefeln da. Sie schlafwandelte immer noch, sah aber mutig und entschlossen aus.

Er überlegte kurz, doch als Apollo wie zur Warnung lang gezogen heulte, wusste er, dass er sie wecken müsste. Weil ihr momentaner Zustand zu gefährlich für sie war.

Sie blinzelte und fuhr zurück. »Was …«

Als Apollo wieder heulte, stieß ein anderes, gefährlicheres Tier ein noch lauteres Heulen aus.

»Es ist kein Traum«, stellte sie fest.

»Hier, nimm das.« Er drückte ihr das Messer in die Hand. »Es ist verzaubert, aber wenn du ihm und auch dir selbst vertraust, kommst du bestimmt damit zurecht. Du musst in meiner Nähe bleiben, Sasha.«

»Sie sind auf dem Weg hierher. Die Gestalten aus meiner Vision.«

»Ich glaube, ja. Wir können nicht riskieren, hier im

Haus zu bleiben, um zu sehen, was sie im Schilde führen.«

»Nein.« Sie blickte auf das scharfe Silbermesser und konnte nur beten, dass sie eine ruhige Hand behielte, käme es zum Kampf. »Was ist mit den anderen?«

»Sie sind schon unterwegs. Du hast uns rechtzeitig gewarnt. Bleib dicht bei mir«, wiederholte er und ging in Richtung der Terrassentüren.

Obwohl ihnen ein kalter Windstoß einen fauligen Geruch entgegenblies, trat Bran entschlossen durch die Tür. Das Messer fest umklammernd, folgte Sasha ihm.

»Mach die Türen zu«, wies er sie an und suchte mit den Augen Meer und Himmel ab. »Nicht, dass sie das offene Haus als Einladung verstehen.«

»Ich kann noch nichts sehen. Aber …«

»Sie sind wirklich auf dem Weg hierher. Du hattest recht. Am besten setzen wir uns möglichst weit vom Haus entfernt gegen diese Bestien zur Wehr.«

Mit wild flatterndem Mantel stapfte Doyle auf Bran und Sasha zu. »Beim Olivenhain. Weil man von dort aus das Gelände überblicken und im Notfall auch in Deckung gehen kann.«

Er reckte die Nase in den Wind, schnupperte wie ein Wolf und stellte fest: »Das ist eindeutig Höllenrauch.«

»Das Parfüm von meiner Schwester is's auf alle Fälle nicht.« Zwei Pistolen in den Händen, kam auch Sawyer anmarschiert.

»Ich habe Apollo eingesperrt«, erklärte Annika, die dicht an seiner Seite stand. »Sonst wird er vielleicht verletzt.«

»Ihm wird schon nichts passieren.« Sawyer drückte ihr

die Schulter. »Riley ist noch nicht zurück, deswegen sind wir nur zu fünft. Aber…«, stellte er mit einem Blick auf seine Waffen fest, »wir sind auf jeden Fall bereit.«

»Bis zur Morgendämmerung ist es noch etwa eine Stunde«, meinte Doyle, während die Gruppe sich in den Olivenhain begab, und blickte Sasha fragend an. »Dies ist eine Zeit des Wandels, oder nicht? Vielleicht hast du ja das damit gemeint.«

»Keine Ahnung.« Sasha schüttelte den Kopf. »Aber das Mondlicht nimmt allmählich ab, nicht wahr? Was zu ihrem Vorteil ist.«

»Oder zu unserem.« Bran packte die Fläschchen aus.

»Was hast du da?«, erkundigte sich Sawyer.

»Was, von dem ich wünschte, dass es noch ein wenig länger hätte ziehen können, das uns hoffentlich aber trotzdem hilft. Ich muss diese Flakons in allen vier Himmelsrichtungen aufstellen.«

»Da.« Sasha zeigte auf die dunkle Wolke, die über das Meer in ihre Richtung trieb. »Sie kommen.«

»Haltet sie so gut wie möglich von uns beiden fern«, bat er die anderen drei. »Zumindest, bis die Fläschchen stehen. Wir werden so viele Bestien wie möglich in Richtung der Fläschchen treiben. Dadurch werden unseren Chancen sich erhöhen.«

Sie wollte ihn zurückrufen, als er davonlief, aber Doyle stieß bereits eine Reihe von Befehlen aus.

»Bildet einen Kreis und zieht die Höllenhunde so lange auf uns, bis Mr. Magic mit der Arbeit fertig ist.«

Sawyer zückte seine beiden Waffen. »Kein Problem.«

Der Wind peitschte die Bäume, und das Heulen der Bestien drückte animalische Verzweiflung aus. Das Meer fing an zu brodeln, und mit einem Mal stießen die Höllenhunde schrille Schreie aus.

Am liebsten hätte Sasha ebenfalls vor Furcht geschrien, aber als sich Doyle an ihre Seite stellte, holte sie stattdessen pfeifend Luft.

Nicht nachdenken, befahl sie sich. Dächte sie darüber nach, was gleich geschähe, liefe sie vielleicht davon.

Erinnere dich. Erinnere dich an deine Träume von der Schlacht und kämpfe.

Die ersten Schüsse peitschten durch die Luft, und zwei der deformierten Kreaturen blitzten auf, bevor sie aus der schwefeligen Wolke auf die Erde fielen. Dicht gefolgt von anderen Artgenossen, bis der grässliche Gestank von Schießpulver und Rauch fast nicht mehr zu ertragen war.

Und dann schoss eine neue Welle der mit Krallen und Reißzähnen bewehrten Bestien auf sie zu.

Sie spürte und sah, wie Doyle mit seinem Schwert die widerlichen Köpfe von den Rümpfen hieb. Noch immer hallten Schüsse durch die Dunkelheit, und während Annika die Fäuste und die Füße fliegen ließ, erinnerte sich Sasha an das Messer, das ihr überlassen worden war.

Sie drosch und hackte auf die Biester ein, und das Blut, das sich aus den qualmenden Leibern über ihr ergoss, war heiß und brannte auf der Haut. Sie konnte Bran nicht sehen und betete, dass er nicht von den Bestien überwältigt worden war.

Mit einem wilden Knurren schoss Apollo dicht an ihr vorbei, sprang in die Luft und fing einen der Angreifer mit seinem Maul. Beinahe hätte Sasha ihre Position verlassen, als ein Teil der Höllenhunde sich von ihren Artgenossen löste, um auf ihren vierbeinigen Helfer loszugehen.

Doch noch ehe sie sich in Bewegung setzen konnte, schoss ein Schatten durch das Dunkel, machte einen Satz über den Hund hinweg und ging zähnefletschend und mit ausgefahrenen Krallen auf die Viecher los. Nur Sekunden, ehe eins der Biester seine Reißzähne in ihrem Fleisch vergraben konnte, schlug ihm Doyle mit seinem Schwert die Kehle durch.

»Guck auch mal nach hinten, Blondie«, riet er ihr.

Während ihr die Worte neben all den Schüssen, Schreien und dem dumpfen Heulen in den Ohren hallten, spießte sie mit ihrem Messer eine von Nerezzas Kreaturen auf.

Und plötzlich wusste sie, wie weiter vorzugehen war.

»Nach Norden. Wir müssen sie nach Norden treiben«, brüllte sie.

Ohne abzuwarten, lief sie los. Fluchend rannte Doyle hinter ihr her. Apollo stürzte, dicht gefolgt von einem zweiten dunklen Hund, an ihr vorbei. Das hieß, es war kein zweiter Hund, sondern ein Wolf.

Obwohl sie mit den Waffen eine breite Schneise in die Wolke schlugen, stürzten immer neue Biester auf sie zu.

Durch die dichte Rauchwolke hindurch entdeckte Sasha Bran, der mit erhobenen Armen ein paar Meter weiter stand, als wolle er die Bestien herbeibefehlen. Panisch rief sie seinen Namen, doch auch als die mörderische Wolke direkt auf ihn zuschoss, blieb er weiter reglos stehen.

»Macht euch bereit!«, rief er zurück und breitete die Arme aus.

Der Blitz war rot wie Blut und heiß wie Höllenglut und hätte sie zurückgeschleudert, hätte Doyle nicht ihren Arm gepackt. Sie war vollkommen geblendet und verließ sich ganz auf ihr Gefühl und die Erinnerung an ihren Traum.

»Osten!«, stieß sie mit erstickter Stimme aus und stolperte entschlossen los. »Im Urzeigersinn. Nach Osten. Schnell!«

Den Irrsinn von Tod und Kampf, das heiße Blut und den Gestank des Rauchs nahm sie nur noch verschwommen wahr. Abermals zuckte ein Blitz und dehnte sich mit seiner unheilbringenden Macht zwischen den Höllenhunden aus. Sie drosch auf die Krallen ein, die sich in ihrem Haar verfangen hatten, als mit einem Mal der Wolf zum Sprung ansetzte und das Kreischen ihres Angreifers in seinem Maul erstarb.

Jetzt blitzte es im Süden, und die Kraft der Funken warf sie um. Atemlos und schwindelig rappelte sich Sasha wieder auf und sah sich orientierungslos nach allen Seiten um.

Heulen, Schüsse, Schreie, Kreischen – alles wurde durch den Nebelschleier, der sich über sie gesenkt hatte, gedämpft. Nur noch die Schatten ihrer Mitstreiter und die ungestalten Silhouetten ihrer Gegner waren für sie zu sehen. Als sie sich trotzdem wieder auf sie stürzen wollte, schnitt ein flügeliges Wesen ihr den Weg ab, und ihr blieb nur noch die Möglichkeit, sich schnellstmöglich zurückzuziehen. Dann schlang plötzlich Bran den Arm um sie und warf sie fast um.

»Du bist ihnen zu nah. Bleib hinter mir. Bleib hinter mir, Sasha, und mach die Augen zu.«

Der Boden unter ihren Füßen bebte, die Erschütterung ließ sie erzittern, und obwohl sie einen Arm vor ihre Augen warf, sah sie ein grelles rotes Licht.

Die Macht, die Bran entfesselt hatte, brannte heiß auf ihrer Haut und schwamm in ihrem Blut.

Ihre Beine gaben nach, sie ließ sich auf die Knie fallen und vergrub die Hände haltsuchend im Gras.

»Haltet Abstand!«, brüllte Bran. »Haltet euch im Hintergrund, damit ich diesen Kampf beenden kann.«

»In meinem Licht verbrennt,
durch unseren Zorn verend't.
Lasst eure Herrin sehen unsere Macht
und wissen, dass in dieser Nacht
das Gute siegen wird an ihrer statt,
so wie es unsere Seherin geweissagt hat.
Denn dank der Kräfte mein,
wie ich es will, so soll es sein.«

Sasha hörte einen grauenhaften, wie von tausend zornbebenden Kehlen ausgestoßenen Schrei.

Doch nicht tausend Wesen hatten gleichzeitig geschrien, sondern eins allein.

Nerezza, die vor Wut völlig von Sinnen war.

»Bist du verletzt?« Bran zog sie auf die Füße.

»Ich weiß nicht. Aber du blutest.« Sein Gesicht, die Arme und die Hände wiesen breite rote Schrammen auf.

»Das tun wir wahrscheinlich alle. Aber diese Schlacht haben wir gewonnen. Lass mich noch den Blutrauch lichten«, meinte er, als plötzlich Sawyer, einen Arm um Annika gelegt, in ihre Richtung kam.

»Sie ist verletzt. Am schlimmsten hat es offenbar ihr Bein erwischt.«

Annikas Bein wies eine breite, stark blutende Wunde zwischen Knie und Knöchel auf.

»Am besten schaffen wir sie erst einmal ins Haus. Wo steckt überhaupt Doyle?«

Ganz in ihrer Nähe stieß etwas ein dumpfes, todbringendes Knurren aus.

»Nebel, lichte dich«, bat Bran und schwenkte eine Hand, während Sawyer abermals nach seiner Waffe griff.

Der Wolf stand direkt neben ihrem Hund, der winselnd und mit blutgetränktem weißem Fell auf einer Seite lag.

Doyle, der einen halben Meter vor den beiden stand, hob sein bluttriefendes Schwert über den Kopf.

»Nein! Das darfst du nicht!« Entsetzt lief Sasha auf ihn zu, und Annika riss sich von Sawyer los, tauchte hinkend unter Doyles erhobenem Schwert hindurch und schlang ihre Arme um den Wolf.

»Annika! Um Himmels willen.«

Sawyer hätte sie zurückgerissen, doch sie klammerte sich weiter an das Biest, und Sasha schob ihn zur Seite und stellte sich schützend vor das Tier.

»Hört auf. Hört auf! Das ist Riley.«

Schluchzend strich ihr Annika über das Fell. »Sie ist verwundet. Und Apollo auch. Ihr müsst ihnen helfen.«

»Du machst Witze, oder?« Sawyer steckte die Pistole wieder ein. »Riley soll ein Werwolf sein?«

Als sie wütend knurrte, trat er vorsichtshalber einen Schritt zurück. »Immer mit der Ruhe, Mädchen. Annika, wir müssen dich ins Haus bringen und die Blutung stoppen.«

»Erst mal müssen wir Apollo helfen. Er ist unschuldig.

Er hat uns geholfen, dabei hat er nichts mit diesem Kampf zu tun. Hilf ihm.« Sie sah Sawyer flehend an. »Bitte.«

»Meinetwegen. Sicher. Klar. Beiß mich nicht«, bat er den Wolf. »Ich will nur sehen, wie schlimm seine Verletzung ist.«

»Lass mich gucken, was ich für ihn tun kann.« Bran hockte sich neben ihn und tastete den Hund vorsichtig ab. »Eine ganz schön große Sache, die Sie da vor uns geheim gehalten haben, Dr. Gwin. Es ist nicht weiter schlimm, nein, es ist nicht weiter schlimm«, beruhigte er den Hund. »Ich gehe davon aus, dass selbst die kleinsten Wunden, die die Biester uns geschlagen haben, Gift enthalten, doch ich habe schon ein Gegenmittel hergestellt.«

Während er dies sagte, verblassten die letzten Sterne, und im Osten ging die goldene Morgensonne auf.

Wieder stieß der Wolf – aus Schmerz oder Triumph – ein lang gezogenes Heulen aus, und dann fing die Verwandlung an.

Er kauerte sich auf den Boden, seine Muskeln fingen an zu zucken, und die Knochen änderten die Form. Nur die Augen blieben unverändert, und mit zunehmendem Licht erschien eine Frau.

Nackt, die Arme um die angezogenen Knie geschlungen, kauerte sie da.

»Heiliges Kanonenrohr und dazu noch ein Wow!«

Auf Sawyers Kommentar hin blickte Riley auf. »Ich will gar nicht so tun, als ob ich schüchtern wäre, aber vielleicht hat jemand ein Hemd für mich. Mein Zeug liegt nämlich noch im Jeep.«

Doyle zog wortlos seinen Mantel aus und warf ihn über sie.

»Danke. Könnten wir uns die Bemerkungen und Fragen vielleicht aufheben, bis wir im Haus sind und mit der Entgiftung angefangen haben? Denn Apollo leidet fürchterliche Schmerzen, auch wenn er, wie Bran gesagt hat, nicht besonders schwer verwundet ist.«

Immer noch schweigend, bückte Doyle sich und hob den schweren Hund hoch. Riley schob die Arme in die Ärmel des ihr überlassenen Kleidungsstücks, schlang es sich um den Bauch, murmelte Apollo sanft ins Ohr und ging mit Doyle ins Haus.

Da Annika noch immer hinkte, streckte Sawyer seine Arme nach ihr aus und trug sie ebenfalls. »Riley ist ein Werwolf, Wahnsinn.«

»Wolfsmensch«, schnauzte sie ihn über ihre Schulter hinweg an. »Wenn du mich noch einmal Werwolf nennst, beiße ich dir in den Arsch.«

Bran sah Sasha fragend an. »Kannst du laufen?«

»Ja. Ich bin vor allem…ach, ich weiß nicht, was.«

»Woher hast du gewusst, dass dieser Wolf in Wahrheit Riley war?«

»Irgendwie war mir das einfach klar. Ich wusste es, sobald sie angeschossen kam. Es hat mich nicht mal überrascht. Auch wenn ich jetzt total benommen bin.«

Nachdem die Sonne aufgegangen war, umklammerte sie, die bis vor einer Woche niemals auch nur eine Waffe in der Hand gehalten hatte, das mit warmem Blut getränkte Messer und ging zurück zum Haus.

14

rst Apollo.« Immer noch im fremden Mantel, ließ sich Riley auf den Küchenboden sinken, zog den Hund in ihren Schoß und strich ihm sanft über das Fell.

»Ich brauche ein paar Sachen«, begann Bran. »Ich werde verschiedene Heilmittel aus meinem Zimmer holen.«

»Und ich habe in meinem Zimmer einen nicht magischen Erste-Hilfe-Kasten, falls der uns was nützt.«

»Den holen wir am besten ebenfalls. Außerdem brauchen wir jede Menge Handtücher, auch wenn es besser ist, die Wunden erst mal ausbluten zu lassen, weil auf diese Weise das meiste Gift den Körper von allein verlässt.«

Nachdem Bran den Raum verlassen hatte, fingen alle gleichzeitig zu reden an, und Sasha hatte das Gefühl, als schlüge ihr jemand mit einem kleinen Hammer auf den Kopf.

»Reden können wir auch später«, schnauzte sie, und vor Verblüffung waren plötzlich alle wieder still. »Doyle, du suchst nach Handtüchern. Sawyer, du legst Annika erst einmal auf den Tisch.«

Während sie Befehle bellte, räumte sie die Obstschale vom Tisch, griff sich den größten Topf, füllte ihn mit Wasser, raufte sich die Haare und drehte sich wieder nach den anderen um.

»Sawyer, hol Apollos Wassernapf und ein paar von seinen Hundekuchen. Weil er so die Medizin, die Bran ihm vielleicht geben will, bestimmt am ehesten schluckt.«

»Du kennst dich offenbar mit solchen Dingen aus«, stellte Riley anerkennend fest.

»Ich mache so was auch zum ersten Mal.« Sasha schnappte sich ein paar der Handtücher, die Doyle gefunden hatte, schob sie unter Annikas verletztes Bein und war erleichtert, als Bran wieder aus seinem Zimmer kam.

Sie trug den Wassertopf zum Herd, und Bran erklärte: »Gut. Aber lass uns die Sache ein bisschen beschleunigen, okay?« Er winkte kurz in Richtung Topf. Sofort fing das Wasser an zu brodeln, und Bran wandte sich ihr wieder zu. »Bitte kipp aus jedem der drei kleinen Fläschchen genau zehn Tropfen in das Wasser. Wobei auch die Reihenfolge wichtig ist. Braun, blau, rot. Kriegst du das hin?«

Sie nickte knapp, und er kniete sich vor den Hund.

»Sorg dafür, dass er sich möglichst nicht bewegt«, sagte er zu Riley und tastete sachte die Verletzungen des Tieres ab. »Als Erstes muss ich seine Wunden säubern, damit möglichst wenig von dem Gift in seinem Körper bleibt. Wie ist er überhaupt rausgekommen?«

»Er ist einfach durchs geschlossene Fenster meines Zimmers raus. Das wir reparieren müssen, wenn wir nicht unsere Kaution verlieren wollen«, fügte sie mit einem müden Lächeln an.

Er tätschelte ihr aufmunternd den Arm. »Sasha, bist du fertig?«

»Jeweils genau zehn Tropfen. Braun, blau, rot.«

»Und jetzt tritt einen Schritt zurück.«

Er streckte seine Hand in Richtung Kochtopf aus,

starrte ihn reglos an, murmelte einen Spruch, und aus dem Wasser stieg ein helles Licht, dehnte sich nach allen Seiten aus und kehrte als Strudel zurück in den Topf.

»Und jetzt eine der großen, durchsichtigen Flaschen«, wies er Sasha an. »Mach sie einfach auf und halt sie in der ausgestreckten Hand. Keine Angst. Ich ziele gut.«

Ein Teil des Suds schoss aus dem Topf und ergoss sich in die Flasche.

»Jetzt die nächste«, forderte er Sasha auf und wiederholte den Prozess.

»Gib eine davon Sawyer. Kippt den Inhalt möglichst langsam über Annikas verletztes Bein. Wenn das Blut wieder hellrot und klar ist, ist's genug. − Das wird ein bisschen wehtun, Schatz«, wandte er sich der Patientin zu.

»Lass mich das machen.« Doyle griff nach der Flasche und bat Annika: »Halt dich einfach möglichst gut an Sawyer fest, okay?«

Nickend vergrub Annika das kreidige Gesicht an Sawyers Brust.

»Bring mir die andere Flasche, Sasha«, meinte Bran. »Zusammen mit Riley schaffst du es bestimmt, Apollo ruhig zu halten.«

Sasha nahm Apollos Schmerz und seine Angst davor als leichtes Brennen wahr. Zitternd schob er den Schädel zwischen den beiden Frauen hin und her, als flehe er sie stumm um Hilfe an.

Sasha spürte den Schmerz von Annika, der wie eine dünne Feuerlinie an deren Bein herunterlief.

Spürte Saywers mühsam unterdrückte Wut, Doyles eisige Beherrschung und dass Riley mit den Tränen rang, während Bran sich so auf seine Arbeit konzentrierte, dass in seinem Inneren kein Raum für Emotionen war.

Der Tumult aus Schmerz, aus Trauer und aus Zielgerichtetheit war mehr, als sie ertrug. Am liebsten hätte sie sich abgewandt und all diese Gefühle ausgesperrt. Doch dann strich Bran mit seinen Fingerspitzen über ihre Hand.

»Gleich haben wir's geschafft«, erklärte er ihr ruhig. »Wir sind gleich fertig. Hältst du noch so lange durch?«

Sie nickte, und im selben Augenblick brachen sich in ihren eigenen Augen Rileys Tränen Bahn und strömten ungehindert über ihr Gesicht.

»Noch einmal, Doyle. Diesmal wird's nicht mehr so wehtun wie beim ersten Mal. Die Wunde hat sich bereits abgekühlt und ist auch schon viel sauberer. Was brannte, wurde ausgewaschen, und das schwarze Gift wurde ins Licht gespült.«

»Ich will meine Arbeit jetzt nicht unterbrechen, Sasha«, wandte er sich abermals an sie. »Aber ich brauche die Flasche, die du mir gebracht hast, als ich selbst verwundet war. Löse davon vier Tropfen in Wasser auf, und gib sie Annika, und dann gib mir die Flasche für Apollo, ja?«

Sie tat, wie ihr geheißen, und hielt Annika den Becher an den Mund. »Hier, trink das«, bat sie und sah auf Bran. »Als Nächstes kommt die Salbe dran, nicht wahr?«

»Genau.

Als er nickte, holte sie die Salbe und drückte sie Sawyer in die Hand. »Wenn du fertig bist, gib sie mir bitte für Apollo. Wie viele Tropfen braucht der Hund? Am besten mische ich sie mit dem Wasser in dem Napf.«

»Vier, genau wie Annika. Sorg dafür, dass er das ganze Wasser trinkt, Riley, und dann streich seine Wunden dünn mit Salbe ein. Er wird gleich einschlafen«, erklärte er. »Und im Schlaf wird er wieder gesund.«

Dann stand er auf und sah sich seine andere Patientin an. »Das ist gut. Seht ihr? Die Wunde schließt sich schon. Also, Schatz, wo haben sie dich noch erwischt?«

Nachdem er sie behandelt hatte, wandte er sich Sasha zu. »Und du. Lass mich dich auch kurz untersuchen, ja?«

»Ich habe nur ein paar Kratzer abgekriegt. Das lag an dem Messer, stimmt's? Dem, das du mir gegeben hast.«

»Freut mich, dass es funktioniert hat. Ich war mir nicht sicher, ob es klappt«, erklärte er, hob ihren Arm und rieb die Kratzer unterhalb der Schulter ein.

»Sawyer hat mehr abbekommen. Aber du.« Sie sah auf Doyle. »Du bist völlig unverletzt.«

»Ich nehme an, ich hatte einfach Glück.«

Nein, dachte sie, er hatte ihnen lange noch nicht all seine Geheimnisse enthüllt.

»Rileys Wunden heilen von allein.«

»Wunden, die man mir als Wolfsmensch zufügt, heilen immer schnell. Einer der wenigen Vorteile meiner Verwandlungen.« Nachdem Apollo eingeschlafen war, schob sie den Kopf des Hundes auf den Boden und stand auf. »Ich weiß, ihr habt wahrscheinlich jede Menge Fragen, aber vorher muss ich dringend etwas essen. Denn meine Verwandlung ist so ähnlich wie ein Marathon in Sprintgeschwindigkeit. Und nach allem anderen, was dazukam, bin ich rechtschaffen k.o.«

»Die Fragen haben Zeit, bis wir alle verarztet sind. Also, Sawyer, was tut dir am meisten weh?«, erkundigte sich Bran.

»Mein Rücken.«

Riley riss die Tür des Kühlschranks auf und griff nach der Olivenschale, die ganz vorne stand. »Dann stelle ich mich kurz unter die Dusche und ziehe mich an.«

Sie räumten noch schnell auf, dann ging auch Sasha duschen, und als sie, inzwischen ebenfalls vollkommen ausgehungert, wieder in die Küche kam, bereiteten Bran und Riley schon das Frühstück vor.

»Ich dachte, dass ich so schon bei der Zubereitung etwas essen kann«, erklärte Riley gut gelaunt.

»Du hast inzwischen wieder Farbe im Gesicht.«

»Schließlich habe ich das Loch in meinem Bauch inzwischen teilweise gefüllt. Hör zu, es tut mir leid. Ich kann verstehen, dass du sauer bist. Wie gesagt, es tut mir leid.«

Sasha nickte wortlos, holte sich einen Kaffee und stapfte aus dem Raum

»Du schließt schnell Freundschaften, nicht wahr?«, erkundigte sich Bran, während er den letzten Rühreiberg auf einen Teller gab.

»Ich schätze, schon.«

»Sie nicht, oder zumindest nicht, bevor sie dir begegnet ist.«

»Verdammt.«

»Nimm du den Teller mit, ich bringe dann den Rest. Du kannst uns alles erklären, während wir am Essen sind.«

Da sie keine Ahnung hatte, wie sie beginnen sollte, füllte Riley ihren Teller und schaufelte gierig Speck und Ei in sich hinein, bis kein Platz mehr war. »Vielleicht solltet ihr mir einfach Fragen stellen, an denen ich mich orientieren kann.«

»Wurdest du gebissen?«, fragte Sawyer.

»Nein. Ich habe diese Eigenschaft geerbt.«

»Dann stammst du also aus einer Familie von Wer… von Wolfsmenschen?«

»Genau. Aber wir fressen keine Menschen, und wir beißen sie nicht mal. Nicht, dass es unter uns nicht auch den einen oder anderen Schurken gäbe, aber unser Rudel – unsere Familie – geht nicht auf die Jagd und bringt auch keine Menschen um. Wir vermehren uns auch nicht durch Bisse, sondern auf die altmodische Art. Indem wir uns wie ganz normale Menschen paaren.«

»Paart ihr euch auch mit gewöhnlichen Menschen?«, fragte Annika.

»Man kann sich nicht aussuchen, in wen man sich verliebt, nicht wahr? Also ja, das kommt mitunter durchaus vor.«

»Und könnt ihr dann auch Kinder kriegen?«

»Klar. Die Chancen stehen fifty-fifty, dass daraus ein Wolfsmensch wird, deshalb werden alle Kinder auf die mögliche Verwandlung vorbereitet, die zum ersten Mal während der Pubertät erfolgt. Als wäre diese Zeit nicht bereits schlimm genug. Danach gibt es zahlreiche Geschenke und ein Riesenfest, auf dem der neue Wolfsmensch feierlich gelobt, nicht zu jagen, nicht zu töten und auch niemanden durch einen Biss zu infizieren.«

»Hat jemals irgendjemand diesen Schwur gebrochen?«

Sie blickte auf Doyle. »Na klar. Doch je nach Schwere des Verbrechens und nach den Umständen wird dafür eine Strafe verhängt. Wir sind Rudeltiere.« Sie sah dorthin, wo Apollo friedlich auf dem Boden lag und schlief. »Weshalb die Verbannung die mit Abstand schlimmste Strafe ist – noch schlimmer als der Tod. Wir sind zivilisiert, okay? Wir haben Regeln und Gesetze. Drei Nächte im Monat …«

»Die Nacht vor dem Vollmond«, führte Sawyer aus. »Die Nacht des Vollmonds und die Nacht danach.«

»Genau, in den drei Nächten – oder falls es in einem Monat zweimal Vollmond gibt, in sechs – verwandeln wir uns zwischen Sonnenuntergang und Sonnenaufgang. In diesen Stunden fasten wir.«

»Und die Verwandlung läuft so ab, wie wir es vorhin gesehen haben. Meine Güte, Riley, ich hätte dich um ein Haar erschossen.« Sawyer pikste sie erbost mit seinem Zeigefinger an.

»Ohne Silberkugeln hättest du mit deinen Schüssen keinen großen Schaden angerichtet.«

Gegen seinen Willen fing er an zu grinsen. »Echt? Ich bräuchte Silberkugeln, um dich abzuknallen?«

»Genau wie du ein Silbermesser bräuchtest, um mich abzustechen«, klärte sie ihn auf. »Es tut natürlich durchaus weh, wenn man eine normale Kugel oder ein normales Messer abbekommt, aber tödlich ist es nicht.«

»Du bist einfach abgehauen«, warf ihr Sasha leise vor. »Statt uns zu vertrauen, hast du uns belogen und dich aus dem Staub gemacht.«

»Ich war ja nicht weit weg, und sobald ich merkte, was geschehen würde, war ich wieder da. Ich konnte nicht riskieren hierzubleiben, denn Apollo hätte die bevorstehende Verwandlung ganz bestimmt gespürt. Er hätte gerochen, dass ich eine Wölfin bin. Und ich konnte mich auch nicht einfach in meinem Zimmer einsperren, denn vielleicht wäre plötzlich einer von euch aufgetaucht und hätte irgendwas von mir gewollt.«

»Und warum warst du nicht einfach ehrlich?«, fragte Sasha sie erbost. »Schließlich habe ich dir auch von Anfang an die Wahrheit über mich gesagt. Bran hat uns nicht gleich alles von sich erzählt, und du weißt selbst, wie sauer wir deswegen auf ihn waren. Wir sind jetzt seit einer Woche Tag und Nacht zusammen und haben schon zweimal gemeinsam gekämpft. Aber wenn du dich bis heute früh vor uns hättest verstecken können, hättest du das offenbar getan.«

»Ich hätte es auf jeden Fall versucht«, gab Riley unumwunden zu. »Aber es hätte mir wahrscheinlich nichts genützt. Denn du wusstest Bescheid. Du hast mich schon erkannt, als ich noch eine Wölfin war. Doch es ist Teil des Schwurs, den ich mit zwölf geleistet habe, ohne die Erlaubnis des gesetzgebenden Rates keinem Menschen zu enthüllen, was ich bin.«

»Und wenn du es doch tust?«, fragte Bran.

»Beim ersten Mal wird man über drei Vollmonde hinweg alleine eingesperrt. Das klingt vielleicht nicht weiter schlimm, aber wenn man in Wolfsgestalt in Ketten liegt, ist das echt hart. Und dazu kommen noch der Ehr- und der Vertrauensverlust.«

»Ein Schwur ist etwas Heiliges«, erklärte Annika.

»Genau. Und auch wenn's dafür jetzt zu spät ist, habe ich deswegen den gesetzgebenden Rat um die Genehmigung ersucht, euch in mein Geheimnis einzuweihen. Aber wie immer in der Politik wird darüber erst mal endlos diskutiert. Ich dachte, dass ich sie aufgrund des Auftrags, den wir haben, kriegen würde, aber dass es trotzdem ein, zwei Wochen dauern würde, bis der Rat entschieden hat.«

Annika nahm ihre Hand. »Werden sie dich jetzt bestrafen?«

»Nein, wahrscheinlich nicht. Denn schließlich hatte ich den Antrag schon gestellt und habe meinen Schwur nur deswegen gebrochen, weil wir angegriffen wurden. Natürlich gibt es ein paar Hardliner im Rat, aber die Fakten sprechen eindeutig für mich. Und wenn es hart auf hart kommt, setzen sie die Strafe sicher zur Bewährung aus, und wenn wir die Sterne finden, wird es ihnen schwerfallen, die Wolfsfrau einzusperren, die dabei geholfen hat. Aber egal, wie sie sich auch entscheiden, komme ich auf alle Fälle damit klar.«

»Du hast die Genehmigung erbeten, uns in dein Geheimnis einzuweihen«, wiederholte Sasha.

»Und du kannst mir glauben, dass dieses Verfahren alles andere als einfach ist. Wir hätten als Spezies niemals überlebt, wenn wir nicht in der Lage wären, unser Geheimnis zu bewahren. Deshalb ist das Verfahren notwendig, wenn man sich anderen offenbaren will, wobei kaum einem Antrag jemals stattgegeben wird. Aber wir befinden uns in einer ganz besonderen Lage und sind auf einer wichtigen Mission. Deshalb hätte man mir die Genehmigung auf alle Fälle vor dem nächsten vollen Mond erteilt. Dafür hätte ich schon gesorgt, aber vor diesem Vollmond hat die Zeit ganz einfach nicht gereicht.«

»Ein Schwur ist etwas Heiliges. Das akzeptiere ich.«

»Wobei du noch immer angefressen bist.«

»Ich komme schon drüber hinweg. Wir haben dich gebraucht, und du warst da und hast mit uns gekämpft.«

»Wir haben diesen Biestern schön den Arsch verhauen«, warf Sawyer fröhlich ein.

»Was viel zu einfach war«, erklärte Doyle und schob sich gleichmütig den nächsten Bissen Rührei in den Mund.

»Einfach?« Sawyer sah ihn böse an. »Das nennst du einfach?«

»Nur eine von uns – und der Hund – wurden ernsthaft verletzt, und innerhalb von einer guten Viertelstunde war der Spuk bereits vorbei.« Er wandte sich an Bran. »Das ist dir ebenfalls bewusst.«

»Es war ein Test, um zu erfahren, wie wir reagieren. Nächstes Mal wird sie es uns ganz sicher nicht so einfach machen«, stimmte er ihm zu.

Erbost schob Sasha ihren Stuhl zurück. »Und das nennt ihr Teamwork? Wir bezeichnen uns die ganze Zeit als Team, aber im Grunde sind wir keins. Wir haben letzte Nacht gekämpft, aber eine echte Einheit waren wir nicht. Du hast mir ein besonderes Messer überlassen, Bran, aber mir nicht einmal erklärt, was es damit auf sich hat.«

»Weil ich mir nicht sicher war, ob es tatsächlich funktioniert«, verteidigte er sich.

»Auch davon hast du nichts gesagt«, fuhr sie ihn wütend an. »Genauso wenig, wie du uns erzählt hast, was du mit den Blitzen machst. Du hast uns erst von deiner ganz besonderen Macht erzählt, als es nicht mehr anders ging. Genau wie Riley uns verschwiegen hat, dass sie ein Wolfsmensch ist. Wofür sie natürlich gute Gründe hatte. So, wie es für alles immer gute Gründe gibt. Ich bin mir sicher, auch ihr anderen habt gute Gründe für die Dinge, die ihr uns verschweigt. Verschweigt sie uns ruhig weiter, haltet das so, wie ihr wollt. Aber ich weiß, dass wir auf Dauer nur gewinnen können, wenn wir eine echte Einheit sind. Also entscheidet euch, denn nächstes Mal sind die Geheimnisse vielleicht der Grund, aus dem sie uns verbrennt.«

Sie marschierte in ihr Zimmer, warf mit einem lauten Knall die Tür hinter sich zu und gönnte sich die Ruhe und die Einsamkeit, mit der sie jahrelang hervorragend zurechtgekommen war.

Sie zog sich aus und legte sich ins Bett. Sie hatte eine Schlacht geschlagen, die Verwundeten versorgt, Blut vom Boden aufgewischt und den Vormittag mit einer Strafpredigt für ihre Mitstreiter gekrönt.

Vollkommen ermattet schlief sie auf der Stelle ein, und als sie die Augen wieder aufschlug, war sie ausgeruht, doch ihre schlechte Laune hatte sich noch immer nicht gelegt.

Falls die anderen heute ein paar neue Tauchplätze besuchen wollten, sollten sie am besten ohne sie fahren. Denn sie würde am Strand spazieren gehen, ein paar Bilder malen und sich gründlich überlegen, wie sie in dieser ganzen Sache weiter vorgehen sollten.

Sie packte einen Stoffbeutel mit allem, was sie brauchte, trat auf die Terrasse – und begegnete dort Bran.

»Ich werde spazieren gehen«, erklärte sie.

»Das will ich auch, weil ich noch ein paar frische Kräuter sammeln muss. Hast du Lust, mich zu begleiten?« Er trat auf sie zu. »Und falls du danach noch ein bisschen Zeit hast, werde ich dir zeigen, was man mit den Kräutern macht. Das wäre mir wirklich eine Hilfe.«

»Warum sollte ich das tun, nachdem du bisher offenbar hervorragend allein zurechtgekommen bist?«

»Ja, das bin ich, und im Notfall komme ich auch weiterhin alleine klar. Doch mit deiner Hilfe wäre es erheblich einfacher. Du hattest recht, und zwar mit allem, was du uns vorgeworfen hast. Ich kann nicht für die anderen sprechen, aber ich werde dir gegenüber ab jetzt immer völlig ehrlich sein. Ich habe dich weniger aus Misstrauen als aus Gewohnheit bisher nicht in alles eingeweiht. Aber jetzt bitte ich dich um deine Hilfe, und das werde ich in Zukunft öfter tun.«

»Ich müsste eine echte Zicke sein, um Nein zu sagen. Und ich habe das Gefühl, als hätte ich mein Quantum Zickigkeit für diesen Tag schon aufgebraucht.«

»Aber du hast es gut genutzt. Ich brauche ein paar Werkzeuge und einen Beutel.« Eilig lief er in sein Zimmer und tauchte mit einem Leinenbeutel über der Schulter und dem Silbermesser, das in einer Lederscheide steckte, wieder auf.

»Ich hätte dir sagen sollen, was für eine Macht das Messer hat.« Er befestigte es an seinem Gürtel. »Ich werde es dir jetzt erzählen, aber ich weiß nicht, ob es genauso funktionieren wird, wenn sie uns auf andere Weise attackiert.«

»Das werden wir dann merken.«

Er nahm ihre Hand, und langsam liefen sie in Richtung Strand. »Du hast gar keine Angst mehr«, stellte er bewundernd fest.

»Ein Teil von mir ist immer noch vollkommen panisch«, gab sie zu. »Der Teil wäre heute früh am liebsten laut schreiend davongerannt. Ich bin mir nicht sicher, welcher Teil von mir sich dagegen gewehrt hat – aber ich versuche, mich an den Gedanken zu gewöhnen, dass ich, anders als ich bisher dachte, vielleicht doch kein ausgemachter Feigling bin. Was machen übrigens die anderen?«

»Riley schläft. Sie hat vergangene Nacht kein Auge zubekommen, und ich glaube, dass sie trotz ihrer zur Schau gestellten Gleichmut doch ein bisschen Bammel vor dem Votum dieses Rates hat.«

»Wenn sie Riley dafür bestrafen wollen, dass sie mit uns gekämpft hat, müssen sie erst mal an uns vorbei.«

»Du solltest dich mal hören. Mit welch einer Leidenschaft du plötzlich sprichst.«

»Es war reine Zeitverschwendung, dass ich sauer auf sie war, obwohl ich das immer noch ein bisschen bin. Ich weiß selbst, wie es ist, Geheimnisse zu haben, aber ...«

»Du hast sie und mich in dein Geheimnis eingeweiht. Während wir dir unsere verschwiegen haben.«

»Was ich durchaus verstehen kann. Obwohl es immer noch ein bisschen wehtut, kann ich es verstehen.«

»Vielleicht hilft es, wenn ich dir erzähle, dass Sawyer recht nachdenklich und unglücklich gewirkt hat, als du vorhin einfach weggegangen bist. Falls hinter ihm und seinem Kompass mehr steckt, als er uns bisher verraten hat, überlegt er offenbar, ob er uns sein Geheimnis offenbaren soll. Und auch Annika schleppt irgendwas mit sich herum.«

»Ich weiß, dass sie uns alles sagen wird, was sie uns sagen kann. Wohingegen Doyle ...«

»Ah, Doyle. Was auch immer uns der Kerl verschweigt, wird er uns erst erzählen, wenn er es erzählen will. Aber ich vertraue ihm.«

»Warum?«

»Im Grunde seines Herzens ist der Mann ein Krieger, oder nicht? Er wird kämpfen bis zum letzten Atemzug und die, die mit ihm kämpfen, bis aufs Blut verteidigen. Einschließlich des Hunds. Schließlich hat er ihn vom Schlachtfeld bis ins Haus geschleppt.«

»Also gut.« Sie seufzte tief. »Das ist ein Grund, ihm erst mal zu vertrauen. Wonach suchen wir hier überhaupt?«

»Nach bestimmten Pflanzen und Wurzeln. Kräuter pflücken wir am besten auf dem Weg zurück ins Haus. Und auch Knochen wären nicht schlecht, falls ich welche finden kann.«

»Knochen?«

»Von Vögeln, Eidechsen und kleinen Säugetieren. Natürliche Dinge, die ich nutzen kann. Ein paar der anderen Zutaten muss ich mir schicken lassen, aber trotzdem will ich meine Vorräte so gut wie möglich aufstocken. Hier, mit diesen Mohnblumen fangen wir an.«

Er brachte ihr bei, wie sie die Pflanzen, Wurzeln, Blätter ernten sollte, und als er ihr eine unbekannte Blume zeigte, fertigte sie eine Skizze davon an.

Wieder in der Villa lernte sie von ihm, den Mörser und den Stößel zu benutzen, die gemahlenen Kräuter abzufüllen und Glasbehältnisse mit Etiketten zu versehen.

»Fingerschnipsen oder Wedeln mit der Hand reichen eben nicht immer aus«, erklärte er, und sie notierte sich die Schritte bei der Herstellung des Mohnblumendestillats auf ihrem Skizzenblock.

»Die Macht erwächst aus Arbeit, Mühe, Zeit und Sorgfalt«, klärte er sie auf. »Aber das ist schließlich bei den meisten Dingen so. Ich bin es gewohnt, all diese Tätigkeiten entweder allein oder mit einem anderen Zauberer zu verrichten«, gab er zu. »Aber du bist eine wirklich gute Schülerin, und dadurch, dass du mir hilfst, sparen wir einen Teil der erforderlichen Zeit.«

»Es ist mir wichtig, dass ich dir zur Hand gehen kann.«

»Das sehe ich.«

»Du könntest mir noch andere Dinge zeigen«, bot sie an. »Vor allem die Herstellung der Medizin. Du und Doyle, ihr denkt beide, dass der Angriff heute Morgen nur ein Test war und der nächste Angriff schlimmer werden wird.«

»Das stimmt.« Er hielt eine Hand über den kleinen Kessel, in dem etwas kochte, um zu sehen, wie weit der Trank schon war.

»Wenn ich es zulasse, kann ich die Wunden spüren. Aber ich habe keine Ahnung, wie ich sie versorgen soll.«

»Als Mediziner muss ich selbst noch jede Menge lernen, denn mit diesen Dingen habe ich mich bisher nicht befasst.« Durch die dünne Rauchfahne hindurch sah er ihr ins Gesicht. »Am besten gehen wir den Lernprozess gemeinsam an.«

Er gab ihr ein Buch über die Kunst des Heilens, und um wenigstens die Grundlagen zu verstehen, setzte sie sich mit ihrer Lektüre an den Pool.

Sie schrieb sich auf, dass man Verbrennungen mit Beinwell und Verstauchungen am besten mit Mariendistel heilte, dass der rote Sonnenhut das beste Mittel gegen eine große Zahl verschiedener Leiden war, und als sie aufsah, merkte sie, dass Doyle ein Stückchen weiter auf dem Rasen saß und irgendwas aus Jute oder Segeltuch zu basteln schien.

Natürlich war er wieder mal allein, stellte sie widerwillig fest, als plötzlich Riley mit zwei bis zum Rand mit

Eis und einer Flüssigkeit gefüllten Gläsern auf sie zugelaufen kam.

»Wie wäre es mit einer Monster-Margarita?«, fragte sie
und hielt ihr eins der Gläser hin.

»Danke.«

»Bist du mir noch böse?«

Sasha nippte vorsichtig an ihrem Glas und stellte fest,
dass der Cocktail wirklich wunderbar schmeckte. »Ich bin
das Sauer-Sein inzwischen leid.«

»Dann setze ich mich zu dir. Die Lektüre da in deinem
Schoß sieht ziemlich schwer aus.« Sie wies auf das dicke
Buch mit dem verzierten Ledereinband, mit dem Sasha
an den Pool gekommen war.

»Ich möchte lernen, wie ich Bran bei der Behandlung
von Verletzungen zur Hand gehen kann.«

»Das hast du heute Morgen auch schon ohne dieses
Buch getan. Wohingegen ich mich nicht so gut gehalten
habe«, räumte Riley ein. »Aber mich vor euren Augen
zu verwandeln hat mich leicht gestresst. Und dass Apollo
etwas abbekommen hat....«

»Wo steckt er überhaupt?«

»Er ist mit Annika unten am Strand. Er ist inzwischen
wieder ganz der Alte. So, als wäre nichts geschehen.«

»Und du?«

»Wie gesagt, wenn ich mich als Wolf verletze, heilen
meine Wunden selbst nach meiner Rückverwandlung
schnell. Hör zu, mir ist bewusst, dass man auch lügen
kann, indem man was verschweigt, aber...«

»Du hattest einen Schwur geleistet.«

»Euch gegenüber aber auch.«

Das stimmte, dachte Sasha, und in dem Bewusstsein,

dass die Freundin sie verstand, verrauchte auch der letzte Rest von ihrem Zorn.

»Ja, das stimmt. Aber nachdem ich lange genug sauer auf dich war, kann ich verstehen, in welcher Zwickmühle du warst. Du wolltest beide Schwüre einhalten, und zwar so gut es ging. Es kommt mir vor, als würden wir uns bereits ewig kennen, Riley, dabei sind wir erst seit ein paar Tagen hier. Sie sperren dich bestimmt nicht ein.«

»Das hast du nicht zu bestimmen.«

»Oh, ich denke schon.« Sie nahm den nächsten Schluck aus ihrem Glas. »Wir alle haben aus meiner Sicht ein Wörtchen dabei mitzureden, und sie werden uns anhören müssen, ob sie wollen oder nicht.«

»Seit wann bist du ein derart harter Knochen?«, fragte Riley überrascht.

»Vielleicht, seit ich mich nicht mehr ständig frage, warum ausgerechnet ich in diese seltsame Geschichte reingezogen worden bin. Wenn die Leute und Nerezza mich für schwach halten, dann deshalb, weil ich bisher immer schwach gewesen bin. Sie soll das ruhig weiter denken, denn ich nehme an, dass das durchaus zu meinem Vorteil ist. Aber sonst soll niemand mich für schwach halten. Vor allem ich selbst nicht.«

»Falls es dich interessiert – ich habe dich noch nie für schwach gehalten. Denn obwohl das alles für dich völlig neu ist, schlägst du dich echt gut. Hättest du dir beispielsweise vor vier Wochen vorstellen können, dass es Zauberer und Hexen gibt?«

»Ich habe von einem Zauberer geträumt – aber, nein. Ich habe nicht wirklich geglaubt, dass es ihn gibt.«

»Und an Wolfsmenschen?«

»Auf keinen Fall. Und ich habe mich an den Gedanken immer noch nicht ganz gewöhnt.«

»Aber trotzdem sitzt du hier, und das ist alles andere als schwach. Magische Kompasse, Zaubersprüche und Verwandlungen. Und was immer Annika als siebte Tochter einer siebten Tochter ist, wird mich dank meines Hintergrunds wahrscheinlich nicht so umhauen wie dich.«

»Du denkst also, dass sie etwas vor uns verbirgt?«

»Wie kann jemand die ganze Zeit so fröhlich sein? Und dann ist da noch der Sack mit Münzen, die sie angeblich gefunden hat. Ich würde bei ihr auf Elfe tippen, aber Elfen sind verschlagen, und so kommt sie mir nicht vor.«

»Du willst mir doch wohl nicht erzählen, dass es wirklich Elfen gibt?«

»Meiner Erfahrung nach basieren Legenden stets auf Fakten. Als Erstes wird sie sich wahrscheinlich Sawyer offenbaren, denn sie ist hoffnungslos in ihn verliebt. Und dann ist da noch unser Hüne.«

Riley nippte nachdenklich an ihrem Glas und blickte dorthin, wo sich Doyle etwas Großes, Dickes, Rundes auf die Schulter lud. »Er ist verschwiegen wie ein Grab, kriegt aber alles mit.«

»Er hat uns bisher so gut wie nichts von sich erzählt.«

»Das stimmt. Vielleicht ist er ja eine Art Dämon.«

»Also bitte.«

»Sie sind genauso wenig alle bösartig, wie ich und meinesgleichen alle Menschenfresser sind. Bran ist ihm durchaus sympathisch, und Sawyer respektiert er, weil er super schießen kann. Und was auch immer er ist oder weiß, ist er auf alle Fälle ein Mann – denn sonst wäre er gegen Annikas Charme immun. Was er von uns beiden hält, weiß er noch nicht genau.«

»Da hast du sicher recht.«

»Und bisher vertraut er keinem von uns fünfen durch und durch. Er würde diese Sache lieber ganz allein durchziehen.«

»Ja, wahrscheinlich, aber trotzdem findet er sich besser langsam damit ab, dass auch wir anderen auf der Suche sind. Und was zum Teufel macht er da?«

Bei diesem Satz stand Sasha auf. Es gab nur einen Weg herauszufinden, was er trieb, also klemmte sie sich kurzerhand das Buch unter den Arm und marschierte los. Achselzuckend lief ihr Riley hinterher.

Er war ein Mann des Schwerts, doch jetzt hatte er eine Zielscheibe an einem Baumstamm festgemacht.

Und bückte sich nach einem langen Kasten, der ein Stückchen weiter auf der Erde lag.

Die schlanke schwarze Armbrust sah in höchstem Maße gefährlich aus, und Sasha spürte ein deutliches Kribbeln auf der Haut, als Doyle den Fuß auf den Steigbügel stellte, seine Waffe spannte und sich einen Köcher voller Pfeile über eine Schulter schlang.

Er spannte einen Pfeil in seine Armbrust, nahm den Baumstamm ins Visier, drückte ab und traf den Rand des Scheibenmittelpunkts.

»Nicht übel«, stellte Riley anerkennend fest. »Das ist eine Stryker, stimmt's? Das ganz neue Modell. Was hat sie für ein Zuggewicht?«

»Hundertfünfundfünfzig.«

»Wow. Ich hätte nicht gedacht, dass du mehr als fünfundfünfzig schaffst.«

»Doch, natürlich. Auch wenn ich das Ding hier nur benutze, wenn mein Schwert nicht reicht. Wie viel kannst du ziehen?«

»Das hier.« Riley drückte Sasha ihre Margarita in die Hand und streckte die Hand nach seiner Waffe aus.

Zögernd überließ er ihr die Armbrust, und sie wog sie in der Hand.

»Sie ist überraschend leicht und behindert dich bestimmt nicht bei der Jagd.«

Kraftvoll spannte sie den Bogen, belud ihn mit einem seiner Pfeile und traf ebenfalls den Rand des Scheibenmittelpunkts. »Der Stabilisator ist ein nettes Extra. Hält den Bogen völlig ruhig. Die Pfeile fliegen sicher an die 100 Meter pro Sekunde, oder?«

»Ja, so ungefähr.« Jetzt wandte er sich Sasha zu. »Bran hat mir erzählt, dass du nach einer Armbrust suchst.«

»Das stimmt.«

»Ach ja? Willst du schießen lernen, Sash?«

»Ich würde es zumindest gern versuchen.«

Riley gab die Armbrust Doyle zurück und nahm Sasha Buch und Gläser ab.

»Das Spannen schaffst du sicher nicht allein. Aber ich habe eine Spannhilfe.«

»Ich muss lernen, sie allein zu spannen.« Sie nahm ihm die Armbrust ab und stellte ihren Fuß entschlossen in den Steigbügel, aber tatsächlich war das Zuggewicht zu groß für sie. »Ich werde stärker werden. Und bestimmt kann Bran was tun, damit ich diesen Bogen spannen kann. Aber würdest du es diesmal für mich tun?«

»Sicher.« Er nahm ihr die Armbrust ab und spannte sie für sie. »Du solltest dich an das Gewicht und das Gefühl gewöhnen. Vielleicht gehen wir etwas näher an die Zielscheibe heran.«

»Nein. Ich will von hier aus schießen.«

Achselzuckend meinte er: »Es sind Carbonpfeile – es hätte keinen Sinn, Zeit mit etwas anderem zu vergeuden. Du musst die Armbrust möglichst ruhig halten, damit ...«

»Lass es mich einfach versuchen.« Sie nahm einen Pfeil, legte ihn ein, zielte kurz ...

... und als sie zwischen Doyles und Rileys Pfeil mitten ins Schwarze traf, riss Riley überrascht die Augen auf und stellte lachend fest: »Nach Anfängerglück sah das für mich nicht aus.«

»Ich habe solche Waffen schon im Traum verwendet. Das hier fühlt sich genauso an.« Sie ließ die Armbrust sinken, um sie sich genauer anzusehen. »Ich kenne diese Waffe. Und ich weiß, mit Metern pro Sekunde meinst du die Fluggeschwindigkeit.«

Doyle zog die drei Pfeile aus der Zielscheibe, trat wieder vor die beiden Frauen, nahm Sasha die Waffe ab und spannte sie erneut.

»Schieß noch einmal.«

Wieder trat der Pfeil ins Schwarze.

»Nein, das war kein Zufall«, meinte jetzt auch Doyle. »Entweder du sorgst dafür, dass du so schnell wie möglich ein paar Muskeln kriegst, oder du benutzt die Spannhilfe – oder du guckst, ob Bran dir hilft. Du kannst das Ding und ein paar Dutzend Pfeile haben.«

»Danke, dass du sie mir leihst.«

»Pass gut drauf auf, und gib sie mir zurück, wenn du sie nicht mehr brauchst.« Wieder spannte er die Armbrust und sah auf die Zielscheibe am Baum. »Da ich anders als erwartet nicht den ganzen blöden Tag damit verbringen muss, dir das Schießen beizubringen, hole ich mir erst einmal ein Bier.«

Damit stapfte er davon, und Riley nahm den nächsten Schluck aus ihrem Glas. »Ich habe das Gefühl, als ob du gerade ungemein in seinem Ansehen gestiegen wärst.«

»Und was noch besser ist«, erklärte Sasha, während auch der dritte Pfeil ins Schwarze traf. »Er hätte den ganzen blöden Tag damit verbracht, mir zu zeigen, wie man richtig schießt.«

»Findest du nicht auch, dass das nach einem Minimum an Teamgeist riecht?«

»Auf jeden Fall.« Diesmal zog sie selbst die Pfeile aus der Scheibe. Und auch diese Tätigkeit war ihr seltsam vertraut.

»Ich werde auf die Spannhilfe verzichten, denn die habe ich in meinen Träumen nie benutzt. Ich gehe mit dem Ding zu Bran, denn solange meine Kraft nicht reicht, muss er dafür sorgen, dass ich es alleine spannen kann.«

Sie packte die Armbrust und die Pfeile wieder in den Kasten ein. »Wo warst du gestern Abend, Riley? Nachdem du hier weggefahren warst?«

»Ich war nicht weit von hier. Ich habe nur dafür gesorgt, dass der Jeep und auch ich selbst nicht mehr zu sehen waren. Denn wenn man sich vor der Verwandlung auszieht, gehen die Kleider nicht kaputt. Nach Sonnenuntergang bin ich zurückgekommen, damit ich euch helfen kann, falls irgendwas passiert. Was ja dann auch eingetroffen ist.«

»Aber heute Abend kannst du hierbleiben.«

»So sieht es aus, denn schließlich ist der Wolf jetzt aus dem Sack.«

»Wie fühlt sich die Verwandlung an?«

»Sie ist ziemlich schmerzhaft, aber gleichzeitig auch irgendwie berauschend. Man ist voller Energie, und wenn die Verwandlung abgeschlossen ist, nimmt man als Wolf Gerüche und Geräusche, Bilder und Geschwindigkeit ganz anders wahr. Aber trotzdem bleibt man weiterhin man selbst. Ich bin auch als Wölfin Mensch, genau wie jetzt die Wölfin in mir steckt. – Da ich nach Sonnenuntergang nichts essen und nichts trinken darf, genehmige ich mir schnell noch eine Margarita«, fügte sie hinzu und blickte Sasha fragend an. »Wie steht's mir dir?«

»Ich bin dabei.«

Nerezzas Höhle glich einem Palast. Aber schließlich hatte sie auch nichts Geringeres verdient, als von Gold und Silber und Juwelen, die im Licht der Fackeln schimmerten, umgeben zu sein. Sie war geboren, um zu herrschen, und die lange Zeit des Wartens wäre bald vorbei.

Welten zu zerstören, um ihre Ziele zu erreichen, wäre kein Problem für sie. Nach ihrer Rückkehr auf die Glasinsel und der Besteigung des ihr *zustehenden* Throns würden ihr die Sterne die erforderliche Macht verleihen, neue Welten zu erschaffen.

Welten, die aus Feuer und aus Sturm bestünden.

Welten voll des Elends und der Sklaverei.

Welten, die ihr hilflos ausgeliefert wären.

Das war wahre Herrschaft, und ihre Regentschaft würde endlos sein.

In der Kugel sah sie, wie die Seherin sich an der lächerlichen Waffe übte. Sollten sie ruhig noch ein wenig spielen, sollten sie es doch genießen, dass sie ihrer Meinung nach vergangene Nacht als Sieger aus der Schlacht hervorgegangen waren. Die Seherin, der Zauberer, die Wolfsfrau und …

Sie schlug so wütend mit der Faust auf die goldene Lehne ihres Throns, dass die steinernen Wände wackelten. Denn plötzlich stiegen in der Kugel Nebelschwaden auf und versperrten ihr die Sicht.

Der verdammte Hexer, dachte sie. Sie müsste diesem Kerl das Handwerk legen, und zwar möglichst schnell.

Was sie jedoch noch mehr erboste, war, dass sie nicht sehen konnte, was genau die anderen waren. Celene, Luna und Arianrhod hatten selbst die Kugel blind dafür gemacht. Doch helfen würde ihnen das auf Dauer nicht.

Denn wie letzte Nacht die Wolfsfrau, würden auch die anderen sich früher oder später offenbaren. Und sobald sie wüsste, wer sie waren, würde sie ihr Wissen nutzen, um sie zu zerstören.

Wenn der rechte Augenblick gekommen wäre, dachte sie und blickte selbstverliebt in den juwelenbesetzten Spiegel, den sie in den Händen hielt.

Sie würde sich von ihnen dorthin führen lassen, wo der Feuerstern verborgen war. Dann würde sie die sechs zerquetschen wie die Läuse, die sie waren, sich den Stern unter den Nagel reißen und sich von ihm zeigen lassen, wo die beiden anderen Sterne zu finden waren.

Sie würde ihnen alles nehmen, was sie hatten, würde ihnen ihre Kraft aussaugen, ihre leeren Hüllen verrotten lassen, und dann würde sie unsterblich sein.

Strahlend schön, für immer jung und mächtiger als alle anderen Göttinnen und Götter, die es gab.

Doch als sie in den Spiegel sah, begann das Bild im Glas zu welken, ihre Haut warf Falten, spannte sich wie Pergament über den Knochen ihres Schädels, und die bisher dichten, seidig weichen schwarzen Haare wurden trocken, dünn und grau.

Mit einem Wutschrei schleuderte sie den verdammten Spiegel an die Wand, wo er in tausend Stücke zersprang, hob zitternd einen goldenen Kelch an ihren Mund, leerte ihn in einem Zug, und mithilfe des Gebräus und reiner Willenskraft verwandelte sie sich in eine schöne junge Frau zurück.

Sie hatte sich bei der Attacke letzte Nacht verausgabt und brauchte deshalb ein bisschen mehr von ihrem Zaubertrank als sonst. Die Verbannung von der Glasinsel hatte sie ihres Rechts auf Jugend und Schönheit vorläufig beraubt.

Sie alterte. Nicht wie die kümmerlichen Menschen. Dergestalt erniedrigt hatte man sie nicht. Doch langsam, aber sicher verloren ihre Haut die Straffheit, ihr Gesicht die makellose Schönheit und ihr Körper seine wohlgestaltete Form.

All das bekäme sie zurück, nicht nur als Illusion, sondern in Wirklichkeit. Und diejenigen, die sie derart erniedrigt hatten, würde sie verbannen und in der Verbannung elendig krepieren lassen, bis von ihnen nichts mehr übrig wäre als eine Handvoll Staub.

Sie würde die Königin des Universums sein, und die Kreaturen, die die Dreistigkeit besessen hatten, ihr zu trotzen, würden Höllenqualen leiden und an diesen Qualen elendig zu Grunde gehen.

15

Nachdem wieder einmal alle anderen verschwunden waren, überlegte Sasha, was sie kochen sollte. Da die Sonne in gut einer Stunde untergehen würde, wollte sie der armen Riley, die bis Sonnenaufgang fasten müsste, vorher noch ein ordentliches Mahl servieren.

Eigentlich hatte sie keine Lust mehr, regelmäßig für den ganzen Trupp zu kochen, doch aufgrund der Umstände – da gerade Vollmond war – konnte sie kaum vorschlagen, ins Dorf zu fahren und in ein Restaurant zu gehen.

Gerade, als sie überlegte, ob sie vielleicht einfach wieder Nudeln kochen sollte, betrat Doyle, drei große Pizzaschachteln auf dem Arm, den Raum.

»Mir war gerade danach«, erklärte er und stellte die Schachteln auf den Tisch.

»Oh, super«, stellte sie erleichtert fest.

»Wahrscheinlich müssen wir die Pizzen wärmen oder Killian fragen, ob er seinen Zauberstab über den Dingern schwenkt.«

»So oder so bleibt mir auf jeden Fall die Kocherei erspart.«

»Du solltest einen Arbeitsplan erstellen, damit du nicht ständig in der Küche stehen musst. Dies ist meine Art der Essenszubereitung, was bedeutet, dass du mich schon mal von deiner Liste streichen kannst.«

»Okay.«

Außer Pizza hatte er noch Bier erstanden, das er abgesehen von der Flasche, die er sofort trinken wollte, in den Kühlschrank packte, während er von Sasha wissen wollte: »Gibt es abgesehen vom Armbrustschießen auch noch anderes Zeug, das du in deinen Träumen kannst?«

»In meinen Träumen kämpfe ich erheblich besser als in der Wirklichkeit. Natürlich nicht so gut wie Riley oder Annika mit ihren Saltos, Sprüngen, Faustschlägen und Tritten, aber wenigstens blamiere ich mich nicht. Wohingegen …«

Sie genehmigte sich ein Glas des Sonnentees, der nachmittags von jemand anderem zubereitet worden war. »Wohingegen mir das Kämpfen anders als das Armbrustschießen im wahren Leben nicht so recht gelingen will. Ich habe nicht einmal den normalen Handstandüberschlag hingekriegt, den Annika mit mir geübt hat.«

»Du brauchst eben nicht nur Kondition, sondern auch oder vor allem mehr Kraft im Oberkörper. Nur mit Rileys Bändern kriegst du die niemals. Für den Oberkörper musst du Klimmzüge und Liegestütze machen und am besten täglich schwimmen. Machst du Yoga?«

»Ab und zu.«

»Dann mach in Zukunft mehr. Vor allem das Chaturanga zeigt dir, wie du das Gewicht des eigenen Körpers nutzen kannst. Mach jeden Tag was anderes und steigere den Schwierigkeitsgrad und die Zeit, bis deine Muskeln vor Erschöpfung schlappmachen.«

»Okay.«

»Was?«, erkundigte er sich, denn Sasha sah ihn weiter reglos an.

»Das war das erste Mal, dass du ein richtiges Gespräch mit mir geführt hast.«

Achselzuckend trank er einen Schluck von seinem Bier. »Gespräche haben keinen Sinn, wenn man nicht wirklich was zu sagen hat. Du hast dich letzte Nacht erstaunlich gut geschlagen. Teils wegen des Messers, das dir Bran gegeben hatte, doch vor allem, weil du wirklich mutig warst. Das hätte ich dir an dem Tag, an dem wir uns zum ersten Mal begegnet sind, nicht zugetraut.«

»Zu Recht.«

Er sah sie durchdringend aus seinen wachen grünen Augen an. »Das stimmt. Als ich zu eurer Gruppe stieß, wart ihr, obwohl auch ihr euch gerade erst begegnet wart, schon eine eingeschworene Gemeinschaft. Was vor allem dein Werk war. Weil du den ganzen Trupp zusammenhältst.«

»Weil ich ...« Sie riss verblüfft die Augen auf.

»Genau. Und es stimmte, was du heute früh gesagt hast. Wir haben es nicht gern gehört, aber trotzdem war es wahr. Nachdem wir bisher alle Einzelkämpfer waren, ist es nicht leicht für uns, uns jetzt als Teil einer Gruppe anzusehen. Trotzdem hattest du vollkommen recht. Es war reines Glück, dass wir den Angriff dieser Bestien zurückgeschlagen haben, weil wir keine echte Einheit waren. Das muss sich ändern – und das ist etwas, wozu ich einen Beitrag leisten kann.«

»Und wie sieht dieser Beitrag aus?«

»Ich kann Schlachtpläne entwerfen, Blondie. Euch Disziplin beibringen und euch ausbilden.«

»Das klingt irgendwie ....soldatisch.«

»Schließlich sind wir auch im Krieg.« Hungrig klappte

338

er den Deckel einer Pizzaschachtel auf, doch Sasha klappte ihn entschlossen wieder zu.

»Es gehört zur Disziplin, dass der gesamte Trupp zusammen isst.«

»Okay. Wobei wir besser drinnen essen, weil ein Unwetter im Anzug ist.«

»Dann lass uns jetzt die anderen rufen.« Sasha wandte sich zum Gehen und blickte über ihre Schulter, bis er hinter ihr den Raum verließ. »Kann ich auch deine andere Armbrust einmal ausprobieren?«

»Sie hat ein Zuggewicht von hundertachtzig. Selbst nach deinem Muskeltraining könntest du den Bogen niemals selber spannen.«

»Trotzdem würde ich es gerne mal probieren.«

»Wenn du zwanzig Liegestütze schaffst.«

Auf dem Weg zur Treppe hörten sie das erste Donnergrollen, und bis sie alle in der Küche saßen, war der Himmel rabenschwarz und schwer wie Blei.

Kurz darauf zuckten die ersten Blitze nieder. und der Wind zog heulend um das Haus.

»Ich liebe Gewitter«, stellte Riley fest. »Vor allem, wenn man dabei gemütlich in der Küche sitzt und Pizza isst.«

»Weil sogar schlechte Pizza einfach lecker ist.« Sawyer schob sich einen Bissen in den Mund. »Wobei diese Pizza alles andere als übel ist.«

Auch Annika nahm sich ein Stück und biss vorsichtig hinein. »Wunderbar«, erklärte sie und biss sofort noch einmal davon ab.

»Beste Pizza? Wo?«

»New York«, erklärte Bran, doch Riley schüttelte den Kopf.

»In einem winzig kleinen Restaurant in einem Dorf in der Toskana. Die war echt der Wahnsinn. Sash?«

»Die Pizza, die ich einmal in Paris gegessen habe, war echt gut.«

»Französische Pizza?«, schnaubte Sawyer. »Die hat gegen New York und diese Trattoria keine Chance. Wie steht's mit dir?«, wandte er sich an Annika.

»Die hier«, sagte sie, während sie gleichzeitig den nächsten Bissen nahm, und alle sahen auf Doyle.

»Kildare.«

Lachend schnappte Riley sich das nächste Stück. »Irische Pizza? Das ist ja noch schlimmer als die Pizza aus Paris.«

»Das Restaurant gehörte Italienern«, klärte er sie auf. »Deshalb gewinne ich, weil das vollkommen unerwartet war.«

»Apropos gewinnen«, wandte Sasha sich entschlossen einem anderen Thema zu. »Wir sollten uns darüber unterhalten, dass wir letzte Nacht wahrscheinlich nur gewonnen haben, weil Nerezza uns getestet hat. Doyle hat davon gesprochen, dass wir Schlachtpläne entwerfen und trainieren müssen, wenn wir nicht die nächste Schlacht verlieren wollen.«

»Trainieren?« Rileys Augen wurden schmal. »Und was?«

»Bran hat ganz besondere Fähigkeiten, die wir anderen nicht erlernen können.« Wie zuvor auch Riley schob sich Doyle ein Stück der dick mit Peperoni und mit Wurst belegten Pizza in den Mund. »Aber Sasha hatte recht, als sie uns vorgeworfen hat, dass wir keine Einheit wären. Das dürfen wir auf keinen Fall noch mal riskieren. Wir müssen wissen, welche Trümpfe Bran....im Ärmel hat.«

»Richtig.« Nickend schenkte Bran sich ein Glas Rotwein ein. »Ich werde euch in Zukunft immer sagen, was es mit den Dingen, die ich tue, auf sich hat. Aber davon abgesehen, brauchen wir tatsächlich eine Strategie. Weil wir verlieren werden, wenn wir weiter immer nur jeder für sich auf die Attacken reagieren.«

»Richtig, doch wie soll dieses Training aussehen?«, hakte Riley nach. »Ich bringe Annika und Sasha schließlich schon den Nahkampf bei. Und seit heute wissen wir, dass Sasha an der Armbrust so was wie ein zweiter Daryl Dixon ist.«

»An der Armbrust?« Sawyer, der sich gerade noch ein Stück Pizza hatte auf den Teller laden wollen, hielt in der Bewegung inne. »Wann hat sie euch das gezeigt?«

»Und wer ist Daryl Dixon?«, fragte Sasha.

»Kennst du etwa nicht *The Walking Dead?*«, erkundigte sich Sawyer überrascht und sah sie fragend an. »Du kommst mit einer Armbrust klar?«

»Anscheinend.«

»Ob sie damit klarkommt? Es hat dreimal *sssst* gemacht«, ahmte Riley das Geräusch der durch die Luft surrenden Pfeile nach. »Und jedes Mal war es ein Volltreffer. Ich werde Sasha nicht mehr von der Seite weichen, falls es irgendwann zur Zombie-Apokalypse kommt.«

»Das ist natürlich schmeichelhaft, aber ich glaube, dass es Doyle um den Zusammenhalt der Truppe geht. Statt von Teamgeist immer nur zu reden, sollten wir auch wie ein Team trainieren. Bran zeigt mir inzwischen, wie er seine Medizin herstellt, damit ich ihm dabei helfen kann.«

»Das könnte ich auch lernen«, erbot sich Annika. »Ich lerne gern.«

»Die Grundlagen solltet ihr alle kennen. Solltet wissen, wofür welche Tropfen, welche Salbe und welche Tinkturen sind. Mit normaler, grundlegender Erster Hilfe kennt ihr euch ja wahrscheinlich aus«, erklärte Bran. »Nur haben wir's in diesem Fall nicht mit normalen Gegenspielern und Verletzungen zu tun.«

»Und wenn du verletzt wärst, wüssten wir nicht, was wir machen sollten. Also gut. Wir alle werden was über die magischen Medikamente, die du herstellst, lernen«, stimmte jetzt auch Riley zu.

»Wobei auch andere Dinge wichtig sind. Du und Sawyer«, meinte Doyle und schüttelte in widerstrebender Bewunderung den Kopf. »Bessere Schützen habe ich bisher noch nie gesehen, und vor allem bewahrt ihr beide immer einen kühlen Kopf. Deshalb solltet ihr den anderen beibringen, wie man schießt.«

»Ich mag keine Pistolen«, warf Annika mit leiser Stimme ein.

»Du sollst sie auch nicht mögen, Schätzchen, sondern einfach wissen, wie man sie benutzt. Auch wenn deine unglaubliche Beweglichkeit als Waffe fast schon reicht.«

»Gegen sie käme wahrscheinlich nicht einmal die *Schwarze Witwe* an.« Auf Annikas und Sashs verständnislosen Blick hin bot Sawyer an: »Ich fahre gern morgen früh ins Dorf und kaufe euch den Comic, wenn ihr wollt.«

»Du musst die beiden anderen Frauen trainieren«, sagte Doyle zu Annika. »Auch wenn Rileys Bewegungen nicht übel sind, bist du viel schneller und geschmeidiger als sie.«

»Ach ja? Und wie steht es mit Sawyer, Bran und dir?«

»Wir werden ebenfalls trainieren«, erklärte er. »Mindestens zwei Stunden täglich. Sasha könnte ja den Trainings-plan erstellen.«

»Könnte ich?«

»Du hast mit diesem Thema angefangen, Blondie. Du hast mir erzählt, wir müssten uns zusammenraufen, also zieh die Sache jetzt auch durch.«

Riley aß den letzten Bissen ihres zweiten Pizzastücks und wandte sich an Doyle. »Du bist heute Abend viel ge-sprächiger als sonst.«

»Weil ich was zu sagen habe.«

Zeitgleich mit dem nächsten grellen Blitz und dumpfen Donner schob Apollo furchtsam den Kopf auf Rileys Fuß.

»Bei den beiden Kämpfen, die wir bisher ausgefochten haben, wurde deutlich, dass wir zwar diverse Fähigkeiten haben, aber keine echte Einheit sind.«

»Also bauen wir unsere Fähigkeiten weiter aus und üben uns in Teambildung«, fuhr Sawyer fort. »Das klingt nicht dumm. Wobei wir zur Teamgeistbildung…«

»Tut mir leid.« Mit einem Mal sprang Riley auf. »Ich muss allmählich los.«

»Los?« Sawyer blickte in das Unwetter hinaus. »Wo willst du denn bei diesem Regen hin?«

»Erst mal in mein Zimmer«, antwortete sie. »In ein paar Minuten geht die Sonne unter, und da ich mich nicht hier unten in der Küche ausziehen möchte, gehe ich am besten langsam rauf.«

»Komm danach ruhig wieder runter, wenn du willst. Du brauchst dich nicht die ganze Nacht in einem Zim-mer einzuschließen«, bot ihr Sasha an.

»Danke, das ist nett. Aber erst mal muss ich rennen,

denn egal, ob es gewittert oder nicht, muss ich nach der Verwandlung erst mal einen Teil von meiner Energie abbauen. Falls bei Sonnenaufgang noch was von der Pizza da ist, esse ich den Rest.«

Sie schnappte sich ein drittes Stück und verließ zusammen mit dem Hund den Raum.

Bran sah ihr hinterher und wandte sich dann wieder Sawyer zu. »Was wolltest du eben sagen?«

»Ah...das habe ich vergessen. Doch, genau...wir waren gerade beim Teamgeist, oder nicht? Wobei das Training an den Waffen sicher hilft. Wo hattest du die Armbrust her, Sasha?«

»Von Doyle. Und er hat nicht nur eine, sondern zwei.«

Doyle sah Sawyer fragend an: »Kennst du dich mit den Dingern aus?«

Der andere schüttelte den Kopf. »Ich würde gern mal ausprobieren, wie es geht. Vor allem aber brauche ich für meine eigenen Waffen neue Munition und gehe davon aus, dass Riley ebenfalls welche gebrauchen kann. Am besten machen wir uns eine Liste mit den Dingen, die wir brauchen, und ernennen einen von uns zum Versorgungsoffizier. Vorzugsweise Riley, weil sie zahlreiche Kontakte auf der Insel hat.«

»Neben Waffen brauchen wir auch Lebensmittel und verschiedene andere Haushaltswaren«, warf Sasha ein.

»Ich könnte auch mich selbst ernennen. Oder dich. Und was ist mit dem Zeug, das du brauchst?«, wandte Sawyer sich an Bran.

»Das besorge ich mir selbst. Ein paar der Sachen kriege ich im Dorf, und alles andere bekomme ich geschickt. Die meisten Pflichten rund ums Haus haben wir bereits aufgeteilt, doch richtig gut organisiert ist das bisher noch nicht.«

»Ich und Sawyer können weiter gerne wechselweise für uns alle kochen«, meinte Sasha, »aber ab und zu ein freier Tag wäre nicht schlecht.«

»Wie wäre es mit einem Pizzaabend in der Woche?«, pflichtete ihr Sawyer grinsend bei.

»Abgemacht.« Bran prostete ihm zu. »Und da ihr beiden euch sonst immer ums Abendessen kümmert, könnten ja wir anderen abwechselnd die Pizza holen.«

»Ich mag Pizza.« Genüsslich suchte Annika das nächste Stück aus.

»Mir tut jeder leid, der keine Pizza mag. Was die Schlachtpläne angeht …«, wandte sich Bran an Doyle.

»Uns dreien fällt bestimmt was ein.«

»Womit du wahrscheinlich euch Männer meinst«, warf Sasha grimmig ein.

»Hast du schon mal in einem Krieg gekämpft, Blondie?«, erkundigte sich Doyle.

Sie schüttelte den Kopf, und sofort mischte sich auch Sawyer ein.

»Und hast du je als Mädchen Krieg gespielt?«

Sie schüttelte erneut den Kopf, und da es Annika nichts auszumachen schien, dass sie in dieser Angelegenheit nicht ernst genommen wurde, trat sie ganz allein zur Verteidigung der Frauenehre an. »Aber Riley ganz bestimmt.«

»Ich wette, dass sie bereits zahlreiche Gefechte ausgetragen hat. Also warten wir am besten ab, was sie dazu zu sagen hat«, stimmte ihr Bran zu ihrer Überraschung zu.

Achselzuckend meinte Doyle: »Okay.«

»Aber wir müssen trotzdem weitersuchen.« Annika sah zwischen den drei Männern hin und her. »Wir können jetzt nicht einfach aufhören.«

»Das werden wir auch nicht«, versicherte ihr Bran. »Aber es sieht aus, als würden unsere Tage wenigstens vorübergehend straff organisiert.«

»Dann schreibe ich jetzt erst mal meinen Teil der Einkaufsliste«, meinte Sawyer und stand auf. »Aber vorher gehe ich ins Wohnzimmer und mache dort ein Feuer im Kamin. Das Gewitter hat die Luft empfindlich abgekühlt, und wenn Riley und Apollo gleich von ihrem Ausflug wiederkommen, sind sie sicher völlig durchgeweicht.«

»Ich helfe dir«, erbot sich Annika. »Und danach spüle ich noch das Geschirr.«

Froh, weil sie vom Küchendienst befreit war, lehnte Sasha sich mit ihrem Wein auf dem Stuhl zurück. »Und welche Aufgabe bekomme ich?«

»Du guckst am besten, was alles an Haushaltssachen und Lebensmitteln fehlt. Außerdem ist Doyle wahrscheinlich meiner Meinung, dass du alle anderen Aufgaben gerecht verteilen wirst. Bisher haben wir den Arbeitsplan nie richtig eingehalten, was sich dringend ändern muss. Und den Trainingsplan erstellt aus meiner Sicht am besten Doyle.«

»Am besten fangen wir so früh wie möglich an, denn schließlich endet Rileys Tag bereits bei Sonnenuntergang.«

Sasha sah ihn fragend an. »Und was bedeutet früh für mich?«

»Bei Sonnenaufgang trainierst du. Weil es das Beste für den Muskelaufbau ist. Und beim Frühstück schaufelst du am besten möglichst jede Menge Kohlenhydrate in dich rein. Bevor wir unsere nächste Tauchfahrt machen, legen wir uns besser erst mal eine Strategie zurecht und fangen mit dem Waffentraining an. Wenn Sawyers Feuer drüben brennt, entwerfen wir vielleicht schon einmal einen grundlegenden Plan. Angriff und Verteidigung«, erklärte Doyle und stand entschlossen auf.

»Aber vorher werde ich noch kurz spazieren gehen.«

»Draußen stürmt es«, rief ihm Sasha in Erinnerung.

»Ich werde gern ein bisschen durchgepustet«, klärte er sie achselzuckend auf.

»Vorher wird er sich sein Schwert und seinen Mantel holen«, meinte Bran, nachdem er aus dem Raum gegangen war. »Er wird, wie wir es nennen, auf Patrouille gehen. Jetzt und dann noch mal um Mitternacht.«

»Er wirkt wie der geborene Soldat.«

»Auf jeden Fall.«

»Aber er ist noch nicht bereit, uns zu erzählen, was genau es mit ihm auf sich hat. Sawyer schon. Er wollte gerade anfangen, uns irgendwas zu sagen, als ihn Riley unterbrochen hat.«

»Glaubst du?«

»Ich bin sogar überzeugt davon. Ich weiß genau, dass er uns irgendwas von sich erzählen will, auch wenn ich keine Ahnung habe, was. Bran?«

Er lächelte sie an. »Sasha.«

»Es gibt noch etwas anderes, was ich lernen muss und wobei nur du mir helfen kannst.«

Sein Lächeln machte einem breiten Grinsen Platz.

»Nicht das«, erklärte sie ihm lachend. »Oder doch, das auch. Aber vor allem muss ich lernen, wie ich mich meiner besonderen Gabe besser öffnen kann.«

»Das tust du doch bereits. Ich wusste, dass du Armbrust schießen kannst, weil du dir den Köcher in einem deiner Träume umgeschlungen hast. Und dann hast du auch im Wachzustand nicht einen Augenblick gezögert, sie zu nehmen und damit zu schießen. Weil du wusstest, wie es geht.«

»Ich wusste es nicht wirklich, sondern habe es nur instinktiv gespürt. Aber ich will es wirklich wissen, nicht nur spüren. Obwohl ich nicht glaube, dass das je passieren wird. Denn so soll es offenbar nicht sein. Aber wenn ich wirklich meinen Beitrag bei der Suche und den Kämpfen leisten will, muss ich meine Gabe kontrollieren. Ich habe jahrelang versucht, sie so gut es ging zu unterdrücken, aber jetzt will ich sie nutzen. Denkst du, dass du mir auf irgendeine Weise dabei helfen kannst?«

»Ich glaube schon.«

»Gut. Und während ihr Männer Kriegsrat abhaltet, gehe ich rauf, verteile die Aufgaben und schreibe auf, was uns alles noch fehlt.«

Als sie an ihm vorbeiging, nahm er ihre Hand und küsste sie. »Auf Dauer halten diesen Kriegsrat sicher nicht mehr nur wir Männer ab. Aber dies ist schließlich erst der Anfang unserer Planungen.«

»Und den machen der Zauberer, der Scharfschütze und der Soldat. Es wäre dumm, es anders anzugehen.«

»Zusammen mit der Wolfsfrau, die du eben zutreffend beschrieben hast.«

Besänftigt fragte sie: »Soll ich in deinem oder meinem Zimmer auf dich warten?«

»Wo du willst. Ich finde dich auf jeden Fall.«

Sie ging in ihren eigenen Raum, zog eine bequeme

Baumwollhose an und beschloss, eine Liste mit den Namen und den Wochentagen für die Aufgaben zu erstellen, die jeder übernehmen musste.

Doch vorher öffnete sie die Terrassentüren und sah direkt vor sich die Konturen eines Wolfs.

Sie unterdrückte einen Schrei. »Meine Güte, Riley, hast du mich erschreckt.«

Sie atmete tief durch und fuhr dann ruhiger fort: »Ich weiß nicht, ob du mich verstehst. Aber es gibt da was, was wir dich hätten fragen sollen.«

Sie musste wieder schlucken, als der Wolf einfach ins Zimmer kam.

»Ich schätze, das heißt ja. Ich würde dir ja anbieten, dich abzutrocknen, aber das käme mir seltsam vor. Noch seltsamer, als diese ganze Sache ohnehin schon ist. Ah, Sawyer hat extra für dich Feuer im Wohnzimmer gemacht. Das war echt nett von ihm.«

Das schlanke, nasse, wilde Tier stand einfach da und starrte sie aus Rileys Augen an. Was Sasha als beunruhigend empfand.

»Du solltest versuchen, heute Nacht etwas zu schlafen – keine Ahnung, wie das geht, aber wenn möglich, hau dich ein paar Stunden hin. Weil Doyle bereits bei Sonnenaufgang Frühsport mit uns machen will.«

Die Wölfin stieß ein dumpfes Knurren aus.

»Okay, jetzt weiß ich, dass du mich auf jeden Fall verstehst. Wobei der Frühsport durchaus einen Sinn ergibt. Danach fangen wir mit dem Training an, bei dem wir voneinander all das lernen sollen, was irgendwer besonders gut beherrscht. Heute Abend werde ich noch eine Liste mit den Dingen schreiben, die wir brauchen, und die Aufgaben verteilen, während sich die Männer in der Küche treffen, um schon einmal einen Schlachtplan zu entwickeln.«

Die Wölfin knurrte abermals und lief im Zimmer auf und ab.

»Ich habe genauso reagiert, wobei du zu dem Kriegsrat eingeladen bist.«

Sasha nickte, als die Wölfin vor ihr stehen blieb. »Genau. Wir dachten, dass du anders als ich und Annika entsprechende Erfahrung hast. Aber die bekommen wir auf Dauer sicher auch. Morgen fahren wir nicht aufs Meer, denn für dich wird es ein kurzer Tag, und wir müssen erst mal den genauen Trainingsplan erstellen. Was meiner Meinung nach echt sinnvoll ist.«

Jetzt stieß das Tier kein dumpfes Knurren, sondern ein zwar resigniertes, aber zustimmendes Schnaufen aus.

»Du solltest runtergehen und dich aufwärmen«, schlug Sasha vor. »Und auch wenn du bei der Strategiesitzung der Männer selbst nichts sagen kannst, hör ihnen zumindest schon mal zu.«

Die Wölfin ging zur Tür, und Sasha folgte ihr und zog sie für sie auf. »Wir sehen uns dann morgen früh.«

Sie schob die Tür zurück ins Schloss und schüttelte den Kopf, bevor ihr plötzlich ein Gedanke kam.

Ob sie Rileys Gefühle wohl auch spüren könnte, während sie als Wölfin vor ihr saß? Gefühle spiegelten Gedanken wider, und wenn ihre Freundin ihr als Wölfin ihre Emotionen zeigen könnte, könnte Sasha daraus schließen, was in ihrem Kopf vorging.

Vielleicht wäre Riley ja bereit, es zu versuchen, wenn sie das nächste Mal als Wolfsfrau zu ihr käme.

Doch erst mal brachte Sasha, während draußen immer noch der Sturm über dem Wasser toste, ihre Listen zu Papier.

Sie zeichnete verschiedene Entwürfe, und nachdem sie für die Aufgabenverteilung deutlich länger brauchte als erwartet, war sie dankbar, dass das Schreiben ihrer Einkaufsliste deutlich schneller ging.

Danach zwang sie sich zu einer Viertelstunde Training mit den Bändern und versuchte es mit ein paar Liegestützen, denn wenn sie nicht bald mehr Muskeln hätte, würde sie den anderen keine echte Hilfe sein.

Immer noch allein, ging sie mit ihrem Skizzenblock zu Bett.

Zeichnete die Wölfin aus verschiedenen Perspektiven, schlief darüber ein und wurde auch nicht wach, als Bran zu ihr unter die Decke kroch.

Sie spürte seine Wärme, wandte sich ihm zu, doch er murmelte sanft: »Es ist schon spät. Schlaf weiter«, küsste zärtlich ihre Stirn, und sie setzte den Traum von einem hellen Raum voll Gold und Silber und Juwelen fort.

Sie träumte von der Göttin auf dem goldenen Thron, die auf die Edelsteine starrte, um sich an der dunklen, unwirklichen Schönheit ihrer Züge zu erfreuen.

Doch die Wände waren mit Dutzenden von Spiegelbildern einer runzligen, abscheulichen und verzerrten Fratze übersät.

Die Göttin schrie vor Wut, die Edelsteine barsten …

… und über die Wände flossen Ströme leuchtend roten Bluts.

16

Es war eine Sache, kurz nach Sonnenaufgang ein paar durchaus angenehme Yogaübungen zu absolvieren, aber etwas völlig anderes, wenn der Trainer einen gleich danach zu derart vielen Kniebeugen und Ausfallschritten zwang, dass man mit hochrotem Gesicht nach Atem rang.

Doch obwohl sich Sasha tapfer schlug und noch vor ihrer ersten Tasse Kaffee unter Qualen Ausfallschritte, Kniebeugen und Hampelmänner machte, hätte sie der breit lächelnden Annika am liebsten die geballte Faust unter das wohlgeformte Kinn gerammt.

Und zwar bereits, bevor die fürchterlichen Liegestütze an die Reihe kamen.

Obwohl sie sich auf ihre Knie stützen sollte und, wie Riley mit verächtlichem Gesicht erklärte, die erheblich einfacheren *Mädchen*-Liegestütze machen durfte, schaffte sie als Einzige von ihnen gerade einmal zwei. Oder, wenn sie ehrlich war, nur anderthalb.

Aber sie würde sich so lange quälen, bis sie deutlich stärker wäre.

Nachdem sie bei den Klimmzügen noch elender versagte und nicht einmal einen schaffte, quälte sie sich mit den Bauchpressen, bis ihre Muskeln schrien, dann waren − Gott sei Dank − noch einmal ein paar Dehnübungen dran, und schließlich joggten sie hinunter an den Strand, liefen dort ein Stück und rannten geradewegs zurück.

Vollkommen erledigt warf sie sich ins Gras.

»Ich hasse euch«, stieß sie, am Ende ihrer Kräfte, aus. »Besonders Doyle, aber euch anderen auch.«

»Wobei das erst der Anfang war. Wer ist heute mit Frühstück dran?«, erkundigte er sich.

»Die Liste liegt in meinem Zimmer. Vielleicht kann sie jemand holen, der noch laufen kann.«

»Das übernehme ich.«

Immer noch topfit und leichtfüßig lief Annika in Richtung Haus. Zähnebleckend meinte Sasha: »Vielleicht hasse ich sie noch ein bisschen mehr als Doyle.«

Stöhnend rollte sie sich auf den Bauch, rappelte sich mühsam auf und runzelte erbost die Stirn, als Annika, die Liste in den Händen, fröhlich angesprungen kam.

»Heute sind ich und Sawyer dran. Ich kann den Kaffee machen. Das hat er mir schon gezeigt. Wie hübsch sie ist.« Bewundernd drehte sie die Liste so, dass auch die anderen sie sahen.

Sasha hatte sie farblich kodiert und, da sie vor der morgendlichen Folter durchaus gut gelaunt gewesen war, mit hübschen, kleinen Zeichnungen von Töpfen, Pfannen, einem Rasenmäher, einem Garten, Hühnern, die nach Körnern und nach Würmern pickten, einem Pool und einer Skizze neben jedem Namen illustriert.

»Die will ich haben«, meldete sich Sawyer umgehend zu Wort. »Wenn wir sie nicht mehr brauchen, nehme ich sie mit. Erst mal kommt sie in die Küche, doch am Schluss geht sie an mich. Und jetzt lass uns das Frühstück machen gehen, Annika.«

»Darf ich die Eier aufschlagen?«, bat sie ihn auf dem Weg ins Haus. »Das sieht immer so lustig aus.«

»Sie versteht es wirklich, sich zu amüsieren. Hoffen wir, dass sie tatsächlich Kaffee kochen kann.«

»Moment noch.« Doyle sah Riley fragend an. »Kannst du Tai Chi?«

Sie schlug mit ihrer rechten Faust in ihre offene linke Hand. »Na klar.«

»Dann gib Sasha noch ein bisschen Unterricht, okay?«

»Was? Warum denn das? Auf keinen Fall.« Obwohl es peinlich war, sah Sasha ihren Liebsten hilfesuchend an. Doch statt ihr beizustehen, tätschelte er lächelnd ihren Arm.

»Das hilft dir, deine Mitte und dein Gleichgewicht zu finden«, meinte Doyle. »Du brauchst ein paar Extrastunden, wenn du nicht auf Dauer hinter uns zurückstehen willst. Wobei 20 Minuten erst mal reichen dürften«, machte er ihr Mut. »Und während die beiden anderen das Frühstück machen, könntest du mir schon einmal ein paar der Sachen zeigen, die du vorbereitet hast«, wandte er sich an Bran.

»Okay.« Doch vorher legte Bran noch Sasha beide Hände ans Gesicht und gab ihr einen sanften Kuss. »Bis dann.«

»Ich will Kaffee«, heulte Sasha. »Will mich setzen. Und vielleicht auch meine Mom.«

»Beim Tai Chi wird nicht gejammert«, stellte Riley nüchtern fest. »Füße etwas auseinander, Knie locker und von hier aus atmen«, meinte sie und schlug mit einer Hand auf Sashas wehen Bauch.

»Oh Gott.«

»Du hast gesagt, wir müssten eine Einheit werden. Und wie's aussieht, sind wir das jetzt auch.«

»Aber dass das derart wehtun würde, hätte ich beim besten Willen nicht gedacht.«

»Wer stark sein will, muss leiden«, klärte Riley sie mit einem gnadenlosen Lächeln auf. »Die Philosophie erkläre ich dir später, weil ich selbst so bald wie möglich einen Kaffee will, also atme einfach erst mal aus dem Bauch und mach meine Bewegungen so gut wie möglich nach.«

Wenigstens ging es sehr langsam, merkte Sasha und ahmte die ruhigen, flüssigen Bewegungen der anderen Frau so gut wie möglich nach.

Ihre Muskeln schmerzten schlimmer als ein fauler Zahn, und als sie aufhören durfte, hätte sie vor Dankbarkeit am liebsten laut geschluchzt, doch das erschöpfte Zittern ihrer Glieder und das laute Knurren ihres Magens zeigten ihr ganz deutlich, wo die viel gerühmte Mitte ihres Körpers war.

Sawyer kam mit einer Platte voller goldener Pfannkuchen zu ihnen an den Tisch, und Sasha, die normalerweise höchstens einen schaffte, stopfte drei in sich hinein und überlegte ernsthaft, ob sie sich noch einen vierten gönnen sollte, ließ es dann aber aus Angst, ihr könnte übel werden, lieber sein.

Doyle sah sie über seinen Teller hinweg an. »Ich glaube, du bist dran.«

»Womit? Das heißt, egal womit. Denn ich bin sicher, dass ich mich nie wieder rühren kann.«

»Ich glaube, er meint deinen klugen, kreativen Arbeitsplan«, erklärte Bran und zeigte auf die Liste, die von

Annika, als wäre sie ein siebtes Mitglied ihres Teams, mit einem eigenen Stuhl versehen worden war

»Oh. Na dann. Ich habe mich und Bran fürs Aufräumen der Küche eingetragen, während Riley Hund und Hühner füttern muss.«

»Als Wolf im Hühnerhaus.«

»Du bist echt zum Schießen«, klärte Riley Sawyer zähnebleckend auf.

»Danach sind Annika und ich zum Unkrautzupfen und zum Ernten des Gemüses eingeteilt«, fuhr Sasha fort.

»Und während Annika die Wäsche macht, mäht Bran den Rasen, und ich reinige den Pool.« Grinsend blickte Sawyer auf das Blatt. »Und Doyle und Riley fahren zum Einkaufen ins Dorf. Am schönsten sind die Bilder von den Munitionskisten und Einkaufstüten, findet ihr nicht auch?«

»Gib mir zehn Minuten für die Hühner, zehn zum Duschen und noch fünf, um rauszufinden, wo man hier am besten Munition besorgen kann«, bat Riley Doyle und trank den Rest ihres Kaffees.

»Die Einkaufsliste liegt in meinem Zimmer.«

Riley nickte Sasha zu und wandte sich zum Gehen. »Okay. In höchstens einer Viertelstunde bin ich wieder da«, erklärte sie und joggte Richtung Hühnerhaus. Wie konnte sie nach all dem Sport noch joggen?, überlegte Sasha und sah ihr verbittert hinterher.

»Vielleicht sollte ich noch eine Runde schwimmen, ehe ich den Pooljungen spiele«, meinte Sawyer und stand auf.

Doyle erhob sich ebenfalls. »Ihr habt eine Viertelstunde Zeit, wenn ihr noch irgendetwas auf die Einkaufsliste setzen wollt.«

Nachdem die anderen gegangen waren, wandte Annika sich hilfesuchend Sasha zu. »Ich weiß nicht, wie man Wäsche macht. Kannst du mir das zeigen?«

»Macht ihr nur. Ich komme auch alleine in der Küche klar«, erbot sich Bran und sammelte die Teller ein.

Bis sie Annika in Wäschetrennung, Wassertemperaturen und den verschiedenen Programmen einer Waschmaschine unterrichtet hatte, hatte Bran die Küche aufgeräumt.

Also gingen sie und ihre morgendliche Partnerin mit Hacken, Rechen, Scheren und einem Plastikbottich aus dem Schuppen in den Garten und sahen sich erst einmal die Beete an. Neben Annikas zufriedenem Summen hörte Sasha das Rattern des Rasenmähers, das Surren der Bienen und die Brandung, die sich an den Klippen schlug.

Es wirkte alles ganz alltäglich und normal. Jeder Außenstehende hätte eine Gruppe Leute bei der Hausarbeit gesehen. Aber sie waren viel mehr als das.

Wie zuvor den Umgang mit der Waschmaschine, lernte Annika auch innerhalb von wenigen Minuten, wie man Unkraut zupfte. Dabei hatte sie eindeutig beides nie zuvor getan.

»Du hast also sechs Schwestern«, setzte Sasha an.

»Ja.«

»Sie müssen dir doch fehlen.«

»Das tun sie, aber ich bin glücklich hier. Obwohl wir kämpfen müssen und die Gartenarbeit ziemlich mühsam ist.«

»Sechs Schwestern«, wiederholte Sasha. »Aber Wäsche waschen musstest du noch nie.«

»Ich wasche heute Wäsche.«

»Aber vorher hast du das noch nie gemacht. Habt ihr dafür zu Hause Personal?«

Die junge Frau sah sie verwundert an, denn offensichtlich hatte sie das Wort bisher noch nie gehört.

»Leute, die die Wäsche machen, kochen, putzen ...«

»Oh, dann sind jetzt wir das Personal.«

Eilig wandte Annika sich wieder ihrer Arbeit zu.

»Du hast uns bisher nicht erzählt, woher du kommst.«

Annika zupfte das nächste Unkraut aus, hielt in der Arbeit inne und sah Sasha wieder an. »Wirst du meine Freundin sein?«

»Das bin ich doch schon jetzt.«

»Wirst du meine Freundin sein und keine Fragen stellen, auf die ich keine Antwort geben kann? Ich verspreche dir, dass es nichts Schlimmes ist. Es ist ...«

»So etwas wie ein Schwur.«

Die andere nickte stumm.

»Okay.«

Erleichtert fiel sie Sasha um den Hals. »Danke. Du hast mir das Wäschewaschen beigebracht.« Lächelnd trat sie einen Schritt zurück. »Dafür werde ich dir zeigen, wie ...« Sie stützte sich mit beiden Händen auf dem Rasen ab und schwang geschmeidig beide Beine in die Luft.

»Ich fürchte, dass das deutlich länger dauern wird, als dir zu zeigen, wie man Wäsche macht.«

»Ich werde es dir beibringen.« Fröhlich stellte Annika die Füße wieder auf dem Boden ab. »Und wir werden die Sterne finden. Und wenn wir sie finden und sie wieder dort sind, wo sie hingehören, kann ich dir alles sagen.«

»Also gut. Und ganz egal, was es auch ist, werde ich auch weiter deine Freundin sein.«

Nach der Wäsche und der Gartenarbeit räumten sie die frisch gekauften Lebensmittel ein, aßen das von Riley mitgebrachte Gyros, und danach fand Sashas erster Schießunterricht statt. Mit überraschender Geduld erklärte Sawyer ihr und Annika – den einzigen Novizinnen auf dem Gebiet –, wie man eine Pistole lud, entlud, nachlud, sicherte, entsicherte, anlegte und damit schoss.

Während Annika das Magazin in eine der Pistolen legte, murmelte sie vor sich hin: »Ich mag das nicht. Es fühlt sich kalt und böse an.«

»Du sollst die Dinger auch nicht mögen, sondern respektieren. Durch mangelnde Vorsicht kommt es allzu oft zu Unfällen«, erklärte er. »Viele Leute wissen nicht, wie man korrekt mit einer Waffe umgeht und wie man sie richtig sichert, wenn man sie nicht mehr benutzen will. Es gibt Leute, die darauf bestehen, dass es nicht die Waffen, sondern stets die Menschen sind, die töten. Was totaler Blödsinn ist. Weil Waffen nun mal tödlich sind. Und es ist wichtig, das zu wissen und zu respektieren.«

»Hat diese Waffe schon mal jemanden getötet?«

»Nein. Aber ich weiß, dass sie das kann. Und ich weiß, dass ich das kann. Wenn es nicht anders geht.«

An einem dicken Baum hatten die anderen eine Zielscheibe aus Pappe angebracht.

»Zeit, es einmal zu versuchen. Sichert die Pistolen«, wies Sawyer seine Schülerinnen an.

Obwohl auch Sasha es nicht mochte, eine Waffe in der Hand zu halten, trug sie sie bis zu der Stelle, an der Riley das Kommando übernahm.

»Wir beginnen mit der Haltung und dem Griff«, erklärte sie und wandte sich kurz Sawyer zu. »Am besten nehmen wir den grundlegenden, beidhändigen Weaver-Stance.«

Sie demonstrierte ihn, doch Annika schüttelte abwehrend den Kopf.

»Sawyer schießt mit einer Hand.«

»Wenn du so gut schießen kannst wie er, darfst du das auch. Aber erst mal haltet ihr das Ding mit beiden Händen fest. Die Schusshand schiebt die Waffe leicht nach vorne, und die andere zieht sie zurück. So ist sie im Gleichgewicht und wird durch den Rückstoß nur unmerklich aus dem Ziel gelenkt. Die Knie sind gebeugt, die Beine stehen leicht versetzt, und das Gewicht liegt auf dem Vorderbein.«

Ein ums andere Mal ließ sie die beiden Frauen in Position gehen und auf Augenhöhe mit den nicht geladenen Waffen auf sie zielen.

»Okay. Wer schießt zuerst?«

»Sasha«, sagte Annika.

»Okay.«

»Lade sie so, wie ich es dir gezeigt habe«, bat Sawyer sie, und Riley baute sich hinter ihr auf.

»Lass dir Zeit, nimm die korrekte Haltung ein und leg erst dann die Waffe an.« Sie legte eine Hand in Sashas Rücken. »Und halt nicht den Atem an, wenn du den Abzug drückst. Tue es möglichst gleichmäßig und langsam und atme dabei gleichzeitig aus.«.

Sasha hatte das Gefühl, als kugele der Rückstoß ihr die Schulter aus, doch immerhin traf sie den zweitäußersten Ring der Scheibe, und zu ihrer Freude nickte Riley anerkennend mit dem Kopf.

»Nicht schlecht. Prüf deine Haltung, entspann deine Schultern und versuch es gleich noch mal.«

Der nächste Schuss traf höher, aber immer noch ein Stück weit rechts vom Scheibenmittelpunkt.

»Du verziehst nach rechts. Behalt das beim nächsten Schuss im Kopf.«

Diesmal traf sie wieder tiefer und bereits den dritten Ring.

Obwohl sie auch bei ihren nächsten Schüssen nie ins Schwarze traf, war ihre Trefferquote Riley zufolge nicht schlecht.

Mehr als froh, als sie die Waffe erst entladen und danach zur Seite legen durfte, trat sie einen Schritt zurück, und Annika nahm ihren Platz hinter der Linie ein.

Riley korrigierte ihren Griff und ihre Haltung, doch obwohl sich Annika bemühte, ihre Anweisungen zu befolgen, schoss sie weit am Ziel vorbei.

»Kein Problem. Nur darfst du nicht die Luft anhalten und die Augen schließen, wenn du zielst. Behalte das Ziel die ganze Zeit im Blick, auch wenn du den Abzug drückst.«

Sie tat, wie ihr geheißen, traf den Rand des Blatts und ließ die Waffe sinken.

»Das werde ich niemals lernen. Tut mir leid.« Sie zog das Magazin heraus und drückte die Pistole Sawyer in die Hand. »Tut mir leid, ich kann das nicht. Ich werde hart arbeiten und kämpfen, aber das hier kann ich nicht. Es fühlt sich böse an. Es tut mir leid.«

»Schon gut. He, nicht«, bat er, als er in ihren Augen heiße Tränen glitzern sah. »Wir finden etwas anderes für dich. Keine Schusswaffe.« Er wandte sich an Doyle. »Sie muss keine Schusswaffe benutzen, wenn sie das nicht kann.«

»Das muss sie entscheiden.«

»Allerdings. Siehst du?« Sawyer steckte die Pistole ein und legte einen Arm um ihre Schultern. »Du kannst selbst entscheiden, ob du schießen möchtest oder nicht.«

»Ich werde erst einmal die Wäsche falten. Sasha hat mir heute früh gezeigt, wie man das macht. Also werde ich jetzt Wäsche falten gehen.«

»Wir müssen uns was anderes für sie überlegen«, wandte Sawyer sich den anderen zu, nachdem sie Richtung Haus gelaufen war.

»Vielleicht finde ich etwas für sie.« Bran sah ihr hinterher. »Etwas, was sie als Waffe und zur Selbstverteidigung nutzen kann und was ihr keine Probleme macht. Überlasst das einfach mir.«

Nachdem Sasha das Pistolen-Einmaleins beherrschte, ging sie in ihr Zimmer und entdeckte einen Stapel sorgfältig zusammengelegter, frischer Wäsche auf dem Bett. Anscheinend hatte Annika nicht nur die Wäsche ordentlich gefaltet und auf die verschiedenen Schlafzimmer verteilt, sondern obendrein auch noch das ganze Haus geputzt.

Als Sasha in die Küche kam, lud sie gerade die Spülmaschine aus.

»Ich habe nach dem Wäschefalten noch geputzt.«

»Das habe ich gesehen.«

»Es tut mir leid.«

»Das braucht es nicht. Weil schließlich niemand sauer auf dich ist.«

»Wir alle müssen schießen, aber ich habe gesagt, dass ich nicht schießen will.«

»Weil es aus deiner Sicht nicht richtig ist. Was wir alle gut verstehen.« Sasha taten von dem morgendlichen Training bereits alle Knochen weh, doch ihre Freundschaft überwog. »Du hast gesagt, du willst mir zeigen, wie man einen Handstand oder einen Flickflack macht. Du könntest mir ja eine Stunde geben, bevor wir uns wieder mit den anderen treffen. Könntest mir gymnastisch – haha – auf die Sprünge helfen«, schlug sie vor.

»Ja, das kann ich. Und das werde ich.«

»Wie wäre es mit jetzt?«

Sie versagte elendig, und selbst als ihre Freundin ihre Beine festhielt, waren Sashas Arm- und Schultermuskeln zum Zerreißen angespannt. Und nachdem sie mehrmals aufs Gesicht oder den Hintern plumpste, musste sie zu ihrer Schande erst mal nur noch simple Purzelbäume üben, während alle anderen Saltos oder Flickflacks quer über den Rasen machten, so als hätten sie in ihrem Leben niemals etwas anderes getan.

Sie würde stärker und sie würde besser werden, schwor sie sich zum x-ten Mal und schleppte sich auf wackeligen Beinen Richtung Pool.

Sie überlegte, ob sie ein paar Bahnen ziehen sollte, doch so schlaff, wie ihre Arme und die Beine augenblicklich waren, würde sie wahrscheinlich einfach auf den Grund des Beckens sinken und ertrinken. Und mit einer toten Sasha wäre niemandem gedient.

Vor allem hatte sie, verdammt noch mal, doch sicher eine kurze Auszeit von der Quälerei verdient.

Also stieg sie in den Whirlpool, schob sich die Sonnenbrille auf die Nase und war gerade bis zum Kinn im wohlig warmen Nass versunken, als sie Annika und Riley näher kommen sah. Obwohl sie beide Frauen mochte, hätte sie es vorgezogen, erst mal ungestört die Seufzer auszustoßen, die sie niemals würde unterdrücken können, weil das heiße Wasser einfach allzu herrlich war.

Riley schenkte Margaritas in drei Gläser ein, und Annika hielt Sasha eine kleine Flasche hin.

»Bran hat gesagt, dass du den Inhalt des Flakons ins Wasser kippen sollst.«

»Und was ist das?«

»Lavendel und Rosmarin und …« Hilfesuchend sah sie Riley an.

»Dazu noch eine Spur Magie. Er hat gesagt, dass dies das beste Mittel gegen Muskelkater ist. Gieß das Zeug ins Wasser, Anni. Dann probieren wir aus, ob's funktioniert.« Riley drückte Sasha eins der Gläser in die Hand.

»Mir tut aber gar nichts weh.« Trotzdem kippte Annika die grüne Flüssigkeit entschlossen in den Pool.

»Am liebsten würde ich jetzt zu ihr sagen, dass sie mich mal hinten rüberheben soll«, erklärte Riley, während sie sich ebenfalls ins heiße Wasser sinken ließ.

»Mir fallen da noch ganz andere Dinge ein.« Sasha schloss die Augen, nahm den ersten Schluck des schaumigen Getränks und konnte hören, wie Annika mit einem lauten Platsch ins große Becken sprang.

»Mir tut alles weh, und das Wissen, dass ich schon morgen früh die nächsten Kniebeugen und Ausfallschritte machen muss, macht es noch schlimmer«, stieß sie aus.

»Wozu auch noch die Arbeit für den Oberkörper kommt.«

Sasha runzelte die Stirn. »Du kannst mich auch mal hinten rüberheben.«

Ungerührt fuhr Riley fort: »Außerdem werden wir morgen tauchen, das bringt wieder etwas Abwechslung ins Sportprogramm. Und vielleicht haben wir ja Glück und finden was. Doyle und Sawyer überlegen gerade, welche Stellen möglichst vielversprechend sind.«

»Und was macht Bran?«

»Ihm ist eingefallen, wie er Annika bewaffnen kann. Deswegen ist er raufgegangen, um zu sehen, ob er es hinbekommt.«

Vielleicht sollte Sasha zu ihm gehen und ihm helfen. Irgendwann. »Gott, das riecht einfach fantastisch. Warum habe ich so etwas nicht zu Hause?«

»Einen Whirlpool oder einen heißen Magier, der dir besondere Badezusätze braut?«

»Beides«, gab sie lächelnd zu.

»Ich wette, dass du beides haben könntest.«

»Bran, in meinem Häuschen in North Carolina? Er lebt wechselweise in New York und Irland, und mit seiner ganzen Macht und seiner Überlebensgröße passt er sicher nicht an einen so entlegenen, ruhigen Ort. Und auch wenn er sich und seine Macht sehr gut beherrschen kann, reicht eine Hütte in den Bergen einem leidenschaftlichen und großen Mann wie ihm doch sicher niemals aus.«

»Wird sie denn dir selbst noch genügen, wenn die Suche erst mal abgeschlossen ist?«

»Das weiß ich nicht mehr so genau.« Und diese Ungewissheit brachte sie erheblich aus dem Gleichgewicht. »Aber ich glaube, dass ich immer einen ruhigen Ort zum Leben und zum Malen brauchen werde. Auch wenn ich mich niemals wieder gegen meine Gabe sperren oder denken werde, dass ich unbedingt allein sein muss. Inzwischen weiß ich besser über mich Bescheid und erkenne vor allem, was ich kann. Außerdem weiß ich jetzt, wie es ist, ein Teil von etwas Wichtigem zu sein. Von etwas, wofür es sich zu kämpfen lohnt. Und wenn ich mich jetzt ansehe ... Der Spiegel sieht die nackte, harte Wahrheit. Was sie fürchtet und wogegen sie mit allen Mitteln kämpft. Der Spiegel zeigt ihr Ende, das nur durch die Sterne noch verhindert werden kann. Vor diesem Ende hat sie große Angst.«

Sie kam wieder zu sich, während Riley ihren Arm umklammerte, ihren Kopf auf diese Weise über Wasser hielt und Annika zu Hilfe rief.

»Es geht mir gut. Ich bin okay.«

»Trink erst mal einen Schluck.« Riley griff nach ihrem Glas, das auf dem Rand des Beckens stand. »Es ist dir aus der Hand gerutscht, aber ich habe es gerettet.«

Sasha schüttelte den Kopf und atmete vernehmlich aus. »Lass mich erst Luft holen, okay?«

»Das Wasser ist zu heiß, und du bist kreidebleich. Komm mit in den Pool und kühl dich erst mal ab«, schlug Annika ihr vor.

»Gute Idee.« Nickend stellte Riley Sashas Glas zur Seite und zog ihre Freundin hoch. »Auf geht's, Kumpel.«

Sie befolgte den Befehl, denn ihr war wirklich furchtbar heiß, und gleichzeitig war sie entsetzlich ... schlapp.

Das kühle Wasser half gegen den Schwindel, und als sie den Pool aus eigener Kraft verließ, sahen die beiden anderen sie fragend an.

»Weißt du noch, was du gesagt hast?«, wollte Riley wissen.

»Ja. Es ging um einen Spiegel, der die Wahrheit zeigt. Auch wenn ich keine Ahnung habe, was das bedeuten soll.«

»Am besten gehen wir erst mal aus der Sonne«, beschloss Annika, und Sasha nickte stumm.

Sie würde ihren nassen Badeanzug gegen trockene Kleider tauschen und dann einen Augenblick in ihrem Zimmer bleiben, bis sie wieder ganz die Alte wäre.

»Aber eins ist positiv«, erklärte sie und ließ die Schultern kreisen, während sie ein Handtuch um sich schlang. »Mir tut inzwischen nichts mehr weh.«

Sie schlug das Angebot der beiden anderen aus, ihr beim Umziehen zu helfen, und merkte, dass sie offenbar schnurstracks zu Bran gelaufen waren, da er, noch während sie ihr trockenes Hemd zuknöpfte, auf der Schwelle ihres Zimmers stand.

»Lass mich dich ansehen.«

»Mir geht's gut. Sie hätten dich nicht bei der Arbeit stören sollen.«

Statt etwas zu erwidern, legte er die Hände sanft auf ihre Schultern und sah ihr forschend ins Gesicht. »Kein Kopfweh?`«

»Nein. Ich habe nicht versucht, die Bilder auszusperren. Sie kamen in einer Welle, und sie haben mich ein bisschen aus dem Gleichgewicht gebracht, aber es hat nicht wehgetan. Du hattest recht.«

»Beschreib mir, was passiert ist.«

»Riley und ich saßen im Whirlpool. Annika hatte die grüne Flüssigkeit aus deiner Flasche reingekippt. Die übrigens fantastisch war. Ich war total entspannt, und wir sprachen gerade über …« Sie brach ab, denn sie würde ihm ganz gewiss nicht erzählen, dass Riley vorgeschlagen hatte, Bran solle mit in ihr kleines Häuschen in den Bergen ziehen.

»Worüber?«, fragte er.

»Darüber, dass ich mich jetzt viel besser kenne als vor einer Woche und dass ich erfahren habe, wie es ist, ein Teil von etwas zu sein. Und dann schlug plötzlich diese Welle über mir zusammen. Oder eigentlich war es eher wie ein Strudel, der mich in die Tiefe zog. Doch dieses Mal habe ich nicht dagegen angekämpft, sondern mich einfach mitziehen lassen.«

»Was hast du gesehen?«

»Ich …«

Es klopfte an der Tür, und Sawyer rief: »Bist du okay?«

»Ja. Ich komme gleich«, rief sie zurück und wandte sich erneut an Bran.

»Ich muss meine Gedanken noch sortieren.«

»Also gut.« Er strich mit einer Hand über ihr feuchtes Haar. »Dann werden wir jetzt erst mal runtergehen.«

Da die anderen bereits auf der Terrasse saßen, setzte sich auch Sasha an den Tisch und atmete tief durch. »Es tut mir leid, aber ich weiß nicht, was das zu bedeuten hat. Ich habe einen Raum gesehen oder vielleicht eine Höhle. Sie war voller Gold und Silber, und die Wände haben geschimmert wie in einem supereleganten Spiegelkabinett. Es war, als würde ich dort stehen, könnte mich aber nicht sehen. Und dann griff ich nach einem Spiegel – aber nicht mit meiner eigenen Hand. Ich glaube, dass es ihre war. Die von Nerezza. Sie nahm diesen juwelenbesetzten Spiegel in die Hand, aber als sie hineinsah, war ihr Spiegelbild uralt. Grau, verwelkt, mit tief liegenden Augen und mit dünnem grauem Haar. Es sah beinahe wie ein Totenschädel aus. Sonst war in dem Spiegel nichts zu sehen. Das Glas rund um das Bild war schwarz. Dann zerbrach der Spiegel, aber ihr Gesicht war auch in all den Scherben noch zu sehen. Als Nächstes gingen die Scherben in Rauch auf, und es wurde alles schwarz.«

»Du hast gesagt, der Spiegel sieht die Wahrheit«, rief ihr Riley in Erinnerung.

»Ich weiß.«

»Eine Allegorie?«, schlug Sawyer vor. »Dafür, dass ihr Herz, ihre Seele oder wie auch immer ihr es nennen wollt, verwelkt und rabenschwarz und böse ist?«

»Das wissen wir auch ohne Seherin«, erklärte Doyle. »Vielleicht läuft es bei ihr ja ab wie bei Dorian Gray.«

Riley reckte zustimmend den Finger in die Luft. »Und der Spiegel zeigt sie, wie sie wirklich ist. Zeigt ihr ihre Sünden und ihr wahres Alter, während sie rein äußerlich noch immer eine jugendliche Schönheit ist.«

»Das wäre eine Möglichkeit.«

»Die meiner Meinung nach ziemlich wahrscheinlich ist. Falls es wirklich einen Spiegel gab und wir ihn zerstört haben, kann das bereits ihr Ende sein.«

»Ich weiß nicht. In meiner Vision hat sie den Spiegel selbst zerstört. Und sie hätte sich doch ganz bestimmt nicht selbst vernichten wollen.«

»Vielleicht gibt's ja noch einen anderen Spiegel und ein anderes Glas«, sinnierte Bran.

»Der Sache gehe ich am besten sofort nach.« Riley griff erneut nach ihrem Margaritaglas. »Du hast gesagt, dass nur die Sterne was an ihrem Schicksal ändern können. Vielleicht ist auch das ein Grund, weshalb sie die so dringend haben will. Es gibt anscheinend eine Möglichkeit, sie zu vernichten – nicht nur aufzuhalten, sondern zu vernichten. Aber nur, solange sie nicht im Besitz der Sterne ist.«

»Ich gehe ein paar Spiegelzauber durch«, erbot sich Bran. »Wobei es weiterhin in erster Linie um die Sterne geht.« Er wandte sich den beiden anderen Männern zu. »Habt ihr schon die Tauchplätze für morgen ausgesucht?«

Doyle nickte. »Wir haben die Wege zu drei Höhlen auf der Karte markiert. Wir sollten es eigentlich schaffen, sie alle anzusehen, aber zwei bekommen wir auf jeden Fall hin. Du willst bestimmt vor Sonnenuntergang noch etwas essen«, sagte er zu Riley. »Also …«

»Bevor wir uns übers Essen oder über irgendwelche anderen Tagesordnungspunkte unterhalten«, unterbrach ihn Sawyer, »gibt es da noch etwas, was ich euch erklären muss. Aber vorher musste ich meine Familie und vor allem meinen Opa fragen, ob er damit einverstanden ist.«

»Es geht sicher um den Kompass«, meinte Bran.

»Ja, aber nicht nur.« Er zog den Kompass aus der Tasche, hielt ihn jedoch weiter fest. »Wenn man ihn auf eine Karte legt, zeigt er einem die Richtung an, die man für die Erreichung seines Ziels einschlagen muss. Aber er kann noch mehr, als einem nur den Weg zeigen. Ohne, dass man dafür eine Karte braucht.«

»Und was?«, erkundigte sich Riley.

»Nun.« Er hielt den Kompass in der ausgestreckten Hand …

… und war mit einem Mal nicht mehr zu sehen.

»Heiliges Kanonenrohr!«

Während Riley fluchte, stieß sich Annika vom Tisch ab und sprang auf. »Wo ist er hin? Wo ist er?«

»Hier!« Er stand auf der Terrasse, winkte ihnen fröhlich zu, verschwand erneut und saß im nächsten Augenblick wieder auf seinem Stuhl am Tisch.

»Du bist auch ein Zauberer!«

»Nein. Das ist der Kompass«, sagte er zu Annika. »Er ist mit mir verbunden, ja, aber es ist der Kompass und nicht ich, der zaubern kann. Ich habe ihm nur mitgeteilt, dass ich auf die Terrasse und dann wieder zurück zu euch anderen will. Was ziemlich einfach war.«

»Ich finde, dass das bereits eine ganze Menge war.« Doyle streckte die Hand aus, und als Sawyer ihm den Kompass überließ, sah er ihn sich von allen Seiten an. »Und auf welche Art ist er mit dir verbunden?«

»Das passierte in dem Augenblick, in dem man ihn mir übergeben hat. Nicht so, wie ich ihn dir eben in die Hand gedrückt habe, sondern so förmlich, wie man anderen was vererbt. Jetzt gehört er mir, bis ich ihn weitergebe. Unserer Tradition entsprechend entweder an eine Tochter oder einen Sohn.«

»Damit sparst du jede Menge Geld für Flugtickets«, bemerkte Riley.

»Ha, das stimmt. Wobei das noch nicht alles ist.« Entschlossen nahm er Doyle den Kompass wieder ab, drehte ihn um und glitt mit dem Finger vorsichtig über den Rand.

Im selben Augenblick klappte ein zweiter Deckel auf, und sie sahen ein Zifferblatt.

Jetzt sprang auch Riley auf. »Mann! Erzähl mir nicht, dass dieses Ding so was wie eine Zeitmaschine ist.«

371

»So etwas in der Art«, gab er mit einem schwachen Lächeln zu, und sie vollführte einen Freudentanz..

»Oh mein Gott, wenn ich mir überlege, wen und was ich mit dem Ding alles besuchen könnte. Die Kelten, Mayas und Azteken, die Landbrücke und die verdammten Pyramiden, während sie errichtet wurden. Wo bist du schon überall zu welcher Zeit gewesen?«

»Allzu weit in die Vergangenheit bin ich noch nicht zurückgereist. Hör zu, du musst sehr vorsichtig mit diesem Ding umgehen, wenn du es für Orts- und Zeitwechsel benutzt. Sehr, sehr vorsichtig. Sagen wir, du wolltest unbedingt die Schießerei am O. K. Corral miterleben. Erstens würde sofort jemand merken, dass du dafür völlig falsch gekleidet wärst, und zweitens – was würde passieren, wenn du mitten auf der Straße landest und dich dort ein Pferdefuhrwerk überfährt? Oder wenn eine verirrte Kugel dich erwischt? Selbst wenn du das überleben würdest, hättest du dadurch etwas verändert. Und das könnte seinerseits etwas verändern, deshalb wäre auch die Gegenwart wahrscheinlich anders, als du sie verlassen hast. Also müsstest du noch mal zurück, um rückgängig zu machen, was durch dich verändert worden ist.«

»Das Raum-Zeit-Kontinuum. Verstehe, aber trotzdem warst du dort, nicht wahr? Und hast Doc Holliday und Wyatt Earp gesehen.«

»Ja, wobei ich dir versichern kann, dass die Schießerei zwar kurz, aber echt hässlich war. Zeitreisen sind eine knifflige Angelegenheit, und aus eigener schmerzlicher Erfahrung lernt man schnell, dass man sie nicht zum Spaß antreten soll.«

»Wie weit kannst du damit zurückreisen?«, erkundigte sich Doyle.

»Ich weiß nicht, ob es eine zeitliche Begrenzung gibt. Ich bin mit Geschichten von verschiedenen Leuten groß geworden, die nie mehr zurückgekommen sind. Der Kompass selbst ist bisher immer wieder aufgetaucht, aber einige der Leute, die ihn in Besitz hatten, waren plötzlich einfach nicht mehr da. Vielleicht sind sie zu weit zurückgereist, oder sie haben die Zeit oder den Ort so schlecht berechnet, dass sie mitten auf dem Schlachtfeld, irgendwo im Meer oder inmitten eines Erdbebens gelandet sind.«

Bran sah ihn fragend an. »Gehören Reisen in die Zukunft ebenfalls zum Repertoire?«

»Das ist sogar noch schwieriger. Weil es den Ort, an dem du 100 Jahre später landen willst, vielleicht bereits in 80 Jahren nicht mehr gibt. Weil womöglich der Times Square dann bereits in Schutt und Asche liegt. Vielleicht grassiert auch eine Seuche, oder es herrscht ein Krieg dort, wo du landen willst. Oder eine Waldlichtung ist einer fünfspurigen Autobahn gewichen, und wenn du dort landest, wirst du überfahren. Reisen in die Vergangenheit kann man noch ziemlich gut berechnen, doch bei Reisen in die Zukunft sieht es völlig anders aus. Weil man Dinge, die noch nicht passiert sind, nun mal nicht berechnen kann.«

Entschlossen klappte er den Deckel wieder zu. »Auf der Suche nach den Sternen bin ich ein ums andere Mal in die Vergangenheit und hin und her gereist. Bevor ich hierherkam und euch begegnet bin. Doch obwohl mir immer wieder einmal irgendjemand eine Variante der Legende aufgetischt hat, habe ich noch immer nichts

Konkretes in der Hand. Irgendwann hat mir der Kompass angezeigt, dass ich nach Korfu reisen soll. Deswegen bin ich hier.«

Annika berührte seine Hand. »Bist du aus der Gegenwart?«

»Ja. Ich bin tatsächlich 29 Jahre alt. Und wenn ich wüsste, wie ich dorthin reisen könnte, wo das alles angefangen hat, wäre ich vielleicht bereit, es zu riskieren. Was mir bisher nicht möglich war. Doch selbst wenn es mir gelänge, an den Ort und in die Zeit zurückzukehren, könnte ich nicht sicher sagen, ob ich in der Lage wäre zu verhindern, was damals geschehen ist.«

»Kannst du jemanden auf deine Reisen mitnehmen?«

Er nickte knapp. »Einmal war ich mit meinem Bruder bei den Dodgers, um ein Spiel von Jackie Robinson zu sehen. Mein Opa hatte sein Okay dazu gegeben, weil an dem Tag der Geburtstag meines Bruders war. Mit mehr als zwei Personen habe ich es bisher nie versucht, wobei ich theoretisch sicher auch noch mehr mitnehmen kann. Wir reden für gewöhnlich nie mit anderen Menschen über diese Angelegenheit. Das ist so ähnlich wie bei euch, Riley. Deshalb habe ich mit meinem Großvater gesprochen und wollte euch gestern Abend schon davon erzählen. Bevor du dich erneut in einen Wolf verwandelt hast.«

»Dann war es also meine Schuld, dass du uns bisher nichts davon verraten hast?«

»Wenn so etwas nach außen dringt, bekommt man jede Menge Ärger. Vor fünf Jahren hat irgend so ein Arschloch von der Sache Wind bekommen und lauert mir seither ständig auf. Zum Beispiel hat er mich vor einem Jahr in einen Hinterhalt gelockt, als ich auf Spurensuche in Marokko war. Nachdem ihm klar geworden war, dass ich den Kompass nicht verkaufe, hat er tatsächlich versucht, mich zu erschießen. Seither weiß ich, was für ein verdammter Dreckskerl dieser Malmon ist.«

»Moment mal.« Zähnebleckend beugte Riley sich über den Tisch. »Andre Malmon?«

»Richtig. Kennst du ihn?«

»Und ob. Er gibt sich gern als Retter alter Kunstschätze, als Mythologieexperte, als Berater, Abenteurer oder was ihm gerade in den Kram passt, aus. Dabei ist er ein Betrüger und ein Dieb und hat – was ich ihm leider nicht beweisen kann – einen Kollegen von mir umgebracht. Er hat es also auf das Ding hier abgesehen?« Sie klopfte auf den Kompass.

»Ja. Aber nach der Geschichte in Marokko habe ich ihn nicht mehr gesehen.«

»Wobei er sicher nicht so einfach aufgegeben hat. Ich werde gleich ein bisschen rumtelefonieren, um zu hören, wo er steckt. Weil er so gefährlich wie Nerezza für uns werden könnte, falls er irgendwo hier in der Nähe ist.«

»Weiß er etwas von den Sternen?«, fragte Bran.

»Es gibt nichts, von dem er nicht was weiß.« Stirnrunzelnd griff sie nach ihrem Glas. »Dieser verdammte Hurensohn. Wenn er nicht gerade jemand anderem den Arsch aufreißen will und Wind davon bekommt, dass Sawyer und ich hier sind, macht er uns bestimmt die Hölle heiß. Er würde dir den Hals aufschlitzen, Sawyer, nur damit er an den Kompass kommt.«

»Was er mir schon in Marokko laut und deutlich zu verstehen gegeben hat.«

»Und für die Sterne?« Riley trank den Rest von ihrem Drink in einem Zug. »Dafür brächte er uns alle um.«

»Dann sollten wir sie vor ihm finden.« Doyle stand auf. »Aber vorher hole ich mir noch ein Bier.«

»Uns auch«, bat Bran und blickte Riley an. »Erzähl uns mehr von diesem Malmon.«

»Er ist wirklich schlau, hat eine Reihe Doktortitel, ist vollkommen skrupellos und stinkt vor Geld.«

Naserümpfend fragte Annika: »Er stinkt?«

»Damit wollte ich nur sagen, dass er einen Haufen Kohle hat. Zum Teil geerbt, zum Teil zusammengeklaut. Es gibt nichts, was er nicht tun würde, wenn ihn jemand gut genug dafür bezahlt. Ein Informant hat mir erzählt, dass er ein weißes Nashorn – eine Spezies, die vom Aussterben bedroht ist – aus einem Naturschutzreservat in Kenia hat entführen lassen. Wobei zwei Menschen draufgegangen sind. Allerdings gab es keinen Beweis dafür, dass er dahintersteckte, und das Tier ist niemals wieder aufgetaucht.«

»Weshalb sollte jemand ein Nashorn klauen?«, wunderte sich Sasha.

»Irgendwer hat ihm sehr viel Geld dafür bezahlt. Wahrscheinlich jemand, der genauso reich und widerlich ist wie er selbst und dem an einer ganz besonderen Jagdtrophäe lag. Schließlich gibt es jede Menge kranker Schweinehunde, die es geil finden, wenn sie die Möglichkeit bekommen, irgendwelche seltenen, vom Aussterben bedrohten Tiere abzuknallen.«

Doyle bot ihr ein Bier an, doch sie schüttelte den Kopf. »Wenn er wüsste, was ich bin, würde er nicht eher Ruhe geben, als bis ich in einem Käfig säße, damit er mich meistbietend verkaufen kann. Aber wie dem auch sei ...«

376

Sie schob den Gedanken fort. »Er ist Mitte vierzig und hat neben Immobilien in New York, Paris, Dubai und Devon sicher auch noch eine Reihe Wohnungen und Häuser, von denen mir bisher niemand berichtet hat. Sein Vater ist Franzose, seine Mutter Britin, und nach allem, was ich weiß, hat er den Großteil seiner Kindheit in England verbracht. Wenn ich ihm ein Etikett verpassen müsste, stünde darauf soziopathischer Narziss. Er unterhält eine Privatarmee aus Söldnern sowie einer Handvoll Exmitglieder von verschiedenen Spezialeinheiten, und er heuert für bestimmte Tätigkeiten obendrein noch Freiberufler an. Wobei er sich durchaus – wahrscheinlich zum Vergnügen – ab und zu auch selbst die Hände schmutzig macht.

Als mein Freund mich kontaktiert hat, war er furchtbar aufgeregt. Sagte, er wäre todsicher, dass er Carnwennan gefunden hätte, und hat mich gebeten, kurz nach Cornwall raufzukommen, um ihn mir mit eigenen Augen anzusehen.«

Jetzt nahm sie sich doch ein Bier.

»Carnwennan?«, fragte Sasha.

»König Artus' Dolch. Viele meiner Kollegen gehen davon aus, dass das ein reiner Mythos ist. Ich bin anderer Meinung, und auch Westle – Dr. Westle – ging beruflich hauptsächlich der Artussage nach. Als er anrief und erzählte, dass er Carnwennan gefunden hätte, habe ich ihm das geglaubt. Aber da ich selbst noch einen anderen Auftrag hatte, konnte ich erst zwei Tage später losfahren, und als ich ankam, war er tot. Man hatte ihn gefoltert und am Schluss erwürgt, sein Labor durchsucht und es zusammen mit der Leiche angezündet. Natürlich gab es keine Spur von Carnwennan, von seinen Aufzeichnungen und den anderen Artefakten, auf die er gestoßen war. Ich weiß genau, es ist kein Zufall, dass sich Malmon zu der Zeit in Falmouth aufgehalten hat.«

Sie stand entschlossen auf. »Und jetzt rufe ich ein paar Leute an, um rauszufinden, wo er steckt und was er treibt.«

»Wir werden uns um diesen Typen kümmern, wenn es nötig ist«, erklärte Bran, als Riley ging.

»Um ihn, um seine Söldner und um seine Auftragskiller«, fügte Doyle mit einem Blick auf Annika hinzu.

Wie aufs Stichwort schlug sie eine Reihe Saltos quer über den Tisch und stützte sich am Schluss, die linke Ferse einen knappen Zentimeter vor Doyles Nase, auf den Händen auf.

Er lachte derart laut, dass Riley noch mal über ihre Schulter sah.

»Okay, Schätzchen. Du hast bewiesen, dass du durchaus wehrhaft bist.«

»Ich kann kämpfen.« Flüssig rollte sie vom Tisch und kam auf ihren Füßen auf.

»Ich entwickele gerade was für dich. Und deshalb muss ich langsam wieder los«, erklärte Bran. »Aber vorher brauche ich etwas von dir.«

»Ich habe Münzen – und die... Kohle, die mir Riley für ein paar Münzen gegeben hat.«

»Nein, *mo chroí.*« Er nahm ein kleines Fläschchen aus der Tasche. »Mir reichen drei Tropfen deines Bluts.«

»Meines...« Sie erbleichte.

»Du – das heißt, dein Licht, dein Herz und deine Kraft – müssen in dem, was du von mir bekommst, enthalten sein.« Er zog ein kleines Ritualmesser hervor. »Ein winzig kleiner Piks in deinen linken Mittelfinger reicht.«

Wortlos streckte sie die linke Hand aus, während sie mit ihrer rechten Sawyers Hand ergriff.

Bran stach ihr so sanft wie möglich mit der Messerspitze in den Finger und fing drei Blutstropfen mit seiner Flasche auf.

»Das war's.« Er küsste ihre Fingerspitze, und die winzig kleine Wunde war nicht mehr zu sehen.

»Das hat gar nicht wehgetan.«

»Das liegt daran, dass du so tapfer warst. Du hast auch jede Menge Mut im Blut.«

»Und was machst du mit dem Blut?«

»Das wird eine Überraschung.« Jetzt gab er ihr einen Wangenkuss, drehte sich um und blickte Sasha an. »Ich könnte deine Hilfe brauchen.«

Wortlos stand sie auf, und auf dem Weg ins Haus stellte sie fest: »Der ominöse Malmon scheint dir ziemlich gleichgültig zu sein.«

»Er mag durchaus gefährlich sein, ist aber trotzdem nur ein Mensch.«

Da sein eigener Raum, seit er bei Sasha schlief, ein reines Arbeitszimmer war, hatte er dort seinen Kessel auf ein hüfthohes Podest aus Stein direkt neben das Bett gestellt.

»Es ist eine Sache, wenn wir gegen Wesen kämpfen, die Nerezza schickt. Aber, Bran, Menschen umzubringen ....«

Er war der Ansicht, dass Killer etwas anderes als normale Menschen waren, nickte aber nur. »Es gibt Möglichkeiten der Verteidigung und selbst des Angriffs, bei denen man kein Blut vergießen muss. Genau so was entwickele ich für Annika.«

Stirnrunzelnd sah sie in die bernsteinbraune Flüssigkeit, die in dem Kessel schwamm. »Und was entwickelst du genau?«

»Etwas, wobei ich deine Hilfe brauchen kann. Die Mixtur ist fast schon fertig, aber das, was jetzt noch fehlt und wie ich fortfahren soll, hängt von der Form des Hilfsmittels ab, das ich für sie entwickele.«

»Und was kann sie damit machen?«

»Dinge umlenken. Und auch Dinge vernichten, wenn sie in der Finsternis erschaffen worden sind, denn sie werden durch Licht zerstört.«

»Du entwickelst also einen Schutzschild?«

»Etwas in der Richtung.« Er umrundete den Kessel. »Einen kleinen Schild – denn so beweglich, wie sie ist, lernt sie bestimmt im Handumdrehen, wie sie ihn benutzen kann, ohne dass sie dadurch zu stark behindert wird.«

»Aber dann hätte sie nicht mehr die Hände frei.«

»Das stimmt. Also vielleicht eine Art Brustpanzer, aber der würde sich nur bewegen, wenn sie sich auch selbst bewegt. Sie könnte ihn nicht gleichzeitig in alle Richtungen benutzen, oder nur, wenn sie sich um die eigene Achse drehen würde, und egal, wie schnell sie ist ...«

Sasha fand, ein Brustpanzer würde der Freundin sicherlich gut stehen. Sie sähe damit so geschmeidig und grazil wie eine kriegerische Elfe aus. »Wie funktioniert das Ding genau?«

»Mit einem Lichtstrahl, der in Dunkelheit erschaffene Dinge oder Wesen von ihr ablenkt und zerstört. Sie könnte mit dem Schild ...«

»Könntest du auch zwei von diesen Dingern herstellen?«, fiel sie ihm ins Wort.

»Zwei Schilde?«

»Keine Schilde, sondern Armreife. Ich kenne mich mit Superhelden sicher nicht so gut wie Sawyer aus, aber von Wonder Woman habe sogar ich schon mal etwas gehört.«

Sie streckte beide Arme aus, und lachend meinte er: »Wonder Woman. Ja, genau. Sie wird ihre Zauberarmreife bekommen, hat dadurch die Hände frei und kann sie in alle Richtungen benutzen. Eine ausgezeichnete Idee, *fáidh*.«

»Kannst du dafür sorgen, dass sie möglichst hübsch aussehen? Natürlich wird sie alles tragen, was du für sie herstellst, aber wenn es obendrein noch hübsch aussähe, würde sie sich sicher freuen.«

»Okay.« Er legte eine Hand unter ihr Kinn und gab ihr einen Kuss. »Wir gravieren einfach ein paar Muster ein, die hübsch aussehen und die die Kraft und Schutzfunktion der Reife noch verstärken.«

Er ging durch den Raum zu seinen Büchern, blätterte sie eilig durch und nickte kurz darauf zufrieden. »Hier. Ich denke, das müsste funktionieren.«

»Ist das keltisch?«

»Ja. ›Wir sind mit deinem Blut zur Stärkung deiner Macht und deinem Schutz getränkt‹, heißt es. Würdest du zwei Armreife mit diesen Zeichen für mich zeichnen? So, wie du sie siehst?«

»Na klar. Ich hole nur schnell meinen Skizzenblock.«

Sie eilte in ihr Zimmer, und schon auf dem Rückweg konnte sie die Reife deutlich vor sich sehen. Gut zwei Zentimeter breit, leicht abgerundet und mit einer schmalen Einfassung gleich einem straff geflochtenen Zopf.

Mit Brans keltischen Symbolen rundherum.

»Und was haben sie für einen Verschluss?«

»Es sind Zauberreife, echte Kreise ohne Anfang, ohne Ende«, klärte er sie lächelnd auf. »Aus Bronze. Für eine Kriegerin.«

Mit seiner freien Hand hob er den Kessel etwas an und entfachte ein Feuer auf dem steinernen Podest.

»Ohne Klinge, ohne Stahl und ganz aus Licht. Wobei das Licht genügend Kraft besitzt, um abzulenken und um sich zu wehren. Zu zerstören, was aus der dunklen Quelle kommt, und sich gegen alles, was ihr schaden möchte, zu verteidigen. Das Blut der Kriegerin.« Er hielt das Fläschchen in die Luft, drehte es um und goss Annikas Blut in das Gebräu.

»Und das des Zauberers.« Mit demselben Messer wie bei Annika stach er sich in den Mittelfinger und fügte drei Tropfen seines eigenen Bluts hinzu.

»Kraft und Licht durch Blut gebunden und mit Kraft und Licht der Vorfahren vereint.«

Der Kupferdraht fiel in das brodelnde Gebräu.

»Durch Wind verrührt.« Er blies auf seine ausgestreckte Hand und rührte so den Sud im Kessel um.

»Durch Glut erhitzt.« Die Flammen stiegen höher und züngelten gierig um den Kesselrand.

»Gehärtet mit Wasser aus dem Himmel und dem Meer und gesegnet mit Erde aus heiligem Grund.« Er goss aus einer Flasche leuchtend blaues Wasser in den Topf und warf eine Handvoll dunkelbraunen, schweren Lehm hinzu.

»Hast du die Skizze?«, wandte er sich Sasha zu.

Obwohl sie die Reife längst gezeichnet hatte, hielt sie jetzt gespannt den Atem an. Die Luft im Zimmer war von unbändiger Energie erfüllt und flimmerte im Ton des Wassers, das in das Gebräu geflossen war. Wobei Bran selbst das Licht verströmte, während seine Augen schwarz wie Onyxe geworden waren.

Als sie ihm die Zeichnung reichte, sah er sie sich schweigend an, nickte aber schließlich und hielt sie mit beiden Händen über seinen Kopf.

»Mächte dein
und Mächte mein.
Schmiedet Waffen für das Licht,
damit die Dunkelheit daran zerbricht.
Mit eurem Segen sie verseht,
damit die Kriegerin in diesem Kampfe nicht allein
dasteht.
Durch sie verleiht ihr die erforderliche Macht,
sich selbst und uns zu schützen in der Schlacht.
Die Reife formt nach diesem Bild
über den Flammen frei und wild,
und härtet sie mit unserem Blut
über der leuchtend roten Glut!«

Sashas Skizze ging in Flammen auf, die direkt in den Kessel schossen, während Bran erklärte: »Wie ihr wollt, so soll es sein.«

Dann hielt er die Hände dicht über den Funkenregen und sprach in den Kessel: »Jetzt kühl ab, denn hiermit ist das Werk vollbracht.«

Das blaue Licht erlosch, der Kessel stand wieder vollkommen ruhig auf seinem steinernen Podest, und plötzlich sah der Raum wieder wie ein normales Zimmer aus.

Sasha rang nach Luft.

Er wandte sich ihr eilig zu, und sein bisher so leidenschaftlicher, wilder Blick drückte ehrliche Besorgnis aus.

»Schon gut. Ich meine …«, winkte Sasha ab. »… es verschlägt einem den Atem, wenn man so was Wunderbares miterlebt.«

»Es ist eine komplizierte, vielschichtige Angelegenheit, wenn man aus den Elementen und aus reiner Willenskraft etwas Greifbares erschafft. Das erfordert jede Menge Energie.«

»Das habe ich gesehen.«

»Hat es dir Angst gemacht?«

»Nicht, wenn du es bist, der diese Energie verströmt.«

Er reichte ihr die Hand. »Komm und sieh dir an, was wir heraufbeschworen haben.«

»Wir?«

»Du hast die Skizze angefertigt, also hast du diesen Reifen Schönheit und vor allem Fantasie verliehen.« Er hielt sie bei der Hand, während er mit seiner anderen in den Kessel griff.

Bis hin zu den Symbolen und den geflochtenen Rändern sahen die Reife haargenau so aus wie auf dem Bild. Die Bronze schimmerte im warmen Abendlicht, und Sasha fragte: »Kann ich …«

»Ja, natürlich.«

Sie glitt vorsichtig mit einer Fingerspitze über einen Reif. »Sie sind wunderschön. Schon deshalb wird sie voll-

384

kommen begeistert davon sein. Ich freue mich, dass du so was für sie erschaffen hast, weil du verstehst, dass sie etwas anderes als Pistolen braucht, und ihr etwas Helles, Starkes, Wunderschönes geben willst. Du ...«

Von Gefühlen überwältigt, sah sie zu ihm auf. »Du machst mich wirklich völlig atemlos. Und zwar nicht nur, weil du zaubern kannst. Was auch immer aus uns werden wird – die Zeit mit dir hat mein Leben nachhaltig verändert. Weil sie mich geöffnet hat.«

»Du hast mein Leben ebenfalls verändert.« Er umfasste zärtlich ihr Gesicht und gab ihr einen Kuss. »Du hast mein Leben unglaublich bereichert, und auch wenn ich keine seherischen Fähigkeiten habe, schwöre ich, *fáidh,* genau wie jetzt werden wir zwei zusammenstehen, wenn wir die Sterne wieder dorthin bringen, wo sie hingehören.«

»Das wäre wunderbar.«

»Dann vertrau darauf, dass es so kommen wird.«

Sie lehnte sich kurz an ihn an und starrte auf das Meer, den Himmel und die Landspitze, auf der sie, wie sie wusste, ebenfalls zusammenstehen würden. Wenn auch nicht im hellen Licht der Sterne, sondern in der Dunkelheit, inmitten eines wilden Sturms.

»Ich habe jedes Zeitgefühl verloren. Es ist bestimmt schon ziemlich spät, und wir beide haben heute Abend Küchendienst.«

»Schade, denn ich würde lieber etwas anderes mit dir tun.«

»Merk dir den Gedanken – aber Riley braucht vor Sonnenuntergang etwas zu essen, und vor allem freut sich Annika bestimmt, wenn sie die Armreife von dir bekommt.«

»Warum musst du nur immer so praktisch sein? Dann geh wenigstens nachher mit mir spazieren.«

»Ich hätte angenommen, dass du etwas anderes mit mir machen willst.«

»Später.«

Sie gab ihm die Armreife zurück, und Hand in Hand liefen sie los.

»Ich finde, dass es heute mit den Schlachtplänen, der Hausarbeit und mit dem Training reicht«, erklärte er. »Und ich würde wirklich gern im Licht des Vollmondes mit dir spazieren gehen.«

»Abgemacht«, gab sie zurück und sah, dass Annika mal wieder mit dem Hund im Garten war. Die beiden spielten Tauziehen mit einem dicken Seil.

»Bring du ihr die Reife, und ich fange währenddessen schon mal mit dem Abendessen an.«

Sie ging ins Haus, und als Apollo Bran in seine Richtung kommen sah, unterbrach er kurz das Spiel und rannte fröhlich auf ihn zu, während Annika mit großen Augen auf die Reife starrte, die er in den Händen hielt.

»Oh! Ist es das, was du für mich gemacht hast?« Sie hob die zusammengepressten Handflächen an ihren Mund. »Sieh nur, wie sie in der Sonne glühen.«

»Sie sind aus Licht gemacht.«

»Und Blut?«

»Aus deinem und aus meinem. Sie sind nur für dich und können auch nur dir oder jemandem von deinem Blut gehören.«

»Danke.« Ehrfürchtig griff sie nach einem Reif, schaute ihn dann aber verwundert an. »Ich weiß nicht, wie ich ihn tragen soll. Ist er für mein Handgelenk?«

»Genau.« Er nahm ihre Hand. »Wenn du ihn tragen willst, legt er sich dir von ganz alleine an. Aber dir muss klar sein, dass er zugleich Schild und Waffe ist.«

»Damit ich ohne Messer und Pistole kämpfen kann.«

»Genau. Ohne Messer und Pistole, doch dafür mit Kraft und Licht.«

»Ich werde kämpfen«, sagte sie zu ihm.

Bran schob ihre Finger durch den Reif. Schimmernd glitt er bis zu ihrem Handgelenk und schmiegte sich an ihre Haut.

Den zweiten Reif legte sie selbst an und stellte glücklich fest: »Sie sind tatsächlich wunderschön.«

»Und nur du selbst kannst sie wieder ausziehen.«

Sie schüttelte den Kopf. »Das werde ich niemals tun. Ich werde sie von jetzt an immer tragen. Vielen Dank.« Lachend schlang sie ihm die Arme um den Hals. »Vielen, vielen Dank.«

»Nichts zu danken. Soll ich dir jetzt zeigen, wie sie funktionieren?«

»Ja, bitte.«

Er formte eine schwarze Kugel mit der Hand, warf sie in die Luft, nahm ihren Arm und zeigte damit auf den kleinen Ball. »Anfangs musst du überlegen und sorgfältig zielen, wenn du etwas treffen willst. Aber irgendwann machst du das instinktiv. Und jetzt wehr die Kugel ab.«

»Ich soll sie abwehren?«

»Setz dein eigenes Licht gegen das Dunkle ein.«

Beim ersten Mal half er ihr noch und nickte, als ein dünner Lichtstrahl von dem Reif in Richtung Kugel schoss.

»Ich spüre seine Kraft.«

»Genau. Versuch's noch mal.«

Zu seiner Überraschung reckte sie den anderen Arm, und gleich drauf prallte die Kugel gegen einen Baum.

»Du lernst wirklich schnell.«

»Ich spüre seine Kraft«, erklärte sie erneut. »Aber was ist, wenn ich einen Fehler mache? Was, wenn der Strahl jemand anderen trifft? Ich will niemanden verletzen.«

»Die Reife können nur dem Dunklen oder jemandem mit dunklen Absichten gefährlich werden. Sie enthalten auch etwas von mir, und ich habe einen Schwur geleistet, der mir heilig ist. Ich habe geschworen, meine Fähigkeiten nie zum Nachteil anderer einzusetzen und nie jemandem zu schaden, der nicht aus der Dunkelheit erwachsen ist.«

»Das habe ich auch geschworen. Also werde ich gegen das Dunkle kämpfen wie ihr anderen auch.« Sie hob die Arme über den Kopf und ließ die Kugel abwechselnd zu beiden Seiten fliegen, bis sie nicht mehr überlegen musste, wie der Lichtstrahl sich am besten lenken ließ.

»Du bist wirklich eine gute Schülerin. Und jetzt zerstör das Ding.«

»Ich soll es zerstören?«

»Ich werde dir eine andere Kugel geben, wenn du diese hier zerstörst.«

Sie sandte einen noch helleren Lichtstrahl aus, der direkt auf die Kugel traf und sie in hundert Stücke springen ließ.

»Wenn die Wesen wiederkommen, um uns noch mal anzugreifen, kann ich sie zerstören. Sie sind böse, deshalb kann ich sie zerstören«, stellte sie mit kalter Stimme fest. »Ich kann sie zerstören, ohne meinen Schwur zu brechen.«

»Und du hältst gleichzeitig genau wie ich ein anderes Versprechen ein, indem du die Dunkelheit vernichtest und die Sterne schützt.«

»Diese Reife sind viel mehr als ein Geschenk. Und viel mehr als eine Waffe. Denn jetzt habe ich ein Ziel.« Sie sah ihn durchdringend und ernst aus ihren für gewöhnlich fröhlich blitzenden meergrünen Augen an. »Ich werde euch ganz sicher nicht enttäuschen.«

»Davon bin ich überzeugt.«

»Es gefällt mir, dass sie hübsch sind.«

»Dafür musst du Sasha danken, weil sie sie für dich entworfen hat.« Er zauberte den nächsten dunklen Ball hervor. »Und jetzt üb weiter. Ich bereite währenddessen unser Abendessen vor.«

»Ich werde hart arbeiten«, versprach sie ihm. »Aber könntest du mir eine zweite Kugel geben? Denn das Böse kommt niemals allein.«

»Da hast du recht.« Er überließ ihr insgesamt drei Bälle, tätschelte ihr aufmunternd die Schulter, und als er über den Rasen Richtung Küche stapfte, konnte er das Surren und das Zischen ihrer Lichtstrahlen hören.

Ein verblüfftes Grinsen im Gesicht, trat Sawyer, beide Hände in den Hosentaschen, auf ihn zu. »Mit diesen Dingern macht sie sogar Wonder Woman Konkurrenz.«

»Die sind auf Sashas Mist gewachsen«, gab Bran unumwunden zu. »Aber ich finde, die Reife passen wirklich gut zu ihr.«

»Machst du Witze? Sieh sie dir nur an.«

Bran warf einen Blick zurück und sah, dass Annika inmitten eines Saltos vorwärts auf einen der Bälle feuerte und bereits auf die beiden anderen zielte, als sie wieder auf die Füße kam.

»Jetzt komme ich mir wie ein Trottel vor, weil ich der Meinung war, dass sie eine Pistole braucht.«

Wie vorher Annika tätschelte Bran auch Sawyer aufmunternd die Schulter und ging weiter Richtung Haus.

Noch vor dem Abendessen demonstrierte Annika den anderen, dass sie eine eifrige und gute Schülerin gewesen war.

»Ein solches Paar hätte ich auch gern.« Riley stemmte ihre Hände in die Hüften, während Annika die Kugeln abschoss und gleichzeitig eine Reihe Purzelbäume schlug.

»Wobei ein Paar an drei Nächten im Monat nicht genügen würde«, stellte Sawyer feixend fest, und sie bedachte ihn mit einem bösen Seitenblick.

»Haha«, gab sie zurück und griff nach seinem Bier. »Bist du sicher, dass sie nicht danebenschießen und statt einer Kugel jemanden von uns erwischen kann?«

»Völlig.« Bran schob den gegrillten Fisch auf eine Platte und trug ihn zum Tisch. »Ihr würdet nur ein leichtes Kribbeln spüren, weiter nichts.«

»Auch wenn sie mich als Wölfin treffen würde?«

»Auch als Wölfin bist du weiter du, nicht wahr?«

»Das stimmt, aber vielleicht probieren wir es trotzdem einmal aus. Mit Sawyer als Versuchsperson.«

»Ebenfalls haha.«

»Ohne Witz, wir sollten…«, meinte Riley, ehe das Klingeln ihres Handys sie unterbrach. »Moment.«

Sasha kam mit einer Schüssel voller Nudeln und gedünstetem Gemüse und mit einem runden Brot auf einem Schneidbrett aus dem Haus.

»Wir können essen«, meinte sie, als Sawyer anerkennend pfiff, weil Annika der Abschuss aller drei Kugeln zugleich gelungen war. »Sieht aus, als ob sie Zielwasser getrunken hat.«

Riley schob ihr Handy wieder in die Tasche und nahm Platz. »Zwei meiner Informanten haben gesagt, dass Malmon momentan in London ist – was heißt, dass er uns erst mal keine Scherereien machen wird.« Sie sah zum Himmel auf und überlegte, wie viel Zeit ihr bliebe, bis die Sonne unterging. »Ich würde nach der letzten Nacht gern ausschlafen, aber ich schätze, dass das nicht passieren wird.«

»Bei Sonnenaufgang fängt das Training an«, rief Doyle ihr in Erinnerung und häufte sich den Teller voll.

»Ich trainiere gern«, erklärte Annika und ließ sich auf den Stuhl an Sawyers Seite fallen. »Weil das zum Teil wie Tanzen ist.«

In der Weltenkugel sah Nerezza ihrem Treiben zu, wobei es sie in höchstem Maß erboste, dass sie alles nur verschwommen wie durch einen dichten Nebelschleier sah.

Offenbar hatte die blöde Hexe einen Vorhang zugezogen. Was ihr zeigte, dass sie deutlich stärker als erwartet war.

Nicht stark genug, um eine wirkliche Gefahr für sie zu sein, doch stark genug, um sie in Harnisch zu versetzen.

Wütend stellte sie die Kugel fort und griff nach ihrem goldenen Kelch.

Sollten sie ruhig denken, dass sie sicher waren. Sollten sie ruhig feiern und sich amüsieren. Denn wenn sie mit ihnen fertig wäre, würden diese jämmerlichen Kreaturen nicht mehr lachen, sondern schreien.

Sie zitierte eine ihrer eigenen Kreaturen auf die Lehne ihres Throns und glitt mit ihren Fingerspitzen über die Konturen ihres rauen, hässlichen Gesichts. Sie könnte einen neuen Angriff auf sie starten, einfach um zu sehen, wie sie hektisch auseinanderstoben, aber es erschien ihr klüger, sie auch weiter in dem Glauben zu belassen, dass sie siegreich aus der letzten Schlacht hervorgegangen waren.

Denn vielleicht brächten sie sie ja tatsächlich auf die Spur des Feuersterns.

Falls sie ihn tatsächlich fänden, würde sie zur Stelle sein, um ihn sich anzueignen. Würde sie die sechs in Stücke reißen, ihre Knochen zu dem Staub zermahlen, aus dem sie waren, und diesen Staub in dem mit ihrem Blut gefärbten Meer verstreuen.

Allmählich hatte sie genug vom Warten und davon, nur durch den Zaubervorhang zu verfolgen, was geschah. Sie streichelte die Kreatur, bis sie fast eingeschlafen war. Riss ihr mit einem Ruck den Kopf vom Hals und goss — wie eine andere Frau ein Schlückchen Sahne in den Tee — etwas von ihrem Blut in ihren Wein.

Dann hob sie den Kelch an ihren Mund und stellte sich beim Trinken vor, dass sie das Blut der Hexe zu sich nähme und sich deren Macht auf diese Art mit ihrer eigenen verband.

17

Mit sicheren, kraftvollen Bewegungen schwamm sie im kühlen blauen Meer und folgte dem verführerischen Gesang. Obwohl ihre Lunge brannte und sie anflehte, wenigstens einmal Luft zu holen, schwamm sie immer weiter darauf zu.

Sie sah, wie sich das Licht veränderte und sie zu sich heranzuwinken schien, riskierte alles und tauchte noch tiefer. Nicht einmal, als ihre Arme und die Beine ihren Dienst versagten, dachte sie an eine Rückkehr an die Wasseroberfläche, denn das Licht und der Gesang zogen sie magisch an.

Nah, sie war so nah. In ihren Augen brannten Tränen, als ihr Körper sie verriet. Sie konnte den Höhleneingang sehen, wusste aber, dass er unerreichbar war.

Sie war einfach nicht stark genug.

Als das Licht verschwamm und die Musik verklang, wurde sie gepackt.

Rang mit brennendem Hals nach Luft, und das geträumte Wasser drang in ihre Lunge ein.

Panisch riss sie die Augen auf und sah in Brans Gesicht.

»Den Göttern sei Dank.« Er zog sie eng an seine Brust und wiegte sie erleichtert hin und her. »Du hast plötzlich aufgehört zu atmen.«

»Ich war am Ertrinken.«

»Du bist hier. Bei mir.«

»Da war ein helles Licht, und ich wollte es unbedingt erreichen. Musste einfach hin. Ich bin darauf zugeschwommen, aber meine Kräfte haben nicht gereicht. Deshalb war ich am Ertrinken.«

»Das war nur ein Traum.« Keine Prophezeiung, denn das ließe er nicht zu.

»Du bist gestresst, sonst nichts. Wir werden morgen wieder tauchen.« Oder heute, dachte er, als er das erste Licht der Morgendämmerung durchs Fenster fallen sah. »Und du stehst ziemlich unter Stress.«

»Ich war allein. Ich bin nicht getaucht, ich hatte keine Druckluftflasche auf dem Rücken, und ich war einfach nicht stark genug.«

»Du wirst nicht allein sein. Wenn du willst, bleiben wir heute beide hier.«

»Wir müssen mit, das weißt du selbst. Der Traum ergibt nicht den geringsten Sinn. Ich würde niemals ohne Druckluftflasche tauchen. Und ich hatte keine Angst, Bran. Ich war ….wie gebannt. Bis mir bewusst wurde, dass ich es ganz unmöglich schaffe.«

»Was?«

»Das Licht und die Höhle zu erreichen. Stress.« Sie nickte zustimmend. »Manchmal ist ein Traum tatsächlich nur ein Traum. Körperlich betrachtet bin ich immer noch das schwächste Glied. Und ich habe dich erschreckt. Das tut mir leid.«

»Du hast mir wirklich eine Heidenangst gemacht. Ruh dich noch etwas aus.«

»Wenn ich jetzt aufstehe, kann ich noch einen Kaffee

trinken, bevor Doyle die Peitsche schwingt. Das wäre es doch sicher wert.«

»Also gut.« In diesem Augenblick, da seine Angst nicht völlig verflogen war, hätte er noch viel mehr für sie getan. »Sasha, wenn wir tauchen und dich irgendwas an diesen Traum erinnert, musst du mich das wissen lassen. Du wirst nicht allein sein.«

»Da bin ich wirklich froh.«

Sie war vollkommen ruhig. Sie war nicht mehr besorgt wegen ihres Traums, und nach einer Viertelstunde gnadenlosen Frühsports hatten eine Reihe Schweißausbrüche und das Zittern ihrer Muskeln die Erinnerung daran zum größten Teil verdrängt.

Sie schaffte an die sechs, wenn auch aus Sicht von Doyle eher halbherzige Liegestütze und beinahe einen Klimmzug, und bis sie das Boot bestiegen, kam es ihr so vor, als wäre sie den halben Tag in Hochgeschwindigkeit gerannt. Deshalb gab es nichts Schöneres für sie, als ihren wehen Hintern auf das Polster auf der Bank sinken zu lassen, ihr Gesicht der Sonne zuzuwenden, ihre Haare in der Meeresbrise wehen zu lassen und sich am Kontrast der grünen Insel und des leuchtend blauen Wassers zu erfreuen.

Andere Boote wiegten sich an ihren Liegeplätzen oder segelten so wie sie auf das Mittelmeer hinaus. Sie blickte auf die farbenfrohen Restaurants und Läden und die Menschen, die gemächlich durch die schmalen Gassen schlenderten, und sah die Badetücher, die auf den Geländern der Hotelbalkone flatterten, während die milde Brise neben einem bunten Sprachgemisch den Geruch von Sonnenmilch, Zitronen, starkem griechischem Kaffee und Rauch zu ihr herübertrug.

War nicht bereits das ein Wunder?, überlegte sie. Die Geschäftigkeit des Lebens hier, die völlig anders als die Ruhe ihres eigenen bisherigen Lebens war? Die Familien im Urlaub, die Geschäftsleute, die ihre Läden öffneten, die Paare, die zusammen in den Straßencafés saßen, um ein ausgedehntes Frühstück zu genießen, während sie von haargenau denselben Anblicken, Geräuschen und Gerüchen wie sie selbst umgeben waren?

Keiner dieser Menschen wusste, dass es dunkle Herzen gab, die in ihrer Gier nach grenzenloser Macht bereit wären, alles andere zu zerstören.

Das kleine Mädchen in der hübschen pinkfarbenen Caprihose und mit einem bunten Band in seinem wild gelockten Pferdeschwanz, das zwischen seinen Eltern gut gelaunt den Bürgersteig hinuntersprang, der alte Mann mit dem verwitterten Gesicht und der Schirmmütze, der nachdenklich an seiner Zigarette zog, während er vor einer Tasse dampfenden Espresso saß, oder der attraktive junge Bursche, der ein Bootsdeck schrubbte und mit einem breiten Grinsen reagierte, als ein Trio junger Mädchen, flirtbereite Lächeln auf den Lippen, dicht an ihm vorbeilief.

Sie hatten keine Ahnung, dass das Schicksal ihrer und auch anderer Welten auf der Kippe stand. Für sie war dies ein wunderschöner Frühlingsvormittag auf einer grünen Insel, die inmitten leuchtend blauer Wellen schwamm.

Bran setzte sich zu ihr auf die Bank. »Du siehst aus, als wärst du gerade ganz weit weg.«

»Nein, ich bin gedanklich genau hier an diesem wunderbaren Ort. Ich werde noch mal wiederkommen«, beschloss sie spontan. »Wenn ich mich ganz auf seine Schönheit konzentrieren kann. Dann werde ich da drüben einen Kaffee trinken und in den Geschäften stöbern, mir eins dieser bunten Tücher und dazu noch irgendwelchen völlig nutzlosen, doch wunderschönen Nippes kaufen und mir dann mitten am Tag ein Glas Kumquatlikör genehmigen.« Sie sah ihn lächelnd an. »Vielleicht hast du ja Lust und trinkst ein Gläschen mit.«

»Dazu könnte ich mich sicher überreden lassen.«

Schließlich manövrierte Doyle das Boot von seinem Liegeplatz aufs Meer hinaus, und sie ließen die Geschäftigkeit, Geräusche und Gerüche auf der Insel hinter sich zurück.

Sasha griff nach ihrem Skizzenblock und zeichnete ein schnelles Bild des Dorfs. Die leuchtenden Farben und die von der Sonne ausgebleichten Häuserfronten würden ihr beim Malen sicher wieder einfallen. Am passendsten wäre ein träumerisches Aquarell, das diesem entlegenen Teil der Welt etwas Unwirkliches, Mystisches verlieh.

Sie schlug die nächste Seite ihres Blocks auf und fertigte mit ein paar schnellen Strichen eine Skizze von der Klippe und dem Strand an, an dem die Menschen bereits ihre Territorien absteckten.

Sie war derart in ihre Tätigkeit vertieft, dass sie kaum merkte, als sich Bran erhob, um Annika und Riley bei der Vorbereitung ihrer Tauchausrüstungen zur Hand zu gehen, und dass sie völlig taub für das Dröhnen des Motors, das Pfeifen des Windes und die Diskussion der beiden anderen Männer war, die sich über irgendwelche Karten beugten.

Wie in Trance stieg sie aus Schuhen, Hemd und kurzer Hose, legte ihren Sonnenhut auf ihre sorgsam auf der Bank zusammengelegten Kleider, band ihr Haar zu einem Pferdeschwanz und legte trotz der Helligkeit auch ihre Sonnenbrille auf dem Stapel ab.

Das blaue Wasser glitzerte im Licht der gleißend hellen Sonnenstrahlen, die aufs Wasser fielen, und die aufspritzende Gischt sowie das sanfte Plätschern der vom Bug des Boots geteilten Wellen klangen wie Musik in ihren Ohren.

Die Melodie des Wassers zog sie magisch an.

Sie kletterte erst auf die Bank, dann auf die Reling …

… und sprang kopfüber in den Gesang des Meers hinein.

Bran drehte sich als Erster um und sah, wie sie im Wasser unterging.

»Stopp!«

Er schnappte sich den Rettungsring, holte so weit wie möglich aus und warf ihn dorthin, wo sie eben noch gewesen war.

»Sie ist über Bord gegangen! Sasha!«, brüllte er und streifte eilig seine Schuhe ab. »Sie hat geträumt, dass sie ertrinkt.«

»Um Himmels willen. Warte!« Riley packte ihn am Arm. »Nimm deine Druckluftflasche mit. Vielleicht braucht sie den Sauerstoff. Doyle!«

»Ich habe schon gewendet.«

Eilig legte Bran die Druckluftflasche an, fluchte wegen der Sekunden, die er durch die Tätigkeit verlor, und ließ sich ins Wasser rollen.

»Setzt eure Druckluftflaschen auf und werft den Anker«, wies Riley die anderen hektisch an. »Wir müssen …«

»Ich kann Sasha finden«, fiel ihr Annika ins Wort und sprang genau wie Sasha einfach über Bord.

»Heiliges Kanonenrohr.« Während er den Rettungsring im Blick behielt, zog Sawyer seine Flasche kurzerhand über dem T-Shirt an. »Das war bestimmt Nerezzas Werk. Setzt euch in Bewegung, Leute, los!«

Nur einen Augenblick nach Annika stürzte er sich ebenfalls ins Meer.

Doyle warf Riley eine Maske zu. »Sie wird von einem Zauberer geliebt. Er wird sie finden.«

Riley griff nach ihrem Tauchmesser und machte es an ihrem Gürtel fest. »Wobei er aber sicher jede Hilfe brauchen kann.«

Sie schwamm durchs kühle blaue Wasser und war vollkommen gefangen von dem Lied. Die Melodie erklang in ihrem Kopf, in ihrem Herzen und in ihrem Blut. Nie zuvor in ihrem Leben hatte sie etwas Schöneres gehört.

Vor sich sah sie das Licht, ein warmes Glühen, das im Takt des Liedes zu pulsieren schien.

Sie sehnte sich danach, es zu erreichen, und obwohl der Druck des Wassers ihr inzwischen fast die Lunge sprengte, schwamm sie weiter auf den Grund des Meeres zu.

Inzwischen war das herrlich warme Licht zum Greifen nahe, doch noch während sie weiter darauf zuschwamm, gaben ihre Kräfte nach.

Sie war nicht stark genug.

Verzweiflung über ihre eigene Schwäche und das jämmerliche menschliche Bedürfnis, Luft zu holen, wogten in ihr auf.

Dann erschlaffte sie und nahm das Licht und den Gesang nur noch verschwommen wahr.

Sie begann zu sinken, streckte aber weiter ihre Hände nach der Schönheit aus ...

Als plötzlich andere Hände nach ihr griffen und sie jemand, während sie nach Luft rang und ihr Wasser in die Lunge strömte, vorwärtsriss.

Sie sah ein gleißend helles Licht, spürte ein Gefühl von Wärme, und dann wurde alles schwarz.

Im bläulichen Licht der Höhle zerrte Annika sie auf einen der Felsen, über die mit melodiösem Plätschern Wasser lief.

»Sie atmet nicht.« Als Bran neben ihr auftauchte, zog sie die Freundin schluchzend an die Brust. »Kannst du ihr helfen?«

»Ja, ja.«

Er würde sie ganz sicher nicht verlieren. Er zog sich auf den Fels, riss Sasha hoch und presste eine Hand auf ihren Brustkorb, ließ sie wieder sinken und hauchte ihr seinen eigenen Atem ein.

Während einer gefühlten Ewigkeit empfand er echte Angst. Seine Hilfe würde nicht genügen, denn er hatte sie zu spät erreicht.

Dann setzte urplötzlich ihr Herzschlag wieder ein.

Sie hustete einen Schwall Wasser aus, und er drehte sie sanft herum und presste seine Finger, während sie nach Luft rang, weiter auf ihr Herz.

Dann tauchten endlich auch die anderen auf.

»Da seid ihr ja. Ich werde nie wieder behaupten, dass etwas, was du im Schlaf siehst, nur ein Traum gewesen ist. Aber jetzt bist du wieder da, *a ghrá.*«

Sie zitterte wie Espenlaub, und wieder zog er sie an seine Brust, lehnte seine Stirn an ihre Braue und wiegte sie sanft im Arm.

»Was ist passiert?«

Riley kletterte zu ihnen auf den Felsen und bedachte sie mit einem bösen Blick. »Du hast plötzlich beschlossen, ohne Flasche tauchen zu gehen.«

»Ich…wie in dem Traum.« Hilfesuchend tastete sie nach Brans Hand. »Ich war auf dem Boot, habe gezeichnet, und mit einem Mal war da diese Musik. Ich hatte das Gefühl, ich würde wieder träumen, und musste so schnell wie möglich zu dem Lied und zu dem Licht.«

»Nerezza«, stellte Riley zornig fest.

»Nein, nein. Es war nicht dunkel oder kalt. Es war nicht böse. Es war wunderschön.«

»Das Böse tarnt sich oft mit Schönheit.« Jetzt hievte auch Doyle sich auf den Felsen.

»Nein. Das wüsste ich. Das hätte ich *gespürt*. Es hat nach mir gerufen. Habt ihr nichts davon gehört?«

»Wir haben was gehört, als wir dichter bei der Höhle waren.« Riley hob den Kopf und sah sich um. »Die auf keiner Karte verzeichnet ist.«

»Und das Licht.« Bran streichelte ihr sanft das immer noch entsetzlich kreidige Gesicht. »Es hat uns zu dir geführt.«

»Du hast mich gerettet«, sagte sie, aber er schüttelte den Kopf.

»Das war Annika. Sie war als Erste bei dir und hat dich alleine auf den Felsen gezerrt. Im Wasser hängt sie uns alle problemlos ab.« Er blickte auf die junge Frau. »Was allerdings kein Wunder ist.«

»Ich konnte doch nicht zulassen, dass das Meer uns Sasha nimmt.«

Sie wischte sich die Tränen fort und sah auf ihren sanft geschwungenen, bunt schillernden Schwanz, der noch im Wasser lag. »Mit Beinen wäre ich zu spät gekommen.«

Sawyer, der noch immer auf der Stelle schwamm, streckte vorsichtig die Fingerspitzen nach der schimmernden, fast durchsichtigen Flosse aus.

»Du bist eine Meerjungfrau. Leck mich doch am Arsch. Das erklärt 'ne Menge.«

»Ich konnte es euch nicht verraten. Das war nicht erlaubt.«

»Ohne deine Hilfe wäre ich ertrunken.« Sasha schob sich bis zum Rand des Felsens, auf dem Annika sich mit den Armen abstützte, und drückte ihr die Hand.

»Ich kann im Wasser sehr weit sehen. So wie ihr an Land. Deshalb konnte ich dich finden, doch mit Beinen wäre ich nicht schnell genug gewesen. Trotzdem hast du schon nicht mehr geatmet, bis ich bei dir war. Bran hat dir seinen Atem eingehaucht.«

»Aber du hast mich hierhergebracht und uns dein Geheimnis offenbart. Heißt das, dass du jetzt ... im Wasser bleiben musst?«

»Nein. Die Beine für das Land wurden mir für drei Monde, hmm, drei Monate verliehen«, verbesserte sie sich. »Ich habe geschworen, keinem Menschen zu verraten, was ich wirklich bin, nicht mal denen, die mit mir zusammen auf die Suche nach den Sternen gehen. Aber das Leben ist noch heiliger als jeder Schwur.«

»Falls dir deshalb jemand Ärger macht, bekommt er es mit uns zu tun«, erklärte Sawyer nachdrücklich und wischte ihr die nächste Träne fort. »Du bist eine Heldin.«

»Dann bist du mir nicht böse?«

»Machst du Witze? Du hast für die Rettung eines Lebens etwas aufgegeben, was dir wichtig war. Es war dein Geheimnis. Wie ...« Jetzt glitt er mit dem Finger über ihren Torso und die Hüfte bis zu ihrem Schwanz. »Entschuldigung«, sagte er schnell und zog die Hand zurück.

»Schon gut. Ich bin glücklich. Sasha lebt, und niemand ist mir böse.«

»Nun, da das geklärt ist«, begann Doyle, »sollten wir vielleicht herausfinden, weswegen Sasha fast ertrinken musste, damit wir an diesem Ort gelandet sind.«

»Da hat unser harter Bursche recht«, stimmte ihm Riley zu. »Dies ist ein Wahnsinnsort.« Sie stand entschlossen auf. »Wenn ich mich nicht irre, liegt er tief im Inneren der Klippe, aber trotzdem so, dass man ihn ohne Ausrüstung erreichen kann.« Mit einem Fingerzeig auf Sasha fügte sie hinzu: »Und dass auch andere Taucher ihn schon lange hätten finden sollen. Trotzdem ist er auf den Tauchkarten nicht eingezeichnet.«

»Willst du eine simple Antwort haben?« Nachdem Sasha nicht mehr ganz so bleich war, erhob sich Bran von seinem Platz. »Andere hätten diesen Ort nicht finden sollen. Und Sasha und wir anderen haben diese Höhle nur dank ihrer seherischen Fähigkeit entdeckt.«

»Du denkst, der Stern ist hier?«

Er nickte Riley zu. »Und wenn nicht, ist dies auf jeden Fall der Weg dorthin. Aber diese Höhle passt zu Sashas Prophezeiung. Weil wir hier schließlich an einem zwischen Land und Meer gelegenen Ort gelandet sind.«

403

»Das stimmt.« Riley stemmte die Hände in die Hüften und schaute sich nach allen Seiten um. »Ein kleines Wasserbecken sowie jede Menge Fels. Die Wände sind fast eben, und die Decke...« Sie runzelte die Stirn und sah sie sich genauer an. »Sie bildet eine fast perfekte Kuppel. Und die Stalaktiten, die da vorne eine Gruppe bilden? So was habe ich noch nie gesehen.«

»Eine Kuppel und dazu noch Tropfsteine in Form eines Kronleuchters. Ein heiliger Ort.«

Jetzt zog sich auch Sawyer auf den Felsen. »So tief, wie diese Höhle liegt, sollte sie viel dunkler sein – denn schließlich fällt kein Tageslicht herein.« Er warf einen Blick auf Annika. »Willst du auch raufkommen und dich auf den Rand des Felsens setzen?«

Ihre Flosse ragte wie ein Regenbogen aus dem Wasser, tauchte wieder unter, und sie zog sich auf den Stein. »Stehen«, sagte sie und wischte das Wasser gut gelaunt von ihrem nackten Oberschenkel ab. »Die Beine gefallen mir.«

»Sie sind auch echt der Hit.«

»Wir müssen uns nachher noch eingehend darüber unterhalten, was das alles zu bedeuten hat«, fing Riley an. »Aber während wir in dieser Höhle sind, sollten wir uns ganz auf die Umgebung konzentrieren. Falls der Stern tatsächlich hier vergraben ist, brauchen wir Werkzeug. Das kann ich besorgen, aber trotzdem sollten wir nicht alles kurz und klein hacken, was in Jahrtausenden entstanden ist. Am besten verteilen wir uns erst einmal und gucken, ob es irgendetwas gibt, was nicht hierher zu passen scheint. Ich fange auf der anderen Beckenseite an.«

»Ich weiß nicht, wonach ich suchen soll«, jammerte

Sasha, aber Bran erklärte: »Du hast uns hierhergebracht. Das war schon sehr viel wert.«

Irgendetwas, das nicht in diese Höhle passte, dachte sie. Dabei wusste sie nicht mal, was passte, weil sie bisher kaum jemals in seltsam anmutenden Unterwasserhöhlen gewesen war.

Aber irgendetwas hatte sie und alle anderen hergebracht.

Weshalb war die Musik verklungen, und wo war das Licht, von dem sie magisch angezogen worden war? Sie suchte mit den anderen, glitt mit ihren Händen vorsichtig über den Fels und stieg eine Steintreppe hinauf.

Die Wände waren tatsächlich spiegelglatt. Und dafür, dass sie tief unter der Wasseroberfläche waren, ungewöhnlich warm.

Doch woher kamen die Wärme und das Licht hier unten in der Höhle?

Sie betrachtete das warme Braun der Felsen und die feucht schimmernden Tropfsteine, als von einem Stalaktiten ein Tropfen auf den Höhlenboden fiel, der mit Steinen übersät war.

Es klang, als zupfe jemand sacht die Saite einer Harfe.

Dann fielen die nächsten hell schimmernden Tropfen auf die Felsen und ins Wasser, und weitere helle Töne drangen an ihr Ohr.

Sie spielten eine wunderbare Melodie.

Was vollkommen unmöglich war.

Die Schnelligkeit und Helligkeit und das Geräusch der Tropfen und vor allem die Musik, die überall um sie herum erklang – so etwas gab es einfach nicht.

Sie trat dichter vor die Stalaktiten und fing mit der ausgestreckten Hand einen der Tropfen auf.

Er war warm und leuchtend, doch nicht nass. Bildete eine perfekte Kugel, klar wie Glas, und seine helle Melodie drang ihr direkt ins Herz.

Die winzig kleine Kugel in der Hand, kniete sie sich auf den Felsen.

Irgendwer rief ihren Namen, doch sie schüttelte den Kopf. Nicht jetzt, nicht jetzt. Konnten sie nicht sehen, was sie in der Hand hielt? Dass in diesem winzig kleinen Tropfen genug Liebe, Hoffnung und Vertrauen nicht nur für diese Welt enthalten war?

Sie legte ihn wie eine Opfergabe auf den kleinen steinernen Altar.

In einer wunderschönen, strahlend hellen Flamme, rot und rein wie Herzblut, stieg er vor ihr auf. Vom Stein befreit, griffen die zahllosen Facetten dieses Feuer auf.

»Der Feuerstern für unsere neue Königin. In ihm brennen das Feuer der Wahrheit sowie Leidenschaft.«

Sie nahm ihn wieder in die Hand und hielt das wild brennende Licht vor ihr Gesicht. »Seine Macht und Stärke und Gerechtigkeit erhellen die Himmel aller Welten im Namen von Aegle, der Strahlenden.«

Sie hob ihn über ihren Kopf, und heiße Freudentränen strömten über ihr Gesicht. »Er ist gefunden und befreit. Und wir alle müssen ihn beschützen und zurückbringen nach Oileán na Gloine, damit er mit seinen Brüdern dort für alle Zeit für alle über allen Welten leuchten kann.«

Sie blickte auf den Stern, stieß einen Seufzer aus, und als sie wieder aufsah, waren ihre Augen völlig klar. »Dies ist kein Traum.«

»Nein, *fáidh*.« Bran, der neben sie getreten war, legte ihr die Hände auf die Schultern. »Du hast ihn gefunden.«

»Es gibt ihn also wirklich. Nimm ihn, denn wir müssen ihn vor ihr beschützen, weil sie ihn sich holen wollen wird.«

»Ich glaube nicht, dass sie in diese Höhle kommen kann. Nicht an diesen Ort.« Riley trat vor Sasha und fuhr mit den Fingerspitzen durch die Flamme. »Er ist hell und heiß«, bemerkte sie. »Man kann ihn nicht greifen, doch ... ich könnte schwören, dass er summt. Hat er Gewicht?«

»Nein, aber ich kann ihn trotzdem spüren. Auch wenn ich das nicht erklären kann. Hier.«

Riley nahm den Stern und wog ihn prüfend in der Hand. »Masse ohne Gewicht«, stellte sie fest. »Eine Flamme, die nicht brennt. Und auch wenn ich die Form des Sterns nicht greifen kann, kann ich sie spüren.«

»Also bitte, Doc. Für eine eingehende Untersuchung haben wir nachher auch noch Zeit.« Eine Hand an seinem Tauchmesser, schaute Doyle sich weiter suchend um. »Falls sie uns hier angreift, haben wir nur ein paar Messer, zwei magische Armreife und alles, was Bran vielleicht sonst noch aus dem Hut, den er nicht auf hat, zaubern kann. Wir müssen erst mal wieder an die Wasseroberfläche, und dann müssen wir das Ding an einem Ort verstauen, an dem sie es nicht erreichen kann.«

»Und wenn wir wieder an der Wasseroberfläche sind?«, fragte Sawyer und griff nach dem Feuerstern. »Was dann? Seht ihr, welches Licht das Ding verströmt? Das kann man sicher bis zum Festland sehen. Wie also stellen wir es an, dass niemand dort das Licht bemerkt?«

»Ich kann ihn abschirmen«, erklärte Bran und schränkte ein: »Das hoffe ich jedenfalls. Und Doyle hat recht. Wenn sie uns hier erreicht, sind wir nicht wirklich gut geschützt. Am besten bringen wir den Stern so schnell es geht zum Haus.«

»Hier, nimm du ihn.« Sawyer reichte ihm den Stern. »Du bist überall am besten abgeschirmt. Sasha, halt dich möglichst dicht an Bran. Nimm meine Flasche für den Rückweg bis zum Boot. Ich schaffe es auch so …«

»Ich kann dir doch unmöglich deine Luft wegnehmen«, protestierte sie.

»Wenn nötig, habe ich den Kompass, obwohl ich ein wirklich guter Schwimmer bin.«

»Ich kann Sawyer schnell zum Boot zurückbringen«, erbot sich Annika.

»Ein Ritt auf einer Meerjungfrau? Das wäre der Hammer«, stellte er mit einem breiten Grinsen fest. »Da sage ich bestimmt nicht nein.«

»Genau so machen wir's.« Bran legte die Hände kugelförmig um den Stern. »Zu schützen, zu respektieren, abzuschirmen und zu halten«, murmelte er leise, bis die anderen nur noch einen leichten roten Schimmer zwischen seinen Fingern sahen.

»Nett«, erklärte Riley.

»Freut mich, dass es dir gefällt. Dafür habe ich auch eine halbe Ewigkeit geübt. Aber natürlich niemals mit dem echten Stern, deshalb kann ich nicht sagen, wie lange der Zauber wirkt. Am besten machen wir uns also sofort auf den Weg.«

Sawyer nahm entschlossen seine Flasche ab und hielt sie Sasha hin. »Guck mich nicht so an. Wenn nötig, nimmt mich unser Wassermädchen mit. Bring du mit Bran den Stern zurück zum Boot. Wir halten euch den Rücken frei.«

»Ich schwimme mit Riley«, meinte Doyle und setzte

seine eigene Flasche auf. »Und unsere Nixe passt auf Sawyer auf. Sobald alle an Bord sind, fahren wir zurück.« Er wandte sich an Bran. »Lass das Ding um Himmels willen bloß nicht fallen.«

Er sprang wieder ins Wasser, und als Riley es ihm nachtat, tauchte er entschlossen ab.

Bran drückte Sasha aufmunternd die Hand. »Bist du bereit?«

»Ich habe schließlich keine andere Wahl.«

»Ich bin bei dir.« Er drückte den geschützten Stern an seine Brust, sprang gleichzeitig mit ihr ins Wasser, und sie schwammen auf den Höhlenausgang zu.

Sasha blickte zweimal über ihre Schulter, bis sie sah, dass Sawyer, dicht gefolgt von Annika, mit wild zuckender, bunt schillernder Flosse, direkt hinter ihnen war.

Sie beschleunigte ihr Tempo, damit Bran nicht auf sie warten müsste, und nachdem die helle Höhle hinter ihnen lag, wurde ihr klar, wie weit und tief sie auf dem Weg dorthin geschwommen war.

Aus neuerlicher Angst um Sawyer drehte sie sich nochmals um, als plötzlich etwas direkt auf sie zugeschossen kam. Im Wasser blitzten gelbe Augen und zwei Reihen spitzer, silberfarbener Zähne, doch noch während sie versuchte auszuweichen, ließ Bran eine Hand durchs Wasser schießen, und sie nahm die Kraft der Strömung wahr, die ihren Angreifer benommen in die Tiefe riss.

Bran bedeutete ihr aufzutauchen, doch sie schüttelte den Kopf. Doyle und Riley setzten sich mit ihren Tauchmessern gegen die Bestien zur Wehr, und sie würde ihre Freunde sicher nicht im Stich lassen.

Sie bereitete sich darauf vor, mit bloßen Händen gegen ihre Angreifer zu kämpfen, während Annika mit ihrer Flosse derart kraftvoll auf ein halbes Dutzend Viecher eindrosch, dass man nur noch dunkle Ölflecke durchs Wasser treiben sah, und Sawyer mit dem Messer einer Bestie, die aussah wie ein kleiner Hai mit einem Riesenmaul, den Bauch aufriss.

Etwas traf sie wie ein Rammbock in den Rücken, und während sie hilflos durch das Wasser trudelte, umkreisten drei der Biester sie und rissen hungrig ihre Riesenrachen auf. Sie schlug und trat wie eine Wilde um sich, vergrub ihre Faust in einem schwammig weichen Leib, und plötzlich schoss ein Blitz durchs Wasser, der die Körper ihrer Gegner explodieren ließ.

Im selben Augenblick schoss Annika an ihr vorbei und schob, während sie weiter mit der Flosse auf die Gegner einhieb, Sawyer vor sich her.

Bran schlang einen Arm um Sasha, während sie ein Blitz zur Wasseroberfläche trug, und schob sie über die Leiter auf das Boot auf dem Sawyer schon über der Reling hing, um all das Wasser auszuspucken, das in seine Lunge eingedrungen war.

»Annika«, stieß er mit rauer Stimme aus. »Sie ist noch mal zurück. Riley und Doyle.«

Bran drückte den Stern entschlossen Sasha in die Hand und stürzte sich zurück ins Meer.

»Nein!«

»Hör auf.« Obwohl er noch leicht schwankte, packte Sawyer ihren Arm, bevor auch sie wieder ins Wasser sprang. »Bring den Stern ins Ruderhaus und halt ihn so bedeckt wie möglich. Und gib mir vor allem deine Flasche, ja?«

Er wollte sie sich gerade auf den Rücken setzen, doch da tauchte plötzlich Riley auf, umklammerte die Leiter, und er beugte sich zu ihr herab und hievte sie ins Boot.

»Wie schlimm ist es?«, fragte er.

»Bran hat ein paar der Bestien erwischt. Wenn er nicht…« Jetzt war sie es, die sich möglichst weit über die Reling lehnte und Doyles Arm ergriff.

»Bran. Annika.« Den Stern eng an die Brust gedrückt, beugte auch Sasha sich über den Rand des Boots.

»Sie waren direkt hinter mir. Sucht euch was zum Festhalten«, riet ihnen Doyle. »Wir müssen hier so schnell wie möglich weg.«

Ein Blitz schoss aus dem Wasser und trug Bran heran. Während er sich noch ins Boot zog, sauste Annika in hohem Bogen durch die Luft und landete, die Glitzerflosse in der Luft, auf ihren Händen, ehe sie an Deck zusammenbrach.

»Sie blutet.« Sawyer ließ sich dicht an ihrer Seite auf die Knie fallen.

»Wer nicht?«, erkundigte sich Riley, hockte sich dann aber ebenfalls vor Annika. »Wie schlimm ist es?«

»Nicht so schlimm. Nicht wie letztes Mal. Aber…« Panisch streckte sie den Arm in Richtung Himmel aus. »Da!«

Sie stürzten wie ein Schwarm von Riesenwespen auf sie zu.

Doyle ließ den Motor an, wählte die Höchstgeschwindigkeit, und während sie über das Wasser schossen, stellte Sawyer mit belegter Stimme fest: »Wir sind nicht schnell genug.«

Bran stieß Sasha unsanft an. »Los, geh nach vorn zu Doyle.«

»Wir werden ihnen in dem Ding hier nicht entkommen.« Kampfbereit nahm Riley abermals ihr Messer in die Hand.

»Doch, das werden wir. Vielleicht«, fügte Sawyer einschränkend hinzu, während er den Kompass aus der Tasche zog.

»Bleib liegen«, bat er Annika und schob sich schützend über sie. »Und jetzt heißt es: Gut festhalten!«

Den Stern in einer Hand, stellte Sasha sich so nah es ging vor Bran und klammerte sich mit der anderen Hand so gut wie möglich an ihm fest, während Sawyer eine Reihe Zahlen herunterratterte.

Sie hatte das Gefühl, als stoße jemand sie ins All. Es raubte ihr den Atem, ihre Knie gaben nach, und alles um sie herum schien sich zu drehen.

Dann fiel sie wie aus großer Höhe zurück auf die Erde und wäre unter der Wucht des Aufpralls umgefallen, hätte Bran sie nicht im Arm gehalten.

»Donnerwetter, es hat funktioniert!« Sawyer gab dem Kompass einen lauten Schmatz. »Brat mir einer einen Storch!«

»Wir sind wieder bei der Villa.« Riley hatte sich am Arm verletzt und presste ihn gegen ihre Brust. »Und wir sitzen immer noch in dem verdammten Boot.«

Sie standen alle sechs auf dem Deck des Boots, das jedoch nicht mehr auf dem Wasser, sondern auf dem Rasen vor der Villa lag.

Während Apollo fröhlich bellend auf sie zugelaufen kam, gab Sawyer achselzuckend zu: »So viele Leute habe

412

ich noch nie auf einmal transportiert. Ich dachte mir, ich sollte es einfach probieren. Über die Folgen denken wir am besten später nach.«

»Wir sind immer noch auf dem verdammten Boot«, erklärte Riley abermals, und grimmig fügte Doyle hinzu: »Es wird bestimmt nicht lange dauern, bis sie uns die Biester wieder auf den Hals hetzt. Also bringen wir den Stern, so schnell es geht, ins Haus und wappnen uns für den nächsten Kampf.«

»Hier, nimm du ihn.« Sasha reichte Bran den Feuerstern. »Bei dir ist er am sichersten. Ich laufe schon mal los und hole das Verbandszeug und die anderen Sachen, die du brauchst.«

»Länge und Breite, stimmt's?« Mühsam hievte Riley sich über den Rand des Boots. »Die Zahlen, die du vor dem Start gemurmelt hast.«

»Ja. Die Koordinaten des Heimathafens habe ich immer hier oben abgespeichert«, meinte er und tippte sich gegen die Stirn.

»Wir sind zurück. Mit dem verdammten Boot«, murmelte sie abermals und lief, ihren verletzten Arm weiter an die Brust gepresst, in Richtung Haus.

Auch Doyle schwang sich über den Rand des Boots und wandte sich an Bran. »Bist du sicher, dass dein Plan zur Sicherung des Sterns tatsächlich funktioniert?«

»So sicher ich mir sein kann. Trotzdem brauche ich dafür Zeit. Und dann muss ich noch einen Sturm heraufbeschwören, der sie zurücktreibt und der uns den Weg freimacht. Auch wenn ich noch nicht weiß, wohin.«

»Wir halten dir den Rücken frei, wenn du bereit bist«, sagte Doyle zu ihm.

»Uns«, fiel Sasha ihm ins Wort. »Denn ich werde mit ihm gehen. Ich habe es gesehen«, kam sie Brans Widerspruch zuvor. »Habe es gemalt und schon erlebt.«

Sie wandte sich zum Gehen. »Das ist nicht verhandelbar.«

Statt mit ihr zu streiten, brachte er den Stern ins Haus. Er würde tun, was er tun müsste, wenn es so weit wäre.

Und zwar wie sonst auch allein.

18

Sasha fragte sich, ob die Versorgung von Verwundeten wohl je Routine für sie werden würde. Ob sie sich derart an all das Blut und aufgerissene Fleisch gewöhnen würde, dass ihr Magen sich beim Anblick, dem Geruch und dem Gefühl nicht mehr zusammenzöge.

Sie wusste, was sie machen musste – instinktiv und auch oder vor allem, weil Bran ein wirklich guter Lehrer war. Wahrscheinlich hätte man den Riss in Rileys Arm mit mindestens zwölf Stichen nähen müssen, aber unter den besonderen Umständen begnügte sie sich damit, die Wunde zu reinigen und vorsichtig mit einer von Brans Salben einzustreichen, während Bran nach Sawyer sah und Doyle mit kampfbereit gezücktem Schwert in der Tür zum Garten Wache stand.

»Sie wird jetzt weder selbst kommen noch ihre Kreaturen schicken«, stellte sie mit ruhiger Stimme fest, gab aus einem kleinen Fläschchen ein paar Tropfen in ein Wasserglas und hielt es Riley hin. »Hier, trink das bitte aus.«

»Aber wenn sie käme, während wir noch unsere Verwundeten verarzten, wäre sie im Vorteil.«

»Den sie dadurch verlieren würde, dass wir damit rechnen, dass sie diese Chance nutzt. Außerdem haben wir sie verwirrt«, erklärte Sasha. »Das heißt, nicht wir, sondern eher Sawyer, als er uns mitsamt dem Boot hat verschwinden lassen. Darüber muss sie erst mal nachdenken. Vor allem haben wir jetzt den Stern, weshalb sie schrecklich wütend ist. Es war eine Sache, dass wir ihn gefunden haben, aber es war etwas völlig anderes, dass sie ihn uns nicht einfach entreißen konnte wie geplant.«

Sie versorgte Rileys andere Wunden, die eher harmlos waren, und plötzlich merkte sie, dass alle fünf in ihre Richtung sahen.

»Woher weißt du das?«, erkundigte sich Doyle.

»Ich weiß es einfach«, gab sie achselzuckend zu. »Ich spüre ihre Wut. Und ... bisher hat sie es nicht geschafft, den Schutzschild zu durchdringen, mit dem Bran das Haus versehen hat. Ich glaube, früher oder später wird es ihr gelingen, aber erst mal hat ihr Zorn sie blind gemacht, und das verschafft uns noch ein bisschen Zeit.«

»Du bist mit ihr verbunden. Hast dich weit genug geöffnet, um diese Verbindung zu ihr einzugehen. Sei bitte vorsichtig, *fáidh*«, bat Bran sie eindringlich. »Denn vielleicht macht sie andersherum dasselbe ja mit dir.«

»Ich spüre nichts als Hass und Zorn und dieses furchtbare Verlangen, das sie langsam, aber sicher in den Wahnsinn treibt.«

»Wahnsinn kann durchaus Methode haben«, rief der Magier ihr in Erinnerung.

»Jetzt wirft sie wahrscheinlich all ihre Truppen in die Schlacht.« Sawyer fuhr zusammen, als Bran mit den Fingern über eine der diversen Bisswunden in seiner Seite strich. »Sie wird sie neu formieren und geballt nach vorne werfen, denn wir haben etwas, was sie will. Bisher hat sie nur mit uns gespielt und uns etwas nervös gemacht. Aber sie wollte unbedingt, dass wir den Stern entdecken, denn das hätte sie alleine nie geschafft.«

»Genau.« Riley stand auf, ließ vorsichtig die Schulter kreisen und spannte den Bizeps des verletzten Armes an. »Das hast du sauber hingekriegt«, lobte sie Sasha. »Von der Wunde ist jetzt kaum noch was zu spüren.«

»Warum suchen wir uns nicht ein anderes Versteck?« Brans Reife hatten funktioniert, denn Annika war abgesehen von den blutenden Kratzern unverletzt. »Sawyer könnte uns woanders hinbringen.«

»Wahrscheinlich«, stimmte er ihr zu. »Ich muss zugeben, sechs Leute und ein Boot waren auch für mich was völlig Neues, aber ich bekäme es bestimmt noch einmal hin.«

»Im Notfall kann ich dich und deinen Kompass etwas aufputschen«, erbot sich Bran. »Aber…« Er blickte auf Doyle, und als der nickte, fuhr er fort. »Hier kennen wir uns aus, und für den Augenblick dürften wir hier auch halbwegs sicher sein. Genau wie sie brauchen wir etwas Zeit, um uns neu aufzustellen.«

»Das Wichtigste ist jetzt der Stern«, schloss Riley. »Aber wenn die Zeit nicht drängt, will ich erst mal was essen und ein Bier.«

Sie trat vor den Kühlschrank und stellte die Reste ihrer letzten Mahlzeit, Käse und Oliven auf den Tisch. »Ihr kämpft doch sicher auch nicht gern mit leerem Bauch.«

»Essen gibt uns neue Energie«, pflichtete Sawyer ihr mit einem schwachen Lächeln bei. »Und nachdem ich mindestens zehn Liter Salzwasser gekotzt und dann euch fünf zusammen mit dem Boot hierher verfrachtet habe, sind meine Reserven aufgebraucht.«

»Ich kann dir was zu essen machen.« Annika hob seine Hand an ihr Gesicht. »Ich habe dich nicht schnell genug zurückgebracht.«

»Anni, ohne dich hätte ich das verfluchte Boot wahrscheinlich gar nicht mehr erreicht.«

»Das ist uns allen klar.« Riley öffnete den Schrank und holte Brot und Chips heraus. »Aber ich wüsste wirklich gern, was eine Meerjungfrau mit Beinen macht.«

»Das konnte ich euch vorher nicht erzählen.«

»Ich wäre die Letzte, die dir deshalb Vorhaltungen macht. Aber wie funktioniert das?«

»Auch bei uns gibt's Zauberer.« Lächelnd wandte sich Annika an Bran. »Und auch wir sind auf der Suche nach den Sternen, um sie zu beschützen und dafür zu sorgen, dass sie eines Tages wieder hoch oben am Himmel strahlen. Einige von uns sind extra dafür auf der Welt. So wie meine Familie. Und in jeder ….leider weiß ich nicht, wie man das nennt… Aber eine von uns wird immer ausgewählt und für diese Aufgabe trainiert.«

»Heißt das, in jeder Generation wird eine Jägerin geboren?«

»Ich jage nicht.«

Sawyers Lächeln wurde weich. »Das war ein Zitat aus Buffy. Aber darum geht es gerade nicht. Also, wie werdet ihr ausgewählt?«

»Das macht das Licht. Im Rahmen einer Zeremonie zu unserer Volljährigkeit. Wenn der Zauberer das Licht aus seiner Truhe nimmt, fällt es auf die Erwählte der jeweiligen Generation. Und dann folgt die Entscheidung. Niemand wird gezwungen, man nimmt dieses Amt freiwillig an. Ich habe akzeptiert. Es heißt, dass die, die nach den

Sternen sucht, sich mit fünf anderen verbindet, die sich auf dem Land bewegen. Deswegen bekommt sie Beine, damit sie auch an Land vorwärtskommt. Aber sie darf niemandem von dieser Gabe erzählen. Sie darf ihr Geheimnis nur enthüllen, um den Stern zu schützen oder um einen der anderen fünf vor Unheil zu bewahren. Und danach hat sie nur noch drei Monde Zeit, bevor jemand anderes an ihre Stelle tritt.«

»Und was ist, wenn du – wenn wir die Sterne finden?«, wollte Sasha wissen.

»Dann werden sie für alle Welten leuchten, und ich selbst darf wieder zu meiner Familie zurück. Was bisher noch keiner Meerjungfrau gelungen ist, da vor mir keine andere die fünf anderen Suchenden gefunden hat. Aber inzwischen haben wir den Feuerstern und müssen nun dafür sorgen, dass er sicher ist.«

»Das werden wir.«

Bran hatte die Kugel mit dem Stern neben sich auf den Tisch gestellt. »Ich bringe ihn an einen Ort, an dem er sicher ist, weil sie ihn dort niemals erreichen kann.«

»Und was ist mit uns?«, erkundigte sich Doyle. »Ich habe geschworen, ihn zu bewachen.«

»Das habe ich auch. Wenn wir ihn bei uns behalten, gehen wir das Wagnis ein, dass sie ihn durch uns bekommt. Wir alle wissen, dass sie das auf jeden Fall versuchen wird. Aber wenn wir ihn nicht bei uns haben, kommt sie auch nicht über uns an ihn heran.«

»Der Gedanke, nicht mehr auf ihn aufpassen zu können, sagt mir ganz und gar nicht zu«, warf Riley ein. »Welches Versteck schwebt dir denn vor?«

»Am besten zeige ich es euch. Bin sofort wieder da.«

Er verließ den Raum, und stirnrunzelnd sah Riley in ihr Bier. »Was hindert sie daran, nach dem Versteck zu suchen und sich den verdammten Stern einfach zu holen, wenn er nicht bei uns ist?«

»Ich gehe dieses Risiko bestimmt nicht ein. Und an mir kommt sie ganz sicher nicht vorbei.«

Wie die anderen betrachtete auch Sawyer nachdenklich den Stern. »Doyle und Riley haben recht. Verdammt, ich suche schon seit fast zehn Jahren nach den Sternen, und nachdem wir jetzt endlich den ersten haben, kommt mir der Gedanke, ihn gleich wieder zu vergraben, irgendwie nicht richtig vor. Bisher haben wir es schließlich auch geschafft, uns gegen sie zu wehren.«

»Aber dabei wurden wir verletzt und wären um ein Haar ertrunken«, rief ihm Sasha in Erinnerung. »Dabei hat sie bisher nur mit uns gespielt. Was also wird passieren, wenn sie aufs Ganze geht?«

»Aber woher sollen wir wissen, dass er sicher ist, wenn wir ihn nicht in unserer Nähe haben?« Annika betrachtete den Stern, der anfing zu pulsieren, als sie sachte mit der Hand über die Kugel strich.

»Nach allem, was wir durchgemacht haben, sind wir noch immer keine echte Einheit. Immer noch kein echtes Team.« Müde wandte Sasha sich der Spüle zu und wusch die Salbe und das Blut von ihren Händen ab. »Ihr habt nicht einmal genug Vertrauen, um euch erst mal anzuhören, was genau er vorhat. Wenn ihr glaubt, dass wir den Stern nur schützen können, wenn wir ihn auch sehen und berühren können, reicht euer Vertrauen in uns und unsere jeweiligen Fähigkeiten immer noch nicht aus.«

Sie trank einen großen Schluck von Rileys Bier. »Um

Gottes willen. Um Gottes willen! Wir wurden gerade erst von ihren – ich weiß nicht, wie ich sie nennen soll – Lakaien? Ja, genau, Lakaien. Wir wurden gerade erst von ihren Lakaien attackiert. Und während ich das Blut von meinen Händen wasche, steht die Kugel mit einem der Sterne vor mir auf dem Tisch, als wäre sie nichts anderes als ein Toaster oder so. Ich stehe hier mit einer Nixe, einer Wolfsfrau, einem Mann, der sich durch Raum und Zeit bewegen kann, und einem Typen, der sich immer noch nicht dazu überwinden kann, uns zu verraten, was an ihm besonders ist. Bis vor Kurzem hatte ich ein ruhiges Leben. Hatte eine Arbeit, die ich liebte, und ein hübsches, kleines Haus. Ich hatte gelernt, mit meiner ganz besonderen Gabe umzugehen – oder sie so gut es ging zu ignorieren, um das Leben zu führen, von dem ich dachte, dass es zu mir passt. Und jetzt habe ich es mit einem Mal mit einer machthungrigen Göttin und mit deren Handlangern zu tun, die mein Leben vorzeitig beenden wollen, liebe einen Magier, kann mit einer Armbrust umgehen und trinke Bier, obwohl ich Bier schon immer eklig fand.

Ihr alle sucht bereits seit Jahren nach den Sternen oder wisst zumindest schon seit Langem, dass es diese Sterne gibt. Ich selbst habe vor ein paar Wochen überhaupt zum ersten Mal etwas davon gehört, warum also bin ich, verdammt noch mal, die Einzige, der es gelingt, Vertrauen zu haben, wenn einer von uns erklärt, dass er den Stern erfolgreich schützen kann?«

»Diesen Arschtritt haben wir verdient«, murmelte Sawyer leise vor sich hin.

»Ich will euch gar nicht derart in den Hintern treten,

aber irgendwie kann ich einfach nicht aufhören, mich aufzuregen. Gott, am besten setze ich mich erst mal hin.«

Doch noch während sie dies sagte, fiel ihr Blick auf Bran, der wieder durch die Tür getreten war und sie mit einem durchdringenden Blick aus seinen dunklen Augen maß.

»Ich bin gerade ein bisschen ausgerastet«, räumte sie mit rauer Stimme ein. »Ich würde euch ja um Verzeihung bitten, nur bin ich der Ansicht, dass mein Zorn durchaus berechtigt war.«

»Auf jeden Fall«, stimmte ihr Riley unumwunden zu, und Annika hielt Sasha ein Glas Rotwein hin und murmelte verschämt: »Entschuldigung.«

»Wir sollten uns vielleicht zumindest anhören, was du vorhast«, sagte Doyle zu Bran und lehnte sich lässig an die Arbeitsplatte an. »Also schieß los.«

»Auf die Idee bin ich bereits gekommen, während ich an meinem ersten Tag auf Korfu auf dieser Hotelterrasse saß. Aber es hat etwas gedauert, bis der Plan endgültig fertig war«, erklärte er und legte das Gemälde auf den Tisch.

»Mein Bild – das, von dem du mir erzählt hattest, dass es in deiner Wohnung hängt.«

»Ich hatte es bereits gekauft, bevor wir uns zum ersten Mal begegnet sind, und habe es mir schicken lassen, weil ich dachte, dass es vielleicht wichtig ist. Ich habe dir erzählt, ich würde diesen Weg und diese Wälder kennen, weil ich dort schon oft entlanggelaufen bin. Ich habe da ein Haus.«

»In Irland.«

Nickend meinte er: »In Clare. Ich habe das Grundstück gekauft, weil es mich angesprochen hat, und dort ein Haus gebaut, obwohl ich ursprünglich aus Sligo bin. Aber irgendwie kam es mir vor, als spräche dieser Ort am Ende des Wegs mit seiner Helligkeit zu mir. Und zu dir anscheinend auch, denn warum hättest du wohl sonst das Bild gemalt? Und warum wäre ich wohl sonst in dieser Galerie gelandet und hätte sofort gewusst, dass ich es haben muss? Es geschieht niemals etwas ohne Sinn, und dieses Gemälde sollte mir eindeutig sagen, dass der Stern dort sicher ist. Ich glaube mit allem, was ich bin, dass sie ihn dort niemals erreichen kann.«

»Okay.« Riley sprang auf und stapfte in der Küche auf und ab. »Okay, verstehe. Die Verbindung zu dem Ort scheint wirklich stark zu sein. Und Sash hatte vollkommen recht. Wir sollten mehr Vertrauen zueinander haben. Aber wie bekommen wir den Stern dorthin? Wie sieht's aus, Sawyer? Glaubst du, dass du uns alle rüberbringen kannst?«

»Wenn ich die genauen Koordinaten hätte, ja, wahrscheinlich.«

»Es gibt noch einen Weg, auf dem der Stern noch sicherer ist. Am besten schicke ich ihn einfach durch das Bild dorthin.«

»Und wie willst du das machen?«, fragte Riley, fügte aber kopfschüttelnd hinzu: »Egal. Du kriegst es sicher hin. Das wäre echt genial, und am liebsten würde ich mir selbst in den Hintern treten dafür, dass ich je daran gezweifelt habe, du könntest diesen Stern beschützen.«

»Es ist mein Haus, und da Sashas Bild von diesem Haus hier vor uns liegt, geht es auf jeden Fall.«

Jetzt trat auch Doyle zu ihnen an den Tisch. »Du schickst ihn also durch das Bild nach Clare.«

»Woher deine Familie stammt.« Bran bedachte ihn mit einem durchdringenden Blick. »Auch das bestimmt nicht ohne Grund.«

Doyle sah ihm ins Gesicht und wandte sich dann Sasha zu. »Es ist mir schon immer schwergefallen, anderen zu vertrauen, aber in diesem Fall vertraue ich euch voll und ganz.«

»Aber wir sind zu sechst«, erklärte Bran und strich mit einem Finger über Sashas Hand. »Und wir müssen alle damit einverstanden sein.«

Sawyer sah die anderen nacheinander an und nickte dann. »Wir wollen alle, dass du ihn nach Irland bringst.«

»Dann ...« Bran griff nach der Kugel mit dem Stern und schob sie in den hellen Lichtfleck auf dem Bild. »... legt alle eure Hände auf die Kugel und sprecht mir zusammen nach:

›Um dieses helle Feuer, dieses reine Licht
vor Unheil zu bewahren,
schicke ich es dorthin, wo kein Auge es erblicken,
keine Hand es greifen
und kein Dunkel seinen Schatten darauf werfen kann.‹«

Während sie die Bitte wiederholten, hob er die Hände in die Luft, energiegeladene Nebelschwaden breiteten sich um die Kugel aus, und als er seine Hände abermals auf die der anderen schob, versank der Feuerstern in dem Gemälde, und der schmale Waldweg wurde von der heißen Glut in goldenes und rotes Licht getaucht.

Es weitete sich aus, erhellte auch die anderen Teile des Gemäldes ...

... und mit einem Mal war wieder alles völlig ruhig.

»Ich konnte es spüren.« Riley zog die Hand zurück, drehte sie um und sah sie sich genauer an. »Die Hitze und die Energie. Und jetzt ist es, als wäre nichts geschehen.«

»Er ist sicher.«

»Aber das Gemälde ist doch eine Art Portal, durch das man ihn erreichen kann, nicht wahr?«

Bran nickte Sawyer zu. »Deshalb schicke ich es auch sofort wieder zurück dorthin, wo sie es nicht erreichen kann.«

»Vielleicht sollten auch wir so schnell es geht von hier verschwinden«, setzte Riley an. »Und schlagen dabei möglichst eine völlig andere Richtung ein.«

»Ich glaube nicht, dass sie uns kampflos ziehen lassen wird«, warf Doyle mit ruhiger Stimme ein. »Selbst wenn Sawyer auf die Schnelle noch mal eine Gruppenreise für das ganze Team organisieren kann.«

»Und das ist noch nicht alles.« Bran sah Sasha fragend an. »Nicht wahr?«

»Nein, wir sind hier noch nicht fertig. Auch wenn ich nicht weiß, warum. Und auch wenn ich keine Ahnung habe, wo oder nach welchem der zwei anderen Sterne wir als Nächstes suchen sollen. Ich sehe oder spüre nichts. Ich ... vielleicht sollten wir sechs ja nur den ersten finden und beschützen.«

»Nie im Leben.« Sawyer schüttelte den Kopf.

»Du vertraust, aber du zweifelst auch sehr schnell.« Verärgert legte Bran die Hände auf das Bild und zauberte es fort.

»Im Gegensatz zu dir habe ich keinen Einfluss auf die Gabe, die das Schicksal mir verliehen hat.«

»Lasst uns erst mal eine kurze Pause machen. Nimm dir

eine Stunde für dich.« Riley legte eine Hand auf Sashas Schulter. »Währenddessen überlegen wir uns, wie sich das verdammte Boot am besten aus dem Garten schaffen lässt.«

»Damit warten wir am besten, bis es dunkel ist«, warf Sawyer ein. »Ich kann es zurück in den Hafen bringen, aber wenn ich das im Hellen tue und mich jemand dabei sieht, kriegt der vor lauter Schreck wahrscheinlich einen Herzinfarkt. Das heißt, wir haben noch ein bisschen Zeit und ruhen uns am besten erst mal aus. Außerdem muss ich meiner Familie berichten, dass der erste Stern gefunden ist. Vielleicht weiß ja einer von ihnen, wie und wo wir weitersuchen sollen.«

»Und wenn sie kommt?«, erkundigte sich Doyle.

»Dann lasse ich den Zorn von tausend Blitzen auf sie niedergehen«, erklärte Bran. »Von der Landspitze aus. Ich kann ihr Angst machen, ihr ein paar Schmerzen zufügen und uns auf diese Art die Zeit verschaffen, um uns dorthin zu begeben, wo wir weitermachen sollen.«

»Ich werde einen Blick in meine Karten werfen«, bot ihm Sawyer an.

»Und ich telefoniere ein bisschen rum.« Auch Riley wandte sich zum Gehen, aber als Sasha aufstand, um die Küche aufzuräumen, trat ihr Annika entschlossen in den Weg. »Das übernehme ich. Ruh du dich erst mal aus.«

»Danke, ja, das mache ich. Vielleicht bekomme ich dadurch ja wieder einen klaren Kopf.«

»Du solltest mit ihr gehen«, wandte sich Annika an Bran. »Sie ist noch ziemlich fertig. Sie ist für dich eingetreten, also sei jetzt bitte für sie da.«

Seufzend neigte Bran den Kopf und gab ihr einen Wangenkuss. »Vielleicht bist du die Beste von uns allen.«

»Nun geh schon«, bat auch Doyle. »Ich halte Wache, bis ihr wiederkommt.«

Als er nach oben kam, stand Sasha in der offenen Terrassentür und wandte ihm den Rücken zu.

»Ich verstehe wirklich nicht, warum du wütend auf mich bist. Ich kann nicht einfach mit den Fingern schnipsen, wenn ich meine Fähigkeiten nutzen möchte, so wie du.«

»Ich bin nicht wütend«, widersprach er ihr.

»Ich weiß doch, was ich fühle.«

»Vielleicht spürst du ja nicht meinen, sondern deinen eigenen Zorn.«

Sie wirbelte zu ihm herum. »Ich bin nur wütend, weil ich spüre, dass du wütend bist. Ich gebe immer noch mein Bestes, obwohl ich mit ansehen musste, wie die anderen angegriffen und gebissen wurden, während du mich so gut abgeschirmt hast, dass ich wieder einmal praktisch ungeschoren davongekommen bin. Aber ich werde nicht länger das schwächste Glied der Kette sein.«

»Du bist die Einzige, die denkt, dass du das bist. Was ein vollkommener Blödsinn ist.«

»Und warum bist du dann so angefressen, nur weil ich nicht nach Belieben in die Zukunft blicken kann? Gott.« Sie presste sich die Finger vor die Augen und stieß müde hervor: »Ich bin die dauerhaften Streitereien einfach leid.«

»Umso besser, weil ich nämlich gar nicht mit dir streiten will.«

Mit einem kurzen Schwenk der Hand warf er die Tür mit einem derart lauten Knall ins Schloss, dass sie erschrocken einen Schritt nach hinten machte, als er vor sie trat.

Doch er riss sie an seine Brust, vergrub die Faust in ihrem Haar, zog ihren Kopf zurück und küsste sie so heiß und leidenschaftlich auf den Mund, dass sie um Atem rang.

»Fühlt sich das wütend an?«

Sie drückte gegen seine Schulter, um ihn von sich fortzuschieben und weil sie erheblich aus dem Gleichgewicht geraten war, und nickte. »Ja.«

Die Funken, die in seinen Augen sprühten, zeigten, dass er mehr als wütend war.

»Da hast du recht, denn ich bin außer mir vor Zorn. Schließlich hätte ich dich um ein Haar ertrinken lassen.«

»Du hättest mich – das ist ja wohl totaler Quatsch.«

»Habe ich dich nicht aus deinem Traum geweckt? Habe ich dich nicht im Arm gehalten und die Dinge, die du mir erzählt hast, einfach abgetan? Und dann warst du mit einem Mal verschwunden. Warst plötzlich weg. Und ich konnte dich nicht finden.«

Sie wollte seinen Namen sagen, doch er presste ihr erneut die Lippen auf den Mund, und sie nahm seinen Zorn, die Schuldgefühle, doch vor allem grenzenloses, glühendes Verlangen wahr.

Als ihr schwindlig wurde, schob er sie in Richtung Bett. »Denkst du, es geht hier nur um Pflichterfüllung? Darum, dass es praktisch ist, wenn wir beide zusammen sind? Ich weiß, was ich empfinde, was ich will und was für Wünsche ich, bei allen Göttern, in dir wecken kann.«

Hätte sie ihn aufhalten können? Hätte er noch so viel von dem sanften, rücksichtsvollen Mann in sich gehabt, um die wilde Bestie zu stoppen, die ihr jetzt das Hemd vom Leib riss und sich lüstern auf sie warf?

428

Sie hätte es nicht sagen können, doch es war ihr auch egal. Denn sie wollte ihn nicht aufhalten, als er die Hände in verzweifeltem Verlangen über ihren Körper gleiten ließ und einen Sturm entfachte, dem sie hilflos ausgeliefert war.

Er war zu verstört, um sanft und zärtlich wie bisher zu sein, und als sie in schockierter Freude seinen Namen schrie, war es vollends um ihn geschehen. Er müsste sie mit Leib und Seele haben, ganz egal, um welchen Preis.

Seine wilde Leidenschaft verdunkelte den Raum, und während sie sich zitternd unter seinem Körper hin und her warf, dämpfte er mit seinen Lippen ihren neuerlichen Schrei, drang kraftvoll in sie ein und trieb sie, blind vor Gier und der Gewalt seines Verlangens hilflos ausgeliefert, immer weiter an.

Er spürte, dass sie kam, aus ihrer Kehle drang der nächste stumme Schrei, doch er ritt sie so lange weiter, bis sie schluchzend die Arme auf das Laken gleiten ließ und sich sein eigenes Feuer ähnlich einer Faust zusammenballte, ehe er nach einem letzten, harten Stoß mit wild klopfendem Herzen und sich überschlagenden Gedanken über ihr zusammenbrach.

Dann schlang sie ihm erneut die Arme um den Leib, und während sich die Schatten lüfteten, bekam er wieder einen klaren Kopf.

Noch während er sich stumm für seine Rücksichtslosigkeit verfluchte, stellte er mit möglichst ruhiger Stimme fest: »Ich hätte dir nicht wehtun sollen. Ich – oh Gott.«

Sie blickte ihn aus tränenfeuchten Augen an.

»Ich hatte nicht das Recht, so mit dir umzuspringen.«

Er wollte sich von ihr herunterrollen, doch sie hielt ihn weiter fest.

»Du hast mir nicht wehgetan. Ich weine nicht – oder auf jeden Fall nicht so. Ich wusste nicht…so sehr hat mich bisher noch nie ein Mann begehrt. Und ich hätte auch nicht gedacht, dass ich selbst einen Mann derart begehren könnte. Ich dachte nicht, dass du aus Pflichtgefühl was mit mir angefangen hast, aber vielleicht – zum Teil –, weil's praktisch ist. Aber das denke ich jetzt nicht mehr.«

Er lehnte die Stirn an ihre. »Du hast nicht mehr geatmet. Bestimmte Dinge haben wir aus Pflichtgefühl getan, aber die ganze Zeit, seit meine Hand auf deinem Herzen lag und du nicht mehr geatmet hast, war das Einzige, woran ich denken konnte, dass ich dich verloren hatte. Weil ich meine Pflicht erfüllen musste, wegen eines Schwurs, der lange, ehe es uns beide gab, geleistet worden ist.

Das alles spielte plötzlich keine Rolle mehr für mich, bis du wieder geatmet hast. Und bis zu deinem ersten Atemzug hat sich die Zeit für mich unendlich ausgedehnt, *fáidh*.« Er presste eine Braue gegen ihre Lippen und schob dann den Mund in Richtung ihres Ohrs. »Seit diese…Verpflichtung auf mich überging, hatte ich so gut wie niemals Angst. Es war eine Mission, ein Ziel, eine Herausforderung, und ich habe mich ihr gern gestellt. Aber jetzt habe ich Angst, dass du vielleicht verwundet wirst und deine Heilung meine Kräfte übersteigt.«

»Ich habe dasselbe Ziel wie du.«

Sie setzten sich zusammen auf.

»Und ich habe Angst, dass dir etwas passiert. Doyle hat gesagt, dass ich der Klebstoff bin, der dieses Team zusammenhält. Vielleicht stimmt das, obwohl dieser Klebstoff nicht so stark ist, wie er sein sollte. Wogegen du uns allen Kraft verleihst. Ohne dich würden wir anderen es nicht schaffen, unseren Auftrag zu erfüllen. Und ich ...«

»Du hast gesagt, dass du mich liebst.«

»Was?«

»Als du vorhin den anderen die Ohren lang gezogen hast, hast du gesagt, dass du mich liebst.«

»Vor lauter Zorn habe ich alles Mögliche gesagt.« Da sie Zeit gewinnen wollte, um ihre Fassung wiederzuerlangen, sah sie sich nach ihren Kleidern um und hob ihr zerrissenes Hemd vom Boden auf.

Doch er nahm es ihr ab und schleuderte es achtlos fort, bevor er ihre Hand ergriff und sie mit einer sanften Geste zwang, ihm ins Gesicht zu sehen. »Ach ja? Du kennst dich mit Gefühlen aus, Sasha. Ist das, was du empfindest, nur ein Strohfeuer, der Wunsch, dich neben der Erfüllung deiner Aufgabe etwas zu amüsieren? Oder ist es Liebe, die nur darauf wartet, dass sie endlich ganz erblühen kann?«

»Ich wünschte mir, es wäre nur ein Strohfeuer. Dann wäre es viel einfacher für uns.«

»Aber das ist es nicht, nicht wahr?«

Sie kniff die Augen zu. »Ich liebe dich und habe mich bereits in dich verliebt, bevor ich dir das erste Mal begegnet bin. In meinen Träumen und in meinen Bildern. Und dann warst du plötzlich da, und ein Teil von mir hat sich nichts anderes gewünscht, als vor dir auf die Knie zu fallen und dich anzuflehen, dass du mich nimmst.«

»Du brauchst vor niemandem je auf die Knie zu gehen.« Er umfasste zärtlich ihr Gesicht. »Und du brauchst auch niemals irgendetwas zu erflehen.«

»Trotz der vielen Träume, die ich von dir hatte, ist die

Tatsache, dass ich jetzt hier mit dir zusammen bin, viel mehr, als ich jemals erwartet hätte.«

»Und du findest, dass das reicht? So genügsam kannst du doch nicht sein.«

»Ich finde nicht, dass es genügsam ist, wenn man sich mehr nimmt, als man je erwartet hat.«

»So ein Schwachsinn.« Er nahm ihre Hand und zog sie an sein Herz. »Ich will verdammt sein, wenn ich dir meine Gefühle nur mit Worten zeigen kann. Hier, spüre nach, was ich empfinde. Versetz dich in mich hinein. Widersprich mir nicht«, fuhr er sie an, bevor sie die Gelegenheit dazu bekam. »Ich habe mich für dich geöffnet. Also fühl es, fühl mein Innerstes. Los.«

Sie hätte unter Umständen versucht, die fremden Emotionen auszusperren, aber er und auch ihr eigenes Herz bedrängten sie zu sehr, in ihn hineinzusehen.

Er ließ seinen Gefühlen freien Lauf, und sie nahm sie begierig in sich auf.

Sie spürte seine Liebe – großzügig und sanft, leidenschaftlich und entschlossen, stark und schwach. Sie hörte den bisher nicht ausgesprochenen Schwur und zog mit einem halben Lachen seine Hand an ihre Brust.

»Du liebst mich, liebst mich, liebst mich«, stieß sie glücklich aus.

»Es liegt ein großer Zauber in den Dingen, die man dreimal sagt. Ich nehme also an, dass mir jetzt gar nichts anderes mehr übrig bleibt. Deswegen spreche ich es jetzt auch aus. Jawohl, ich liebe dich. Und dir ist klar, dass das, was ich für dich empfinde, niemals einer anderen gegolten hat und gelten wird als dir.

Ich habe dich bereits in dem Moment begehrt, als

wir uns zum ersten Mal begegnet sind. Das hielt ich anfangs für ein Strohfeuer, und als ich dann zum ersten Mal mit dir zusammen war, wollte ich immer mehr. Dadurch wurde unsere ganz besondere Bindung hergestellt. Aber die Liebe und alles, was sie bedeutet, hat sich auf ein Dutzend Arten bei mir eingestellt.«

»Ich muss…« Lächelnd schlang sie ihm die Arme um den Hals, schmiegte ihr Gesicht an seine Schulter, und das, was sie für ihn und er für sie empfand, verflocht sich in ihrem Inneren zu einem starken Band. »Ich muss mir dich und diesen Augenblick für alle Zeiten einprägen. Damit ich mich daran erinnern kann, wenn ich mal traurig oder ängstlich bin.«

»Ich werde für dich da sein, wenn du traurig oder ängstlich bist. In diesem Augenblick und immerdar.« Er lehnte sich zurück und sah ihr ins Gesicht. »Für mich ist Liebe eine ernste Angelegenheit, *fáidh*. Eine ernste, dauerhafte Angelegenheit. Ich schwöre dir, mein Herz und Körper, meine Liebe, meine Treue und Loyalität gehören allzeit dir.«

Ihr Herzschlag setzte aus und dann kraftvoll wieder ein. Weil er sie nicht nur liebte, sondern ihr für immer treu ergeben war.

»Schenkst du mir diese Dinge andersherum auch?«

Sie hatte gedacht, dass sie schon glücklich war, doch jetzt sah es so aus, als könnte dieses Glück tatsächlich von Dauer sein, und mit feierlicher Stimme wiederholte sie den Schwur. »Mein Herz und Körper, meine Liebe, meine Treue und Loyalität gehören allzeit dir.«

Sie küssten sich erneut, und das Versprechen, das sie sich gegeben hatten, leuchtete noch heller als der Stern.

Noch vor Ende ihrer einstündigen Pause ließ er sie bereits wieder allein, denn schließlich mussten sie bei aller Freude weiter ihre Pflicht erfüllen.

Sie kleidete sich der Vision entsprechend für den Sturm, von dem sie wusste, dass er zwar nicht heute Abend käme, aber bald. Und wenn ihn Bran heraufbeschwor, würde sie an seiner Seite im heulenden Wind und dichten Regen stehen, umgeben von grellen Blitzen oben auf der Klippe.

Was sie dort auch immer täten, würde reichen. Davon war sie überzeugt. Und falls sie sich irrte und es nicht genügen würde, wenn sie dort ihr Bestes gäben, hätte sie zumindest vorher noch erfahren, wie es war zu lieben und geliebt zu werden, machte sie sich Mut.

Entschlossen zog sie ihre Wanderstiefel an und überlegte, wie sie selbst sich vorbereiten könnte auf den letzten großen Kampf. Am besten hätte sie die Armbrust sowie einen Köcher voller Pfeile griffbereit und machte die Scheide mit dem Messer, das ihr Bran gegeben hatte, dauerhaft an ihrem Gürtel fest.

Vielleicht fände sie auch noch die Zeit, um ihre Nahkampftechnik zu verbessern und die Zahl an Klimmzügen und Liegestützen, die sie schaffte, zu erhöhen. Sie würde so lange trainieren, bis sie fast so stark und schnell wie die fünf anderen war, und sich ihren Visionen öffnen – auch wenn die Verbindung zu Nerezza schmerzlich und vor allem furchteinflößend war.

Mit einem Anflug von Bedauern nahm sie ihren Skizzenblock vom Tisch. Das Malen musste erst mal warten, denn jetzt wäre ihre Zeit mit wichtigeren Dingen angefüllt.

Doch plötzlich hielt sie einen Bleistift in der Hand.

Anscheinend wollte irgendetwas unbedingt in ihren Kopf.

Das hieß, im Grunde hatte sie es schon im Kopf, und plötzlich drängte es nach außen

Sie öffnete sich der Vision, trat in den hellen Sonnenschein hinaus und stellte ihren Block auf ihre Staffelei. Sie hörte, dass die anderen unten Schlachtpläne und Strategien entwarfen, sperrte dann aber die Stimmen aus, horchte in sich hinein und brachte kurz darauf mit schnellen, souveränen Strichen eine Zeichnung zu Papier.

Irgendwann begann ihr Arm vor Anstrengung zu zittern, und im weichen Licht der Abendsonne trat sie einen Schritt zurück und riss verblüfft die Augen auf, als sie das fertige Gemälde sah. Es zeigte eine raue, hügelige, blumenübersäte Insel mit von Häusern und von hohen Bäumen flankierten steilen Straßen und drei Felsen, die wie Wächter aus der Brandung ragten, die sich an den hohen Klippen brach.

Bran trat auf sie zu und reichte ihr ein Glas.

»Hier, trink das«, bat er sie, und ohne ihn zu fragen, was es war, hob sie das Glas an ihren Mund und leerte es in einem Zug.

Ihre Kehle war staubtrocken, und die kühle Flüssigkeit beruhigte sie.

»Ich kann mich nicht daran erinnern, das gemalt zu haben«, meinte sie. »Ich hatte das Gefühl, als wollte irgendwas aus mir heraus, und habe ein paar Skizzen angefertigt. Hier.« Der Boden war mit Blättern übersät. Eilig bückte sie sich nach dem Blatt, das neben ihren Füßen lag.

»Ich konnte es ganz deutlich vor mir sehen. Nicht nur

in meinem Kopf, sondern auch, als ich aufs Meer geblickt habe. Es war plötzlich einfach da. Boote auf dem Wasser und diese drei Felsen hier. Ich weiß nicht, wo und was das ist. Ich habe keine Ahnung, ob es diesen Ort tatsächlich gibt.«

»Natürlich gibt es ihn. Aber setz dich erst mal hin. Du hast fast drei Stunden lang gemalt.«

»Es geht mir gut.« Sie stieß ein leises Lachen aus. »Das heißt, es geht mir sogar mehr als gut. Was hast du mich da trinken lassen?«

»Nur ein leichtes Stärkungsmittel.« Er berührte ihre Wange. »Und für den Geschmack habe ich noch ein Schlückchen Wein druntergemischt.«

»Nun, ich fühle mich gestärkt, es hat also auf alle Fälle funktioniert. Kennst du diese Insel?«

»Riley hat sie auf einer der Skizzen, die ich ihr gebracht habe, erkannt. Und, was noch besser ist: Sawyers Kompass hat uns bestätigt, dass sie tatsächlich das nächste Ziel der Reise ist. Du hast ein Bild von Capri angefertigt.«

»Capri? In Italien?«

»Es sieht so aus, als würde es sich bei dieser Suche alles um verschiedene Inseln drehen. Und dank dir und Sawyer wissen wir, wohin die Reise gehen soll.«

Am liebsten hätte sie sofort gepackt und wäre vor dem letzten Kampf geflüchtet, den es noch auf Korfu auszutragen galt. Stattdessen bückte sie sich abermals nach einem Blatt, auf dem die Göttin, die ihr Blut sehen wollte, abgebildet war.

»Sie wird auch dorthin kommen. Das, was wir hier tun, wird sie nicht daran hindern«, stellte sie mit rauer Stimme fest.

Die Wildheit ihrer Gegenspielerin war selbst auf der Bleistiftzeichnung nicht zu übersehen.

»Sie sieht irgendwie anders aus als sonst. Sie hat diese graue Strähne und sieht auch ansonsten...älter aus. Findest du nicht auch?«

»Auf jeden Fall. Das heißt, auch wenn wir sie nicht aufhalten konnten, haben wir ihr Schaden zugefügt.«

»Wir sind auf keinem Bild, das ich gemalt habe, zu sehen.«

Entschlossen bückte er sich nach dem nächsten Blatt. »Aber dafür dieses Haus. Es ist nicht so prachtvoll wie die Villa, aber es sieht grundsolide aus. Wie nicht anders zu erwarten, hat sich Riley gleich ans Telefon gehängt und sucht auf Capri eine Unterkunft für uns. Und falls der Weg zu weit für Sawyers Kompass ist, hat Doyle einen Pilotenschein und ebenfalls ein paar Kontakte, die er nutzen kann. Am besten brechen wir so schnell wie möglich auf.«

»Aber nicht mehr heute Abend«, schränkte Sasha ein. »Inzwischen weiß ich, dass sie doch noch heute Abend kommen...und dass du den Sturm heraufbeschwören wirst.« Sie blickte Richtung Landspitze und fügte ruhig hinzu: »Wir sollten uns bereitmachen. Uns bleibt nicht mehr viel Zeit.«

19

Sie trugen diverse Waffen zu dem Tisch unter der Pergola, welcher der Ort ihrer geteilten Mahlzeiten gewesen war. Armbrüste, Pistolen, Messer und mehrere Flaschen und Flakons voller Magie.

Ihr Plan war einfach und direkt – und ausnehmend brutal.

Doyle hatte ihn auf einem Blatt von Sashas Block skizziert. Für Sasha sah das Bild nicht weniger befremdlich aus als die, auf denen Footballtrainer Spielzüge notierten, doch sie würde seinen Anweisungen folgen und darauf vertrauen, dass er wusste, was er tat.

»Wir positionieren uns hier und hier, zwischen der Mauer und dem Haus, und locken sie auf diese Weise an. Wir sollten so spät es geht in Deckung gehen«, fügte er hinzu. »Wir ködern das, was sie uns schickt, machen es platt, und im Notfall ziehen wir uns in den Olivenhain zurück.«

Er wandte sich an Bran.

»Ich platziere die Flakons hier, hier, hier und hier. Wir treiben sie auf diese Positionen zu, und dann bringe ich sie zur Explosion. Und die Flaschen, die auf diesen Positionen stehen – vergesst ja nicht, nicht zu nah an sie heranzugehen. Wenn wir deren Wirkstoff brauchen, können unsere beiden Schützen darauf schießen – aber *nicht«,* betonte Bran, »solange wir nicht alle mindestens drei Meter davon weg sind. Wobei sechs erheblich besser wären. Die Blitze und die Kraft, die sie verströmen, löschen dunkle Mächte aus, aber wenn ihr näher als drei Meter neben einer Flasche steht, werdet ihr selber von der Helligkeit geblendet, und in noch größerer Nähe könnte es passieren, dass ihr schlimme Verbrennungen davontragt.«

»Verstanden, Ire, großer Knall und große Wirkung. Wir werden auf Abstand bleiben«, sagte Riley und überprüfte weiter ihre Munition.

»Das müsst ihr unbedingt. Im Schutz der Blitze wechsle ich die Position und gehe auf die Landspitze, von der aus man auf den Kanal hinunterblickt.«

»Wir beide«, korrigierte Sasha ihn.

Er schüttelte den Kopf. »Die Macht, die ich dort aufrufe, kommt aus mir selbst, das heißt, dass ich ihr widerstehen kann. Aber wie schon bei den Flaschen müsst ihr anderen auf Abstand gehen.«

Sasha nahm die Skizze aus dem Block und legte sie ihm hin. »Ich bin auch mit auf der Landspitze. So ist es vorgesehen. Wenn wir das in Frage stellen, hinterfragen wir auch alles andere.«

»Sie hat recht, Mann.« Sawyer hängte sich sein Waffenhalfter um. »Ich weiß, das ist nicht leicht für dich, aber sie hat eindeutig recht. Du musst sie mitnehmen. Wir anderen werden euch Deckung geben, keine Angst. Aber sie muss auf alle Fälle mit.«

»Weil das ihre Bestimmung ist.« Annika berührte Bran sachte am Arm. »Weil eure Liebe euch zusammen ganz besondere Kraft verleiht.«

»Das mit der Liebe weiß ich nicht, aber bisher hat das,

was unsere zähe Seherin uns prophezeit hat, jedes Mal gestimmt. Tut mir leid, Bran«, meinte Riley. »Aber in das Schicksal mischst du dich besser nicht ein.«

»Gib mir dein Wort. Versprich es mir«, bat Sasha ihn. »Ich weiß, dass du ein mir gegebenes Versprechen niemals brechen wirst.«

»In Ordnung, ich verspreche es. Ich werde dich mit auf die Klippe nehmen«, sagte er ihr zu, nachdem ihm die Entscheidung bereits abgenommen worden war.

»Nun, da das geklärt ist«, mischte sich jetzt wieder Riley ein, »treten wir dem Weib und ihren hässlichen Lakaien – was für ein schönes Wort – noch einmal möglichst kräftig in den Arsch.«

»Auf jeden Fall«, stimmte ihr Sawyer zu und schob ein zweites Messer in einen der Stiefel, die er trug.

»Und nachdem wir ihnen in den Arsch getreten haben«, meinte Annika, und Sawyer musste grinsen, weil die Wortwahl für die junge Nixe wirklich ungewöhnlich war, »…reisen wir an diesen Ort.« Sie warf einen Blick auf Sashas Bild und nickte. »Dort bin ich schon mal gewesen, also könnte ich auch einfach hinschwimmen. Ich wäre ganz schnell dort, und Sawyer hätte eine Person weniger zu transportieren.«

Er schüttelte den Kopf. »Das wäre viel zu unsicher. Wir bleiben zusammen.«

»Ich könnte ein Flugzeug kriegen, aber frühestens in zwei Tagen«, sagte Doyle und schob sich ebenfalls ein Messer in den Stiefelschaft. »Und wahrscheinlich brechen wir am besten möglichst schnell hier auf.«

»Ich habe praktisch schon die nächste Unterkunft für uns. Der Freund eines Cousins eines Cousins bereitet alles für uns vor. Und vielleicht kriege ich auch einen Flieger«, überlegte Riley. »Aber dazu müsste ich noch mal etwas herumtelefonieren.«

»Lasst es mich versuchen.« Sawyer zuckte mit den Achseln. »Wenn ich uns nicht alle gleichzeitig nach Capri bringen kann, kann ich erst die eine Hälfe bringen, dann noch mal zurückkommen und die anderen transportieren. Und wenn das nicht funktioniert, haben wir immer noch die Möglichkeit, uns nach einem Flugzeug umzusehen.«

»Und was ist mit dem Boot?«, erkundigte sich Riley, hauptsächlich, weil ihr der Anblick des verdammten Dings direkt hinter dem Haus entsetzlich auf die Nerven ging.

»Das ist keine große Sache – aber ich bringe es wie gesagt lieber erst nach Mitternacht zurück, weil dann wahrscheinlich kaum noch jemand auf der Straße ist.«

»Ich bin mir nicht sicher, ob das eine Rolle spielt.« Sasha spannte kurz den Bogen ihrer Armbrust und war froh, als es ihr ohne Hilfsmittel gelang. »Wir hatten schon drei fürchterliche Kämpfe, ohne dass das irgendwem hier auf der Insel aufgefallen wäre. Es kommt mir so vor, als würde das, was wir hier tun, in der Wirklichkeit von niemandem bemerkt.«

»Möglich, aber als ich während eines Kompass-Übungsflugs mit sechzehn auf der Bühne eines Striplokals in Amsterdam gelandet bin, hat das durchaus für Aufheben gesorgt. Ich hatte die Koordinaten nicht ganz richtig eingegeben, und, tja nun, mit sechzehn denkt ein Junge ziemlich oft an nackte Frauen.«

»Ich habe gerne hübsche Kleider an. Aber wenn man schwimmt, ist man am besten nackt.«

Sawyer sah auf Annika und möglichst eilig wieder fort. »Okay, jetzt denke ich an eine nackte Meerjungfrau.«

»Vergiss es, Kumpel. Ich für meinen Teil habe ganz sicher keinen Bock auf eine Bruchlandung in einem Striplokal. Die Sonne geht allmählich unter«, merkte Riley an.

Und ein Sturm braut sich zusammen, ging es Sasha durch den Kopf.

Nach der Waffenausgabe holten sie ihr Gepäck ins Erdgeschoss. Falls sie sich zurückziehen müssten, würden sie auf Sawyer zählen und ließen das, was er nicht transportieren könnte, hier zurück.

Auch wenn sie keinen Hunger hatten und das angespannte Warten kaum ertrugen, mussten sie sich vor der Schlacht noch stärken, deshalb brachte Sasha Nudeln auf den Tisch.

Nach dem Essen blieben sie noch sitzen, aber kurz vor Mitternacht stand Sasha auf.

»Was ist?«, erkundigte sich Bran. »Was siehst du?«

»Nichts. Aber ich höre was. Ich höre, wie sie ihre Truppen ruft. Wie sie für sie singt. Wie sie sie zusammenzieht.«

»Auf geht's.« Als Riley sich erhob, streichelte Annika Apollos Kopf.

»Wir sollten ihn im Haus einsperren, wo er sicher ist.«

»Damit er wieder durch ein Fenster springt?« Riley schüttelte den Kopf. »Ich passe auf ihn auf.«

Seltsam, dachte Sasha, während sie in Zweiergruppen auf dem sattgrünen Rasen standen. Es war seltsam, dass sie derart angespannt und gleichzeitig im selben Maß erleichtert war.

Diese Mischung ließ nur wenig Raum für Angst. Bran

hatte den Feuerstern an einen Ort gebracht, wo er für Nerezza unerreichbar war. Wenn sie den Kampf mit ihr und ihren Kreaturen überlebten, stünde anschließend die Suche nach dem nächsten der drei Sterne auf dem Plan, und falls nicht, würden schon andere zur Fortsetzung ihrer Mission bereitstehen.

Sie ergriff Brans Hand. »Was auch immer heute Nacht geschieht – mir wurde in den vergangenen beiden Wochen mehr geschenkt, als ich mir je erträumt hätte.«

»*A ghrá.*« Er küsste ihre Hand mit stählerner Entschlossenheit. »Das war noch längst nicht alles.«

»Sie sind da.« Sie zog die Hand zurück und legte ihre Armbrust an.

Sie waren auch vorher schon in Schwärmen und in dunklen Wolken angerückt, dieses Mal jedoch verdunkelte die Flutwelle das Licht der Sterne und des abnehmenden Monds.

Und erfüllte die gesamte Welt mit ihrem Lärm.

Bran ließ eine Reihe greller Blitze zucken und erhellte so die kranken gelben Augen, die Reißzähne und Schwingen, die so spitz und scharf wie sorgfältig geschliffene Messer waren. Es war, als breite sich die Hölle auf der Erde aus, und Sasha hörte auf zu denken und schoss zielsicher den ersten Pfeil.

Während die abscheulichen Geschöpfe wie ein ölig schwarzer Regen vom Himmel fielen, fuhren sie mit ihren todbringenden Krallen durch die Luft.

Für Sasha gab es nur noch Laden, Zielen, Schießen, und die lauten Schüsse, das Zischen der Blitze, die Annikas Reife auf die Gegner schleuderten, sowie das grässliche Geräusch von Stahl, der raues Fleisch zerschlug.

Bran ließ das erste Fläschchen explodieren, und im sich ausdehnenden Licht spritzte schmierig schwarzes Blut.

Ehe sich die nächste Flutwelle über das Anwesen ergoss.

Sie hielt weiterhin die Stellung und gab ihrem Liebsten Rückendeckung, aber auf dem Boden breitete sich zischend eine dünne Nebeldecke aus, biss ihr mit eiskalten Zähnen in die Stiefel und zwang sie ein Stück zurück.

»Bleib in meiner Nähe«, brüllte Bran und breitete eine Feuerdecke auf den grauen Schwaden aus.

Schreiend ging die Nebelwand in Flammen auf.

Als ihr Köcher leer war, bahnte Sasha sich mit ihrem Messer, ihren Fäusten und den Füßen einen Weg durch das Gewirr, sammelte die bluttriefenden Pfeile wieder ein und lud die Armbrust nach.

Als das zweite Fläschchen explodierte, schoss die nächste Welle aus dem rabenschwarzen Himmel auf sie zu.

»Jetzt«, rief Bran, und während Riley auf die erste Flasche schoss, legte er den Arm um Sashas Taille und stieß sich mit ihr vom Boden ab.

Sie hätte gedacht, dass es wie Fliegen wäre, aber sie bewegten sich so schnell, dass sie es nur verschwommen mitbekam.

Dann standen sie zusammen auf der Klippe, wie in ihrem Traum.

»Bleib hinter mir, oder ich schwöre dir, ich schicke dich zurück. Egal, was auch passiert, bleib hinter mir.« Er presste seine Lippen fest auf ihren Mund und schob sie hinter sich. »Ich liebe dich.«

Entschlossen reckte er die Arme Richtung Himmel und beschwor den Sturm herauf.

Sie hatte gedacht, dass sie auf alles vorbereitet wäre, denn sie hatte diese Szene schließlich ein ums andere Mal geträumt. Doch sie hatte nicht einmal geahnt, wie groß Brans Macht und Risikobereitschaft waren.

Erde, Luft und Wasser fingen an zu beben, während er mit lauter Stimme rief:

»An diesem Ort, zu dieser Zeit,
oh, Mächte aller Welt, macht euch bereit.
Was ihr seid, bringt zu mir her,
über Land, durch Luft und Meer,
damit eure geballte Kraft
uns Ruhe vor der Herrscherin der Finsternis verschafft.
Ich brauche lauten Donnerhall,
dessen Gewalt zerreißt den dunklen Wall...«

Es dröhnte wie Kanonenfeuer, und mit noch lauterer Stimme fuhr er fort.

»...sowie ein leuchtend blaues Flammenmeer,
in dem verbrennt das finstre Heer!«

Am Himmel zuckten gleißend helle, elektrisch geladene Blitze auf.

»Winde, wirbelt durch die Schlacht
und lasst die Feinde taumeln durch die Nacht.
Lasst untergehen sie in einer Regenflut,
damit ertrinken sie an ihrem eigenen schwarzen Blut.«

Die von ihm entfesselten Naturgewalten zwangen Sasha auf die Knie, und während der wild kreischende Wind an ihren vom Regen aufgeweichten, an der Haut klebenden Kleidern zerrte, sah sie durch das Unwetter hindurch mehrere Explosionen rund ums Haus. Die Flaschen mit dem gleißend hellen Licht zerbarsten, grelle Blitze schlitzten Hunderte, wenn nicht gar Tausende der Flügelwesen auf, und mit spitzen Schreien, die ihr in den Ohren hallten, stürzten sie ins Meer.

Sie nickte triumphierend, denn tatsächlich schlugen sie die Dunkelheit zurück.

Bevor plötzlich Nerezza höchstpersönlich durch den Sturm herangeritten kam. Ihre schwarzen Haare flatterten im Wind, und in ihren Augen glühten Hass und Zorn und eine fürchterliche Macht.

Sie ritt auf einem dreiköpfigen Biest, aus dessen Mäulern lange Zungen hingen, und mit schrillem Lachen schlug sie einen Blitz zur Seite, schnappte sich den nächsten und hob ihn wie eine Lanze über ihren Kopf.

»Bildest du dir ernsthaft ein, du könntest mich mit deinen jämmerlichen Kräften aufhalten?«, rief sie mit einer Stimme, laut wie Donnerhall, und Sasha wurde schreckensstarr.

»Ich bin eine *Göttin*. Ich befehlige das Dunkle, das dein Licht wie eine Kerze auslöschen wird. Ich werde dir das Blut aussaugen, Hexer, und der Seherin das Hirn.«

Sie blickte auf die hellen Lichter unter sich.

»Und wenn ich mit euch beiden fertig bin, schneide ich die anderen in Stücke und werfe sie meinen Hunden vor. Gebt mir den Stern, wenn euch etwas an eurem Leben liegt.«

Er schleuderte den nächsten blauen Blitz, traf das geschuppte Biest, auf dem sie ritt, und vor Schmerzen kreischend bäumte es sich auf.

»Also sterbt, ich stärke mich mit eurem Blut, und dann nehme ich mir einfach das, was mir gehört.«

Der Blitz in ihrer Hand wurde nachtschwarz. Sie schleuderte ihn dorthin, wo Bran stand, und während Sasha panisch schrie, baute er eine Lichtwand vor sich auf, und der Zusammenprall von Hell und Dunkel war so stark, dass er den Fels, auf dem er stand, erbeben ließ.

Er war verletzt. Sie spürte seinen Schmerz und dass er einen Teil von seiner Kraft verlor. Eine der drei Zungen schoss in seine Richtung und verpasste knapp sein Herz. Doch die Anstrengung, sie abzuwehren, brachte ihn endgültig aus dem Gleichgewicht.

»Ich kann sie nicht mehr aufhalten. Lauf runter zu den anderen und richte Sawyer von mir aus...«

»Nein!« Sie sprang entschlossen auf und schlang ihm, obwohl er lichterloh in Flammen stand, die Arme um den Hals. »Nimm, was ich bin und was ich habe. Nimm es, fühl es, nutz es aus. Ich liebe dich und will, dass du das spürst.«

Sie öffnete sich ganz und bot ihm alles dar, was sie war und hatte. Sie wusste um die Breite und die Tiefe seiner Macht, um seinen Mut und seine Angst – die niemand anderem galt als ihr.

Und genauso wusste sie um die Verachtung, die Nerezza ihr und allen anderen entgegenbrachte, noch bevor die Göttin unter brüllendem Gelächter fragte: »Liebe? Die ist nur etwas für Sterbliche und hat in diesem Kampf nicht die geringste Macht.«

Du irrst dich, dachte Sasha, während sie die Augen schloss. Denn Liebe ist die größte Macht von allen.

Sie spürte, wie sie Bran durchflutete, und klammerte sich weiter an ihm fest.

Der nächste Blitz, den er in Richtung ihrer Feindin schickte, explodierte wie die Sonne, und die dreiköpfige Bestie fuhr mit ihren Klauen durch die Luft und versuchte, seinen Strahlen zu entfliehen. Außer sich vor Zorn bemühte sich Nerezza, das Biest weiter anzutreiben, doch beim nächsten Treffer schrie es auf und taumelte in Richtung Meer.

Nerezzas Haare wurden grau wie Stein, und ihr Gesicht wurde so welk wie Herbstblätter an einem Baum, bevor sie sich ins Dunkle hüllte und verschwand.

Sashas Beine gaben nach, doch gleichzeitig tauchten am bisher schwarzen Nachthimmel der klare weiße Mond und die Sterne wieder auf.

Bran ging vor ihr in die Hocke und verströmte immer noch die Kraft, die ihm von ihr verliehen worden war.

»Es geht mir gut.« Sie tastete nach seiner Hand, spürte ein Kribbeln auf der Haut und nickte mit dem Kopf. »Ich muss nur wieder…zu Atem kommen. Du hast sie verwundet. Sie ist abgehauen. Du hast sie verletzt.«

»Wir.« Er zog sie wieder auf die Beine, nahm sie in den Arm und küsste ihre Wangen, ihre Schläfen, ihren Mund. »Nicht ich alleine, sondern wir. Du hattest recht, *fáidh*. Ich habe dich hier auf der Landspitze gebraucht. Ohne dich an meiner Seite hätte ich versagt.«

»Die anderen. Wir müssen schauen, wie es ihnen geht.«

»Halt dich einfach an mir fest.«

Wieder schlang sie ihm die Arme um den Hals. »Worauf du dich verlassen kannst.«

Schatten schwarzen Bluts hatten sich auf der Erde ausgebreitet, wie schmutziger Regen Blumen, Büsche und die Obstbäume benetzt und ihren fauligen Geruch mit dem von Schweiß und von versengtem Gras vermischt. Doch auch wenn sie etwas angeschlagen waren, hatten sie zumindest alle überlebt.

Riley steckte ihre Waffe ein und streichelte Apollo sanft den Kopf. »War das da eben etwa ein verdammter Zerberus? Ein dreiköpfiger Höllenhund?«

»Wahrscheinlich eine von ihr selbst entwickelte, noch grauenhaftere Version.« Bran trat auf sie zu und betastete die hässlichen Verbrennungen auf ihrer Wange und an ihrem Hals. »Du bist zu dicht rangegangen«, schalt er sie.

»Wem sagst du das? Die Explosion deiner Atombombe hat mich ein paar Meter zurückgeschleudert, und auch wenn ich sicherlich nicht übertrieben eitel bin – oder okay, vielleicht ja doch –, hoffe ich, dass du das wieder hinbekommst. Denn es tut wirklich höllisch weh«, setzte sie an und atmete erleichtert auf. »Das heißt, es hat echt wehgetan. Jetzt ist es besser. Vielen Dank.«

Er hatte ihr den schlimmsten Schmerz genommen, würde sie sich aber noch einmal genauer ansehen, wenn er wüsste, wie es um die anderen stand. »Ich habe ein paar Salben, die dich wieder so hübsch machen, wie du vorher warst.«

»Wenn du schon dabei bist, kannst du mich auch ruhig noch etwas schöner machen«, bat sie ihn und sah sich auf dem Schlachtfeld um. »Wobei ich hoffe, dass du auch den Garten wieder hinbekommst. Denn wenn wir ihn so verlassen, finde ich ganz sicher keine neue Unterkunft für uns.«

»Wird erledigt«, sagte er ihr zu und sah sich um.

»Ist sonst noch wer verletzt?«, erkundigte er sich, während Sasha nach einer bösen Bisswunde in Annikas Schulter sah.

»Die Verletzungen sind durchweg harmlos«, meldete sich Doyle zu Wort. »Nachdem wir die Flaschen haben explodieren lassen, sind die Biester scharenweise ins Meer geplumpst. Und sobald Nerezzas Augenmerk auf dir lag, hatten wir mit ihren Schergen leichtes Spiel.«

»Du hast sie plattgemacht.« Sawyer zog ein Tuch aus seiner Hosentasche und band es sich fest um eine Bisswunde am Unterarm. »Das war echt eine Wahnsinnsshow, die du da abgeliefert hast.«

»Trotzdem sollten wir nicht übermütig werden.« Riley stieß ihn mit der Hüfte an. »Am besten machen wir hier Ordnung und hauen so schnell wie möglich ab. Wie sieht's aus, Sasha, glaubst du, dass sie in dieser Nacht noch mal ihr Glück versuchen wird?«

»Sie stand unter Schock und hatte Schmerzen. Sie war außer sich vor Zorn, aber auch wie vor den Kopf geschlagen, weil es Bran nicht nur gelungen ist, sie aufzuhalten, sondern ihr tatsächlich wehzutun. Nein, ich glaube nicht, dass sie in dieser Nacht noch einmal kommt. Im Augenblick kann ich sie gar nicht spüren. Anscheinend hat sie dichtgemacht.«

»Weil sie wahrscheinlich erst mal ihre Wunden lecken muss.« Riley rieb Apollos Kopf. »Am besten machen wir das auch. Ich werde dem Hund etwas zu trinken geben, und dazu bekommt er ein besonders großes Leckerli.«

»Und ich hole mir erst einmal ein Bier.«

Als Doyle sich ebenfalls zum Gehen wandte, meinte Sawyer: »Deine Pfeile sind noch überall verstreut. Ich sammele erst mal die Patronenhülsen ein, die ich im Dunklen finden kann, und bringe dir die Pfeile mit.«

»Ich mache dir ein bisschen Licht dafür«, erbot sich Bran. »Den Garten bringen wir in Ordnung, nachdem ich mir Rileys Wunden angesehen habe. Sie hat's deutlich schlimmer erwischt als die anderen.«

Auf Doyles gellenden Schrei hin fuhren sie herum.

Mit gespreizten Flügeln und mit ausgefahrenen Krallen schoss die Bestie aus dem Himmel geradewegs auf Riley zu.

Sie griff nach ihrer Waffe, drehte sich kurz um die eigene Achse, um den Hund zu schützen, doch bevor sie schießen konnte, stürzte bereits Doyle an ihr vorbei.

Noch ehe er Gelegenheit bekam, sein Schwert zu zücken, rammte ihm das Wesen Reißzähne und Krallen in die Brust, und als er umfiel und das Schwert aus seiner schlaffen Hand glitt, schrie es triumphierend auf.

Die anderen kamen angestürzt, und Riley riss den Angreifer mit bloßer Hand von seiner Brust, schleuderte ihn durch die Luft, zog mit ihrer von den Flügeln aufgeschnittenen Hand ihre Pistole aus dem Halfter und leerte das ganze Magazin in den Bauch des Biests.

Dann sank sie neben ihrem Retter auf die Knie und presste schluchzend ihre Hände auf die aufgerissene Brust.

»Nein, nein, nein, nein! Holt mir ein paar Handtücher. Er braucht so schnell wie möglich einen Druckverband, er braucht was, das die Blutung stoppt. Du musst ihm helfen, Bran!«

»Oh Gott.« Auch er kniete sich neben Doyle.

»Oh Gott«, entfuhr es ihm erneut. »Es ist zu spät. Er ist schon nicht mehr auf dieser Welt.«

»Bring ihn zurück!«

»Das steht nicht in meiner Macht. Gegen den Tod kann auch ich nichts ausrichten.« Bran berührte ihren Arm, doch sie riss ihn zurück.

Schluchzend ließ auch Annika sich auf die Erde sinken, zog Doyles Kopf in ihren Schoß und strich ihm sanft über das Haar. »Können wir denn gar nichts machen? Sawyer, bring uns kurz in die Vergangenheit zurück. Ein paar Minuten reichen, nur…«

»Genau!« Riley hob den Kopf und starrte ihn aus tränennassen Augen an. »Tu es. Tu es jetzt.«

»Das kann ich nicht.« Er ging vor ihr in die Hocke und zog sie, obwohl sie sich dagegen wehrte, tröstend an die Brust. »Es würde auch passieren, wenn ich uns zurückbrächte. Wir könnten nichts dagegen tun. Der Tod ist unveränderbar.«

»Das ist Schwachsinn. Das ist vollkommener *Schwachsinn*. Doyle hätte nicht sterben sollen.« Sie wandte sich an Sasha, die mit tränenüberströmten Wangen etwas abseitsstand. »Das ist einfach nicht gerecht.«

»Ich weiß nicht. Irgendwie kann ich nichts sehen. Wir alle haben unsere Leben für diese Mission aufs Spiel gesetzt. Aber…«

Sie brach ab und schüttelte den Kopf.

Sie *spürte* etwas, was sie nicht verstand, kniete sich neben Bran und nahm Doyles schlaffe Hand.

»Ich lasse es nicht zu, dass jemand für mich stirbt. Verdammt, wir müssen irgendetwas tun.« Zornbebend schob Riley Sawyer an die Seite und presste erneut die Hände auf Doyles Brust. »Sie wird nicht gewinnen. Sie bringt keinen von uns um.«

Plötzlich nahm sie unter ihren Händen eine winzige Bewegung wahr. Und dann holte die leblose Gestalt für alle hörbar Luft.

»Er lebt.« Mit einem überraschten Schluchzen zerrte Riley eine von Brans Händen auf die aufgerissene Brust. »Verdammt, jetzt tu etwas.«

»Das braucht er nicht«, murmelte Sasha, als sie neues Leben – und auch Schmerzen – in den Augen des Patienten flackern sah.

»Meine Güte«, stieß er krächzend aus. »Hör auf herumzuschreien, und nimm dieses Gewicht von meiner Brust. Es ist auch so schon schlimm genug.«

»Du warst tot, Mann.« Sawyer lehnte sich zurück, und Annika küsste den Schwerverletzten schluchzend auf die Stirn. »Mausetot. Im Ernst. Du bist doch wohl kein Zombie? Denn ich habe keine Lust, dir in den Kopf schießen zu müssen oder so.«

»Red doch keinen Quatsch.« Doyle stützte sich auf seine Ellenbogen, holte unter Schmerzen Luft, und die anderen konnten zusehen, wie sich die tiefe, bösartige Wunde schloss.

»Ich bin echt froh, dass du am Leben bist«, erklärte Sawyer ihm. »Und ein Vampir kannst du nicht sein, denn schließlich treibst du dich am liebsten in der Sonne rum.«

»Du bist wirklich witzig.« Doyle erschauderte und knirschte mit den Zähnen.

»Gegen deine Schmerzen kann ich etwas tun«, erklärte Bran, aber Doyle schüttelte den Kopf.

»Das gehört dazu. Das muss so sein. Aber das geht vorbei. Wo ist mein Schwert?«

»Hier.«

Er richtete sich auf, und Riley drückte es ihm in die Hand. »Danke, dass du mich gerettet hast, aber warum bist du nicht tot?«

Als er sie ansah, wischte Riley sich so schnell es ging die Tränen fort.

»Ich wäre nicht mal drei Sekunden tot gewesen, hättest du ein bisschen schneller reagiert.«

»Du hast mir selbst den Weg versperrt. Du hast mich weggeschubst, bevor ich schießen konnte. Wenn ...«

»Du kannst nicht sterben«, setzte Sasha leise an. »Es tut mir leid, aber ich habe eine Möglichkeit gesucht, um dir zu helfen, und als du ... zwischen den Welten warst, warst du so offen, dass das Wissen einfach auf mich überging. Man kann dich nicht umbringen.«

»Da bin ich aber froh!«, erklärte Annika strahlend. »Und jetzt hole ich dir erst einmal ein Bier.«

»Das ist wirklich süß von dir, aber am besten gehen wir alle ins Haus. Falls es noch andere Nachzügler gibt. Denn es tut höllisch weh, wenn man nicht stirbt, und auf ein zweites Mal habe ich heute Abend wirklich keine Lust.«

Bran stand auf und zog ihn hoch. »Unsterblichkeitszauber sind verboten«, setzte er mit strenger Stimme an.

»Gib nicht mir die Schuld daran. Ich bin schließlich kein Zauberer. Wenn du die Geschichte hören willst, erzähle ich sie dir. Aber erst mal brauche ich wirklich ein Bier.«

»Und etwas anderes zum Anziehen«, warf Sasha ein.

Er sah auf sein zerrissenes, mit Blut getränktes und mit Eingeweiden übersätes Hemd. »Okay. Als Erstes ziehe ich mich um.«

»Und ich hole was für deine Brandwunden und deine Hände«, wandte Bran sich Riley zu. »Dann hören wir uns die Geschichte an, räumen den Garten auf und hauen so schnell wie möglich ab.«

»Also besorgt sich Doyle ein frisches Hemd, du holst deine Salben, Annika bringt das Bier, und dann räumen wir auf. Okay. Und vorher rufe ich noch schnell meinen Kontaktmann an und frage ihn, wo er uns unterbringen kann.«

Als sie wenige Minuten später alle in der Küche saßen, sah sich Bran als Erstes Rileys Wunden an.

»Wie hast du dir derart die Pfoten aufgeschnitten?«, fragte Doyle.

»Sie hat das Ding mit bloßen Händen von dir weggerissen.« Sawyer nickte anerkennend mit dem Kopf. »Hat es einfach weggerissen und mit mehreren gezielten Schüssen abgeknallt.«

Doyle nahm einen großen Schluck von seinem Bier und sah sie reglos an. »Sieht aus, als wären wir beide quitt.«

»Ich würde sagen, ja, weil du schließlich nicht sterben kannst. Und jetzt wüsste ich gern, woran das liegt.«

»An einer Hexe. Denn auch Hexen können völlig irre sein. Sie hat junge Männer angelockt, benutzt und danach zum Vergnügen umgebracht.«

»Eine schwarze Witwe«, stellte Riley fest.

»Einer dieser jungen Männer war mein Bruder. Er war gerade mal siebzehn, als das Weib sich ihn geangelt hat.«

Instinktiv schlang Annika ihm die Arme um den Hals. »Das tut mir leid.«

»Ich habe Jagd auf sie gemacht. Das war mein Lebensziel. Ihn zu retten und die Hexe zu zerstören. Ich habe einen Deal mit einem Alchemisten abgeschlossen und ihm alles, was ich hatte, dafür überlassen, dass er ein besonderes Schwert für mich schmiedete, mit dem ich sie vernichten könnte. Als ich sie gefunden habe, war mein Bruder schon fast tot. Ich konnte nichts mehr für ihn tun. Er war noch so jung und hatte in seinem ganzen Leben niemals irgendwem auch nur ein Haar gekrümmt. Meine Trauer war noch größer als mein Zorn. Er hat mich angefleht, ihn umzubringen, doch das habe ich nicht über mich gebracht. Ich konnte nicht tun, worum er mich gebeten hat, und ich werde bis in alle Ewigkeit bereuen, dass ich vor Trauer wie gelähmt war, während er qualvoll in meinen Armen starb.

Sie hat diese Trauer, dieses Leid gerochen und genossen. Blind vor Trauer und vor Zorn bin ich auf die verdammte Hexe los, und als sie wusste, dass ihr Ende nah war, hat sie mich noch schnell mit einem Fluch belegt, demzufolge ich mit ansehen muss, wie jedes Wesen, das ich liebe, stirbt. Ich würde sehen, wie sie auf dem Schlachtfeld fallen, Krankheiten erliegen oder irgendwann verwelken und im hohen Alter von mir gehen. Ich selbst würde niemals die Erlösung durch den Tod erfahren, sondern immer nur mit ansehen, wie es mit den Menschen, die mir nahestehen, zu Ende geht.«

Er trank den Rest von seinem Bier und schob die Flasche fort. »Ich habe sie mit meinem Schwert geköpft und den Leichnam meines Bruders seiner laut schluchzenden Mutter heimgebracht. Er war der Jüngste von uns allen und ich der Älteste. Doch ich hatte ihn nicht retten können, ihm nicht einmal seinen letzten Wunsch erfüllt, und dazu hatte mich die Hexe noch mit diesem Fluch belegt.«

»Wann war das?«, fragte Bran.

»1683.«

»Mann, dann bist du ja uralt«, erklärte Sawyer flapsig, drückte ihm aber mitfühlend die Schulter und fügte in ruhigem Ton hinzu: »Das mit deinem Bruder tut mir leid.«

»Du hättest die Erfüllung seines letzten Wunsches ebenfalls bereut«, erklärte Annika. »Das würde dich genauso sehr belasten, wie dir seine Nichterfüllung auf der Seele liegt. Es war ein Kampf, in dem du nur verlieren konntest.«

»Das ist alles lange her.« Er blickte Sasha an. »Du denkst, ich hätte euch schon vorher sagen sollen, was es mit mir auf sich hat. Aber bisher war ich immer ganz auf mich allein gestellt, und es fällt mir nicht leicht, anderen meine Geheimnisse zu offenbaren. Doch heute Abend, nach dem Kampf, hatte ich mit der Gewohnheit brechen und euch alles erzählen wollen. Auch wenn ich es euch nicht verdenken kann, wenn ihr mir das nicht glaubt.«

»Ich glaube es«, erklärte sie und fügte seufzend an: »Und ich glaube noch etwas anderes. Nämlich, dass wir endlich eine echte Einheit bilden können, nachdem auch der Letzte von uns völlig offen war.«

»Einen Augenblick«, bat Sawyer. »Nur, dass ich es

recht verstehe. Wir haben einen Magier, eine Seherin, einen Werwolf – he, ich mag das Wort, okay?«, erklärte er mit einem gut gelaunten Lachen, ehe Riley knurren konnte wie die Wölfin, die sie war. »Eine Nixe, einen Typen, der nicht sterben kann, und einen Reisenden durch Raum und Zeit. Denkt doch mal darüber nach. Wir sind so was wie die verdammten Avengers. Was heißt, dass die verfluchte Rachegöttin keine Chance gegen uns hat.«

»Danke, dass du uns drauf hingewiesen hast.« Riley hielt ihm einen Zettel hin. »Das sind die Koordinaten unserer Unterkunft auf Capri. Warum tun wir nicht, was wir tun müssen – schaffen das vermaledeite Boot hier weg, holen uns den Jeep zurück, beseitigen das Chaos und läuten dann die zweite Runde ein?«

»Unbedingt, und wisst ihr was? Es wird auf alle Fälle funktionieren, weil wir schließlich gerade eine Serie haben«, klärte Sawyer die Kumpane fröhlich auf. »Also machen wir den Laden hier auf Korfu dicht und brechen nach Capri auf.«

Eilig teilten sie die Pflichten unter sich auf, und mitten in der Nacht sah Sasha noch ein letztes Mal auf das mondbeschienene Meer hinaus. Bran nahm ihre Hand und hob sie auf eine Art an seinen Mund, die sie wie stets verstohlen lächeln ließ.

»Eines Tages kommen wir hierher zurück«, versprach er ihr.

»Das wäre schön. Denn ich würde gern noch mal mit dir in einer stillen, warmen Sommernacht im Licht der Sterne auf der Klippe stehen und überall um uns herum nur Frieden sehen.«

»Du bist mein Licht, Sasha, mein Frieden und mein Stern.« Er küsste sie sanft auf den Mund. »Bist du bereit?«

»Ich bin bereit. Für alles, was da kommen mag.«

Gemeinsam kehrten sie zurück auf die Terrasse, wo die anderen bereits versammelt waren.

»Apollo liegt im Haus und schläft. Wenn der Nachbar in der Früh die Hühner füttert, lässt er ihn als Erstes raus.« Riley sah auf ihre Uhr. »Bis dahin sind's nur noch zwei Stunden, und ich glaube nicht, dass er bis dahin noch mal in den Garten muss. Er wird mir fehlen.«

»Es wird nicht mehr lange dunkel sein«, erklärte Doyle. »Wir sollten langsam los.«

»Auf geht's, Leute.« Sawyer winkte die fünf anderen zu sich heran. »Nehmt einander bei den Händen und haltet vor allem eure Hüte fest. Es wird bestimmt ein Höllenritt.«

Lachend wandte Sasha sich an Bran …

… und stellte fest, dass die Bezeichnung Höllenritt noch deutlich untertrieben war.

In ihrer Höhle brodelte Nerezza vor sich hin. Sie hatte kaum noch Schmerzen, doch trotz all des Bluts, das sie getrunken, all der Salben, die sie aufgetragen, und trotz der grenzenlosen *Willenskraft,* die sie inzwischen aufgeboten hatte, schlängelte sich weiter eine graue Strähne durch ihr dunkles Haar und dehnten sich auch weiter tiefe Falten rund um ihren Mund und ihre Augen aus.

Sie zerbrach den nächsten Spiegel, fluchte und ließ den blutroten Zornestränen freien Lauf.

Sie hatten ihr getrotzt und ihre jugendliche Schönheit ruiniert. Dafür würden sie bezahlen. Ganz egal, in welche

Welt sie flohen und welche Zaubertricks sie nutzten: Sie würde sie finden und zerstören.

Sie würde erst Ruhe geben, wenn die Sterne nur für sie allein strahlten, wie es schon seit Ewigkeiten vorgesehen war.

Sie griff nach ihrer Kugel und strich sacht mit einer Hand über das Glas.

Es gab unzählige Möglichkeiten, und wie immer hatte sie die freie Wahl.

Als sie in die Kugel schaute, fing sie an zu sehen und zu planen, und am Ende lehnte sie sich gut gelaunt auf ihrem Thron zurück und brach in schallendes Gelächter aus.

Suchtgefahr durch Spannung, Romantik und Magie!

416 Seiten. ISBN 978-3-442-38355-9

Die schöne junge New Yorkerin Glenna Ward ist verzweifelt: Jede Nacht schleicht sich ein hoch gewachsener Keltenkrieger in ihre Träume – und beschert ihr einen äußerst unruhigen Schlaf. Glenna kann nicht ahnen, dass dieser gefährlich attraktive Mann ganz in ihrer Nähe ist und einen wichtigen Auftrag hat: Hoyt MacCionaoith kam aus der Vergangenheit nach New York, um fünf Auserwählte zu finden und sich gemeinsam mit ihnen einem aufziehenden Kampf zwischen Gut und Böse zu stellen. Und auch Glenna scheint dabei eine wichtige Rolle zu spielen ...

Lesen Sie mehr unter: **www.blanvalet.de**

Suchtgefahr durch Spannung, Romantik und Magie!

384 Seiten. ISBN 978-3-442-38356-6

Die taffe Blair Murphy kennt ihre Bestimmung: Zusammen mit fünf anderen Auserwählten steht sie vor der schwierigen Aufgabe, den Sieg in einem Kampf zwischen Gut und Böse zu erringen – koste es, was es wolle! Doch Blair wird von ihrem Vorhaben abgelenkt, denn ihre Gedanken kreisen nur noch um Larkin Riddock, der ebenfalls dem Kreis der sechs Auserwählten angehört. Wie soll sie Seite an Seite mit einem Mann kämpfen, der sie mit seinem charmanten Lächeln fast um den Verstand bringt? Und wird es nach der großen Schlacht überhaupt eine Zukunft für sie geben?

Lesen Sie mehr unter: **www.blanvalet.de**

Suchtgefahr durch Spannung, Romantik und Magie!

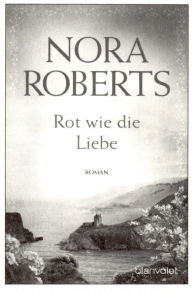

368 Seiten. ISBN 978-3-442-38357-3

Die zierliche Moira weiß genau, dass sie ihrer Mutter auf den Thron von Geall folgen muss. Eine schwere Pflicht in einer schweren Zeit, jetzt da der Kampf zwischen Gut und Böse unmittelbar bevorsteht. Und nur einer scheint zu verstehen, was sie bewegt: der attraktive aber geheimnisvolle Cian McKenna. Zwischen den beiden entbrennt ein Feuer der Leidenschaft, doch ihre Liebe ist verboten und hat keine Zukunft. Tief in ihren Herzen wissen sie aber, dass sie alles riskieren müssen – sogar ihr Leben – damit ihre Liebe siegen kann ...

Lesen Sie mehr unter: **www.blanvalet.de**